John Sandford

Tödliches Netz

Roman

Ins Deutsche übertragen
von Winfried Czech

GOLDMANN

Die Originalausgabe erschien
unter dem Titel »The Devil's Code«
2000 bei G. P. Putnam's Sons, New York.

Umwelthinweis:
Alle bedruckten Materialien dieses Taschenbuches
sind chlorfrei und umweltschonend.

1. Auflage
Deutsche Erstveröffentlichung 8/2003

Umschlaggestaltung: Design Team München
Umschlagfoto: Photonica/Zerwas
Satz: deutsch-türkischer fotosatz, Berlin
Druck: Elsnerdruck, Berlin
Titelnummer: 45210
Redaktion: Joern Rauser
V. B. · Herstellung: Sebastian Strohmaier
Made in Germany
ISBN 3-442-45210-4
www.goldmann-verlag.de

JOHN SANDFORD

Tödliches Netz

Buch

Als sich im Umfeld einer Gruppe von Computerspezialisten mysteriöse Todesfälle ereignen, kommt der Hacker Kidd einer groß angelegten Verschwörung um illegal kopierte Daten eines Spionagesatelliten auf die Spur. Doch die unbekannten Drahtzieher wollen die Aufdeckung ihrer Machenschaften um jeden Preis verhindern und legen falsche Spuren, die Kidd als Hauptverdächtigen erscheinen lassen. Da entwickelt Kidd einen genialen Plan, um der tödlichen Falle zu entkommen ...

Autor

John Sandford ist das Pseudonym des mit dem Pulitzerpreis ausgezeichneten Journalisten John Camp. Seine Romane finden sich regelmäßig ganz oben auf der amerikanischen Bestsellerliste. Schneller und fesselnder als er schreibt kaum ein zeitgenössischer Thriller-Autor. John Sandford lebt in Minneapolis.

Von John Sandford bereits erschienen:

Blinde Spiegel. Roman (41352), Böses Spiel. Roman (43429), Das Messer im Schatten. Roman (43398), Die Schule des Todes. Roman (41031), Eisnacht. Roman (42549), Jagdpartie. Roman (44388), Kalte Rache. Roman (43708), Königin der Nacht. Roman (41120), Stumme Opfer. Roman (41533), Letzter Dreh. Roman (44058), Spur der Angst. Roman (44432), Nachtblind. Roman (45051), Tödlicher Blick. Roman (45275), Tödliche Hochzeit. Roman (45322), Tödliches Netz. Roman (45210)

Für
Pat und Ray Jones

1

St. John Corbeil

Ein schöner Herbstabend in Glen Burnie, ein Donnerstag, welkes Laub, das durch die Straßen wirbelt. Ein Fahrrad mit flackerndem Scheinwerfer, daneben läuft ein Hund, eine Atmosphäre von Ruhe. Die richtige Nacht für ein Kaschmir-Sportsakko oder kleine schwarze Perlen, getragen in einem exklusiven kleinen Restaurant irgendwo in Washington; vielleicht weiße Notre-Dame-Kerzen und ein reicher, umstrittener Senator, der mit einer schönen Frau – nicht seiner eigenen – Forellen isst.

Nichts, wonach Terrence Lighter der Sinn stand.

Jedenfalls nicht heute Abend. Heute war er allein, schlenderte mit einer Ausgabe von *SmartMoney* und einem Pornovideo in der Jackentasche von einem Buchladen zurück nach Hause. Er pfiff vor sich hin. April, seine Frau, war bei ihrer Mutter in Michigan zu Besuch, und er hatte einen Zwölferpack Bier im Kühlschrank, eine Tüte Nachos auf dem Küchentresen – und das Videoband.

Seine Vorstellung des Abends sah so aus: Er würde eine Dose Bier aufreißen, das Video in den Recorder schieben, sich eine Weile mit sich selbst beschäftigen und dann zu Thursday Night Football umschalten. Während der Halbzeitpause rief er April wegen des Gartendüngers an. Er konnte sich die Telefonnummer nie richtig merken – 12-6-4 oder 6-2-3 oder wie auch immer. Dann die zweite Halbzeit, und nach der Schlusssirene noch einmal das Video.

Ein unerfreulicher Gedanke schoss ihm durch den Kopf. Dallas. Was, zum Teufel, trieben die da in Dallas mit diesen Überwachungsfotos? Wo hatten sie die ausgegraben? Wie hatte dieser Schnüffler sie überhaupt in die Finger bekommen? Ein Problem, das in der nächsten Woche geklärt werden musste. Er hatte nichts mehr aus Dallas gehört, und wenn er bis Montagnachmittag nichts hörte, würde er vorsorglich bei dem Stellvertretenden Direktor nachhaken, um seinen Arsch zu schützen.

Doch das hatte bis zur nächsten Woche Zeit. Heute Abend hatte er das Video, das Bier und die Nachos. Kein schlechter Abend für einen dreiundfünfzigjährigen hochrangigen Bürokraten mit einer sexuell nicht verfügbaren Frau. Ganz und gar nicht schlecht …

Lighter war eineinhalb Häuserblocks von zu Hause entfernt, als ein Mann aus dem Schatten eines Spanischen Flieders neben einem dunklen Haus trat. Er war ganz in Schwarz gekleidet, Lighter sah ihn erst im letzten Augenblick. Der Mann sagte kein Wort, hob nur einen Arm.

Der letzte Gedanke seines Lebens, der in Lighter aufblitzte, war die Frage: »Eine Pistole?«

Eine schallgedämpfte 9-Millimeter. Der Mann schoss Lighter einmal in den Kopf, und die Wucht des Einschlags riss den Bürokraten rechts herum. Er machte noch einen Schritt und brach auf dem Rasenstreifen zusammen. Der Unbekannte jagte dem Toten eine weitere Kugel in den Schädel, schob eine Hand unter die Jacke seines Opfers und suchte nach einer Brieftasche. Er fand sie, ertastete das Video und nahm es ebenfalls mit.

Er ließ die Leiche liegen, lief athletisch leichtfüßig über den Vorgartenrasen, vorbei am Spanischen Flieder zum rückwärtigen Teil des Grundstücks und an einem Blumenbeet entlang bis zur Straße, rund hundertfünfzig Meter weit fast lautlos in seinen Laufschuhen, unsichtbar in seiner dunklen Joggingkleidung. Die Route hatte er bereits am Nachmittag ausgearbeitet, sich die Lage von Zäunen, Gärten mit Hunden und Steinmauern eingeprägt.

In einem Auto, das an einer ruhigen Straßenecke parkte, wartete ein zweiter Mann. Der Attentäter lief bis kurz vor die Kreuzung und umrundete sie dann in gemächlichem Schritttempo. So würde ihn niemand rennen sehen, sollte irgendjemand die Straße entlangkommen.

»Alles in Ordnung?«, fragte der zweite Mann, als sie ohne Eile davonfuhren.

»Perfekt gelaufen.« Der Attentäter durchsuchte die Brieftasche des Toten. »Wir haben sogar 400 Scheine und einen Fickfilm erbeutet.«

Am nächsten Abend waren sie wieder unterwegs.

Diesmal war ihr Zielobjekt ein älteres 70er-Jahre-Fertighaus in einer Arbeitersiedlung südwestlich von Dallas. Ein zwei Jahre alter Porsche Boxster parkte in der kreisförmigen Auffahrt. Aus einem Fenster an der Rückseite des Hauses fiel Licht, und durch einen Spalt in den Vorhängen des großen Fensters auf der Frontseite war eine Lampe mit einem gelben Schirm zu sehen. Es roch schwach nach Bratwurst – vielleicht fand im Hinterhof von einem der Nachbarhäuser ein Barbecue statt. In den Straßen spielten Kinder, ein oder zwei Häuserblocks entfernt. Ihre Schreie und Rufe klangen durch die Entfernung gedämpft, wie das Rauschen und Knistern alter Vinyl-Schallplatten.

Die beiden Männer überquerten einen Rasen, so trocken wie ein abgemähtes Weizenfeld, und betraten eine Betonfläche, die als eine Art Veranda diente. Der größere der beiden berührte kurz die Pistole in seinem Schulterholster und versuchte, die Vordertür zu öffnen. Sie war abgeschlossen.

Er blickte den kleineren Mann an, der die Achseln zuckte, beugte sich vor und drückte auf den Klingelknopf.

John James Morrison war im gleichen Alter wie die Männer draußen vor seiner Tür, aber dünner, größer und ungelenk, ein hagerer Bücherwurm mit Brille, einem sympathischen, weichen Lächeln und der seltsamen Fähigkeit, die Zuneigung der Frauen schnell zu erringen. Er ernährte sich größtenteils von Bonbons mit Zimtgeschmack, die Hot Tamalas hießen, von Cola light und Peperoni-Pizza als Proteinlieferant. Manchmal führten der Zucker und das Koffein dazu, dass er zitterte – und er mochte das Gefühl.

Die Männer vor seiner Tür hielten sich durch ständiges Training fit und nahmen diverse Medikamente dazu ein, mischten Kreatin mit Anabolika und den Vitaminen E, C, B und A. Morrison dagegen beschränkte seine körperliche Ertüchtigung auf einen gelegentlichen Schubs mit dem Fuß, um sich in seinem tausend Dollar teuren Bürostuhl der Marke Herman Miller Aeron, den er auf allen Auftragsreisen quer durchs Land mitnahm, einmal um die eigene Achse zu drehen.

Er rollte mit seinem Stuhl durch Haufen von perforiertem Endlosdruckerpapier und Cola-light-Dosen in das kleinere der beiden Zimmer. In den überquellenden Papierkorb neben dem Schreibtisch war eine drei Tage alte Pappschachtel gerammt, die nach ranzigen Peperonis und vergammeltem Käse stank. Er würde sich demnächst um die Beseitigung des Abfalls kümmern müssen. Im Augenblick hatte er dafür keine Zeit.

Morrison starrte in den weiß-blau leuchtenden Computermonitor, kämpfte sich durch die Zahlenkolonnen, überprüfte und verglich den Code. In einer Ecke des Zimmers stand eine transportable Optimus-Stereoanlage auf dem Fußboden, auf der rechten Lautsprecherbox lag ein Stapel CDs. Morrison stemmte sich aus seinem Stuhl hoch, beugte sich über die CDs und suchte nach etwas, das ihn nicht von der Arbeit ablenken würde. Er fand eine Scheibe von Harry Connick Jr. und schob sie in den CD-Wechsler. *Love Is Here to Stay* säuselte es aus den Lautsprechern. Morrison machte eine Drehung in seinem Stuhl, stand auf und tat einen kleinen Tanzschritt. Vielleicht noch ein Schub Koffein ...

Die Türglocke klingelte.

Es war elf Uhr nachts, und Morrison hatte keine engen Freunde in Dallas, niemanden, der ihn um diese Uhrzeit besuchen würde. Er trat zwei Schritte auf die Tür des Arbeitszimmers zu, spähte durch einen Spalt in den Vorhängen in den vorderen Raum, so dass er die Veranda vor dem Haus sehen konnte. Ein oder zwei Männer von kräftiger Statur. Ihre Gesichter blieben ihm zwar verborgen, doch er erkannte die stämmigen Körper wieder.

»Oh, Shit!« Er kehrte in den Büroraum zurück, klickte eine Computerdatei an, verschob sie zu einem Kästchen mit der Aufschrift *Shredder*, klickte das Feld *Shred* an, wartete, bis die Zeile mit der Kontrollfrage: *Wollen Sie diese Funktion wirklich ausführen?* erschien und bestätigte. Der Shredder war auf die höchste Stufe eingestellt; sobald die Datei einmal völlig zerhackt worden war, ließ sie sich nicht mehr rekonstruieren. Das würde allerdings einige Zeit dauern ... Zeit, die er unbedingt gewinnen musste. Er löschte die Monitore, ließ den Computer aber laufen. Dann schnappte er sich seinen Laptop, schaltete das Licht im Büro aus und zog die Tür bis auf einen kleinen Spalt zu, damit die nächtlichen Besucher sehen konnten, dass es in dem Zimmer dunkel war. Vielleicht würden sie es nicht sofort betreten, so dass dem Shredder mehr Zeit für sein Vernichtungswerk blieb. Den Laptop schaltete er auf dem Weg in die Küche an. Er klappte ihn auf, stellte ihn auf dem Küchentresen ab und und schob einen Hocker davor.

Wieder ertönte die Türglocke. Morrison eilte in das Wohnzimmer und rief: »Einen Moment noch!« Er warf einen kurzen Blick durch den Türspalt ins Büro und konnte das Kontrolllämpchen der Festplatte blinken sehen. Obwohl er nur eins der zwanzig auf der Festplatte gespeicherten Gigabytes verhackstückte, würde es noch eine Weile dauern ...

Und die Zeit lief ab. Einer der Männer klopfte laut an die Tür.

Morrison hastete zurück, schaltete die Deckenbeleuchtung im Wohnzimmer an, um seinen Besuchern zu zeigen, dass er kam, spähte durch die Vorhänge – weitere zehn Sekunden gewonnen – und schloss die Vordertür auf. »Musste mir nur schnell eine Hose anziehen«, sagte er zu den beiden Männern. »Was ist los?«

Sie brachten Morrison durch den Hintereingang in das Gebäude, fuhren mit einem Lastenfahrstuhl nach oben, durchquerten einen mit zahlreichen Alarmsystemen bestückten Vorraum im obersten Stockwerk und betraten den Sicherheitshauptbereich. Corbeil erwartete sie bereits.

St. John Corbeil war ein harter Mann Anfang vierzig mit einem kantigen, von Stress, Sonne und Wind gezeichneten Gesicht. Seine blauen Augen waren klein, wirkten intelligent und saßen tief in ihren Höhlen. Die schmale Nase und die dünnen Lippen verliehen ihm etwas Raubvogelhaftes. Sein Haar war militärisch kurz geschnitten und erinnerte ein wenig an die typischen Navy-Frisuren aus den 50ern.

»Mr. Morrison«, sagte er. »Ich habe hier ein Band, das Sie sich einmal anhören sollten.«

Morrison war nervös, jedoch noch nicht verängstigt. In seinem Haus hatten die Männer ein paar Drohungen ausgesprochen, die allerdings keine Gewaltanwendung beinhalteten. Wenn er sie nicht begleitete, hatten sie gesagt, würde er auf der Stelle gefeuert und von AmMath der Verletzung firmeninterner Sicherheitsbestimmungen, der Industriespionage und des Diebstahls von Geschäftsgeheimnissen angeklagt werden. Danach würde er nie mehr für eine seriöse Firma arbeiten können.

Die Drohungen waren glaubhaft. Wenn man ihn feuerte und verklagte, würde ihn niemand mehr einstellen. Vertrauen war unverzichtbar, wenn eine Firma einem Mann Zugang zu ihrem Computersystem gewährte. Für jemanden, der sich mit Computern so gut auskannte wie er, lagen alle Geheimnisse offen. Alle. Andererseits, wenn er mit den Leuten reden konnte, bestand vielleicht eine Möglichkeit, sich mit ihnen zu einigen. Vielleicht verlor er diesen Job, aber sie würden ihn nicht verklagen, nicht an die Öffentlichkeit gehen.

Also hatte er sie begleitet. Er und einer der beiden Männer fuhren mit Morrisons Wagen – »Damit wir Ihren Arsch nachher nicht wieder hierher zurückschaffen müssen«, hatte der Typ vom Sicherheitsdienst gesagt. Der andere wollte ihnen mit ihrem eigenen Wagen folgen, war bisher aber noch nicht aufgetaucht.

Jetzt stand Morrison nervös und mit hängenden Schultern wie ein Untertan da, den man vor den König geschleift hatte, während Corbeil eine Tonbandkassette in den Recorder schob. Morrison erkannte die Stimme. Es war die von Terrence Lighter. »John, was, zur Hölle, tut ihr Typen da draußen? Vor meiner Tür ist so ein Schnüffler aufgekreuzt ...«

Shit, sie hatten ihn erwischt!

Er beschloss, in die Offensive zu gehen. »Ich bin auf etwas gestoßen, das ich für regelwidrige Arbeit gehalten habe«, erklärte er. »Es hatte nichts mit Clipper zu tun, aber es war offensichtlich streng geheim, und die Art, wie verfahren wurde … Man hätte damit nicht so umgehen dürfen.« Er stand wie ein Bittsteller vor Corbeil. »Als ich beim Jet Propulsion Laboratory gearbeitet habe, schärfte man mir ein, ich sollte mich mindestens zwei Ebenen höher melden, falls ich jemals auf eine derartige Anomalie stoßen sollte, damit niemand die Sache vertuschen kann und Sicherheitslücken geschlossen werden können.«

»Also haben Sie sich an Lighter gewandt?«

»Ich dachte, ich hätte keine andere Wahl«, sagte Morrison. »Und vergessen Sie nicht, ich *habe* mit Lighter gesprochen. Ich glaube, wir sollten jetzt das FBI anrufen. Mal sehen, was die dazu sagen.«

»Sie dämlicher Wichser.« Corbeil zog ein Mobiltelefon aus seiner Jackentasche, drückte eine Taste, wartete ein paar Sekunden und fragte: »Irgendwas gefunden?« Offenbar nicht. »Okay«, fuhr er fort. »Vergessen Sie die Disketten. Wir kümmern uns hier um die Sache.«

Sein Sicherheitsagent, der geduldig neben der Tür gewartet hatte, sah auf die Uhr. »Wenn wir es tun wollen, sollten wir es besser gleich hinter uns bringen«, sagte er. »Goodie wird in den nächsten fünfzehn Minuten hier auftauchen, und ich muss vorher um das Gebäude herumrennen und meinen Posten einnehmen.«

Corbeil bedachte Morrison mit einem langen Blick.

»Was?«, fragte Morrison.

Corbeil schüttelte den Kopf, stand auf und ging auf den Sicherheitsagenten zu. »Lassen Sie mich das machen.«

Der Mann zog seine Smith Kaliber .40 aus dem Holster und reichte sie ihm. Corbeil nahm sie, drehte sich zu Morrison um und richtete die Waffe auf ihn.

»Sie erzählen uns jetzt besser, was Sie mit den Daten gemacht haben, oder aber ich reiße Ihnen den Arsch bis zum Hals auf«, sagte er leise.

»Zielen Sie nicht mit der Pistole auf mich«, presste Morrison heiser hervor. »Zielen Sie nicht mit der Pistole auf mich …«

Corbeil spürte, wie ihm das Blut durch die Adern rauschte. Diesen Teil des Jobs hatte er schon immer gemocht. Er hatte die irakischen Colonels und noch ein paar andere Turbanträger abgeknallt, außerdem jede Menge Hirsche, Antilopen, Elche, drei verschiedene Bärenarten, Murmeltiere, Präriehunde und mehr Vögel, als er zählen konnte – und es hatte sich immer ziemlich gut angefühlt.

Er schoss Morrison zweimal in die Brust. Morrison wirkte nicht überrascht, stolperte nicht, griff sich nicht an die Einschusswunden und riss auch nicht verblüfft die Augen auf. Er brach einfach nur zusammen.

»Christus, mir klingeln die Ohren«, wandte sich Corbeil an den Agenten. Er verschwieg seine plötzliche Erektion. »Nicht der Rede wert«, fügte er hinzu. »Nicht wie die Geschichte im Irak.«

Doch seine Hand zitterte, als er die Pistole zurückgab.

Der Agent hatte diese Reaktion schon früher beobachtet. Beim Jagen auf der Ranch. »Lassen Sie uns den anderen Schuss abfeuern«, sagte er.

»Ja.« Sie nahmen eine .38er aus der Schreibtischschublade, schlossen Morrisons Hand um die Waffe und schossen damit einmal in einen Zeitungsstapel.

»Sie machen sich jetzt besser auf den Weg«, sagte Corbeil. »Ich entsorge die Zeitungen.«

»Ich werde rechts von Goodie sein«, erinnerte ihn der Agent. »Das heißt, von Ihnen aus gesehen links.«

»Ist mir klar«, erwiderte Corbeil ungeduldig.

»Also, Jesus, vergessen Sie das nur nicht«, mahnte der Agent.

»Ich werde es nicht vergessen!«, fauchte Corbeil.

»Tut mir Leid. Aber merken Sie es sich. Denken Sie daran. Ich werde aus Ihrer Sicht links stehen. Und jetzt müssen Sie nachladen, und nehmen Sie die leeren Patronenhülsen mit …«

»Ich werde an alles denken, William. Es geht genauso um mein Leben wie um Ihres.«

»Okay.« Die Augen des Agenten glitten über Morrisons schlaffen Körper. »Was für ein Schmock.«

»Wir hatten keine Wahl«, sagte Corbeil. »Die Chancen, dass er auf das Zeug stoßen würde, standen eine Million zu eins.« Er warf einen Blick auf seine Uhr. »Hauen Sie schon ab.«

Larry Goodie zog seinen Pistolengurt hoch, seufzte und steuerte die Fahrstuhlkabinen an. Als er sich in Bewegung setzte, ertönte das Alarmsignal am Mitarbeitereingang. Er drehte sich um und sah, wie William Hart seine Magnetkarte durch den Leseschlitz zog.

»Arschloch«, murmelte Goodie zu sich selbst. Er ging weiter, jetzt aber langsamer. Nachts war nur ein Aufzug in Betrieb, und Hart würde wahrscheinlich bis nach oben fahren wollen. Er drückte die Ruftaste der Kabine, als Hart den Eingang passierte, und lächelte ihm zu.

»Wie läuft's, Larry?«, erkundigte sich Hart.

»Eine lange Nacht«, erwiderte Goodie.

»So sollte es auch sein, oder?«, fragte Hart.

»Schätze schon«, sagte Goodie.

»Wann hatten Sie denn das letzte Mal eine kurze Nacht?«

Goodie wusste, dass man ihm zu viel Arbeit aufhalste, und das gefiel ihm nicht. Die Typen von TrendDirect waren in Ordnung. Die Leute bei AmMath, die von ›ganz oben‹, waren Arschlöcher. »Die meisten sind ein bisschen lang«, räumte er ein. »Hatte nur das eine Mal ein bisschen Ärger mit dem Kartenlesegerät, bei all dem Kommen und Gehen …«

Im zehnten Stockwerk gab der Fahrstuhl einen Glockenton von sich, und sie stiegen aus. Goodie wandte sich nach links, Hart nach rechts, in Richtung seines Büros. Plötzlich legte Hart dem anderen eine Hand auf den Arm. »Larry, sah dieses Schloss vorher auch schon so aus?«

Goodie folgte Harts Blick. Mit dem Schloss an der Tür zu Gerald R. Kinds Büro stimmte etwas nicht. Er trat näher und sah genauer hin. Irgendjemand hatte sich mit einem Stemmeisen an der Tür zu schaffen gemacht. »Nein, das glaube ich nicht«, sagte er. »Ich war erst vor einer Stunde hier oben.« Er drehte sich um und spähte den Flur entlang. Die Beleuchtung im Sicherheitsbereich war ausgeschaltet. Normalerweise brannte sie vierundzwanzig Stunden am Tag.

»Wir sollten das lieber überprüfen«, entschied Hart mit gedämpfter Stimme.

Er drückte die Bürotür langsam auf, und Goodie sah, dass die Tür am gegenüberliegenden Ende des Raumes offen stand. »Leise«, flüsterte Hart. Er ging voraus, durchquerte das Büro und trat auf der anderen Seite in einen Gang, der in den Sicherheitsbereich führte. Auch die Tür am Ende des Ganges stand offen. Der Bereich dahinter lag im Dunklen.

»Sehen Sie sich diesen Bildschirm an«, hauchte Hart, während sie durch den Gang schlichen. Einer der Computermonitore glühte schwach, als wäre er gerade erst gelöscht worden. »Ich denke, irgendwer ist da drin.«

»Ich werde die Beleuchtung einschalten«, flüsterte Goodie zurück. Sein Herz klopfte heftig. So etwas war bisher noch nie vorgekommen.

»Nehmen Sie lieber vorher Ihre Waffe in die Hand«, riet Hart. Er zog eine Automatikpistole aus dem Holster. Goodie schluckte schwer und tastete nach seinem Revolver. Er hatte ihn noch nie zuvor gezogen.

»Fertig?«, fragte Hart.

»Vielleicht sollten wir die Cops rufen«, wisperte Goodie.

»Schalten Sie einfach das Licht an«, flüsterte Hart fast unhörbar. »Greifen Sie durch die Tür, der Schalter ist gleich auf der rechten Seite.«

Goodie trat an den Türrahmen und griff mit einer Hand hindurch, als ihn irgendjemand anbrüllte. »NEIN!«

Er zuckte herum, sah ein geisterhaftes Oval, ein Gesicht, und dann peitschte ein dröhnender Knall auf. Der Lichtblitz blendete ihn, und er hatte das Gefühl, als hätte ihm jemand einen Baseballschläger gegen die Rippen geschmettert. Er kippte rücklings um. Direkt über ihm blitzte das Mündungsfeuer von Harts Pistole, wieder und wieder und wieder …

Goodie zählte die Schüsse nicht, aber die ganze Welt schien nur noch aus Krach zu bestehen. Dann schlug er mit dem Hinterkopf auf den Teppich, öffnete den Mund und stöhnte. Sein Körper fühlte sich an, als brenne er. Er lag reglos auf dem Boden, bis sich Harts Gesicht in sein Blickfeld schob.

»Halten Sie durch, Larry, gottverdammt, halten Sie durch, ich rufe einen Krankenwagen … Halten Sie durch …«

2

Der kanadische Winter hielt am Freitag Einzug.

Bleak Thomas und ich waren zum English River gefahren, um am Ende der Angelsaison Hechte zu fangen. Sonnige Tage und klare, frostige Nächte, die den Mücken den Rest gegeben hatten, und wir versuchten unser Glück, während der Herbst in Ontario nicht weichen wollte.

Das schlechte Wetter brach über Nacht herein. Als wir aufstanden, schien die Sonne noch aus einem dunstigen Himmel, aber schon gegen neun Uhr zog von Nordwesten her ein dunkler Wolkenkeil heran. Wir konnten die Kälte förmlich riechen. Genau genommen war es kein Geruch, es hatte jedoch indirekt etwas mit dem Geruchssinn zu tun. Man dreht das Gesicht in die Richtung, aus der die Kälte kommt, die Nase juckt, und man denkt: *Winter.*

Die Schlechtwetterfront kam nicht überraschend. Wir hatten sie schon vor fünf Tagen auf Satellitenfotos gesehen, ein sich über der Arktis aufbauendes Tiefdrucksystem, bevor wir die Basisstation des Wasserflugzeugs verlassen hatten. Doch als wir am letzten Tag auf das Flugzeug warteten, immer wieder auf unsere Uhren sahen, auf das Brummen der einmotorigen Cessna 185 warteten und Schneeflocken von der Größe eines Nickels aus Nordwesten herüberwehten ... vielleicht begannen wir uns da zu fragen, was passieren würde, sollte das Flugzeug abgestürzt sein. Oder wenn es zu einem Missverständnis kam und die Leute in der Basis annahmen, wir wären mit der Maschine abgestürzt.

Der Winter im Nordwesten von Ontario ist lang, und wahrscheinlich würde Bleak Thomas nicht besonders gut schmecken. Vielleicht hing Bleak ganz ähnlichen Gedanken nach, nur mit dem Unterschied, dass auf seiner Speisekarte ein anderes Gericht stand. »Nur eine Stunde Verspätung«, sagte er, als die Cessna schließlich wie ein silberner Splitter am Ende des Sees auftauchte und das Dröhnen des Motors über das Wasser hallte.

»Wirklich?« Ich gähnte und streckte mich. »Ich dachte schon, sie wäre ein bisschen zu früh dran.«

»Sicher«, erwiderte Bleak. »Deshalb hast du dir ja auch die Fingernägel bis zu den Ellbogen abgekaut.«

Der Pilot hatte es eilig. Er manövrierte die Maschine auf ihren Schwimmkufen, von einer Schneeböe getrieben, an den wackligen Holzsteg. Bleak und ich warfen unser Gepäck an Bord, und dann waren wir auch schon unterwegs, hüpften über die schaumigen Wellenkämme und erhoben uns in die Luft. Der Pilot machte sich nicht die Mühe, sich zu überzeugen, ob wir die Boote mit dem Kiel nach oben umgedreht oder das Feuer in dem bauchigen Ofen gelöscht hatten, er verließ sich auf unser Wort. »Gut«, sagte er zehn Minuten später, als wir die Schneeschleier hinter uns ließen. »Ich lande in der Regel besser, wenn ich den See auch finden kann.« Er wandte sich mir zu. »Da ist eine Frau, die alle zehn Minuten für Sie anruft.«

»Yeah? Hat sie gesagt, wie sie heißt?« Ich tippte auf LuEllen, denn sie war die einzige Frau, von der ich mir vorstellen konnte, dass sie sich dringend mit mir in Verbindung setzen wollte.

»Lane Ward«, antwortete der Pilot.

Ich schüttelte den Kopf. »Kenne ich nicht.«

»Tja, sie scheint aber Sie zu kennen, und sie brennt offensichtlich darauf, mit Ihnen zu sprechen«, sagte der Pilot. Wir mussten fast schreien, um den Motorenlärm zu übertönen. »Sie hat nicht gesagt, worum es geht. Sie sagt, sie ist unterwegs und hat keine feste Nummer, unter der man sie zurückrufen kann.«

Der Rest des Fluges verlief ziemlich schweigsam. Wir alle konzentrierten uns auf die rund 250 Meter unter uns vorbeihuschenden Seen und tiefen Flusstäler. In drei Wochen würde der Pilot nur noch mit Schneekufen landen können. Ein paar Meilen von der Basis entfernt legte er die Cessna in eine Kurve, um der Längsachse des Sees zu folgen. Bleak beugte sich aus dem Hintersitz vor. »Wir haben da draußen schon angefangen, uns Sorgen zu machen – wegen Ihnen.«

»Hatte heute Morgen ein paar Probleme damit, das Flugzeug zu starten«, erklärte der Pilot. »Als ich den Motor warm laufen gelassen habe, ist der Propeller abgefallen.« Bleak und ich stierten zuerst die Luftschraube und dann den Piloten an.

Er grinste nur. »Der Witz hatte schon einen Bart, als Pontius Pilatus seinen Flugschein machte.«

Die Frau des Piloten hieß Moony. Sie war ein Späthippie-Mädchen mit breitem Grinsen und einem pausbäckigen Gesicht und zog etwas Gras in einem Blumenkasten vor dem Fenster. Obwohl sie schon seit dreißig Jahren für die Angler kochte, die sich aus den Städten einfliegen ließen, brachte sie noch immer kein vernünftiges Essen zustande. Die Angler aßen ihre Pfannkuchen nicht, sondern nahmen sie mit zu den Seen hinaus, um sie wie flache Kieselsteine über das Wasser hüpfen zu lassen. Nicht einmal die Fische rührten die Dinger an, wenn sie auf den Boden sanken.

Moony bot uns an, ein schnelles Mittagessen zuzubereiten, doch wir lehnten eilig ab, sprangen in den gemieteten Geländewagen und fuhren nach Kenora. Sechs Stunden später stiegen wir die Treppe zur Abfertigungshalle für Kurzstreckenmaschinen des Minneapolis-St. Paul International hinauf.

»Ich habe schon schlimmere Ausflüge gemacht«, sagte Bleak.

Seine Art zu formulieren, dass er die Zeit genossen hatte. Bleak war Möbelschreiner. Er kassierte tausend Dollar für einen Stuhl und 15 000 für eine seiner zehnsitzigen, aus Walnussholz handgeschnitzten Esszimmergruppen. Den größten Teil des Geldes spendete er einer gemeinnützigen Einrichtung, den Lutheran Social Services. Er war der Meinung, dass Handwerker, die es zu Reichtum bringen, sanftmütig würden, eine Einstellung, die ich nicht teilte. Nicht dass er ein religiöser Fanatiker gewesen wäre. Er war zum fünften Mal verheiratet, und alle seine Frauen waren wunderbare Gefährtinnen gewesen. »Schau dir den Arsch von der da an, Kidd«, sagte er, als wir die Stufen zum Terminal hinaufstiegen und er eine dunkelhaarige Frau am Ende der Treppe entdeckte.

»Jesus, Bleak, so kannst du in Minnesota nicht reden«, murmelte ich, sah aber trotzdem hin.

»War als aufrichtiges Kompliment gemeint«, versicherte er mit gedämpfter Stimme.

Die Frau drehte sich um und musterte uns von Kopf bis Fuß, ließ den Blick über unsere Seesäcke, die Taschen mit dem Angelzubehör und die Schutzhüllen unserer Teleskopruten wandern. Sie betrachtete Bleak eine Minute lang eingehend, so wie es viele Frauen taten – er hatte langes schwarzes Haar und einen bronzefarbenen Hautton, ähnlich einem indianischen Touristenführer –, bevor sie mich ansah. »Sind Sie Kidd?«, fragte sie, als wir das Ende der Treppe erreicht hatten.

»Der bin ich«, sagte ich.

»Ich bin Lane Ward.« Ihrem Aussehen nach hätten ihre Vorfahren Mexikaner sein können. Sie hatte schwarzes Haar, die dazu passenden Augen und ein etwas rundliches Gesicht, ihre Haut aber war so blass wie die einer Irin. Als ich ihr die Hand schüttelte, nahm ich den Hauch eines Parfüms wahr, ein leichter, blumiger Duft, etwas Französisches. »Ich bin Jack Morrisons Schwester«, fügte sie hinzu.

»Jack«, sagte ich. »Wie geht es ihm?«

»Er ist tot«, erwiderte sie. »Man hat ihn vor einer Woche erschossen.«

Ich erstarrte und sah Bleak an.

»Yow«, sagte Bleak.

Die Parkgarage des Internationalen Flughafens Minneapolis-St. Paul befindet sich in einem Zustand des permanenten Umbaus, ein ausgelutschter Witz, den die Metropolitan Airports Commission verbrochen hat. Da man dort unmöglich parken kann, waren wir alle mit dem Taxi gekommen. Bleak bestieg einen Wagen, der ihn in den Süden der Stadt zu seiner

Schreinerei brachte, Lane und ich fuhren mit einem anderen zu meiner Wohnung in St. Paul.

»Woher wussten Sie, dass ich Kidd bin – warum nicht Bleak?«, fragte ich, während wir auf das Taxi warteten.

»Sie sehen eher wie ein Krimineller aus«, sagte Lane.

»Danke, aber ich bin Künstler.«

»Ach, *bullshit*. Ich weiß von Anshiser. Ich weiß, was Sie und Jack getan haben.«

Dass sie von Anshiser wusste, war beunruhigend. Anshiser war eine ziemlich haarige Operation gewesen, die im Endeffekt zum Zusammenbruch einer größeren Flugzeugfirma geführt hatte. Hätte ich gewusst, dass Jack seiner Schwester davon erzählen würde – ich hätte nicht mit ihm gearbeitet. Andererseits war das vielleicht nicht realistisch. Alle möglichen Leute wussten ein bisschen von dem, was ich tat. Nur kannten sie sich nicht untereinander, und so konnten sie ihre Informationen nicht vergleichen. »Sie finden, ich sehe wie ein Verbrecher aus?«

»Sie sehen härter als Ihr Freund aus, wegen Ihrer ... Nase.«

Hölle, ich hatte mich immer für einen gut aussehenden Burschen gehalten. Irgendwo in den Vierzigern, etwas über 1,80 Meter groß, kaum eine Spur von Weiß in meinem immer noch vollem Haar. Meine Nase, das muss ich zugeben, ist einige Male gebrochen und nie richtig behandelt worden. Ich hatte gedacht, sie würde meinem Gesicht einen gewissen Charme verleihen. »Das ist Teil meines Flairs«, sagte ich gekränkt, als das Taxi heranrollte. Ich hielt Lane die Tür auf.

»Jack sagte, dass Sie charmant sein können, wenn Sie wollen. Aber er meinte auch, Sie würden meistens keinen Wert darauf legen.« Sie stieg ein, und ich setzte mich neben sie.

»Was ist Jack zugestoßen?«, wollte ich wissen.

»Warten wir damit, bis wir bei Ihnen sind«, sagte sie, den Blick auf den Hinterkopf des Fahrers gerichtet.

Obwohl der Winter auf dem Vormarsch war, konnte man in Ontario bisher noch nichts davon spüren. Die Bäume in St. Paul warfen zwar die Blätter ab, doch die Temperaturen lagen noch um die zwanzig Grad, als wir den Mississippi überquerten und in die West Seventh Street nach St. Paul einbogen. Lane war schweigsam und nahm das Lokalkolorit in sich auf, das ganz besonders durch einen Typen repräsentiert wurde, der sehr langsam auf einer uralten Honda Dream dahintuckerte und dabei auf einer Zigarre herumkaute. Er trug knielange Shorts und dazu schwarze Anzugsocken.

»Eine kultivierte Gegend für eine Hauptstadt im Mittelwesten«, kommentierte Lane.

»Yeah, wir sind ein Hort des Individualismus«, sagte ich.

Den Rest der Fahrt plauderten wir über Belanglosigkeiten, und ich taxierte Lane. Sie war hübsch und hatte eine gute Figur, die aber eher von einer disziplinierten Ernährung als von körperlicher Betätigung herrührte, nicht die Figur einer Sportlerin, sondern die eines Models.

Sie hatte in Berkley Philosophie und Mathematik studiert, ohne zu graduieren, und einige Abschlüsse in Computertechnik in Stanford gemacht. Jetzt lebte sie in Palo Alto, arbeitete als Dozentin in Stanford und außerdem in einer neuen Internet-Firma namens e-Accountant, die einen Komplettservice – Sammelbestellungen, Rechnungserstellung, Buchführung und Steuerabrechnungen – für Web-Sites anbot, die zu klein waren, um sich selbst effizient darum zu kümmern. Lane erwartete, es auf diesem Gebiet zu moderatem Wohlstand zu bringen. Mit dem Mann, dessen Namen sie angenommen hatte, war sie nicht mehr verheiratet.

»Er hat oft gesagt, er wollte Kinder«, erzählte sie, »aber es gab immer irgendetwas anderes, das er vorher noch wollte. Ein Auto, ein Boot, ein Haus oder einen Ferienbungalow. Ich habe ihm gesagt, dass ich nicht länger warten könnte und die

Konsequenzen ziehen würde, wenn wir die Sache mit den Kindern nicht in Angriff nehmen. Selbst da konnte er sich nicht entscheiden.«

»Also haben Sie die Konsequenzen gezogen.«

»Mhm.«

»Irgendwelche Kandidaten für eine Vaterschaft?«, erkundigte ich mich.

»Ja. Ein sehr netter Mann in Stanford, ein Anthropologe. Er bastelt gerade an seiner Scheidung.«

»Ah. Haben Sie etwas mit *seinen* Problemen zu tun?«

»Nein. Er ahnt nicht einmal, dass er ein Kandidat für diese Rolle ist. Obwohl er schon sehr bald darauf kommen dürfte. Ich denke, er wird ein hervorragender Vater werden.«

»Gut für ihn«, sagte ich.

Der Taxifahrer warf einen Blick in den Rückspiegel, und ich sah ihn lächeln. Schönen Frauen fällt es sehr leicht, Männern Vergnügen zu bereiten.

Ich bin mir nicht sicher, wie froh man sein sollte, wenn man in einem Taxi mit der trauernden Schwester eines Freundes, der gerade erschossen wurde, zu Hause ankommt. Aber als wir ausstiegen, *war* ich froh. Es macht mich immer froh, in den Norden zu fahren, und es macht mich genauso froh, wieder nach Hause zu kommen. Die Seen lassen Ideen in mir keimen, und wenn ich lange genug dort oben bin, entwickele ich ein unwiderstehliches Bedürfnis zu arbeiten und die Ideen zu Papier zu bringen. Bleak geht es ebenso. Er muss nur einige Zeit in einer Blockhütte verbringen, und schon beginnt er, die Einrichtung mit seinem Taschenmesser zu verschönern.

Und in meinem Haus war eine Menge los. Wir mussten fünf Stockwerke zu Fuß hinaufsteigen, weil der Fahrstuhl mit Alice Becks Steingut- und Porzellanarbeiten voll gestopft war, die sie zu einer Ausstellung bringen wollte. »Tut mir Leid, Kidd!«, rief sie ins Foyer hinunter. »In zehn Minuten sind wir weg!« Also stiegen wir die Treppe hinauf, ich mit meinem Seesack und den Angelruten, Lane mit der Tasche voller Angelzubehör.

Im dritten Stock legten wir einen kurzen Zwischenstopp ein, damit sich Lane Alices Vasen ansehen konnte. Sie gefielen ihr, und Alice lud uns zur Ausstellungseröffnung in zwei Tagen ein.

Lane schüttelte den Kopf. »Ich würde liebend gern kommen, aber wir müssen zu einem Begräbnis.« Wir gingen weiter. »Schönes Zeug«, sagte sie ruhig, als sie auf dem nächsten Treppenabsatz einen Blick nach unten warf. Ich nickte. »Die Leute meinen, sie wäre so gut wie Lucie Rie, aber ich befürchte, dass sie eines Tages das ganze Haus abfackeln wird. Ein Marathon-Gasbrennofen steht in ihrem Hinterzimmer. Ich kann das Ding nachts fauchen hören – ein Geräusch wie bei der Einäscherung von Sam McGee.«

»Ist das legal?«

»Die Einäscherung von Sam McGee?«

»Nein, Dummkopf. Der Brennofen in einer Wohnung.«

»Ich bezweifle es.«

»Haben Sie sich deswegen beschwert?«

»Nah. Ich habe ihr sogar geholfen, das Ding hochzuschleppen.«

Wieder zu Hause, und der Kater war da.

Er saß auf der Rückenlehne der Couch und blickte auf den Mississippi hinaus: ein getigerter Kater mit rotem Fell und einem Kopf von der Größe eines alten Dampfbügeleisens. Natürlich bequemte er sich nicht herabzuhüpfen, als ich die Wohnung betrat. Ja, er tat sogar so, als würde er mich gar nicht bemerken. Eine alte Künstlerin unten im Haus, eine Malerin, fütterte ihn, wenn ich unterwegs war, und er hatte seine Katzentür, so dass er nicht einmal ein Katzenklo benötigte, außer im tiefsten Winter.

»Hey, Kater«, sagte ich. Er sah mich nicht an – aber später, sobald ich ins Bett ging, würde er angeschlichen kommen, um sich eine Streicheleinheit abzuholen.

»Er sieht aus wie Sie«, sagte Lane.

»Wer?«

»Der Kater.«

»Danke.« Ich vermutete, die Bemerkung könnte als Kompliment gemeint gewesen sein. Andererseits wirkte der Kater ziemlich ramponiert. Eins seiner Ohren war fast abgebissen worden, und manchmal humpelte er morgens ein bisschen. Dann blickte er mich an und miaute, als wollte er ein paar Kopfschmerztabletten von mir. Ich ließ den Seesack fallen und ging in die Küche. »Erzählen Sie mir von Jack«, bat ich. »Möchten Sie Kaffee?«

Sie wollte. »Ich glaube, er wurde ermordet«, begann sie, während wir darauf warteten, dass sich das Wasser in der Mikrowelle erhitzte. »Angeblich wurde er beim Einbruch in den Sicherheitsbereich einer Firma namens AmMath in Dallas erschossen. Zwei Schüsse in die Brust, die ihn sofort getötet haben. Ein anderer Mann wurde dabei verwundet.«

»Aber nicht getötet?«

»Nicht getötet.«

»Also konnte er Ihnen erzählen, was passiert ist …« Die Mikrowelle klingelte. Ich nahm die Tassen heraus.

»Nein, nein, nein … Der verwundete Mann ist angeblich von Jack angeschossen worden. Man hat mir gesagt, Jack hätte eine Waffe gehabt und das Feuer eröffnet, als er erwischt worden ist. Es waren zwei Wachen oder Sicherheitsleute da, wie auch immer Sie sie nennen wollen. Angeblich hat Jack einen davon niedergeschossen, und der andere hat ihn erschossen.«

»*Jack?*« Wer ihn kannte …

»Genau«, sagte Lane. »Es ist absolut undenkbar, dass Jack auf irgendjemanden schießen würde. Er würde nicht mal auf jemanden schießen, um sein Leben zu retten, geschweige denn, um sich nicht bei einem Einbruch erwischen zu lassen, oder bei was auch immer er angeblich getan hat. Es sei denn …« Sie warf mir einen Seitenblick zu, und ihre Augen saugten sich regelrecht an mir fest.

»Yeah?«

»Es sei denn, Sie haben ihn durch Ihre gemeinsame Arbeit dazu gebracht, eine Waffe zu tragen.«

Ich schüttelte den Kopf. »Niemals. Ich trage nie eine Waffe. Das Einzige, was Sie mit einer Pistole machen können, ist, jemanden erschießen. Und ich würde niemanden wegen des Bauplans eines Mikrochips erschießen.«

»Genau das hat Jack mir erzählt«, sagte sie. »Dass nichts, was Sie tun, Gewalt beinhaltet.«

Nichts, was Jack über mich wusste, hatte mit Gewalt zu tun, dachte ich. Trotzdem war es bei meinen Aktivitäten ein-, zwei- oder dreimal zu Gewaltanwendung gekommen, so sehr ich es auch hatte verhindern wollen oder bedauerte. Oder, um ehrlich zu sein, so sehr ich es auch *teilweise* bedauerte. Einmal hatte ich, weiter unten am Mississippi, mit einem Hurensohn zu tun gehabt, den ich – sollte er jemals von den Toten zurückkehren – mit Freuden durch eine Häckselmaschine schicken würde.

»Was hat Jack gemacht?« Ich rührte Pulverkaffee in das heiße Wasser und reichte Lane eine Tasse. Sie hatte eine Art, einen direkt anzusehen und einem so nahe zu kommen, dass ein unbeherrschterer Mann sich davon hätte ablenken lassen.

»Niemand gibt mir genauere Auskünfte darüber« erwiderte sie. »Alles, was man mir gesagt hat, ist, dass er in einen Hochsicherheitsbereich von AmMath eingedrungen ist – das sind die Leute, die an Clipper II arbeiten – und das Feuer auf die Wachen eröffnet hat, als sie sich ihm näherten.«

Clipper II war ein Wirklichkeit gewordener Orwell'scher Albtraum, eine praktische Unmöglichkeit oder ein gewaltiger Witz auf Kosten der Steuerzahler – je nach persönlichem Geschmack. Der Chip war auf Grund von Befürchtungen der amerikanischen Regierung entwickelt worden, unentschlüsselbare Codes könnten geheimdienstliche Abhöraktionen undurchführbar machen. Und an dieser Angst war tatsächlich etwas dran, die angestrebte Lösung fiel jedoch so drakonisch aus, dass das Projekt von Anfang an zum Scheitern verurteilt gewesen war.

Der Clipper-II-Chip – wie der ursprüngliche Clipper-Chip davor – war gebaut worden, um mit hohen Verschlüsselungsgraden arbeiten zu können. Sollte er zwingend vorgeschrieben werden, wie von der Regierung gewünscht, würde ihn jeder benutzen müssen. Und die Verschlüsselung war garantiert sicher. Absolut unmöglich, sie zu knacken.

Abgesehen davon, dass der Chip ein Entschlüsselungsprogramm für die Regierung enthielt, *nur für den Fall der Fälle*. Bei Bedarf konnten die Behörden den Codeschlüssel für einen bestimmten Chip heraussuchen, eine Aufzeichnungsgenehmigung erwirken und jede Nachricht entschlüsseln, die unter Verwendung des betreffenden Chips versandt wurde. Dadurch würden sie – zumindest behaupteten sie das – alle Arten von Mafiosi, Drogendealer, Geldwäscher und andere Kriminelle zur Strecke bringen.

Die Hacker verabscheuten die Idee natürlich. Sie benutzten bereits Verschlüsselungssysteme, die so effektiv waren, dass niemand, nicht einmal die Regierung, sie knacken konnte. Die Vorstellung, zu weniger sicheren Codierungen zurückkehren zu müssen und es der Regierung dadurch zu erlauben, jede beliebige Person auszuspionieren, trieb sie auf die Barrikaden. Kein Hacker auf der Welt glaubte wirklich daran, dass die Regierung eine ordnungsgemäße Abhörgenehmigung von den Gerichten einholte, bevor sie Daten aufzeichnete. Es würde letztlich darauf hinauslaufen, den Datenverkehr von Verdächtigen mitzuschneiden und dann erst die Genehmigung dazu einzuholen, so wie es bereits beim Abhören von Telefongesprächen gängige Praxis war.

Das Gute an der ganzen Kontroverse war, dass Clipper II zu spät kam, wie jeder wusste, der sich ernsthaft mit Verschlüsselungstechniken beschäftigte. Schon für Clipper I war es vor einem Jahrzehnt zu spät gewesen. Die gründliche Datencodierung ließ sich, nachdem sie einmal entwickelt und eingeführt worden war, nicht mehr rückgängig machen.

Lane trank einen Schluck Kaffee, zuckte zusammen und fragte irgendetwas, das mir entging, weil ich gerade in Gedanken bei Clipper II war. »Häh?«

»Töten Menschen für Software?«, wiederholte sie.

»Ich nicht. Aber Windows ist ein Beispiel für Software, die ihrem Erfinder rund hundert Milliarden Dollar eingebracht hat. In den einschlägigen Vierteln mancher Städte können Sie einen Mord für eine Hand voll Kleingeld in Auftrag geben. Also könnte die eine oder andere Software durchaus Anlass für einen Mord sein.« Wir dachten beide einen Augenblick lang darüber nach. »Wenn es sich wirklich so abgespielt hat, wie Sie sagen«, fuhr ich fort, »warten Sie, lassen Sie mich ausreden ... wenn Jack auf irgendjemanden geschossen hat, dann nicht zwangsläufig wegen Software. Sondern um nicht erwischt und ins Gefängnis geschickt zu werden. In ein texanisches Gefängnis.«

»Aber wie wir beide wissen, hat Jack auf niemanden geschossen«, warf Lane ein. »Und da *irgendjemand* den Wächter angeschossen hat, muss dort noch eine weitere Person gewesen sein, als Jack getötet worden ist, auch wenn die Firma behauptet, dass nur der Wächter und ein zweiter Sicherheitsposten da waren.«

»Vielleicht hat der eine auf den anderen geschossen, um es so aussehen zu lassen, als hätte Jack zuerst gefeuert ...«, sagte ich halb scherzhaft, aber Lane nahm die Bemerkung ernst.

»Nein, ich habe selbst schon darüber nachgedacht. Der angeschossene Wächter ist schwer verletzt worden, die Kugel hat seine Lunge durchschlagen. Er ist schon älter und wäre auf dem Weg ins Krankenhaus beinahe gestorben.«

»Also klingt die ganze Geschichte glaubwürdig.«

»Fast zu perfekt. Es gibt überhaupt keine Lücken. Bei der Durchsuchung von Jacks Unterkunft wurden angeblich geheime Dateien auf einer in seinen Schuhen versteckten Jaz-Diskette gefunden. Passt wunderbar ins Bild. Das hat die Geschichte abgerundet. Das Einzige, was nicht funktioniert, ist die Schießerei selbst. Jack hat Schusswaffen gehasst. Sie haben ihm Angst gemacht. Er hätte nicht mal eine angefasst.«

Lane redete sich allmählich in Rage. Ich nahm ihr mit einer nüchternen Frage den Wind aus den Segeln. »Was hat er in Dallas gemacht?«

»Einen Auftragsjob«, erwiderte sie. »Er war seit drei Monaten dort und hätte vielleicht noch einmal drei Monate vor sich gehabt. AmMath hatte ein paar alte Supercomputer, Crays, vom Wetterdienst gekauft, und es gab Probleme, die Kisten am Laufen zu halten. Jack hatte schon vor Jahren an den Crays herumgebastelt, und die Leute von AmMath haben ihn damit beauftragt, die Betriebs-Software aufzupolieren.«

Da mir nichts Klügeres einfiel, beschränkte ich mich auf ein gebrummtes »Hmm«.

»Fragen Sie mich, warum ich *Sie* aufgesucht habe.«

»In Ordnung. Warum haben Sie mich aufgesucht?«

»Erst einmal, um Sie zu fragen, ob Sie in Dallas gewesen sind. Irgendwann? Zusammen mit Jack?«

Ich schüttelte den Kopf. »Nein. Jack und ich haben seit zwei Jahren nicht mehr zusammengearbeitet.«

»Sind Sie sicher?«

»Yeah, ich bin mir sicher. Er hat ein paar Programme für mich umgeschrieben.« Damit ich mich bei Bedarf jederzeit in einen Entwicklungscomputer von Toyota einhacken konnte. »Vor zwei Jahren ... November.«

»Was hat dann das hier zu bedeuten?« Sie kramte in ihrer Handtasche herum und reichte mir den Ausdruck einer E-Mail. »Sehen Sie sich die letzten Zeilen an.«

Ich überflog kurz den gesamten Text. Das meiste davon betraf Fragen zwischen Schwester und Bruder über den Nachlass ihres Vaters – ihre Eltern waren beide tot, ihr Vater war vor neun Monaten gestorben.

Die letzten Zeilen aus Jacks Brief lauteten: »Ich bin hier einer etwas unheimlichen Sache auf der Spur. Ich möchte dich nicht beunruhigen, aber sollte irgendetwas Ungewöhnliches passieren, setz dich mit Kidd in Verbindung, okay? Sag ihm einfach *Bobby* und *3ratsass3*.«

3

Wenn Sie morgens in den Rasierspiegel schauen und sich fragen, was aus Ihnen geworden ist, und die Antwort lautet: »Künstler & Berufsverbrecher«, dann haben Sie auf der dunklen Straße des Lebens vielleicht irgendwo die falsche Abzweigung genommen. Während andere Leute wehmütig über den zugewucherten Weg nachdachten, den sie nicht gegangen sind, war ich durch eine von zerbrochenen Weinflaschen übersäte Gosse gewankt, hatte in zahllose Ärsche getreten und mich mit Leuten angelegt, die mir die Pest an den Hals gewünscht hatten. Und es gab niemanden, dem ich die Schuld dafür geben konnte.

Außer vielleicht der Army. Die Army hatte mir eine Liste mit toten Freunden, eine grenzenlose Abneigung gegen Bürokratie und ein paar ungewöhnliche Fähigkeiten beschert. Und, zum Teufel, mein Leben war interessant. Wenigstens hocke ich nicht in irgendeiner schäbigen Dachkammer fest, habe mir keinen kleinen Spitzbart wachsen lassen, keine Vorliebe für Frauen entwickelt, denen übel mitgespielt worden ist und ich muss auch nicht versuchen, meine Bilder an Arschlöcher in schicken italienischen Anzügen zu verhökern. Wenigstens bin ich nicht zu einem dieser Typen geworden.

Was ich bin, ist ein Künstler. Ein Maler. Damit verdiene ich ganz anständig. Doch obwohl ich in letzter Zeit fleißiger als jemals zuvor gearbeitet habe, ist meine Produktivität – auch Künstler sprechen tatsächlich über Dinge wie Produktivität – im Laufe der Jahre zurückgegangen. Ich bin schon immer etwas nachlässig gewesen, was meine Verkäufe angeht, und mit zunehmendem Alter werde ich noch nachlässiger, so dass mein Einkommen sinkt, obwohl die Preise für meine Arbeiten steigen. Letztes Jahr habe ich sechs Bilder verkauft und dafür etwas mehr als 300.000 Dollar bekommen, aber nach Abzug der Steuern …

Oder vielleicht auch nicht. Ich klinge ein bisschen wie ein Republikaner, sobald die Sprache auf die Steuern kommt.

Jedenfalls habe ich immer noch meinen Nachtjob gemacht. Ich habe geklaut. Computercodes, Konstruktionsunterlagen für neue Chips oder Computer, Entwürfe für neue Autos. Ich schätze, ich hätte auch Schmuck oder Bargeld stehlen können, aber daran war ich nie interessiert – und davon abgesehen ist diese Art des Diebstahls auch nicht so lukrativ wie die meine.

Ich weiß das nur zu gut, denn mein bester Freund ist eine Frau names LuEllen, eine Diebin der anderen Kategorie. Sie hat Bargeld, Schmuck, Münzsammlungen und sogar Briefmarken gestohlen – oder was auch immer man problemlos mit sich tragen kann, was sich leicht und unauffällig in Bargeld umwandeln lässt. LuEllen und ich kennen uns, seit ich sie vor Jahren bei dem Versuch erwischt hatte, in die Wohnung eines anderen Mieters in meinem Haus einzubrechen. Seither sind wir Freunde – und manchmal auch mehr als das.

Trotz dieser Vorgeschichte habe ich keine Ahnung, wie sie mit Nachnamen heißt oder wo genau sie wohnt, und das weiß sie an mir zu schätzen.

Ich schäme mich meiner Nachtarbeit nicht direkt, obwohl ich mir oft gedacht habe, dass ich sie aufgeben würde, wenn ich neun statt sechs Bilder pro Jahr malen könnte. Andererseits würde ich es vielleicht auch dann nicht tun. Wäre ich Franzose und Philosoph, könnte ich argumentieren, dass sich ein Berufsverbrecher gar nicht so sehr von einem Freiheitskämpfer unterscheidet.

Aber dann ist da immer wieder dieses skeptische Gesicht im Spiegel, das sich fragt, ob sich aus dem Freiheitskampf ein überdurchschnittliches Einkommen ergeben darf. Ich könnte sagen: »Hey, selbst Freiheitskämpfer müssen essen«, aber was soll man erwidern, wenn einen das Gesicht im Spiegel fragt: »Klar, aber sollten sie sich Ferienwohnungen in New Orleans, Kunstreisen nach Siena, Angelausflüge nach Ontario und Jahreskarten für die Wolves leisten können?«

Doch da ich weder Franzose noch Philosoph, sondern stattdessen ein Mann bin, der an den großen Gott ›DKNDWDS‹ – ›Du kriegst nur das, was du siehst‹ – glaubt, habe ich keine befriedigende Antwort auf diese Frage gefunden, außer der einen …

Man sollte sich nicht so viel Zeit zum Rasieren nehmen.

Ich war nicht sofort von Lane Wards Geschichte oder von ihr selbst überzeugt, glaubte auch nicht, dass alles wirklich so war, wie es sich mir auf den ersten Blick darbot. »Lassen Sie mich mal für ein paar Minuten durchs Netz surfen«, sagte ich.

»Um mich zu überprüfen?«, fragte sie.

»Nachsehen, ob Post für mich gekommen ist«, erwiderte ich höflich.

»›3ratsass3‹ klingt wie ein Passwort«, sagte sie. »Und wer ist Bobby?«

Sie hatte große, dunkle Augen. Anfangs hatte ich gedacht, sie könnte eine Mexikanerin mit irischem Teint sein. Mittlerweile hielt ich sie eher für eine Orientalin, eine dieser robusten und doch zierlichen Japanerinnen aus den Holzschnitten von Hiroshige. Es hatte etwas mit ihren Augenbrauen zu tun. Ich hätte sie gern gemalt, aus einer Dreiviertelperspektive, um die Stirnpartie, die Wangenknochen und die Ohren einfangen zu können. Ein Wunsch, den ich für mich behielt.

»Bobby betreibt einen Informationsdienst«, sagte ich. Einen Informationsdienst für Leute wie mich, hätte ich hinzufügen können, tat es aber nicht. »›3ratsass3‹ ist vermutlich das Passwort für eine von Bobbys Mailboxen.«

»Dann lassen Sie uns nachschauen, was darin ist.« Sie sah sich um. »Wo steht Ihr Computer?«

»Im hinteren Zimmer.«

Ich bewohne das Apartment schon seit einer Weile. Es gehört mir auf Grund eines Programms, das die Stadt St. Paul vor Jahren ins Leben gerufen hat, um wieder mehr Leute in die Innenstadt zu locken. Ich habe eine kleine Küche mit einer Frühstücksnische, ein Wohnzimmer mit Blick auf den Fluss, ein Arbeitszimmer mit vielleicht 3 000 Büchern, 200 verschiedenen Computerprogrammen und meistens drei oder vier laufenden Rechnern. Außerdem ein Studio mit einer Fensterfront nach Nordosten und ein Schlafzimmer. Lane blieb auf dem Weg zum Arbeitszimmer einen Augenblick lang in der Tür zum Studio stehen. Sie betrachtete die Fensterfront, die große, ramponierte Staffelei und all den anderen Kram, den ein Maler so braucht.

»Was ist das?«, fragte sie.

»Ich bin Maler«, sagte ich. »Das ist meine Hauptbeschäftigung. Die Computersachen betreibe ich nebenbei.«

»Sie sind *wirklich* Künstler?«

»Yeah.«

»Jack hat mir nie davon erzählt«, sagte sie. Sie musterte mich eine Sekunde lang intensiv, als würde sie mich jetzt neu einschätzen.

»Jack wusste nichts von dieser Seite von mir«, erklärte ich. »Wir kannten uns hauptsächlich über das Netz. Ich habe ihn nur zweimal persönlich getroffen.«

»Er ist hier gewesen?«

»Nein, nein. Ich habe ihn einmal zwischen zwei Flügen auf dem Flughafen gesehen und ein anderes Mal, als ich geschäftlich in Redmond zu tun hatte.«

»Redmond«, murmelte sie, »hmm.« Sie ging zu einem Bild, das ich an die Wand gelehnt hatte. Ich hatte es ein paar Wochen vor meinem Angelausflug beendet, eine Reihe von Steinhäusern auf einem Hang im schwachen gelblichen Licht der Septembersonne von Minnesota. Um diese Jahreszeit ist das Licht dünn, aber pastellartig golden – beinahe wie das Licht an heißen Sommerabenden in Mittelitalien, auch wenn diese Phase in St. Paul nur drei Wochen dauert.

Nachdem sie das Bild ein paar Sekunden lang betrachtet hatte, trat Lane einen kleinen Schritt zur Seite, um einen besseren Blickwinkel zu bekommen. »Nur zwei Dimensionen und all das Licht«, sagte sie, »aber es sieht so aus, als … wäre es real.«

Ich zuckte die Achseln.

»Jeez, es gefällt mir wirklich«, fügte sie hinzu.

»Das Arbeitszimmer ist da hinten«, sagte ich, da ich in solchen Situationen nie so richtig weiß, wie ich reagieren soll.

Auf einem Tisch im hinteren Teil des Arbeitszimmers stand ein alter Gateway-Pentium, auf dem Boden ein schulterhoher Turm aus Dell-Gehäusen neben einem Haufen großer Pappkartons. Lane warf einen Blick auf die Gehäuse. »Was tun Sie hier?«, fragte sie.

»Ein paar Leute in Chicago wollen ein Boot für den America's Cup bauen«, sagte ich. »Sie brauchen einen Supercomputer, um den Rumpf zu konstruieren, aber sie können sich keinen leisten, also baue ich zusammen mit einer Freundin einen für sie.«

»Yeah? Hübsch.« Sie wirkte nicht besonders beeindruckt, so als hätte sie das Gleiche selbst schon ein- oder zweimal getan. »Wie gehen Sie vor?«

»Wir werden vierundsechzig Dell Pentium III mit Ethernet-Karten ausrüsten und sie dann mittels dieser Netzwerkknoten« – ich schlug mit der flachen Hand auf einen Kartonstapel – »zu einem Verbund zusammenschalten, der sich wie ein einziger großer Rechner verhält. Das Betriebssystem haben wir von einer Freeware-Site …«

»Ich liebe Freeware«, sagte Lane.

»… und meine Freundin – sie erledigt die eigentliche Arbeit – wird rüberkommen und alle Verbindungssequenzen schreiben, die sie braucht und … dann geht es los.«

»Cool.« Sie sah sich erneut um, ließ den Blick über die Bücher wandern. »Wo ist Ihr Internet-Zugang?«

Ich führte sie zu dem Gateway-Rechner. Der frühere Besitzer – wahrscheinlich eher die Frau oder Freundin des früheren Besitzers – hatte mit nicht abwaschbarer rosa Tinte ›Fick dich, Fettsack‹ auf den beigefarbenen Rahmen des Monitors geschrieben. »Brandneues Modell, was?«, fragte Lane.

»Was soll ich dazu sagen?« Man braucht keine Workstation, um seine E-Mails zu lesen. »Warum, äh ... sehen Sie sich nicht die Dells an?«, schlug ich vor, als ich den alten Computer erreicht hatte.

»Warum?«

»Weil ich eine Nummer wählen werde, die Sie nicht sehen sollen, und dann eine bestimmte Prozedur durchgehe, die Sie ebenfalls nicht sehen sollen.«

»Wirklich? Also eine zwielichtige Geschichte? Okay, das hatte ich ganz vergessen.«

»Was?«

Sie lächelte zum ersten Mal, ein beinahe strahlendes Lächeln. »Dass Sie ein Gauner sind.«

Während Lane zum anderen Ende des Zimmers schlenderte, wählte ich Bobbys 800er-Nummer, eine Nummer, von der AT&T garantiert nichts weiß, da der 800 zehn weitere Ziffern folgten. Danach herrschte zehn Sekunden lang elektronische Stille. Eine Sekunde später schnarrte das Modem, und auf dem Monitor erschien ein »?«. Ich tippte acht Ziffern ein, erhielt ein weiteres »?«, drückte das »k«, dem wieder ein »?« folgte, und schrieb »MALE«, entweder ein absichtlicher Vertipper aus Sicherheitsgründen oder ein Witz. Nach dem letzten Fragezeichen tippte ich »3RATSASS3«.

Auf dem Bildschirm materialisierte ein Brief.

OH, SCHEISSE: WENN ICH DAS JETZT NICHT SELBST LESE, KÖNNTE ICH ZIEMLICH TIEF IN DER SCHEISSE STECKEN.

Kidd: Komm runter nach Dallas und such nach mir – ich könnte im Knast sitzen.

Darum geht es: Ich habe mich von AmMath anheuern lassen, die Software des Ladens zu überholen. Habe den Job bekommen, weil ich aus der Zeit, als ich für das JPL gearbeitet habe, noch eine Sicherheitsfreigabe des Verteidigungsministeriums besitze. Das Ganze soll eigentlich geheim sein, aber jeder weiss, dass die Leute von AmMath an Software für Clipper II arbeiten – das stand in den Zeitungen. Ich schätze also, dass das keine grosse Sache ist, denn Clipper II ist im Repräsentantenhaus tot und sogar noch toter im Senat, und alle ausser den Spinnern vom Geheimdienst in Washington wissen, dass es sowieso zu spät ist dafür. Aber hier unten führen sich die Leute auf, als ginge es um eine neue Atombombe, und diese Leute sind keine Spinner. Tatsächlich machen sie mir sogar ein bisschen Angst.

Gestern habe ich an ein paar Sequenzen in einer Datei mit dem Namen ›OMS‹ gedreht, nur um zu überprüfen, ob das System klar ist. Ich habe ein bisschen von dem Zeug gelesen, und ich schiebe mir einen Telefonmast bis zum Anschlag in den Arsch, wenn das irgendwas mit Clipper II zu tun hat. Ich war immer noch dabei, das Zeug zu lesen, als ein Sicherheitstyp der Firma runtergekommen ist und mich gefragt hat, was ich da mache. Ich habe ihm gesagt, ich würde Zugriffstests machen und hätte nichts von dem Inhalt gelesen, und er hat mir befohlen, mich vom diesem Link fern zu halten, es sei denn, ich würde das vorher anmelden. Ich habe gesagt, geht klar. Die müssen diese Datei mit einer art Fangschaltung versehen haben.

Wie auch immer, ich werde heute Nacht mit einem Stapel Jaz-Disketten wiederkommen, die Fangschaltung kappen und die ›OMS‹-Datei runterladen. (›OMS‹ steht für ›Old Man of the Sea‹, wie ich herausgefunden habe, aber ich habe darin nichts über Hemingway entdeckt.) Ich werde für alle Fälle Kopien davon anfertigen und an dem denkbar sichersten Ort verstecken.

Wenn du das liest, stecke ich wahrscheinlich in der Klemme. Der Typ, auf den du achten solltest, ist ein Arschloch von der Sicher-

HEITSABTEILUNG NAMENS WILLIAM HART. ES KURSIEREN GERÜCHTE, DASS ER FÜR DEN MILITÄRISCHEN SICHERHEITSDIENST ODER SO WAS ÄHNLICHES GEARBEITET HABEN SOLL UND DA RAUSGEFLOGEN IST. EINE SEKRETÄRIN HAT MIR ERZÄHLT, ER HÄTTE EINE WEILE IM KNAST GESESSEN, BEVOR ER ZU AMMATH GEKOMMEN IST. DU SOLLTEST IHM ALSO LIEBER AUS DEM WEG GEHEN.

ALSO, DAS WÄR'S. ICH HOFFE INBRÜNSTIG, DASS ICH ES BIN, DER DAS LIEST, UND NICHT DU. SOLLTEST DU ES SEIN, DANN KOMM UND HOL MICH RAUS. GRÜSS LUELLEN VON MIR ... TREIB ES NICHT MIT IRGENDEINER HINTERWÄLDLERMÖSE.

JACK

Das klang gar nicht gut. Ich sah mir den Brief noch ein paar Minuten lang an und wählte dann Bobbys Nummer. Bobby ist immer erreichbar. Als die Verbindung stand, erhielt ich wieder das »?« und schickte ein »k« zurück. Er war sofort in der Leitung.

KIDD, WO HAST DU GESTECKT?

WAR ANGELN.

HABE VERSUCHT, DICH AUFZUSPÜREN. HABE FLUG NACH KENORA ÜBERPRÜFT, DICH DANN ABER VERLOREN.

NICHT ERREICHBAR. WAS IST LOS?

HAST DU VON FIREWALL GELESEN?

WEISS VON NICHTS. GERADE ERST ZURÜCKGEKOMMEN.

GEH INS NETZ, LIES ZEITUNGEN, NEW YORK TIMES, WALL STREET JOURNAL, WASHINGTON POST. WIR MÜSSEN FIREWALL FINDEN UND AN POLIZEI ÜBERGEBEN. ABER FIREWALL-NAMEN SIND NICHT GUT. DU BIST NICHT FIREWALL. STANFORD IST ES NICHT. ONE2OXFORD IST ES NICHT. CARLG IST ES NICHT.

ICH HABE KEINE AHNUNG, WAS DU MEINST.

LIES ZEITUNGEN UND MELDE DICH WIEDER. DEINE NAME STEHT AUF LISTE.

WEISST DU, DASS STANFORD TOT IST?

Stanford war Jacks Pseudonym. Es folgte eine Pause, etwas, das man bei Bobby sonst nie erlebt.

TOT? BIST DU SICHER? WANN UND WO?

LETZTEN FREITAG IN DALLAS. ANGEBLICH BEI EINBRUCH IN SOFTWARE-FIRMA NAMENS AMMATH ERSCHOSSEN.

WUSSTE ICH NICHT. WERDE ICH SOFORT ÜBERPRÜFEN. STANFORD STEHT AUF FIREWALL-LISTE.

KENNST DU LANE WARD?

NEIN. HABE NUR DEN NAMEN GEHÖRT. COMPUTER BEI BERKELEY.

ICH BRAUCHE BRÜDER UND SCHWESTERN VON LANE UND IHR FOTO. SO SCHNELL WIE MÖGLICH.

WERDE ES IN EINER STUNDE IN DEINE BOX SCHICKEN. DU MUSST INS NETZ!!! LIES ÜBER FIREWALL. ICH ÜBERPRÜFE DIE SACHE MIT STANFORD.

OK ... WERDE WIEDER ANRUFEN.

Freizeichen und Ende.

Ich las noch einmal den Bildschirmtext durch, löschte alles bis auf den Brief und druckte ihn aus. »Hey«, sagte ich dann.

Lane kam herbeigeschlendert. »Was?«, fragte sie.

»Ein Brief von Ihrem Bruder.«

»Ahh, Jesus.«

Ich zog den Brief aus dem Drucker und gab ihn ihr. Sie brauchte eine Minute, um ihn zu lesen. Zwischen ihren Brauen bildete sich eine kleine senkrechte Falte. Dann las sie den Brief noch einmal, und eine einzelne Träne rann ihr die Wange hinab. Schließlich blickte sie auf.

»Warum sollte er das tun?«

»Neugier. Jack war ein Computer-Freak. Wenn man einem Computer-Freak befiehlt, sich eine Datei *nicht* anzusehen, wird er sie sich ansehen.«

»Besonders wenn er sich selbst für eine Art coolen James-Bond-Typen hält«, sagte Lane. Als wäre ich daran schuld.

»Wissen Sie irgendwas über eine Gruppe namens Firewall?«, erkundigte ich mich.

Sie sah mich lange an. »Arbeiten Sie für die Regierung?«, fragte sie dann.

Es dauerte eine Weile, das zu klären. Ich berichtete ihr von Bobbys merkwürdiger Nervosität, und sie schlug mir vor, das zu tun, was Bobby wollte: mich in den Zeitungen und im Internet über Firewall zu informieren. Ich machte mich wieder an die Arbeit, während Lane mir über die Schulter sah.

Acht Tage zuvor, als ich auf dem Fußboden meines Wohnzimmers gesessen und Hechtköder sortiert hatte, war ein Bürokrat der National Security Agency namens Lighter in der Nähe seines Hauses in Maryland ermordet worden. Jack wurde einen Abend später getötet, zwölf Stunden, bevor ich nach Kenora geflogen war.

Laut den Online-Zeitungen hatte man den Mord an Lighter anfangs für einen spontanen, nicht geplanten Überfall gehalten, auch wenn einige Aspekte der Tat die ermittelnden Beamten gestört hatten. Es gab keinerlei Anzeichen für einen Versuch Lighters, sich gegen die Täter zu wehren oder vor ihnen davonzulaufen. Er war einfach niedergeschossen worden. Seine Frau erzählte der Polizei, dass er schon einmal überfallen worden war, als sie noch in Washington gewohnt hatten. Damals hätte er den Tätern ruhig seine Brieftasche ausgehändigt und sie dabei zu überzeugen versucht, dass er keine Gefahr für sie darstellte. Mit anderen Worten, es gab keinen Grund, ihn zu töten, um an sein Geld heranzukommen. Und er war in einer ruhigen Vorstadtstraße erschossen worden, wo Überfälle und erst recht Morde fast unbekannt waren.

Einige Tage später wurden im Netz Gerüchte laut, nach denen er von einer radikalen Hacker-Gruppe getötet worden war, die sich selbst Firewall nannte. Firewall behauptete, »vorauseilende Rache« für Clipper II geübt zu haben, obwohl Clipper II allgemein als abgehaktes Thema galt. Und dann waren einige Namen aufgetaucht ... CarlG, Dave, Bobby, FirstOctober, RasputinIV, k, LotusElan, One2Oxford, Stanford, Whitey.

»O Scheiße«, entfuhr es mir.

»Was?«

»Kennen Sie den Decknamen Ihres Bruders?«, fragte ich, um von mir selbst abzulenken.

»Sie meinen *Yellowjacket*? Das ist sein Spielername.«

»Den habe ich nie gehört. Für mich ist er immer Stanford gewesen.« Ich tippte auf die Liste auf dem Bildschirm. »Er ist hier als Mitglied von diesem Firewall aufgeführt.«

Lane sah sich den Eintrag an. »Stanford ist Jack? Hmm ...« Sie wandte langsam und nachdenklich den Blick ab.

»Was?«

»Sie unterhalten sich nicht mit den Behörden«, sagte sie. Eine Feststellung, die eine Frage enthielt.

»Nein. Natürlich nicht.«

»Ich schon. Man hat mich aufgefordert, niemandem davon zu erzählen. Ich habe am Dienstag mit den Leuten vom FBI gesprochen. Sie haben mich zwei Stunden lang verhört. Über Firewall. Wohin Jack gefahren ist und wer seine Freunde sind. Ich wusste nichts darüber, außer von ein paar gemeinsamen Freunden. Jack ist ungefähr einmal im Jahr verreist, nach Europa, aber das war auch schon alles. Das letzte Mal war er vor sechs Monaten außer Landes.«

»Sie haben mich nicht erwähnt?«

»Nein, natürlich nicht. So dumm bin ich nicht.«

»Was wissen Sie über Firewall?«

»Nichts. Ich habe nie davon gehört. Jack hätte es mir gesagt, wenn er darin verwickelt gewesen wäre. Aber diese kleinen Netzverschwörungen … Sie kennen diese Typen. Sozial unterentwickelte Spinner, die glauben, sie würden in einem Comic leben. Jack würde nichts mit ihnen zu tun haben wollen. Genauso wenig wie ich.«

»Jemanden zu exekutieren, weil er an Clipper II arbeitet … das klingt nicht nach sozial unterentwickelten Spinnern«, sagte ich.

»Ach, nein?«, fragte sie. »Wer könnte es denn sonst sein? Wer würde jemanden wegen eines Chips umbringen … wegen eines nicht einmal realen Chips? Und wer, außer Spinnern, würde sich überhaupt dafür interessieren?«

»Die Mafia?«

»Oh, *bullshit*!« Lane verdrehte die Augen.

»Es ist zu … robust.«

Sie stemmte die Hände in die Hüften. »Schauen Sie sich doch selbst an, Kidd, um Christi willen! Sie sind so eine Art alternder Gauner, ein Techniker, Angler und Künstler in einer Person mit einer gebrochenen Nase. Was, wenn es irgendjemand wie Sie ist, nur zusätzlich mit einem blutrünstigen Charakterzug?«

Ich ersparte mir die Antwort. Es war eine brennende Frage, wenn die Bundesbullen, die Geheimdienstleute und weiß Gott wer sonst noch das Land umpflügten, denn Bobby stand auf der Liste. Genau wie ich. Ich war ›k‹.

Lane kehrte immer wieder zu Jacks Brief zurück.

»Wo ist der denkbar sicherste Ort?«, wollte sie wissen.

»Irgendwo, wo ich die Disketten in die Hände bekommen könnte.« Ich hatte eine Idee, wollte es mir aber nicht anmerken lassen. Nicht, bevor ich Lane nicht besser kennen gelernt hatte. »Vielleicht hat er sie irgendwo hingeschickt. Ich habe einen Haufen überall verstreuter Mailboxen, sogar eine bei AOL.«

»Schauen Sie da nach.«

Ich ging wieder online, überpüfte die Mailboxen und fand nichts. Lane las erneut Jacks Brief. Sie schnipste mit den Fingern. »Eine Sache, die mich an dem Brief stört, ist dieser Satz darüber, dass Sie es nicht mit einer Hinterwäldlermöse treiben sollten.«

»Hinterwäldler ... was?« Ich hatte den Satz kaum bemerkt.

»Möse. Was mich daran stört, ist, ich glaube nicht, dass Jack solche Ausdrücke benutzt hat. Können wir sicher sein, dass das wirklich von Jack stammt?«

Ich musste lachen, denn es klang genau nach Jack, und es war genau die Art von Formulierung, die er nie in Gegenwart seiner Schwester oder irgendeiner anderen Frau verwenden würde. »Yeah, manchmal hat er so geredet«, sagte ich. Mir kam ein Gedanke. »Ist es möglich, dass Sie Jack gar nicht so gut gekannt haben, wie Sie glauben? Dass er ein Leben geführt hat, von dem Sie nichts wussten? Zu dem beispielsweise Waffen gehört haben?«

»Nein«, versicherte sie mit Nachdruck. »Ich meine, ich bin mir sicher, dass er Dinge getan hat, von denen ich nichts wusste, die er mir verheimlicht hat. Er hat sich zum Beispiel sehr gut mit einem ziemlich derben Luder verstanden. Vielleicht würde er auch Wörter wie *Möse* sagen – nur hat er es mir gegenüber einfach nie getan. Aber was Waffen betrifft, da sprechen wir über den Kern seiner Persönlichkeit. Er hat auf niemanden geschossen.«

»Okay.« Plötzlich fiel mir ein etwas merkwürdiger Punkt auf. »Sie haben gesagt, er sei am Freitag getötet worden?«

»Ja. Freitagabend.« Sie bemerkte meinen verblüfften Gesichtsausdruck, als ich erneut den Brief las. »Warum?«

»Weil der Brief das Absendedatum von Sonntag trägt – dem Sonntag, bevor Jack getötet worden ist. Er hat geschrieben, dass er gleich im Anschluss in die Firma ginge ...«

»Was habe ich Ihnen gesagt? Da ist etwas oberfaul an der ganzen Geschichte.«

Wir sprachen über mögliche Erklärungen für die Ungereimtheiten, und dabei geisterte mir ständig das ›k‹ durch den Kopf, das dort draußen herumschwirrte. Das FBI suchte nach ›k‹ …

»Also, kommen Sie mit mir zurück nach Dallas?«, fragte Lane irgendwann.

»Sie fliegen zurück?«

»Das muss ich. Ich muss den Papierkram und alles Weitere erledigen, sobald die Polizei mit Jack fertig ist.« Noch eine Träne rollte ihre Wange hinab, und ich wandte den Blick ab; ich kann mit weinenden Frauen nicht gut umgehen. Dann neige ich dazu zu schwafeln. »Also, begleiten Sie mich? Ich habe einen Platz für Sie reserviert. Ich könnte wirklich jemanden zum Anlehnen brauchen …«

»Yeah, yeah, okay«, sagte ich. »Aber weinen Sie nicht, ja? Bitte.«

Sie hatte einen Platz für die letzte Maschine gebucht, die heute Nacht abflog. Ich ging kurz zu Alice hinunter und bat sie, sich um den Kater zu kümmern. Dann klinkte ich mich wieder ins Netz ein und las alles über Firewall, was ich finden konnte. Es gab tonnenweise Informationen, aber das meiste davon war Blödsinn. Als ich in meiner Mailbox bei Bobby nachsah, fand ich dort ein Bild und eine Nachricht. Das Bild zeigte Lane Ward. Sie stand in einem Geschäftsanzug, in dem sie sehr hübsch aussah, vor einer Bücherwand. Die Nachricht lautete: *JM war ihr einziger Bruder.*

Schließlich rief ich das Wee Blue Inn in Duluth an und hatte Weenie, den Wirt und Besitzer, am Apparat. Weenie ist ein dicker Mann mit einem stahlgrauen Bürstenhaarschnitt, der ständig auf einem Zahnstocher herumkaut. Er trägt eine

Schürze, die er einmal pro Monat in die Reinigung gibt, ob sie es nötig hat oder nicht, und er riecht immer nach fettigen Hamburgern und gerösteten Zwiebelringen.

»Hier ist der Typ aus St. Paul«, sagte ich. »Ich muss mit LuEllen sprechen.«

»Sie hat gerade frei«, erwiderte er. »Ich kann aber eine Nachricht für sie entgegennehmen.«

LuEllen hat immer frei. Theoretisch zahlt Weenie ihr pro Jahr 28.000 Dollar für ihre Arbeit als Bedienung, und sie führt Steuern für diese 28.000 Dollar sowie für 6.000 Dollar an Trinkgeld ab. In Wirklichkeit steckt er sich die steuerbereinigten 28.000 Dollar in die eigene Tasche und schickt LuEllen dafür ein W-2-Formular. Weenie ist ihr Auskunftsdienst. Das W-2-Formular erklärt den Behörden, wie LuEllen ihr Haus finanziert, wo auch immer das steht.

»Richten Sie ihr aus, dass Stanford getötet worden ist«, sagte ich. »Das Begräbnis ist für nächsten Mittwoch in Santa Cruz angesetzt. Ich werde jetzt nach Dallas fliegen, aber zum Begräbnis in Santa Cruz sein.«

»Ich werde es ihr ausrichten«, versprach Weenie. »Also Stanford, wie die Universität.«

Wir waren schon halb aus dem Haus, um zum Flughafen zu fahren, als ich Lane im Flur stehen ließ und noch einmal in mein Arbeitszimmer zurückkehrte, wo ich ein kleines, in Polen angefertigtes Holzkästchen in die Tasche steckte. Nur für alle Fälle.

Am Flughafen kaufte ich die größeren Zeitungen, und sobald wir in der Luft waren, durchsuchte ich sie nach Berichten über Firewall. In jeder Zeitung stand mindestens ein Artikel, jedoch keiner auf den Titelseiten. Firewall schien der Hungertod der Berichterstattung zu drohen.

Während ich las, kippte Lane die Rückenlehne nach hinten

und schlief. Da sie nicht sehr groß war, konnte sie sich in ihren Sitz kuscheln, wie ein Eichhörnchen in ein Kopfkissen. Ich starrte eine Weile auf den Sitz vor mir, und nachdem sie eingeschlafen war, zog ich die Holzschachtel aus meiner Tasche hervor, in der ich einen in ein Seidentuch eingewickelten Satz Ryder-Waite-Tarotkarten aufbewahrte. Ich bin nicht abergläubisch. Mehr als das, ich lehne Aberglauben ab. Geister, Gnome, Astrologie, Numerologie, Phrenologie, den ganzen New-Age-Mist über Muttergottheiten und Wicca – die Welt wäre besser dran, wenn dieser Quatsch leise und heimlich aussterben würde.

Tarot ist etwas anderes. Tarot ist eine Art Spielsystem – oder kann es sein –, das einen zwingt, aus einem bestimmten Denkschema auszubrechen. Sagen wir, man versucht ... äh ... zum Beispiel, etwas zu stehlen. Seiner inneren Einstellung folgend geht man davon aus, dass X und Y gefährlich sind, aber das Tarot sagt: »Zieh Z in Betracht.« Also beginnt man, über Dinge außerhalb seines üblichen Denkschemas nachzudenken, und wenn man sich schließlich alles hat durch den Kopf gehen lassen, hat man eine ganze Bandbreite von Möglichkeiten mit ins Kalkül gezogen, die man sonst ignoriert hätte.

Das hat nichts mit Magie zu tun, und es kann einem definitiv den Arsch retten.

Also legte ich die Karten schnell nach einem von mir selbst erfundenen System aus und arbeitete mich an die Schlüsselkarte heran. Diese Karte kam.

Der Teufel. Interessant ...

Ich saß ein paar Sekunden lang da, starrte den Unglücksboten an, seufzte, erhob mich, holte meine Tasche aus der Ablage über mir und verstaute die Tarotkarten darin. Nach kurzem Überlegen kramte ich ein kleines Wasserfarbenkästchen von Winsor & Newton mit acht Farbdöschen und meinen Zeichenblock hervor. Ich ließ mir ein Glas Wasser von der Stewardess bringen und warf ein paar schnelle Skizzen von Lane, der Passagierkabine und den beiden Geschäftsleuten auf der anderen Seite des Mittelganges aufs Papier.

Der mir nächste Geschäftsmann sah wie ein Verkäufer aus – schütter werdendes Haar, dicklich, ein Dreifachkinn, ausgelaugt. Er döste mit hängendem Kopf vor sich hin, seine in Rot, Gelb und Schwarz gehaltene Krawatte ergoss sich wie ein farbiger Wasserfall über seine Brust und seinen Bauch. Der Typ hinter ihm schien genauso erschöpft, aber viel zu dünn, der Schädelknochen dominierte die Form seines Kopfes. Ich brachte drei recht gute Bilder der beiden Männer zustande, der Dünne wie der Schatten des Todes hinter dem Dicken. Es bereitete mir einige Mühe, die rote Krawatte richtig hinzubekommen, die sich über sein Hemd schlängelte, die farbigen Streifen.

Eine Stewardess blieb neben meinem Sitz stehen, sah mir eine Zeit lang zu und verschwand dann vorn im Flugzeug. Einige Minuten später erschien der Copilot. Auch er betrachtete meine Skizzen eine Weile, sagte, dass er ebenfalls ein bisschen mit Wasserfarben male, und fragte mich, ob ich jemals das Cockpit einer D9S bei Nacht gesehen hätte. Das hatte ich nicht, und er führte mich hinein.

Ich fertigte ein halbes Dutzend Skizzen der Crew bei der Arbeit an und gab sie den Leuten. Alle schienen erfreut zu sein, und mir erging es nicht anders. Ich glaube, ich habe seit meiner Zeit am College vor zwanzig Jahren keinen Tag verbracht, ohne irgendetwas zu malen oder zu zeichnen, abgesehen von ein paar Krankenhausaufenthalten. Doch selbst da war das Erste, worum ich bat, sobald ich mich wieder bewegen konnte, ein Block und ein Zeichenstift.

In all den Jahren seither war mir die Arbeit immer schwerer gefallen, bis ich das Gefühl hatte, kaum noch die Kraft aufzubringen, einen Stift, Füller oder Pinsel hochzuheben. Ich konnte mich innerhalb einer Stunde völlig verausgaben, indem ich nur mit einem Pinsel herumhantierte. Dann brach der Bann. Der Pinsel wurde leichter, die Arbeit flüssiger. Der eigentliche Durchbruch erfolgte während einer harten Zeit in Washington, D. C. Die Washington-Albträume hatte ich mittlerweile hinter mir gelassen – seit einigen Jahren keinen einzigen mehr gehabt –, aber die Leichtigkeit schien anzuhalten ...

Ich kehrte zu meinem Platz zurück, verstaute den Winsor-&-Newton-Tuschkasten und den Zeichenblock wieder und schnallte mich für den Landeanflug an. Als die Räder der Maschine die Rollbahn berührten, zuckte Lane zusammen, regte sich und wachte auf. Sie gähnte, bedeckte den Mund mit einer Faust, schob die Sichtblende vor dem Fenster hoch und sah hinaus, zuerst auf die Lichter von Dallas und dann, als das Flugzeug wendete, auf die von Fort Worth.

»Ich habe einen Geschmack im Mund, als wäre irgendwas darin verendet«, sagte sie mit etwas heiserer Stimme. Eine gute Stimme, um sie beim Aufwachen zu hören. Sie blickte mich an. »Was haben Sie getan? Die ganze Zeit dagesessen und die Rückenlehne vor Ihnen angestarrt?«

»Nicht ganz«, erwiderte ich.

In der Tür drückte die Stewardess meinen Arm. »Haben Sie vielen Dank«, sagte sie. »Sie sind wirklich gut.«

Lane sah so aus, als würde sie jeden Augenblick vor Neugier platzen, während wir die Gangway hinunterstiegen. »Was hatte das gerade zu bedeuten?«, fragte sie schließlich.

»Ach, Sie wissen schon ...«, gab ich vage zurück.

»Armleuchter«, sagte sie, aber sie lächelte dabei.

Wir verbrachten die Nacht in einem Marriott. Früh am nächsten Morgen klopfte Lane an meine Tür, und um neun Uhr fuhren wir zum Polizeihauptquartier von Dallas. Lane wollte, dass ich sie hineinbegleite, doch ich spreche nicht mit Cops, wenn ich es irgendwie vermeiden kann. Also ging sie etwas beleidigt allein hinein. Zwanzig Minuten später war sie wieder da und erstattete mir auf der Rückfahrt zum Hotel Bericht.

Die Cops waren ziemlich halsstarrig, erzählte sie. »Ich habe mich ein bisschen aufgeregt, aber sie sind stur geblieben. Der Typ, mit dem ich gesprochen habe, sagte, Jack wäre in eine *krumme* Sache verwickelt gewesen. Das ist das Wort, das er benutzt hat. *Krumm.*«

»Das ist es, was sie vorzuweisen haben? Das ist alles? Dass er irgendwas Krummes gemacht hat?«

»Nein.« Sie war nicht gerade gesprächig, ich musste es ihr regelrecht aus der Nase ziehen. »Sie sagen, sie hätten die Waffe zurückverfolgt, mit der er angeblich geschossen hat. Sie ist vor sechs Jahren in San Jose gestohlen worden.«

»Oh-ha«, machte ich.

»Yeah. Ich habe ihnen immer wieder versichert, dass Jack nie eine Waffe benutzen würde, und sie haben gefragt: Wie ist die Waffe dann aus San Jose hierher gekommen?« Ihre dunklen Augen flehten mich an, ihr zu glauben, dass alles, was die Cops sagten, ein großer Haufen Scheiße wäre. »Die Am-Math-Leute sollen ihn mit einer Waffe reingelegt haben, die vor sechs Jahren in San Jose gestohlen worden ist?, haben sie gefragt. Wie haben sie das gemacht?«

»Gute Frage«, sagte ich.

»Jack würde auf niemanden schießen«, beharrte Lane.

»Man kann sich nie sicher sein, was jemand tut, der in die Enge getrieben wird und fürchtet, dass sein Leben ruiniert sein könnte«, gab ich zu bedenken. »Oder dass er vielleicht ins Gefängnis muss. Vielleicht hat er auch geglaubt, der Wächter wollte auf ihn schießen, und es war Notwehr.«

Sie wollte nichts davon hören, und nachdem wir uns ein

paar Minuten lang angefaucht hatten, ließ ich es dabei bewenden. »Das ist es also, sie haben eine Waffe.«

»Da waren noch ein paar Dinge«, sagte sie widerstrebend. »Achtung!«, rief sie plötzlich.

Ich trat auf die Bremse. Ein blauer Toyota-Pickup schoss knapp an uns vorbei, als wir gerade die Auffahrt eines Freeways hinauffuhren. Der Fahrer bemerkte uns nicht einmal. Ich schüttelte den Kopf. »Arschloch«, knurrte ich. »Hören Sie, Lane«, fuhr ich fort, »Sie müssen mir alles erzählen, was die Cops gesagt haben. Ich möchte nicht jedes Wort einzeln aus Ihnen herausleiern. Sie sollten davon ausgehen, dass ich auf Ihrer Seite stehe.«

»Es ist alles ein Haufen Scheiße. Sie hätten mit reinkommen sollen, dann hätten Sie es selbst gehört.«

»Was ist mit diesen anderen Dingen?«

Die Cops hatten erklärt, dass es drei Türen gab, durch die man Zugang zum Sicherheitsbereich von AmMath hatte, zwei davon mit Alarmanlagen versehen. Die dritte Tür befand sich am Ende eines kurzen Flurs, der das Büro des Systemverwalters mit dem Sicherheitsbereich verband, während der Haupteingang des Büros ein gutes Stück vom Sicherheitsbereich entfernt lag. Wenn man jedoch wusste, welche Türen mit Alarmanlagen verkabelt waren, konnte man die Tür zum Büro des Systemverwalters gefahrlos aufbrechen, von dem aus der kurze Gang direkt zum Sicherheitsbereich führte. Diese Tür war von der Büroseite her verschlossen, so dass man sie nicht gewaltsam aufbrechen musste. Ein Unbefugter, der versuchte, in den Sicherheitsbereich einzudringen, würde von all dem nichts wissen und vor dem Problem stehen, eine Möglichkeit zu finden, die Alarmanlagen zu umgehen …

»Was sonst noch?«

»Wie sich herausgestellt hat, war der Wachposten durch keine besonderen Vorkommnisse herbeigerufen worden. Er hat nur seine reguläre Runde gedreht. Ein anderer Mann, dieser Typ von der Sicherheitsabteilung, war gerade auf dem Weg in sein Büro. Sie sind gemeinsam mit dem Fahrstuhl nach oben gefahren, und der Wachposten hat bemerkt, dass der Drehknauf der Tür zum Bürotrakt beschädigt war. Also sind sie hineingegangen ...« Lane verstummte und schüttelte den Kopf.

»Laut Aussage der Polizei hat es also keine plötzliche Schießerei und anschließend einen Haufen Erklärungen gegeben«, fasste ich zusammen. »Es war lediglich der reguläre Rundgang eines Wächters durch das Gebäude.«

»Trotzdem könnte der Vorfall inszeniert worden sein«, sagte sie stur.

»Yeah, aber, Junge ...« Das klang gar nicht gut.

Einige Minuten lang konzentrierte ich mich auf das Fahren, darauf, aus einem Konvoi von Texanern herauszukommen, die einen Test der Chaostheorie durchzuführen schienen: Man spürte eine gewisse Ordnung in ihrer Fahrerei, ohne aber genau sagen zu können, worin diese Ordnung bestand. Ich konnte den Toyota-Pickup an der Spitze der Meute sehen, wie das Leittier einer Gruppe von Delfinen.

Nach der Schießerei, berichtete Lane weiter, fuhr die Polizei mit einem zweiten Sicherheitsexperten von AmMath zu dem Haus, das Jack gemietet hatte, wo sie mehrere Computerdisketten fanden. »Zwei davon steckten in einem Paar Schuhe im Schrank, was überhaupt nicht nach Jack klingt.« Und außerdem spürten sie eine Menge von AmMath nicht freigegebener Sachen auf, unter anderem Handbücher und vertrauliche Informationen über den Clipper-II-Chip. AmMath wollte alles mitnehmen, doch die Polizei ließ das nicht zu und rief stattdessen das FBI an.

»Die Sachen liegen immer noch beim FBI?«

»Ja.«

»Und das war alles?«

»Nun ja, wie man mir gesagt hat, werden der Hintereingang und der Sicherheitsbereich von AmMath von Kameras überwacht. Im Computer der Gebäudekontrolle bei TrendDirect – das ist der Eigentümer des Gebäudes – ist eine Meldung eingegangen, die mit den Überwachungskameras zu tun hat. Der Erfassungsbereich der Kamera auf der Rückseite des Gebäudes war so verändert worden, dass er die Türen nicht mehr abdeckte, und die Kamera, die den Sicherheitsbereich beobachtet, war abgeschaltet.«

»Und die Wachen haben nichts davon bemerkt? Wurden die Kameras nicht überprüft?«

»Das habe ich auch gefragt«, sagte Lane. »Die Kamera auf der Gebäuderückseite schwenkt ständig hin und her, und die einzige Veränderung hat darin bestanden, einen Teil des Erfassungsbereichs herauszuschneiden. Die andere Kamera ist eine von zehn Geräten innerhalb des Gebäudes, deren Aufnahmen nach einem festen Schema wechselseitig auf dem Kontrollmonitor wiedergegeben werden, drei Sekunden pro Kamera. Das Wachpersonal hat die Veränderung zu keinem Zeitpunkt bemerkt.«

Wir dachten eine Weile schweigend nach. Schließlich seufzte Lane. »Die Polizei sagt, dass wir Jacks Computer vermutlich zurückbekommen können. Nicht die Festplatten, aber alles andere von den Computern. Außerdem die Monitore und seinen persönlichen Besitz.«

»Und was ist mit Jack? Ich meine seinen Leichnam.«

»Ich muss zum Büro des Polizeimediziners gehen und die Dokumente unterschreiben. Sie haben seinen Leichnam … ihn freigegeben.«

»Hmm … Dann sollten wir vielleicht einen Zwischenstopp an seinem Haus einlegen und uns dort umsehen«, schlug ich vor. Mittlerweile hatte ich mich dicht an den blauen Toyota herangearbeitet. Er wechselte die Spur, steuerte eine Ausfahrt an, und ich schnitt ihn so scharf, dass er beinahe in der Leitplanke landete. Am Ende der Ausfahrt bog ich nach rechts und er nach links ab, aber ich konnte sehen, wie der Fahrer den Arm aus dem Seitenfenster streckte und mir den Mittelfinger zeigte.

»Wonach?«, wollte Lane wissen, die nichts von dem kleinen Drama bemerkt hatte.

»Nach diesen Jaz-Disketten. Jack hat geschrieben, er würde sie an dem denkbar sichersten Ort verstecken.«

»Wissen Sie, was das heißt? Ich dachte, das wäre nur so eine … Redewendung.«

»Möglich. Aber wir könnten uns trotzdem umsehen.«

»Das Haus ist versiegelt.«

»Yeah«, sagte ich. »Mit einem Streifen Klebeband.«

4

Den Rest des Nachmittags verbrachten wir damit, die traurige Prozedur abzuhaken, die ein gewaltsamer Tod so mit sich bringt: die Freigabe des Leichnams zu beantragen, den Empfang eines Beutels mit den persönlichen Habseligkeiten des Verstorbenen zu bestätigen, an denen die Polzei kein Interesse hat … Neben dem üblichen Kram hatte Jack 140 Dollar in seiner Brieftasche gehabt – es sei denn, irgendwer hatte sie im Zuge der Ermittlungen geplündert – sowie ein Foto von Lanes High-School-Abschlussfeier, was sie erneut in Tränen ausbrechen ließ. Außerdem beauftragte sie einen Bestattungsunternehmer, den Leichnam ihres Bruders als Luftfracht zu verschicken. Der Sarg kostete 1.799 Dollar, und ihm lag ein Garantieschreiben bei, aber wir verspürten beide nicht das Bedürfnis, es zu lesen.

Als Lane zum ersten Mal nach Dallas gekommen war, um die Leiche ihres Bruders zu identifizieren, hatte sie einen Blick auf das von ihm gemietete Haus geworfen, es jedoch nicht betreten dürfen. Wir fuhren am späten Nachmittag daran vorbei: ein L-förmiges Fertigteilhaus aus Betonelementen, das in einem grauenhaften Neonpink-Farbton gestrichen war. Genau die Farbe eines Gartenflamingos, wie ich fand. Der größte Teil des Grundstücks auf der Vorderseite wurde von einer kreisförmigen Auffahrt eingenommen. Keine Garage, kein Unterstellplatz für ein Auto. Nur eine Tür, genau in der Mitte des Hauses unter einer Aluminiummarkise. Als wir den Häuserblock umrundeten, konnten wir eine kleine, von Fliegengittern umgebene Veranda auf der Rückseite des Grundstücks sehen.

Und es gab einen Kaminschornstein. Nur ein kümmerlicher Aufsatz, aber immerhin.

»Er hat immer die billigste Unterkunft gemietet, die er finden konnte«, sagte Lane. »An den Wochenenden ist er zurück nach Kalifornien geflogen.«

»Es hat ihm in Texas nicht gefallen?«, fragte ich.

»Nicht gerade die richtige Umgebung für einen Kalifornier.«

»Was manche Leute als Segen bezeichnen würden«, kommentierte ich. »Zum Beispiel die meisten Texaner.«

Lane ignorierte die Bemerkung, während wir erneut an dem Haus vorbeifuhren. »Wie sollen wir reinkommen?«

»Keine Ahnung. Wir müssen überprüfen, wo in der Nachbarschaft Licht brennt. Wenn wir unbemerkt auf die Veranda auf der Rückseite gelangen können, haben wir ein bisschen Deckung.«

»Okay«, sagte sie. Sie vertraute mir einfach.

Wir fuhren noch einmal um den Häuserblock herum, wobei ich nach Kinderschaukeln, Fahrrädern, Basketballkörben und Hunden Ausschau hielt. LuEllen hatte mir das Grundwissen für Einbrecher beigebracht: Laufen Kinder in der Gegend herum, sind die Eltern in der Regel abends zu Hause und halten die Augen offen. Basketballkörbe deuten häufig auf Teenager hin, und Teenager kommen und gehen zu den merkwürdigsten und ungünstigsten Zeiten. Am schlimmsten aber sind Hunde. Hunde bellen: Das ist ihre Art, sich den Lebensunterhalt zu verdienen. Und in einem Wohnviertel wie diesem achteten die Leute wahrscheinlich auf die Kläfferei.

Jacks Haus war von drei anderen eingerahmt. Der Hinterhof des Hauses auf der Südseite wurde von einem Schutzzaun umgeben, was entweder für Kinder oder Hunde sprach. Dasjenige auf der Nordseite, in einem widerlichen Grün gestrichen, war genauso schlicht und schmucklos wie das von Jack und zeigte keine Spur von Leben. Im Hinterhof des Hauses auf der Rückseite stand ein Swimmingpool-Kasten, also war dort mit Kindern zu rechnen.

Wenn Kinder auf dem Grundstück herumrannten oder im Swimmingpool planschten, konnten wir das Unternehmen abblasen. Wenn nicht, bestand das größte Problem in der Straßenlaterne auf der anderen Straßenseite, ein Haus entfernt.

»Was meinen Sie?«, fragte Lane.

»Wahrscheinlich wäre es am besten, wir würden mit dem Fallschirm auf dem Hausdach landen und mit einer Stichsäge ein Loch ...«

»Kidd ...«

»Wir sollten uns zwischen Jacks Haus und dem grünen Gebäude auf die Rückseite schleichen, ein Loch in das Fliegengitter der Veranda schneiden und uns dahinter umsehen. Gewöhnlich findet man einen Weg hinein.«

»Wenn wir einbrechen, wird die Polizei wissen, dass wir es waren.«

Ich schüttelte den Kopf. »Nein, wird sie nicht. Wir fliegen schon heute Nacht um elf weiter nach San Francisco. Wenn die Cops das Haus in den nächsten Tagen nicht überprüfen ... nun, wer weiß denn, was da alles passiert sein könnte? Und wen kümmert es letztlich? Schließlich haben sie es bereits durchsucht.«

Wir suchten einen Wal-Mart auf und kauften Einbruchswerkzeug – wenn schon, dann gleich vom Besten –, ließen uns ein bisschen Zeit, Tex-Mex zu essen, lieferten den Wagen am Flughafen bei Avis ab und buchten die Flüge. Als wir die Tickets hatten, mieteten wir ein anderes Auto bei Hertz, wozu ich einen tadellosen Führerschein aus Wisconsin und eine goldene Amex-Kreditkarte benutzte, die auf meinen alten Kumpel und Angelfreund Harry Olson aus Hayward, Wisconsin, ausgestellt waren. Dafür, dass Harry nicht einmal existierte, hatte er jede Menge Geld auf der Bank und verfügte über einen großen Kreditrahmen sowie über eine absolut saubere Akte in der Verkehrsteilnehmerkartei.

Die gefälschte Identität machte Lane klar, dass wir tatsächlich in das Haus ihres Bruders einbrechen würden. Sie war den ganzen Nachmittag über entspannt gewesen, doch jetzt verkrampfte sie.

»Die Frage, die wir uns stellen müssen, ist, ob das alles den ganzen Ärger wert ist, den wir uns damit einhandeln könnten«, sagte sie.

»Das werden wir nie wissen, solange wir nicht die Jaz-Disketten finden. Wie Sie mir erzählt haben, ist einiges an Jacks Tod ziemlich merkwürdig. Wenn er wegen einer Sache umgebracht worden ist, bei der mein Name auftaucht, möchte ich wissen, worum es dabei geht. Bevor es die Cops tun.«

»Hmm.«

»Sie müssen nicht mitkommen«, sagte ich. »Alles, was Sie tun sollen, ist, mit dem Wagen vorzufahren, sobald ich bereit bin, wieder zu verschwinden.«

»Wenn Sie da reingehen, gehe ich auch rein.«

Das wäre natürlich hilfreich, denn es würde die Zeit halbieren, die es dauerte, das Haus zu durchsuchen. Also sagte ich nicht nein, obwohl ich das Gefühl hatte, dass sie nachgeben würde, sollte ich ihr Angebot mit Nachdruck ablehnen.

»Wir blasen die Sache ab, wenn die Lage ungünstig erscheint. Falls überall Licht brennt oder wenn wir Leute auf den Straßen sehen.«

»Okay. Das klingt vernünftig.«

Die Gegend war weder vollständig beleuchtet, noch liefen Leute in den Straßen herum. Die Fenster des grünen Gebäudes nördlich von Jacks Haus waren dunkel. Es stand kein Auto davor oder in der Auffahrt.

Wir fuhren einmal an dem Haus vorbei. Ich parkte den Wagen einen Häuserblock entfernt. »Haben Sie sich alles gemerkt?«, fragte ich. »Wir sind Jogger ...«

»Schon gut, schon gut«, sagte sie. »Wenn wir es durchziehen wollen ...«

»Gehen wir.«

Wir joggten in weiten Trainingshosen und T-Shirts die Straße entlang. Ich hatte ein kleines olivgraues Handtuch dabei, in das die Werkzeuge aus dem Wal-Mart eingewickelt waren. Sollten wir Cops begegnen, hoffte ich, das Handtuch unauffällig in ein Gebüsch werfen zu können, bevor wir mit ihnen reden mussten.

Das war der Plan. Oder, wie Lane es formuliert hatte: »*Das* ist der Plan?«

Es war eine warme Nacht, man konnte immer noch die im Asphalt gespeicherte Hitze des Tages spüren. Zwei Häuser von unserem Ziel entfernt hielten wir an, als wollten wir Atem schöpfen. Wir zogen uns auf den Bürgersteig zurück. Die Straßenlaterne brannte nicht sehr hell, und die Schatten um den Lichtkegel herum wirkten sogar noch dunkler als die anderen nicht beleuchteten Stellen.

»Ist was?«, fragte ich.

»Nein.« Lane kicherte nervös. »Gott, ich dreh' gleich durch.«

»Bleiben Sie cool.« Wir schlenderten weiter und sahen uns dabei aufmerksam um. An dem grünen Haus bogen wir in die Auffahrt ab, folgten der Hälfte des kreisförmigen Weges, gingen dann geradeaus weiter über den Rasen und waren fünf Sekunden später im Schatten zwischen den Häusern untergetaucht.

Falls wir jetzt von einer Streife entdeckt und angesprochen werden sollten, würde Lane sich zum Pinkeln hinter einen Busch verziehen. Wir warteten eine Minute, zwei, drei – eine kleine Ewigkeit –, aber nichts passierte. Nirgendwo gingen Lichter an, nichts bewegte sich. Kein Hundegebell.

Auf der Rückseite des Gebäudes hinter dem Haus von Jack, dem mit dem Swimmingpool, brannte eine kleine Lampe, und aus den Fenstern fiel Licht, aber eine Crotonhecke entlang des Zaunes warf einen Schatten.

Kein lässiges Schlendern mehr oder ähnlicher Blödsinn. Wir huschten geduckt zur hinteren Veranda. Die Maschendrahttür war verschlossen, ein gelber Plastikstreifen und eine Notiz klebten vor dem Schlüsselloch des Schlosses. Ich entfernte den Streifen vorsichtig. Die Tür drohte zu rasseln, als ich sie berührte, eine wacklige Konstruktion, die nicht mehr als Schmeißfliegen fern halten sollte. Ich wickelte das Handtuch auf, entnahm ihm ein kurzes Stemmeisen und hebelte die Tür so weit auf, dass wir den Riegel des Schlosses über das Schließblech drücken konnten.

Wir öffneten die Tür und schlüpften hindurch, jetzt auf Händen und Knien. Nichts war zu hören, oder so gut wie nichts. Autos auf einer größeren Straße, drei Häuserblocks entfernt. Irgendwo ein aufgeschreckter Vogel, der in der Dunkelheit zwitscherte. Das Rauschen einer Klimaanlage mit einem defekten Kompressor.

»Ich hoffe, der Rest ist genauso einfach«, flüsterte Lane.

»Psst«, machte ich. Wir streiften dünne Plastikhandschuhe über. Ich richtete mich auf und ließ den Blick über die Veranda gleiten. Sie war mit einem aus schmalen Kanthölzern bestehenden Gerüst eingerahmt, und an der Oberseite, wo die Abschlussbretter der Fliegengitterbahnen angebracht waren, gab es einen schmalen Sims. Wäre ich einfältig genug gewesen, um hier einen Haustürschlüssel zu verstecken, ich hätte ihn genau dort deponiert.

In der Hoffnung, dass die Geschichten über Schwarze Witwen und andere giftige Spinnen maßlos übertrieben waren, fuhr ich mit den Fingern über den Sims, bis ich in dem vom Ende der Veranda aus gesehenen zweiten Fliegengitterelement auf einen Schlüssel stieß. Er fiel mit einem deutlich vernehmbaren Klirren auf den Betonfußboden, und ein paar Sekunden lang hielten wir den Atem an. Dann ging ich in die Knie, tastete auf dem Boden herum und fand den Schlüssel. Er war ein bisschen verrostet, nachdem ich ihn aber an meiner Jogginghose gerieben, ein paarmal ins Schloss geschoben und wieder herausgezogen hatte, funktionierte er. Kurz darauf standen wir in Jacks Haus.

Im Inneren war es ziemlich dunkel. Durch die vorderen Fenster fiel der Schein der Straßenlaterne, und auch durch die Hinterfenster drang ein bisschen Licht. Es roch nach einem

Teppichreinigungsmittel. Wir tasteten uns zu einem Flur vor, wo ich meine Taschenlampe anschaltete. Ich hatte die Linse so abgeklebt, dass nur ein nadeldünner Lichtstrahl entstand.

»Vergessen Sie nicht«, mahnte ich, »nie die Taschenlampe nach oben, immer nur auf den Boden richten. Wenn Sie kein Fenster anstrahlen, wird uns niemand bemerken.«

»Yeah, yeah, yeah«, erwiderte Lane und steuerte das Schlafzimmerbüro an, während ich ins Wohnzimmer trat. Ich wusste genau, wohin ich wollte. Jack hatte LuEllen in Redmond getroffen, wo wir gemeinsam ein paar Biere in einer Motelbar getrunken und uns schließlich über die Einbrecherei unterhalten hatten. Das war angesichts der Umstände, die uns nach Redmond geführt hatten, nicht weiter verwunderlich gewesen.

LuEllen erzählte Jack von einem Typen, der in Grosse Point Farms, Michigan, wohnte und eine verschließbare Kassette in den Boden seines Kamins eingebaut hatte. Es war einer dieser regulierbaren Gaskamine, der die Hitze direkt nach oben abstrahlte. Die feuerfeste Kassette unter dem Kaminboden war nicht nur unsichtbar, sie befand sich darüber hinaus an einer Stelle, an der sie wirklich niemand vermuten würde. Wer käme schon auf die Idee, Wertgegenstände ausgerechnet dort zu deponieren, wo ein Feuer brannte?

»Er hielt das Versteck für den denkbar sichersten Ort«, sagte LuEllen. »Und das wäre es auch gewesen. Ich hätte es selbst in hundert Jahren nicht gefunden, hätte seine Frau mir nicht davon erzählt.«

Jack hatte über die Formulierung gelacht: *Der denkbar sicherste Ort*. War die Zeile in seinem Brief nur eine einfache Redewendung gewesen? Vielleicht.

Einige Minuten später war ich bereit aufzugeben. Der Kamin war eines dieser schäbigen alten Dinger, die aus Beton und Stahl bestanden und von den Millionen Bewohnern billiger Fertigteilhäuser benutzt wurden. Er hatte eine Brennkammer, die sich öffnen ließ, ich konnte in ihrem Inneren jedoch nichts Außergewöhnliches sehen oder ertasten. Auch als ich mich auf Hände und Knie niederließ und den Kamin mit der Taschenlampe Zentimeter für Zentimeter absuchte, fand ich keine Spur eines Spalts, einer Nahtstelle oder einer falschen Platte.

Ich zog mich gerade zurück, als Lane aus dem Schlafzimmer kam. »Was tun Sie da?«, flüsterte sie.

»Ich dachte, Jack könnte die Disketten irgendwo im oder am Ofen versteckt haben«, sagte ich.

»Warum?«

Ich erklärte es ihr schnell.

»Das hätte bestimmt funktioniert«, kommentierte sie. Hatte es aber nicht. »Unter dem Dach gibt es einen niedrigen Zwischenraum, in den man durch eine Luke im Badezimmer gelangen kann«, fuhr sie fort.

»Wahrscheinlich haben die Leute vom FBI da schon gesucht«, sagte ich.

»Wir sollten trotzdem mal nachsehen.«

Die Luke befand sich in der Mitte der Badezimmerdecke. Ich stellte mich auf den Klodeckel, drückte sie auf und konnte gerade um den Rand der Öffnung herumtasten. Alles, was meine Finger berührten, war Isoliermaterial.

»Und?«, fragte Lane.

»Ich kann nicht weit genug reingreifen«, knurrte ich und machte mich so lang, wie ich konnte.

»Machen Sie eine Räuberleiter und schieben Sie mich hoch«, schlug Lane vor.

Ich sprang vom Klodeckel und verschränkte die Finger, die Handflächen nach oben gedreht. Lane stellte einen Fuß hinein, und ich schob sie bis zum Bauch durch die Öffnung. Sie stemmte sich weiter hoch. »Geben Sie mir ein paar Minuten«, flüsterte sie. »Es gibt hier einen kleinen Laufsteg, aber da ist überall dieses Dämmmaterial.«

Ich verließ das Badezimmer und versuchte nachzudenken. Ob der Ofen vielleicht eine Klappe an der Rückseite hatte, um die Asche rausschaufeln zu können? Ich hatte andere Öfen gesehen, die so …

»Bin gleich wieder da«, sagte ich leise, nachdem ich ins Badezimmer zurückgekehrt war. »Ich möchte mir den Geräteraum ansehen.«

»Okay.«

Ich tastete mich zum Geräteraum vor, vorbei an der Waschmaschine und dem Wäschetrockner zum Heizofen. Es war eins dieser kleinen Exemplare, wie man sie überall im Süden findet, nicht größer als ein 100-Liter-Kanister mit einem Gitterrost auf der Vorderseite und einer Aussparung auf der Rückseite. Die Aussparung war derart mit Schaltern und Ventilen ausgefüllt, dass kein Raum mehr für irgendetwas anderes blieb, also entfernte ich den Gitterrost. Nichts. Oberhalb der Gitterluke gab es eine dunkle Öffnung, in der sich dünne Rohre um eine Heizungsapparatur herumwanden, deren Funktion mir unbekannt war. Ich konnte nichts darin erkennen, griff einfach hinein … ertastete etwas Festes, Rechteckiges, Loses und zerrte daran. Ein mit Klebestreifen umwickeltes Bündel Jaz-Disketten fiel mir direkt vor die Füße.

Nachdem ich den Gitterrost wieder eingesetzt hatte, machte ich mich auf den Rückweg zum Badezimmer, wobei ich an der Außenwand des Wohnzimmers vorbeikam. Mittlerweile hatten sich meine Augen auf die Lichtverhältnisse eingestellt, und nun konnte ich im Halbdunkel etwas besser sehen, besonders dort, wo die Gardinen halb zur Seite gezogen waren. Als ich an der Wand entlangschlich, nahm ich draußen eine Bewegung wahr. Ich erstarrte, unsicher, ob ich mich nicht getäuscht hatte. Dann sah ich es wieder, die Schulter eines Mannes auf dem Bürgersteig, der sich offenbar dem Haus näherte.

Ich schlich weiter zum Schlafzimmer, stolperte beinahe über das Handtuch mit dem Werkzeugbündel, hob es auf und kehrte zum Badezimmer zurück.

»Lane!«, zischte ich in Richtung der Dachbodenluke.

»Was?« Ein weißer Fleck, ihr Gesicht, schwebte in dem schwarzen Rechteck.

»Da kommt jemand«, sagte ich leise. »Ich gebe Ihnen das Handtuch.«

Ich hatte noch nicht ausgesprochen, als ich auch schon ein Kratzen an der Vordertür hörte. Der Unbekannte entfernte das Absperrband der Polizei und bemühte sich, dabei möglichst wenig Krach zu machen. Ich stellte mich auf die Kloschüssel und reichte Lane das Handtuch. »Nehmen Sie die Disketten«, flüsterte ich.

»Sie haben sie gefunden!«

»Machen Sie mir Platz. Ich komme zu Ihnen hoch.«

Ich musste mich auf die Zehenspitzen stellen, um die Finger über die Leisten am Rand der Luke schieben zu können. Von der Vordertür klang das Geräusch eines Schlüssels auf, der in das Schloss glitt. Ich zog mich mit dem Oberkörper durch die Luke und stemmte mich weiter hoch. Die Haustür wurde geöffnet.

»Was jetzt?«, hauchte Lane.

»Still!«, flüsterte ich zurück. »Leuchten Sie die Luke an.«

Sie richtete den Strahl ihrer Taschenlampe auf die Öffnung. Ich packte die Klappe und ließ sie vorsichtig absinken, bis sie vollständig geschlossen war. Solange niemand das Haus allzu gründlich durchsuchte …

Wer auch immer sich da unten herumtrieb, er verhielt sich genauso leise wie wir.

»Sind Sie sicher, dass da unten wirklich jemand ist?«, flüsterte Lane nach einigen Minuten.

Ich nickte. »Ich habe gehört, wie ein Schlüssel ins Schloss geschoben wurde.«

Eine Minute verstrich.

»Ich kann nichts hören«, sagte Lane.

»Ruhe.«

Ich stand auf einem Querbalken. Eine lange Planke erstreckte sich längs durch das Haus bis zu einem kopfgroßen Lüftungsschacht, der auf den Vordergarten hinausführte. Wegen der niedrigen Decke kroch ich halb geduckt die Planke entlang und spähte zum Lüftungsschacht hinaus. Ein sportlicher Geländewagen, vielleicht ein 4Runner oder ein Pathfinder – ich konnte von meiner Position aus nur die Motorhaube sehen –, parkte vor dem grünen Haus an einer Stelle, die bei unserer Ankunft leer gewesen war. Sonst bewegte sich nichts auf der Straße. In einem Fenster auf der anderen Straßenseite flackerte ein Fernseher. Dann hörte ich, wie die Tür unter mir leise geöffnet wurde, und ein Mann trat auf die ringförmige Auffahrt hinaus. Er sah über die Schulter zurück. »Schnell, verdammt!«, zischte er.

Als er sich umdrehte, erhaschte ich für einen Sekundenbruchteil einen Blick auf sein Gesicht. Ein zweiter Mann drückte die Tür zu, und sie huschten zusammen zu dem Geländewagen. Der zweite Typ schleppte einen Gegenstand mit sich, der aussah wie ein …

»Ein Benzinkanister!«, stieß ich laut hervor. »Oh, Scheiße!« Ich wirbelte zu Lane herum. »Raus hier, raus hier!«, rief ich. »Ziehen Sie die Klappe hoch, ziehen Sie die Klappe hoch, ziehen Sie …«

»Was, was …?«, flüsterte sie und sah mich verständnislos an, während ich hektisch die Planke entlangkroch, und sie machte immer noch keine Anstalten, die Luke zu öffnen.

»Machen Sie die gottverdammte Klappe ...« Ich hatte sie fast erreicht, bevor sie endlich reagierte.

»Springen Sie runter!«, drängte ich. »Schnell, die Typen wollen das Haus abfackeln!«

Ich war zu ihr durchgedrungen, keine Frage. Sie schob die Beine über die Kante, glitt durch die Öffnung, hielt sich eine Sekunde lang fest, baumelte hin und her und ließ sich dann fallen.

»Die Disketten«, sagte ich. Ich reichte ihr das Bündel und ließ mich ebenfalls ins Badezimmer fallen. Es roch durchdringend nach Benzin und noch nach irgendetwas anderem, als ich in den Flur trat. »Hinten raus!«

»Was?« Lane war einen Schritt in Richtung des Wohnzimmers gegangen, um nachzuschauen, was es dort zu sehen gab. Ich folgte ihr eilig und packte sie am Arm. Direkt vor ihr hing ein brennender Lumpen an einer Schnur, die an der Decke mit einem Klebeband oder mit einer Heftzwecke befestigt worden sein musste. Der Geruch, den ich nicht sofort identifiziert hatte, war der von verkohlender Baumwolle. Als ich Lanes Arm umklammerte, schmorte die Schnur durch, und der brennende Lappen fiel zu Boden.

Das Benzin entzündete sich mit einem fauchenden Geräusch und loderte wie Napalm auf. Ich riss Lane zurück. Ihr Sweatshirt brannte, und ich schlug auf die Flammen ein, während ich sie zur Hintertür zerrte.

Lane schrie und versuchte, die Flammen mit den Händen zu ersticken. Ich wirbelte sie herum, packte den hinteren Saum ihres Sweatshirts und zog es ihr über den Kopf. »Ich habe mich verbrannt«, stöhnte sie.

Ich schleifte sie zur Hintertür hinaus und um das Haus herum. »Laufen Sie, los, los!«, rief ich. Wir rannten durch den Hinterhof des grünen und des nächsten Hauses, von dort über den Bürgersteig und die Straße entlang.

Eine Minute später hatten wir unseren Wagen erreicht, und drei Minuten später waren wir bereits eine Meile von dem brennenden Haus entfernt.

»Wie schlimm ist es?«, fragte ich

»Meine Arme, meine Hände, mein Gesicht«, erwiderte Lane. »Aber ich glaube, es ist nicht allzu schlimm.«

»Wir brauchen besseres Licht«, sagte ich.

In einem rund um die Uhr geöffneten Motel ein paar Meilen vom Flugplatz entfernt fanden wir, was wir brauchten. Ich mietete ein Zimmer mit meinen auf Harry Olson ausgestellten Papieren. Der Pförtner saß in einem Verschlag hinter einer kugelsicheren Glasscheibe.

»Wir wollen in aller Frühe wieder abreisen«, sagte ich. »Wir müssen einen der ersten Flüge erwischen.«

»Werfen Sie den Zimmerschlüssel da rein«, brummte er, zeigte auf einen verschlossenen Kasten, der draußen an der Wand hing, und wandte sich wieder seinem Waffenmagazin zu, dessen Titelstory folgende Überschrift trug: »Enthüllt! Fünfjahresplan der Vereinigung für die Kontrolle von Handfeuerwaffen zur Entwaffnung Amerikas. Lesen Sie selbst und weinen Sie.«

Das Licht in unserem Zimmer war hell genug. Lane hatte Verbrennungen an den Handrücken, den Unterarmen und unter dem Kinn erlitten. Ihre Augenbrauen waren angesengt, und in ihrem Haar über der Stirn hatten sich auf Grund der Hitze ein paar neue Locken gebildet. Die Brandstellen waren nicht weiß oder schwarz, sondern rosa. Am schlimmsten hatte es sie an den Armen erwischt. Der größte Fleck unter ihrem Kinn war etwa so groß wie ein Handteller.

»Was meinen Sie?«, fragte sie, die Arme ausgestreckt, die Handflächen nach oben gedreht. Sie hatte Schmerzen.

»Sie sollten sich von einem Arzt untersuchen lassen«, sagte ich.

»Dann wird die Polizei Bescheid wissen.«

»... aber wenn Sie es noch eine Weile aushalten, könnten wir unseren Flug erwischen, und dann könnten Sie an der Westküste zum Arzt oder in eine Notfallklinik gehen. Wir können sagen, Sie hätten sich beim Grillen an flüssigem Holzkohleanzünder verbrannt, aber nicht gedacht, dass es so schlimm wäre, bis es über Nacht angefangen hat, richtig wehzutun.«

»Es tut *jetzt* weh«, sagte sie.

»Was gut ist«, erwiderte ich. »Wirklich schlimme Verbrennungen tun nicht sofort weh, weil die Nervenenden zerstört sind.«

Sie brachte tatsächlich ein Lächeln zustande, und plötzlich empfand ich eine große Zuneigung für sie. »Wenn die Verbrennungen nicht zu schlimm sind ...«

»Ich glaube wirklich nicht, dass sie das sind«, sagte ich, »aber Sie werden Schmerzen haben.«

»Dann kann ich es aushalten. Besser als im Gefängnis zu landen.«

»... und ich bin kein Arzt.«

»Glauben Sie, die Leute von der Fluglinie werden etwas bemerken?«, fragte sie.

Ich schüttelte den Kopf. »Nein. Es sieht wirklich nicht so schlimm aus. Legen Sie sich einfach die Jacke über die Arme, und ich erledige das mit den Tickets.«

»Dann lassen Sie uns fahren.«

»Wir haben noch ein bisschen Zeit«, sagte ich nach einem Blick auf die Uhr. »Ich werde versuchen, eine Apotheke zu finden und ein Schmerzmittel gegen Sonnenbrand oder so was aufzutreiben. Das könnte helfen.«

»Gut. Ich beschütze solange die Disketten.« Sie hob den Kopf, lächelte mich erneut an und zuckte zusammen. »Ich schätze, ich sollte den Kopf nicht zu ruckhaft bewegen.«

»Ich besorge das Zeug«, versprach ich.

»Beeilen Sie sich«, sagte sie, die Frau mit den großen dunklen Augen.

5

St. John Corbeil

St. John Corbeil saß in einem Lederarmsessel und las. Der Stahlrahmen seiner Militärbrille schimmerte im Licht der Stehlampe. Während er las – Orwells *Mein Katalonien* –, ließ er eine Diamantenkette zwischen seinen kurzen, dicken Fingern entlangwandern, als wäre sie ein Rosenkranz.

Er genoss die kühle Sinnlichkeit der Kette und das Wissen um das Vermögen, das sie darstellte. Sie war speziell nach seinen Vorgaben von Harry Winston in New York angefertigt worden. Hundert Diamanten, hervorragend geschliffen, jeder Einzelne klar, farbig glitzernd und ein Karat schwer. Den Leuten von Winston war der Auftrag seltsam erschienen – er hatte die unausgesprochene Neugier in ihren Augen bemerkt –, da eine aus hundert Diamanten bestehende Kette nicht das Feuer von einem oder zwei großen Zentralsteinen besitzt, die von mehreren kleinen Diamanten eingerahmt werden.

Corbeil hatte gute Gründe für seine Wahl gehabt. Einkaräter ließen sich leicht und anonym verkaufen. Die Halskette war wie ein Bankkonto. Wenn man die Diamanten aus ihren Fassungen löste, konnte man sie für 300.000 Dollar losschlagen.

Ein anderer guter Grund war die sinnliche Ausstrahlung der Steine. Corbeils Gesicht mochte wie aus Eichenholz geschnitzt wirken, doch er war ein sinnlicher Mann. Er liebte die Art, wie sich eine Frau anfühlte, das Geräusch, wenn der Reißverschluss am Rücken eines Kleides geöffnet wurde, den

Duft von Chanel. Er mochte schnelle Autos, französische Küche, kalifornische Weine, italienische Anzüge, englische Schuhe und Diamanten. Vor der Gründung von AmMath hatte er sich nie das Beste in Bezug auf Wein, Weib und Gesang leisten können. Jetzt konnte er es – und er wollte verdammt sein, wenn er all das aufgab …

Die Türglocke schellte. Er hatte schon darauf gewartet. Corbeil legte das Buch weg, ließ die Halskette in einer Tasche seines Hemdes verschwinden, ging zur Gegensprechanlage und drückte eine Taste. »Ja?«

»Hart und Benson.« William Harts Stimme. Vier Männer waren mit verschiedenen Aspekten der Operation beschäftigt; Corbeil als Koordinator, Hart und Benson als Techniker, die sich um Sicherheitsfragen kümmerten, und Tom Woods, ein Experte für die Verschlüsselung von Computerdateien, der nur Geld noch mehr liebte als Codes. Woods hatte keine Ahnung von den Schwierigkeiten mit Morrison, Lighter und Ward, außer dass Morrison während eines Einbruchs getötet worden war. Er war ein nervöser Mann.

»Kommen Sie rein.« Corbeil drückte die Taste des Türöffners.

»Erledigt«, sagte Hart.

»Gut.« Corbeil nickte. »Es gibt keinen Grund anzunehmen, dass irgendetwas hier in Texas zurückbleibt.«

»Nicht soweit wir es wissen.«

Corbeil drehte sich um, fingerte die Halskette aus der Brusttasche und ließ sie unbewusst von einer Hand in die andere gleiten. »Bleibt die Möglichkeit, dass er seiner Schwester irgendwas geschickt hat.«

»Er könnte allen möglichen Leuten was geschickt haben«, räumte Hart ein, »aber wir konnten keine wirklich engen

Freunde von ihm finden. Keine Freundinnen zur Zeit. Seine Schwester kommt am ehesten als Kandidatin in Frage. Ich meine, wir sind immer noch dabei, sein persönliches Umfeld zu überprüfen, aber wenn es dort sonst noch jemanden gibt, ist es nicht offensichtlich.«

»Ich wollte, wir hätten die Zeit gehabt, ihn gründlich zu verhören«, sagte Corbeil, »aber der Druck, ihn aus dem Weg zu räumen ... Nun, wir konnten ihn ja schlecht verhören und gleichzeitig auf eine glaubhafte Art beseitigen, oder?«

Hart zuckte die Achseln. Benson, der andere Mann, hörte wortlos zu. Er war der Typ, der sich widerspruchslos unterordnete.

»Also, was jetzt?«, wollte Hart wissen. »Den Laden für eine Weile dicht machen?«

»Das wird nicht nötig sein«, erwiderte Corbeil. »Dazu brauchen wir nur einen Knopf zu drücken. Kein Grund, das zu tun, bevor es wirklich nötig wird. Zur Zeit gibt es da draußen jede Menge Geld zu holen.«

»Glauben Sie mir, Mr. Corbeil, diese ganze Geschichte hat mir eine Scheißangst eingejagt. Ich habe immer noch Angst, und Les ist genauso nervös wie ich.« Hart warf dem schweigsamen Mann einen fragenden Blick zu und erntete ein bestätigendes Nicken.

»Deshalb haben wir die Sache ja auch so sorgfältig inszeniert«, erklärte Corbeil. »Es müssten schon Beweise vorliegen, um uns ins Gefängnis zu stecken. Und es gibt keinerlei greifbare Beweismittel! Wenn ich Tom Woods befehle, die Löschtaste zu drücken, ist alles verschwunden. Nicht einmal *wir* könnten es dann wieder zurückholen.«

»Das ist ja alles schön und gut, aber es bleibt immer noch das Problem mit Lane Ward«, sagte Hart. »Sollte sie irgendwas in der Hand haben, oder angenommen, Morrison hat so eine Art Totmannschaltung installiert ...«

»Also müssen wir eine kleine Reise unternehmen und uns ihr Haus ansehen.«

»Das ist gefährlich«, wandte Hart ein.

»Sie hatten keinerlei Schwierigkeiten, in Morrisons Haus in Kalifornien zu gelangen. Oder in sein Miethaus hier.«

»Das war etwas anderes. Zu diesem Zeitpunkt hielt er sich angeblich nicht mehr in der Stadt auf, und *wir* wussten, dass er tot war, also bestand keine Gefahr, dass irgendjemand dort aufkreuzen würde. Bei Ward wissen wir nicht, wie es in ihrer Nachbarschaft aussieht. Wir wissen nicht einmal, wonach wir eigentlich suchen. Das Material könnte sich auf einer Diskette oder einer Festplatte befinden, es könnte auch irgendwo im Netz geparkt sein. Oder vielleicht existiert es nicht einmal.«

»Wenn es aber doch existiert oder dem FBI geschickt worden ist, hätten wir ein fürchterliches Problem am Hals«, sagte Corbeil. »Es ist das Risiko wert. Im schlimmsten Fall – sollten Sie erwischt werden – könnten wir es so drehen, dass es sich um Fragen der Sicherheit und Geheimhaltung gehandelt hat. Um etwas, worüber wir uns schreckliche Sorgen gemacht haben. Eine Aktion, die Sie auf eigene Faust unternahmen, um zu verhindern, dass nationale Geheimnisse feindlichen Kräften in die Hände fallen. Und selbst, wenn Sie für eine Weile ins Gefängnis müssten … Was würde man Ihnen für versuchten Einbruchsdiebstahl aufbrummen – sechs Monate? Sollte es dazu kommen, würden Sie danach einen beachtlichen Bonus kassieren.«

»Wie viel?«, fragte Hart auffallend offen.

»Sagen wir, zwei Millionen pro Jahr, entsprechend weniger für eine kürzere Zeit.«

Hart sah Benson an und wandte sich dann wieder Corbeil zu. »Gut, nehmen wir uns also ihr Haus vor. Es wird sich tatsächlich demnächst eine günstige Gelegenheit ergeben.«

Corbeil hob die Brauen und lächelte erfreut, nachdem Hart ihm erklärt hatte, was er damit meinte. »Ich arbeite wirklich sehr gern mit Ihnen zusammen, William«, sagte er.

»Wissen Sie, was mir nicht gefällt, Mr. Corbeil?«, meldete sich Benson zum ersten Mal zu Wort. »Ich denke, wir haben die Sache mit diesem Morrison und seiner Schwester erledigt. Ich glaube nicht, dass er irgendwas verschickt hat. Wir haben zu schnell reagiert, und er hat sich darauf verlassen, dass sich Lighter um das Problem kümmern würde. Die Schwierigkeiten dagegen, die *ich* sehe ...«

Die lange Vorrede strapazierte Corbeils Geduld. »Ja?«, fragte er.

»Ich mache mir wegen Woods Sorgen. Seit Morrisons Tod läuft er mit diesem verängstigten Gesichtsausdruck herum. Ich denke, er weiß, dass da irgendwas vorgefallen ist. Morrison und er haben hin und wieder etwas Zeit miteinander verbracht.«

Corbeil nickte. »In Ordnung, Les. Das ist eine begründete Sorge. Wie Sie wissen, ist Tom Woods ein Freund von mir, ein alter Vertrauter, der mit mir aus der Firma hierher gekommen ist. Und darüber hinaus ein mathematisches Genie.«

»Ich weiß, Sir, aber ...«

St. John Corbeil hob eine Hand. »Sollte er sich zu einem Problem entwickeln, kümmere ich mich darum. Versprochen. Aber wir haben jetzt schon zwei Todesfälle, zwischen denen eine viel zu enge Verbindung besteht. Ein dritter – sollte es erforderlich werden, Lane Ward zu beseitigen – würde fast mit Sicherheit Aufmerksamkeit erregen. Wäre allerdings Tom Woods bereits vorher gestorben, dann ... tja ...«

»Es sei denn, Tom hätte die ganze Sache eingefädelt«, warf Hart ein.

»Sie haben wohl meine Gedanken gelesen, William«, fragte Corbeil. »Wir könnten vielleicht vorsorglich damit beginnen, ein paar Dokumente vorzubereiten … Also, Sie fliegen nach San Francisco.«

»Morgen.« Hart nickte. »Wir rufen Sie an. Sobald wir wissen, woran wir sind, können wir dieser Ward-Braut einen Besuch abstatten. Sie entweder erledigen oder sie in Ruhe lassen.«

Corbeil lächelte. »Mmmhh«, machte er.

6

Kurz nach drei Uhr morgens flog das Flugzeug ein Stückchen auf den Pazifik hinaus, bevor es wendete und hinter den Masten der Highwaybeleuchtung zwischen dem offenen Meer und der Bucht in San Francisco landete. In dem Augenblick, als die Reifen die Rollbahn berührten, fiel die Anspannung von mir ab. Was auch immer jetzt passierte, wir würden es irgendwie hinbiegen können. In Dallas, unter den Augen der Cops, die Lanes Verbrennungen hätten sehen *können*, hätten wir ein echtes Problem gehabt.

Eine absolut egoistische Reaktion, denn Lane litt Schmerzen. Ich hatte etwas Solarcaine aus einem Drugstore besorgt. Lane hatte sich die Salbe auf die Brandwunden geschmiert und dazu ein halbes Dutzend Ibuprofen geschluckt, obwohl wir nicht wussten, ob die Tabletten viel bewirkten. Aber das war alles gewesen, was wir vor der Fahrt zum Flugplatz hatten tun können.

Am Abfertigungsschalter hielt sich Lane im Hintergrund, spielte die Rolle der schüchternen kleinen Frau. Sie trug eine langärmlige Bluse und hielt den Kopf gesenkt, während ich die Tickets vorzeigte. Im Flugzeug saß sie direkt am Gang und ging zweimal auf die Toilette, um ihre Verbrennungen mit mehr Solarcaine einzucremen.

»Alles in Ordnung mit Ihnen?«, erkundigte ich mich nach dem zweiten Mal.

»Ich schaffe das schon«, sagte sie mit zusammengebissenen Zähnen.

»Das Ibuprofen ...«

»Hat nicht viel geholfen. Ich hoffe, es bleiben keine Narben zurück.«

»Es sieht nicht so schlimm aus«, versicherte ich. »Ich ...«

Sie drehte die Unterseite ihrer Arme nach oben und zeigte mir ein halbes Dutzend Blasen von der Größe einer 25-Centmünze. »Ich habe Angst, sie aufzustechen, wegen der Gefahr einer Infektion.«

»Ah, Jesus ...«

Während der Hälfte des Fluges saß ich hoch aufgerichtet da und blickte mich ständig um. Die Frau auf dem Platz vor Lane schlief mit offenem Mund. Die Sitzreihe hinter uns war leer, und der Typ auf der anderen Seite des Mittelganges hatte sich über zwei Sitzplätze gelegt, den Kopf in einem unbequem wirkenden Winkel gegen die Fensterjalousie gestützt.

»Die Polizei weiß, dass wir Dallas heute Nacht verlassen haben«, sagte ich leise, »und das Haus ist vor unserem Abflug abgebrannt. Man wird mit uns sprechen wollen.«

»Oh, Mann. Sie haben Recht.«

»Sie werden ein bisschen lügen müssen.«

»Ich werde *ganz gewaltig* lügen müssen«, korrigierte sie.

»Sie können das durchziehen, wenn Sie sich darauf vorbereiten«, fuhr ich fort. »Sie müssen überrascht und genervt tun. Es ist *ihr* Fehler – der Fehler der Cops –, dass das Haus abgebrannt ist. Sie haben ihnen ja gesagt, dass da irgendwas nicht stimmt, dass Ihr Bruder ermordet worden ist. Sie müssen sie anschreien.«

»Nicht schreien. Aber ich werde wütend sein. Ich *bin* wütend. Irgendjemand *hat* Jack ermordet.«

»Sie müssen darauf *bestehen*, nach Dallas zurückzukehren, und Sie müssen verlangen, sich die Festplatten von Jacks Computern ansehen zu dürfen. Das könnte sie davon abhalten, Ihnen einen kalifornischen Cop vorbeizuschicken, um mit Ihnen zu sprechen. Die Cops haben keinen Grund zu vermuten, dass Sie sich bei dem Feuer verbrannt haben könnten, und aus ihrer Sicht gibt es auch keinen Grund, Sie sofort aufzusuchen. Außerdem müssen Sie bis zum Begräbnis Ihres Bruders ohnehin in San Francisco bleiben.«

»Also hängt alles davon ab, wie lange es dauert, bis die Verbrennungen abgeheilt sind«, stellte Lane fest.

»Ja, aber Sie dürfen die Cops nicht mit Ausreden hinhalten; Sie müssen einfach beschäftigt sein. Sie müssen den Eindruck erwecken, dass Sie stinksauer auf sie sind und sofort wieder bei ihnen aufkreuzen werden, sobald Sie die Zeit dazu finden.«

Sie dachte eine Minute lang darüber nach. »Das schaffe ich«, sagte sie dann.

»Cops sind keine Trottel. Die meisten zumindest nicht.«

»Vielleicht muss ich nicht mit demselben Typen wie beim letzten Mal reden. Ich meine, beim ersten Mal habe ich auch mit einem anderen gesprochen. Das würde mir die Sache erleichtern.«

»Wer auch immer es ist, Sie müssen vorsichtig und glaubwürdig sein«, warnte ich. »Cops haben eingebaute Detektoren für blödsinnige Geschichten.«

In San Francisco holten wir Lanes Wagen vom Flughafenparkplatz ab und fuhren nach Süden – direkt zu ihrem Haus in Palo Alto, wo wir das Gepäck ausluden.

»In die Notfallklinik«, sagte ich.

»Ich habe einen Arzt, den ich …«

»In die Notfallklinik, *jetzt sofort*«, unterbrach ich sie. »Das ist anonym, und vielleicht sind Sie danach Ihre Schmerzen los.«

Sie widersprach mir nicht.

In dieser Nacht schafften wir es sogar, noch ein bisschen zu schlafen.

Morgens um zehn, nach fünf Stunden Schlaf, hörte ich jemanden im Haus rumoren. Ich rollte mich aus dem Bett – ich hatte in Lanes Gästezimmer übernachtet –, schlüpfte in meine Jeans und streifte das T-Shirt über. Lane stand in der Küche und kochte Kaffee.

»Wie geht's?«

»Tut weh«, sagte sie. Sie hatte sich so gut wie möglich gewaschen, doch die Brandwunden schmerzten, sobald sie mit Wasser in Berührung kamen. Lane trug weite Khaki-Shorts und ein langärmliges Baumwollhemd. Ich nahm wieder einen schwachen Hauch des blumigen französischen Parfüms wahr. Sie roch verführerisch und sah in ihrem Arbeitshemd großartig aus, wenn man nicht wusste, dass sie es nur trug, um frische Verbrennungen zu verbergen.

Ihr Gesicht war in Ordnung, die gerötete Haut unter ihrem Kinn ähnelte einem heftigen Sonnenbrand, der schon bald verheilen würde. Am schlimmsten waren die Verbrennungen an ihren Armen. Der Doc in der Notfallklinik hatte die Brandblasen aufgestochen, um den Druck zu lindern, aber sie füllten sich schon wieder mit Wundwasser.

»Das Schmerzmittel hilft nicht?«, fragte ich. Sie hatte ein Spray zur örtlichen Betäubung bekommen, das laut den Ärzten wirksamer als das Solarcaine war.

»Für kurze Zeit«, sagte sie. »Dann fängt es wieder an, wehzutun.«

»Tut mit Leid.«

»Nicht Ihre Schuld. Aber ich glaube wirklich nicht, dass ich tun könnte, was Sie tun ... Um damit meinen Lebensunterhalt zu verdienen, meine ich.«

»Normalerweise passieren dabei keine solche Sachen«, sagte ich.

»Manchmal muss es ...« Sie musterte mich ausgiebig, und ich musste zugeben, dass ich in der Vergangenheit in diverse Schwierigkeiten geraten war.

»Aber kein Feuer«, versicherte ich. »Feuer macht mir Angst.«

»Mir auch, von jetzt an.« Sie hob eine Hand an den Hals, als wollte sie sich kratzen, hielt auf halbem Weg inne und lächelte. »Ich werde wahrscheinlich eine ziemlich zickige Patientin sein.«

Ich verließ das Haus und kaufte eine Tüte Bagels und Streichkäse. Wir toasteten Bagels, tranken Kaffee und redeten über Jack und die Jaz-Disketten. Nach einer Weile sagte Lane, dass sie versuchen würde, sich hinzulegen und noch einmal ein bisschen zu schlafen. »Die Schmerzen sind eigentlich nicht allzu stark, sie erwecken in mir nur den Wunsch rumzubrüllen. Das ständige Brennen strapaziert die Nerven.«

»In Ordnung. Zeigen Sie mir vorher noch Ihren Computer. Haben Sie ein Jaz-Laufwerk?«

»Nein. Aber rund zwei Minuten zu Fuß von hier gibt es einen CompUSA.«

Sie führte mich in ihr Arbeitszimmer, wo der übliche beigefarbene Dell-Desktopcomputer stand, und ließ mich dann allein, um sich hinzulegen. Nachdem sie verschwunden war, suchte ich den CompUSA auf, kaufte ein externes Jaz-Laufwerk und ein Päckchen Disketten, kehrte zurück, schloss das Laufwerk an und zog die Disketten hervor, die wir in Jacks Haus gefunden hatten.

Ich begann meine Suche mit der ersten Diskette von oben, und das Erste, worauf ich stieß, war eine Datei mit dem schlichten Namen *Notizen*. Als ich sie öffnete, fand ich eine Reihe ungeordneter E-Mails, die Jack offenbar von diversen Quellen bekommen hatte. Er hatte Informationen gesammelt, die vielleicht von Bedeutung sein könnten, und sich dazu Notizen gemacht.

In der ersten Mail stand: *CarlG, RasputinIV der Liste hinzufügen. Hohe Korrelation bei beiden.*

CarlG und RasputinIV standen auf der Liste der Firewall-Mitglieder, die in der Web-Gerüchteküche erwähnt worden waren und jetzt vom FBI untersucht wurden.

Die zweite Notiz lautete: *Überprüfen: endodays, exdeus, fillyjonk, laguna8, omeomi, pixystyx.*

Die Namen weiterer Hacker? Jedenfalls klangen sie danach. War das vielleicht so eine Art Ermittlungsarbeit? Machte sich AmMath Sorgen wegen Firewall – oder machte es *Geschäfte* mit Firewall? Möglicherweise war es ja sogar mit Firewall *identisch*.

Ich durchsuchte den Rest der Dateien nach dem Eintrag OMS und stieß auf zwei mit der Überschrift ›Old Man of the Sea‹. Die Verfasser hatten den Titel der Novelle von Hemingway falsch geschrieben, sofern es sich überhaupt darum handelte. Wie auch immer, der einzige leicht verständliche Teil der Dateien bestand aus einem riesigen Haufen E-Mails und Memos, die Jack offenbar ungeordnet kopiert hatte. Ich sah mir vielleicht 300 von 15.000 oder mehr an und fand nur den üblichen Firmenkram: Aufstellungen über Urlaubstage, Beförderungen, Beschwerden, Terminpläne.

Die interessantesten Dateien aus den zwanzig Gigabytes, die die vier Disketten enthielten, konnte ich nicht einmal richtig öffnen. Jede Einzelne umfasste 500 Megabytes, und Lanes Computer verfügte nur über einen Arbeitsspeicher von 384 Megs. Trotzdem sah ich mir die ersten Blöcke dieser Dateien an und kam zu der Vermutung, dass es sich dabei um Grafiken handelte, wahrscheinlich um Fotos.

Gelangweilt und frustriert verbrachte ich eine Weile damit, zwei Kopien von jeder Jaz-Diskette anzufertigen. Lane stand auf, als ich gerade damit fertig war, ging in die Küche und behandelte ihre Verbrennungen mit dem Betäubungsmittel. Ich schaltete den Computer aus, gesellte mich zu ihr und berichtete ihr, was ich entdeckt hatte.

»Hatte Jacks aktuelle Arbeitsdatei … stand da ein Datum drauf?«, fragte sie.

»Ich habe nicht mal nachgesehen«, sagte ich.

Wir kehrten gemeinsam in ihr Arbeitszimmer zurück und fuhren den Rechner wieder hoch. Lane stand nur zehn Zentimeter von mir entfernt, den Blick auf den Bildschirm gerichtet, während sie wartete, bis jede dieser blödsinnigen Windows-Startsequenzen durchgelaufen war. Sie war eine sehr attraktive Frau, und sie sah so aus, als würde sie sich auch gut anfühlen. Plötzlich war ich überzeugt, dass irgendetwas zwischen uns passieren könnte, wenn ich sie jetzt berührte.

Aber ich tat es nicht, ich starrte einfach den Monitor an, und der Moment verstrich. Lane bewegte sich ein bisschen, rückte ein paar Zentimeter weiter von mir ab … und als wir Jacks Arbeitsdatei öffneten, trug sie tatsächlich ein Datum. Er hatte sie zum letzten Mal am Sonntag geschlossen, fünf Tage vor seinem Tod.

»Also *ist* er am Sonntag reingegangen«, sagte sie.

»Sie haben gesagt, die Cops hätten Ihnen erzählt, dass er von seinem Haus aus telefoniert und das Alarmsystem, eine Kamera und die Bewegungsmelder ausgeschaltet hat«, erinnerte ich sie.

»Ja.«

»Das ist etwas, das wir überprüfen können.«

»Wie das?« Sie streckte unbewusst eine Hand aus, um sich am Arm zu kratzen, ließ sie aber rechtzeitig wieder sinken.

»Die Telefongesellschaft hat diese Systeme namens Message Unit Details oder Message Unit Records«, erklärte ich. »Wir haben sie damals, in den guten alten Zeiten, als der Datenverkehr noch über Telefonhörer abgewickelt wurde, Mothers genannt. Man kann aus ihnen ersehen, wohin alle von einem bestimmten Anschluss aus geführten Gespräche gegangen sind.«

»Wie kommen wir an diese Informationen?«

»Dieser Typ, den ich aus St. Paul angerufen habe – Bobby, derjenige, über den Sie nichts wissen sollten –, könnte sie innerhalb von zwei Minuten besorgen.«

»Dann lassen Sie uns das tun.«

»Ich muss dazu nach draußen zu einem Münzfernsprecher gehen«, sagte ich. »Sie würden nicht wollen, dass ich diese Nummer von hier aus anrufe.«

»Und wenn wir von einem Münztelefon aus anrufen, dann weiß ich von nichts«, stellte Lane fest. »Das Gespräch wird nicht auf meiner Telefonrechnung auftauchen.«

»Das auch«, sagte ich.

Wir gingen in eine Einkaufspassage, wo ich meinen Laptop mittels eines altmodischen Akustikadapters mit einem Münzfernsprecher koppelte. Nachdem ich die übliche Sicherheitsprozedur abgespult hatte, erwischte ich Bobby online und bat ihn, mir alle Nummern zu besorgen, die am Sonntag von Jacks Haus angerufen worden waren, dazu noch die vom Freitag, dem Tag seines Todes. Er sagte, dass er ein paar Minuten dazu brauchen würde, sie aber gefunden haben müsste, sobald wir wieder in Lanes Haus wären. Ich war einverstanden und fügte dann hinzu, dass wir eine konventionelle Postadresse benötigten, um ihm ein Päckchen schicken zu können.

WAS?

4 2-GIG-JAZ-DISKETTEN. BRAUCHE MEHR AUGEN, DIE EINEN BLICK DARAUF WERFEN. STAMMEN VON STANFORD.

SCHICK DAS PÄCKCHEN JOHN. ER LEITET ES AN MICH WEITER.

Lane hatte mir über die Schulter gesehen. »Er hat also nichts dagegen, uns anzurufen, solange wir nicht bei ihm anrufen.«

»Wenn es Ihnen gelingen würde, einen Anruf von ihm zurückzuverfolgen, würden Sie wahrscheinlich beim Bäcker um die Ecke, einem Pontiac-Händler oder so was landen. Er ist ziemlich paranoid, was Telefone betrifft.«

»Womit verdient dieser Bobby seinen Lebensunterhalt?«

»Er plündert Datenbanken. Tausende davon. Außerdem macht er noch ein bisschen Telefonarbeit, das aber hauptsächlich, um seine Zugriffe auf die Datenbanken zu tarnen. So ziemlich die Einzigen, in die er nicht hineinkommt, sind die ohne jegliche Verbindung zur Außenwelt, und davon gibt es mittlerweile nur noch verdammt wenige. Vielleicht ein paar Computer des Militärs oder staatlicher Geheimdienste. Auf dieser Ebene wird es ziemlich schwierig, obwohl ich weiß, dass er auch schon in einigen von diesen Rechnern gewesen ist. Er ist schon immer da gewesen; er ist wie ein unbekannter, inoffizieller Systemverwalter.«

Das Telefon klingelte bereits, als wir in Lanes Haus zurückkehrten. Nicht Bobby, es war eine Luftfrachtfirma. Jacks Leichnam würde am nächsten Tag eintreffen und zu einem Bestattungsunternehmer in der Nähe gebracht werden. Lane legte den Telefonhörer auf die Gabel und wollte gerade irgendetwas sagen, doch es klingelte fast im gleichen Moment wieder. Auch diesmal war es nicht Bobby.

»Ja, hier ist Lane ... ja? Was? Was meinen Sie? Abgebrannt? Also, wie viel ist noch davon übrig? Hat es alle seine persön-

lichen Sachen erwischt? Na gut, wie schlimm? Au, Jesus! Ich habe es Ihnen ja gesagt ... Ich mache Sie dafür verantwortlich, ich werde mit meinem Anwalt sprechen ... Sie haben mich da nicht reingelassen, und ich habe Ihnen gesagt, dass mein Bruder ermordet worden ist, und jetzt haben die gleichen Leute auch noch sein Haus abgefackelt, und Sie nehmen sich nicht mal die Zeit nachzusehen ... Bullshit. BULLSHIT! *Ich werde kommen, ich fliege nach Dallas, sobald das Begräbnis vorbei ist, und dann will ich mit dem Verantwortlichen sprechen, wer auch immer das ist ...«*

»War ich gut?«, fragte sie, nachdem sie aufgelegt hatte.

»Sie waren *sehr* gut«, versicherte ich.

Bobby rief zehn Minuten später an. Als das elektronische Signal ertönte, stülpte ich den Akustikadapter hastig über den Telefonhörer, und auf dem Monitor meines Laptops erschienen zwei Zahlenkolonnen. Jack hatte am Sonntag zwischen sechs Uhr und Mitternacht drei Anrufe getätigt. Am Freitag hatte er gegen sieben Uhr ein zwanzigminütiges Ferngespräch mit Kalifornien geführt.

»Das ist unser ISP«, sagte Lane, »ich habe den Gleichen.« Danach hatte er noch einmal gegen neun Uhr fünfundvierzig telefoniert. Das war das letzte Gespräch.

»Also muss er sich mit dem letzten Anruf in die Sicherheitscomputer eingehackt haben«, murmelte ich. »Wir können das überprüfen.«

»Aber er hat diese Nummer nicht in der Nacht zum Sonntag angerufen«, warf Lane ein.

»Was bedeutet, dass er da nicht die Überwachungskamera deaktiviert hat«, sagte ich.

»Was bedeutet, dass er das Sicherheitssystem vielleicht nicht gefunden hat. Ich frage mich, ob diese Kamera überhaupt im Freien steht.«

Ich kratzte mich am Kopf und dachte ein paar Minuten lang darüber nach. »Wissen Sie, ich denke, er ist vielleicht wirklich ermordet worden«, sagte ich schließlich.

»Das sage ich doch schon die ganze Zeit.«

»Yeah, aber ich habe Ihnen bisher nicht geglaubt«, gestand ich. »Die Argumente der anderen Seite waren zu gewichtig. Aber hätte Jack schon am Sonntag von dem Sicherheitssystem gewusst, so hätte er es abgeschaltet, bevor er hineingegangen ist. Hätte er zwischen Sonntagnacht und Freitagnacht davon erfahren, dann hätte er gewusst, dass die Überwachungskamera ihn gefilmt hatte und er in Schwierigkeiten steckte. Wenn er jedoch all das gewusst hat, warum hat er in dem Brief an mich dann kein einziges Wort davon erwähnt? Wenn sie ihm Angst eingejagt haben und er *wusste*, dass er in Schwierigkeiten steckte ...«

»Mir ist gerade etwas anderes eingefallen«, unterbrach mich Lane. »Die Leute von AmMath behaupten, er wäre Freitagnacht in den Sicherheitsbereich eingedrungen. Also, wenn er schon Sonntagnacht dort hingegangen ist ... warum musste er beim ersten Mal *nicht* mit Gewalt einbrechen? Warum hat der Einbruch am Freitag stattgefunden, obwohl wir wissen, dass er bereits am Sonntag dort war?«

»Einer der ersten Punkte, um die wir Einbrecher uns kümmern, ist es herauszufinden, wie wir irgendwo hineingelangen können, ohne dass jemand etwas davon erfährt«, erklärte ich. »LuEllen und ich haben uns kurz mit Jack darüber unterhalten, wie wichtig es ist, keine Spuren zu hinterlassen ... Aus diesem Grund habe ich bei Jacks Haus auch nach einem Schlüssel gesucht. Es ist immer besser, gewaltlos in ein Gebäude einzudringen, als irgendetwas zu beschädigen, und das wusste er.« Ich drehte eine Runde durch die Küche, dachte nach und schüttelte dann den Kopf. »Ich kann mir vorstellen, wie sie das inszeniert haben. Man bräuchte dazu zwei Typen, aber es müssten schon brutale Arschlöcher sein, um diesen alten Mann, den Wächter, über den Haufen zu schießen.«

»Es waren auch zwei Typen, die Jacks Haus abgefackelt haben«, gab Lane zu bedenken. Sie sprach mit dem ruhigen Tonfall einer Wissenschaftlerin, die das entscheidende Argument für ihre These vorbringt.

»Gottverdammt«, sagte ich nach einer Weile. »Ich glaube, sie haben ihn wirklich umgebracht.«

7

Wir schickten die zweite Kopie der Jaz-Disketten an Bobbys Freund John Smith, der auch ein Freund von mir und selbst Künstler ist. Und ich verbrachte die nächsten beiden Tage mit dem Versuch, auf den Disketten etwas zu finden, das einen Sinn ergab. Dazwischen malte ich den Küstenstreifen der Bucht mit Wasserfarben. Salzwasser hat eine andere Qualität als Süßwasser, es fühlt sich schwerer und irgendwie tückischer an. Die Schwere rührte von dem Licht her, das besonders grün und hart war. Ich bekam es einfach nicht richtig hin.

Lane blieb zu Hause, traf Vorbereitungen für das Begräbnis, telefonierte ein bisschen herum und las unermüdlich. Auch sie verbrachte einige Zeit damit, in den Jaz-Disketten herumzustöbern, doch wir fanden beide nicht viel.

Drei Tage nach dem Brand trockneten die Blasen auf ihren Armen zu unansehnlichen Flecken abgestorbener Haut, während sich die rote Stelle an ihrem Hals bräunlich verfärbte. Tagsüber brachte ich Fertiggerichte nach Hause; an den kühlen Abenden gingen wir aus und aßen in einem italienischen Restaurant mit schummriger Beleuchtung, wo ihre Verbrennungen nicht zu sehen waren.

Das Begräbnis fand an einem wunderschönen kalifornischen Morgen statt. Fünfzig Trauergäste hatten sich in einer altmodischen, im spanischen Stil gehaltenen und mit Stuckarbeiten verzierten Kapelle versammelt, in der ein episkopalischer Priester auf eine würdevolle Art die richtigen Dinge sagte. Die Frauen weinten, die Männer schüttelten Hände, und als Jacks Jugendfreunde seinen Sarg durch das Seitenportal aus der Kirche trugen, erklang Harry Connick Jr.s ›Sunny Side of the Street‹ aus den Lautsprechern.

LuEllen betrat die Kapelle ein paar Sekunden, nachdem der Trauergottesdienst begonnen hatte. Ich erkannte sie in ihrem schwarzen New Yorker Kleid und der Sonnenbrille mit den weit geschwungenen Gläsern kaum. Sie winkte mir unauffällig zu und nahm in einer Sitzreihe auf der anderen Seite des Mittelgangs Platz. Lane bemerkte nichts davon, sie war in sich selbst versunken und zu sehr damit beschäftigt, die schlimmste Woche ihres Lebens zu bewältigen und ihren Bruder unter die Erde zu bringen.

Am Ende des Gottesdienstes trat sie vor die Tür, um die Beileidsbekundungen der Trauergäste entgegenzunehmen. LuEllen kam zu mir. »Schlimme Geschichte«, sagte sie.

»Yeah«, erwiderte ich. »Du siehst hübsch aus. Das schwarze Kleid steht dir.«

»Ich hatte in New York zu tun.« LuEllen hatte etwas von einem Chamäleon an sich. In Schwarz, ohne Lippenstift und mit ihrem kurzen platinblonden Haar hätte sie ein Londoner Model sein können, wäre sie nicht zu klein und ein wenig zu breit in den Schultern gewesen. Wenn sie Flanellhemden und Cowboystiefel trug, konnte man schwören, dass sie gerade erst Heu aus einem Pferdestall irgendwo in Wyoming geschaufelt hätte – ein fröhliches Landmädchen mit rosigen Wangen. In Miami wäre sie glatt als die Puppe eines Drogendealers durchgegangen, und in San Diego als vernachlässigte Seemannsbraut, die Ausschau nach einem Admiral der Coronado Naval Base hielt …

Doch sie war weitaus mehr als das.

»Irgendwas Lukratives?«, fragte ich.

»Ein Münzhändler. Ich hab's abgeblasen. Viel zu gut gesichert.« Sie sah sich auf eine leicht verschlafene, unauffällige Art um, eine Haltung, die sie immer annimmt, nachdem sie sich ein paar Wochen in Manhattan durchgeschlagen hat.

»Nicht dass du das Geld nötig hättest«, sagte ich.

»Jedenfalls noch nicht.« Sie deutete mit einem Nicken auf Lane. »Wer ist die Kleine? Jack war doch nicht verheiratet, oder?«

»Seine Schwester. Lane Ward.«

»Oh, yeah. Wenn man genauer hinsieht, stellt man eine gewisse Ähnlichkeit fest.« Ihr Blick blieb kurz an Lane hängen und kehrte dann zu mir zurück. »Zu viel Make-up für meinen Geschmack.«

»Dafür gibt es einen Grund.« Ich erzählte ihr von dem Haus und dem Feuer. »Sie hat sich dabei Verbrennungen am Hals und den Armen zugezogen, und die Cops wollen mit ihr sprechen. Wir versuchen, uns irgendwie durch das Begräbnis zu mogeln und sie dann für eine Weile abtauchen zu lassen, bis die Verbrennungen verheilt sind.«

»Muss wehtun.« Schmerzen beeindruckten LuEllen nicht, weder ihre eigenen noch die eines anderen.

»Das tut es. Der Doc meint, es würde acht oder zehn Tage dauern, bis alles abgeheilt ist, also müssen wir noch eine Weile warten.«

»Können wir in ihrer Gegenwart offen reden?«

»Ich denke schon, aber ich habe ihr noch nichts von dir erzählt, nur deinen Vornamen, und ich möchte es dabei belassen.«

»In Ordnung«, sagte sie und fügte plötzlich hinzu: »Treibst du's?«

»Nicht mit Lane, wenn du das meinst.«

»Mit wem dann?«

»Mit einer Software-Expertin aus der Gegend um St. Paul. Wir basteln gemeinsam an einem Supercomputer.« Obwohl ich sie hinter der Sonnenbrille nicht sehen konnte, wusste ich, dass sie die Augen verdrehte.

»Schmalspurliebe«, kommentierte sie.

»Richtig«, bestätigte ich. »Und bei dir?«

»Im Augenblick nichts. Ich habe in letzter Zeit ziemlich hart gearbeitet. Habe vor einigen Monaten 170.000 in Miami gemacht, mich dabei vor Angst fast um den Verstand gebracht.«

»Knappe Sache?«

»Nicht dass ich beinahe erwischt worden wäre, aber die Leute ... Ein Haufen hinterwäldlerischer Schnapsbrenner. Wenn die mir auf die Schliche gekommen wären, hätten sie mich mit einer Kettensäge halbiert, und das meine ich ernst.«

Manchmal gingen LuEllen und ich miteinander ins Bett, zu anderen Zeiten nicht. Sie hatte ein Faible für schlanke, dunkelhaarige Latino-Männer mit kräftigen weißen Zähnen. Ich gehöre nicht zu diesem Typ. Wir waren schon seit einer Weile nicht mehr in der Kiste gewesen, doch ich rechnete damit, dass sie wieder zu mir zurückkommen würde. Oder ich zu ihr, oder wie auch immer. Wahrscheinlich würden wir früher oder später sogar Seite an Seite begraben werden. Genau die angemessenen Gedanken für ein Begräbnis.

Auf dem Weg aus der Kirche stellte ich LuEllen Lane vor, die lächelte und ihr zunickte. Ich hatte Lane in ihrem Auto zur Kirche gefahren, aber sie wollte sich von Freunden zum

Friedhof mitnehmen lassen. Also beschloss ich, mit LuEllen zu fahren und Lanes Wagen auf dem Rückweg abzuholen.

»Weißt du, was kein schlechter Abgang wäre?«, fragte LuEllen unterwegs. »Du weißt, dass deine Zeit gekommen ist, aus und vorbei. Du fährst mitten im Winter in die Wälder im Norden, wo noch Wölfe leben, ziehst dich aus und erfrierst. Tut überhaupt nicht weh. Du schläfst einfach ein, und anstatt zu verfaulen, gibst du eine Mahlzeit für die Wölfe ab. Etwas Nützliches – und in gewisser Weise würdest du dadurch auch selbst zum Wolf werden.«

»Würde nur dann nicht wehtun, wenn die Wölfe nicht zu früh aufkreuzen«, bemerkte ich.

»Das ist richtig romantisch«, sagte sie.

»Wahrscheinlich würdest du eher von Feldmäusen gefressen werden. Von Wühlmäusen.«

»Halt die Klappe, Kidd.«

Die Hälfte der Leute aus der Kirche kamen auch zum Friedhof. Jack wurde in einem sanft gewölbten Erdhügel begraben, der von einem halben Dutzend kleiner Redwoodbäume eingerahmt war. Ein hübsches Fleckchen – als letzte Ruhestätte. Die Begräbniszeremonie lief so ab, dass alle Trauergäste an der offenen Grube vorbeigingen und eine Hand voll Erde hineinwarfen, nachdem der Sarg hinabgelassen worden war. Wir defilierten an der Grube vorbei, LuEllen einen Schritt vor mir, und als ich mich am Ende des Grabes umdrehte, entdeckte ich rund hundert Meter entfernt einen stiernackigen Mann mit Sonnenbrille und Anzug, der halb verborgen hinter einem Grabstein aus Granit stand.

Ich hatte das Gefühl, das Gesicht schon einmal gesehen zu haben. Vor Jacks Haus in Dallas – im Licht einer Straßenlaterne.

»Es gibt Probleme«, murmelte ich LuEllen zu. »Hast du deine Kamera dabei?«

»Im Wagen«, sagte sie, ohne den Blick von mir abzuwenden. Sie war zu klug, um sich nach dem Grund für das Problem umzusehen.

»Wenn ich mich umdrehe, kannst du über meiner Schulter einen Typen in einem grauen Anzug mit einer schwarzen Sonnenbrille sehen, etwa hundert Meter von hier. Wie stehen die Chancen, ein Bild von ihm zu schießen?«

Ich drehte mich um. LuEllen folgte meinem Beispiel und lächelte. »Yadda, yadda, yadda«, sagte sie. »In Ordnung, ich sehe ihn. Kein Cop, es sei denn, er arbeitet für irgendeine dieser geheimen Bundesabteilungen, von denen ich am liebsten nichts wissen will.«

»Er ist kein Cop. Könnte für einen privaten Sicherheitsdienst arbeiten. Könnte ein Riesenarschloch sein.«

Die Trauergäste scharrten mit den Füßen und warteten darauf, den Friedhof zu verlassen, sobald die letzte Hand voll Erde in die Grube geworfen worden war.

»Ich werde dir jetzt einen Abschiedskuss geben«, sagte LuEllen.

Ich beugte mich vor, und sie küsste mich auf die Wange. Dann ging sie zu ihrem Wagen und winkte mir zum Abschied noch einmal zu.

LuEllen war die Erste, die das Begräbnis verließ. Ihr Wagen stand nur fünfzig Meter entfernt am Rande der Zufahrt. Sie ließ die Kofferraumhaube mit einer Fernbedienung aufspringen, zog eine Umhängetasche hervor, warf sie auf den Beifahrersitz, startete den Motor und fuhr davon. Ich drehte mich wie zufällig um und sah, dass der Mann im grauen Anzug noch immer an derselben Stelle stand, das Gesicht aber um neunzig Grad von uns abgewandt. Die Erde der letzten Trauergäste prasselte auf den Sarg. Lane schüttelte einigen Leuten die Hände und ergriff den Arm des Mannes, der mit ihr und seiner Frau zum Friedhof gefahren war. Jacks und

Lanes älteste Freunde. Nette Leute, soweit ich es nach dem ersten Eindruck beurteilen konnte.

Als Lane zum Wagen ihrer Freunde ging, setzte sich auch der Mann im grauen Anzug in Bewegung. Ich konnte in seiner Richtung kein Auto entdecken – vermutlich wurde es von einem der immergrünen Grabhügel verdeckt. LuEllen hatte nur ein paar Minuten Zeit gehabt, es aufzuspüren, und ich war mir nicht sicher, ob sie schon in Position war. Da ich mit ihr gekommen war, blieb mir nichts anderes übrig, als zu warten, bis sie zurückkehrte. War der Mann im grauen Anzug vielleicht nur gekommen, um das Begräbnis zu beobachten? Das konnte nicht der einzige Grund gewesen sein.

Mittlerweile verließen alle Gäste den Friedhof. Lane, die gerade in den Wagen ihrer Freunde steigen wollte, sah mich allein dastehen und zögerte. »Kidd?«, rief sie. »Wo ist Ihre Freundin?«

Ich schlenderte zu ihr hinüber. »Würden Sie mich bitte umarmen?«, fragte ich.

Sie kam mit einem fragenden Gesichtsausdruck auf mich zu und umarmte mich. »Einer der Männer, die Jacks Haus niedergebrannt haben, ist hier«, sagte ich so ruhig wie möglich.

»O nein!« Sie umklammerte meinen Arm, zog mich ein paar Schritte vom Wagen fort und sah mich ernst an, als wollte sie mir Mut spenden. »Was tut er?«, fragte sie. »Können Sie ihn sehen?«

»Er ist im gleichen Augenblick verschwunden, als Sie zum Wagen Ihrer Freunde gingen. Wir müssen sofort zurück zu Ihrem Haus. Ich fürchte, er könnte hier gewesen sein, um Sie im Auge zu behalten, während der andere Typ bei Ihnen eingebrochen ist. Sind Jacks Disketten …«

»Auf meinem Schreibtisch. Auch die kopierten Disketten.«

»Scheiße.«

»Aber wir haben eine Kopie an Bobby geschickt ...«

»Yeah, aber wenn sie die andere finden, wissen sie, dass wir uns die Dateien zumindest angesehen haben. Oder jedenfalls, dass *Sie* es getan haben.«

»Aber wir *wissen* doch gar nichts«, protestierte Lane. »Nicht wirklich.«

»Das können die ja nicht wissen.«

LuEllens Mietwagen schoss um den Grabhügel herum, viel zu schnell für den schmalen Asphaltweg. Sie hielt an und stieß die Tür auf. »Habe ihn erwischt«, sagte sie. »Auch sein Nummernschild.«

»Gut. Wir müssen zurück zu Lanes Haus. Sofort.«

»Rufen Sie die Polizei an«, bat Lane. LuEllen und ich wechselten einen Blick. »Okay, *ich* rufe die Polizei an«, sagte Lane. »Wir werden schon irgendwo unterwegs ein Münztelefon finden. Der Typ, der hier war, weiß, dass wir frühstens in einer halben Stunde wieder zu Hause sein können. Sollte da tatsächlich ein anderer sein, könnte die Polizei ihn immer noch erwischen.«

»Ist einen Versuch wert«, murmelte ich.

»Warten Sie auf mich.«

Sie lief zum Wagen ihrer Freunde, beugte sich über die Rücksitzbank, sagte irgendetwas, holte ihre Handtasche und eilte zu uns zurück. »Ich fahre mit Ihnen.«

An der nächsten Tankstelle entdeckten wir ein Drive-Up-Münztelefon. LuEllen wählte die 911 und gab den Hörer an Lane weiter. »Hören Sie, ich möchte nichts mit der Sache zu tun haben, aber ich glaube, ich habe gerade beobachtet, wie ein Mann in ein Haus eingebrochen ist«, sprudelte Lane hervor. »Nein, ich möchte nicht darin verwickelt werden ...« Sie gab die Adresse durch, legte auf, und wir fuhren sofort weiter.

LuEllen verspürte nicht das Bedürfnis, irgendetwas mit den Cops zu tun zu bekommen. »Ich setze euch an der Kirche ab, damit ihr Lanes Wagen nehmen könnt, dann rufe ich von einem Motel aus an.«

»Gut.«

»Sollten die Cops da sein, wenn Sie nach Hause kommen …«, wandte sich LuEllen an Lane.

»Ich werde die Überraschte spielen.«

»Sagen Sie ihnen, dass Sie auf dem Begräbnis Ihres Bruders waren. Gleich als Erstes.«

»Warum?«

»Damit fallen Sie für die Cops in ein festes Schema. Drogensüchtige brechen gern in Häuser ein, während die Bewohner auf einem Begräbnis sind. Bei Todesfällen gewöhnen sich die Nachbarn daran, dass ständig Leute kommen und gehen, und während des Begräbnisses selbst ist in der Regel niemand zu Hause. Deshalb ist das ein günstiger Zeitpunkt für einen Einbruch. Eine sichere Bank.«

»Eine Standardnummer für Verbrecher«, sagte Lane.

»Ganz genau«, bestätigte LuEllen. »Wie im Fernsehen.«

Die Cops waren tatsächlich da, zwei Wagen, vier Mann. Einer näherte sich uns, als wir am Straßenrand parkten. Lane stieg aus. »Was ist los?«, fragte sie.

»Wohnen Sie hier, Ma'am?«

»Ja, das ist mein Haus.«

»Wir glauben, jemand könnte bei Ihnen eingebrochen sein. Wir haben einen Notruf erhalten, und als wir der Sache nachgegangen sind, haben wir festgestellt, dass die Eingangstür aufgebrochen worden ist.«

Lane griff sich an den Hals. »Ist der Einbrecher …?«

»Wir glauben nicht, dass er noch im Haus ist. Einer Ihrer Nachbarn hat uns erzählt, dass er einen Mann gesehen hat, der aus der Hintertür kam und die Straße hinuntergegangen ist. Das war ziemlich genau zu der Zeit, als der Notruf bei uns eingegangen ist. Als wir mit Ihrem Nachbarn gesprochen haben, hatte der Mann bereits fünfzehn Minuten Vorsprung, also dürfte er mittlerweile meilenweit weg sein. Er hatte seinen Wagen wahrscheinlich gleich um die Straßenecke geparkt.«

»O mein Gott«, stöhnte Lane und ging auf das Haus zu.

»Wir kommen gerade vom Begräbnis ihres Bruders«, sagte ich zu dem Polizisten.

»Sie sind nicht ihr Mann?«, erkundigte sich einer der Cops, während die anderen Lane folgten.

»Nein, nur ein Freund ihres Bruders. Ich habe ihren Wagen zur Kirche gefahren.«

»Wir sollten lieber das Haus überprüfen«, sagte er. »Nur für alle Fälle.«

Die Cops untersuchten ein Zimmer nach dem anderen. Lane sah mich an, als ich eintrat, und schüttelte den Kopf. »Sie sind weg«, flüsterte sie mir zu.

Ebenfalls verschwunden waren ihr Laptop, eine Kassette mit Schmuck im Wert von ein paar hundert Dollar – von dem Erinnerungswert ganz zu schweigen –, eine Minolta-Kamera mit einem 35-Millimeter-Objektiv und drei Linsen, ein Scheckbuch, einige hundert englische Pfund, die sie in einem Büroschrank aufbewahrt hatte, sowie eine kaputte Rolex, ein Geschenk ihres Ex-Mannes.

»Dadurch erwecken sie den Anschein, als hätten sie es auf hochwertige Sachen abgesehen«, murmelte ich. »Laptops, Kameras. Als wären es Junkies gewesen.«

»Gottverdammte Tiere.«

Die Cops verhielten sich anständig. Sie erklärten Lane, dass sie nicht viel tun könnten, da sie keinerlei Hinweise auf den oder die Einbrecher hätten, und entschuldigten sich, als wäre es ihr Fehler. Dann rieten sie ihr, sich bessere Türschlösser anzuschaffen, und verabschiedeten sich.

Lane und ich verbrachten die nächsten zehn Minuten damit, uns Gedanken über die Konsequenzen des Einbruchs zu machen. Es gab zwei Möglichkeiten. Wenn sich die Leute, die die Disketten gestohlen hatten, über das Sorgen machten, was Jack wusste, und wenn sie darüber hinaus sogar bereit gewesen waren, ihn zu töten, um ihn zum Schweigen zu bringen, dann konnte Lane ein ähnliches Schicksal drohen. Andererseits konnten sie nach einem Blick in die Disketten zu dem Schluss kommen, dass sie nichts enthielten, was einen Mord rechtfertigte – und dass ein weiterer Mord nur zusätzliche Aufmerksamkeit auf sie lenken würde.

Wir hätten genauso gut eine Münze werfen können.

Kurz darauf rief LuEllen an, und ich berichtete ihr von dem Einbruch. »Die Cops sind verschwunden. Wir müssen uns treffen und Kriegsrat halten.«

»Ich habe mir ein Zimmer im Holiday Inn genommen«, sagte sie. »Ich ziehe mich nur noch schnell um und komme dann rüber zu euch. Sag mal, du hast keine Arbeitsausrüstung dabei, oder?«

»Nein.«

»Vielleicht …«

»Yeah.«

Als LuEllen bei uns eintraf, trug sie wieder ihre übliche Kleidung: Jeans, Cowboystiefel und eine orangefarbene Seidenbluse unter einer Jeansjacke. Sie hatte die Figur einer Turnerin und sah in ihren Jeans grandios aus – wenn man auf Cowgirls steht. Sie brachte ein paar Dinge mit, einen 35-Millimeter-Polaroid-Diafarbfilm, ein kompaktes Polaroid-Entwicklungsgerät, einen Diaprojektor und eine Schachtel mit leeren Diarahmen. Wir saßen am Küchentisch, während sie den Film aus der Kamera nahm, ihn entwickelte, die einzelnen Bilder herausschnitt und in die Diarahmen einspannte.

»Wenn sie hier bleiben will, wird sie jemanden brauchen, der auf sie aufpasst«, sagte sie zu mir, als wäre Lane gar nicht im Zimmer.

Ich nickte. »Weißt du, an wen ich denke? An John Smith. Er steckt bereits in dieser Sache mit drin, und er hat früher in Oakland gewohnt. Ich wette, er kennt jemanden in der Gegend.«

»Wer ist John Smith?«, wollte Lane wissen.

»So ein Typ, ein Künstler«, erwiderte ich. »Er war noch ein junger Bursche, als er in den frühen 70ern, zur Blütezeit der Black Panthers, in Oakland gelebt hat. Er treibt sich immer noch mit den Linken herum, kennt noch immer eine Menge von den harten Burschen.«

»Wie haben Sie ihn kennen gelernt?«

»Wir haben ihm geholfen, eine kommunistische Revolution im Mississippidelta zu organisieren«, sagte ich.

»Erfolglos, nehme ich an.«

»Nein, nein, es hat ganz hervorragend funktioniert«, widersprach LuEllen.

Das war vielleicht etwas übertrieben. Bobby hatte uns überzeugt, dass etwas Geld für uns dabei herausspringen könnte, die rücksichtslose Diktatur in einer kleinen Stadt am unteren Mississippi zu stürzen. Nachdem wir damit fertig waren, hatten wir tatsächlich etwas Geld gemacht, schön und gut, und unsere Freunde hatten den Laden übernommen, aber dabei war Blut geflossen, und einige der Toten waren gute Leute gewesen. LuEllen schien sich nicht immer an diesen Teil der Geschichte zu erinnern, oder wenn sie es tat, sah sie offenbar keinen Sinn darin, sich heute noch damit zu beschäftigen.

Sie blickte mich an. »Also, fragen wir ihn.« Die Dias waren fertig. Sie baute den kleinen Projektor auf, steckte den Stecker in die Dose und projizierte ein Dia auf die weiße Kühlschranktür.

»Das ist der Typ«, sagte ich. »Jede Wette.«

Lane erschauderte. »Er sieht bösartig aus.«

Sie hatte Recht. Mit seinem kräftigen Hals und dem verkniffenen Mund erinnerte er an den typischen Linebacker, ein Eindruck, der durch den Bürstenhaarschnitt noch verstärkt wurde.

Das nächste Bild zeigte denselben Mann, wie er in einen roten Toyota Camry mit kalifornischen Nummernschildern stieg. Ich notierte das Kennzeichen. »Wer vermietet Camrys?«, fragte ich LuEllen.

»Hertz«, erwiderte sie.

»Zeit, ein paar Anrufe zu machen«, sagte ich.

LuEllen und ich fuhren wieder hinaus zum Münzfernsprecher, wo ich meinen Laptop ankoppelte, Bobby anrief und ihm das Kennzeichen des Camry durchgab. »*Mietwagen, könnte von Hertz sein. Brauche den Namen des Fahrers und alles andere, was du herausfinden kannst. Fahrer wohnt vermutlich in der Gegend von Dallas, ist wahrscheinlich während der letzten ein oder zwei Tage nach San Francisco geflogen. Deponier Antwort in meinem temporären Zwischenspeicher, ich hole sie dort später ab. Habe vor, John Smith anzurufen, um mir Hilfe zu holen.*«

Danach riefen wir John an.

»Kidd, gottverdammt, ist schon 'ne Weile her …« Er hielt das Telefon offenbar kurz vom Mund weg und schrie: »Kinder, gebt mal einen Moment lang Ruhe, okay? Daddy telefoniert … Hey, Marvel, es ist Kidd!« Gleich darauf war er wieder zurück. »Was ist los?«

Ich hörte, wie sich Marvel mit einschaltete. »Wie geht's

dem Senator vom Staat der Commies?«, fragte ich. Sie lachte, und wir flachsten ein paar Minuten lang herum. Dann wollte LuEllen mit John und Marvel sprechen, und so entwickelte sich eine längere Plauderei über die guten alten Zeiten. Schließlich eroberte ich den Hörer zurück.

»Hör zu, John«, sagte ich, »wir haben hier in Kalifornien ein Problem – wir sind in Palo Alto –, und ich habe gehofft, dass du mir jemanden besorgen kannst.«

»Welche Art von Problem?«

Ich beschränkte mich auf eine kurze, ein wenig vage Antwort und erwähnte Bobby. Da er wusste, womit wir alle unseren Lebensunterhalt verdienten, versuchte er nicht, nähere Einzelheiten zu erfahren.

»Ich selbst kenne keinen Typen, wie ihr ihn braucht, aber ich kenne jemanden, der wiederum jemanden kennt.«

»Das ist cool. Wir können zahlen, was auch immer er verlangt.«

»Wird wahrscheinlich mindestens 200 Dollar pro Tag kosten, keine lästigen Fragen, Diskretion.« Zahlung in bar, keine Steuern.

»Gut. Ich gebe dir die Telefonnummer durch.« Ich gab ihm Lanes Nummer, und John versprach, dass im Laufe des Nachmittags jemand anrufen würde.

»Pass auf«, fügte ich hinzu. »Solltest *du* Kontakt mit uns aufnehmen müssen, deponier eine Mail bei Bobby. Aber ruf diese Nummer nicht selbst an. Die Dinge könnten haarig werden.«

»Zurück zu Lane?«

LuEllen schüttelte den Kopf. »Wir müssen nach San Francisco rein ... zum Jimmy Cricket Golf Shop und zu Lanny Rose's Beauty Boutique. Ich habe die Wegbeschreibung.«

»Golf Shop?«

»Yeah. Ich habe kürzlich angefangen zu golfen. Und ich möchte gut aussehen, wenn ich spiele.«

Jimmy Cricket – er behauptete, wirklich so zu heißen – war ein auf dezente Art von Wind und Wetter gegerbter Gentleman, der ein schwarzes Polo-Sweatshirt über einem Golfhemd trug, dazu Jeans und weiche Wildlederschuhe mit Fransen. Er besserte gerade den Griff eines Ping-Drivers aus, als wir sein Geschäft betraten.

»Was kann ich für Sie tun?«, fragte er lächelnd.

»Weenie hat vor einigen Stunden bei Ihnen angerufen«, sagte LuEllen.

»Das Gray-Duo.« Sein Tonfall klang, als würden wir auf einen Tee vorbeischauen. »Ich dachte, Sie wären ledig.«

»Nope. Mr. und Mrs. Gray. Ich soll Ihnen von Weenie ausrichten, dass nachts alle Katzen grau sind.«

»Okay. Schön, Weenies Wort reicht mir. Wenn Sie mit nach hinten kommen würden …«

Wir gingen durch einen hochklappbaren Tresen in ein Hinterzimmer. Cricket zog einen graubraunen Stoffbeutel aus einem Stapel leerer Golfclub-Transportkisten, legte ihn auf einen Arbeitstisch und zog fünf in Tücher eingewickelte Faustfeuerwaffen daraus hervor: vier Revolver .357 Magnum und eine Halbautomatik Kaliber neun Millimeter. »Ich habe die Automatik für alle Fälle dazugepackt«, sagte er zu LuEllen.

»Wir werden sie nicht brauchen«, erwiderte sie. Sie nahm einen Revolver, klappte die Trommel auf, hielt ihn sich mit der Mündung vor ein Auge und schob einen Daumennagel vor das jetzt frei liegende hintere Ende des Laufes, damit sich das Licht darin spiegelte. Dann suchte sie einen anderen Revolver aus und wiederholte die Prozedur. »Hat nicht viel zu sagen, aber die Dinger scheinen in Ordnung zu sein.«

»Alle sind in perfektem technischen Zustand«, versicherte Cricket. »Sauber und kalt.«

LuEllen musterte alle fünf Waffen und schob dann eine davon Cricket zu. »Wie viel?«, fragte sie.

»Sechs.« Er ließ sich nicht runterhandeln, legte aber zwei Schachteln Munition drauf, eine mit .38 Special- und eine mit .357-Patronen. Auf dem Weg aus seinem Geschäft entdeckte LuEllen ein Paar Pistolenohrenschützer und gab Cricket dafür noch einmal zehn Dollar.

»Jetzt können wir rumballern«, sagte sie.

Lanny Rose's Beauty Boutique sah aus, als wäre sie ständig geschlossen. Fünfzehn Jahre alte pastellgrüne Schilder mit der Aufschrift ›Walk-Ins Accepted‹ klebten in Schieflage an den Scheiben. LuEllen bestand trotzdem darauf, mit der Faust gegen die Tür zu hämmern, und nach einer Minute spähte Lanny über das ›Geschlossen‹-Schild nach draußen.

»Jesus Christus«, schimpfte er, »Sie hätten den Schuppen fast eingeschlagen.«

»Weenie meint, die Welt würde durch eine rosarote Brille besser aussehen«, sagte LuEllen.

»Yeah, yeah, drauf geschissen«, knurrte er, zog die Tür aber einen Spalt weit auf. LuEllen und ich schlüpften hindurch und folgten ihm durch den düsteren Schönheitssalon in ein Hinterzimmer, wo er sofort eine blaue Leinwand mit Heftzwecken an der Wand befestigte.

»Stellen Sie sich davor«, sagte er. »Lächeln Sie, aber übertreiben Sie es nicht.«

Ich nahm Aufstellung, und er schoss mit einer Polaroid-Passbildkamera zwei Bilder von mir. Dann fotografierte er LuEllen. »Bin in einer Minute wieder da.«

»Ich denke, ich komme mit und sehe dabei zu«, sagte LuEllen, eine Hand in der Tasche vergraben.

»Weenie hat mir versprochen, dass Sie keine Schwierigkeiten machen würden.«

»Das werden wir auch nicht«, versicherte LuEllen. »Ich will nur mitkommen, um zuzusehen. Mein Freund wird so lange hier draußen warten und ein Magazin lesen.«

Es dauerte zwanzig Minuten. Ich machte es mir in einem staubigen Kosmetiksessel bequem und las einen Artikel in einer vier Jahre alten *Cosmo*, in dem genau erläutert wurde, wie Frauen das Interesse ihrer Männer durch die neuesten Blastechniken wach halten könnten, schrittweise erklärt von erfolgreichen New Yorker Geschäftsfrauen aus der Werbe- und Medienbranche. Der Artikel fand nicht nur meine Zustimmung, sondern meine uneingeschränkte Begeisterung.

»Ich fertige nie Kopien von *irgendwelchen* Gesichtern an«, beschwerte sich Lanny, als er mit LuEllen zurückkehrte. »Weenie weiß das.«

»Ich vertraue Weenie nicht«, sagte LuEllen.

In unserem Wagen überreichte sie mir vier Dokumente: zwei texanische Führerscheine und zwei Kreditkarten.

»Halten die einer Prüfung stand?«, fragte ich.

»Solange du nicht verhaftet wirst«, erwiderte LuEllen. »Dann nehmen sie dir ohnehin die Fingerabdrücke ab. Die Papiere sind auf real existierende Leute ausgestellt, und die Konten gibt es wirklich, auch wenn wir natürlich keine Ahnung haben, wie hoch das Kreditlimit ist und wie die Abbuchungsfrist aussieht. Wir können sie im Notfall benutzen, aber danach taugen sie nur so lange, bis die Rechnungen abgebucht werden.«

»Bobby könnte uns feste Kreditrahmen und Rechnungsfristen besorgen«, sagte ich.

»Wäre vielleicht die Mühe wert …«

Auf der Rückfahrt zu Lane zettelte LuEllen eine kleine philosophische Diskussion an.

»Weißt du, Kidd, du hast mir mal gesagt, dass Rache sinnlos ist, weil der Tote, den du rächst, nicht wissen kann, was du tust, und es ihm deshalb egal wäre. Deshalb frage ich mich: *Was tun wir hier?* Jack wird es nie erfahren, für ihn spielt es keine Rolle mehr.«

»Wir machen das jetzt nicht für Jack«, erklärte ich. »Eigentlich haben wir das nie getan. Wir machen es für uns. Indem sie Jack getötet haben, sind sie auch uns auf die Füße getreten.«

»Mir nicht besonders. Ich habe ihn nur einmal getroffen. Netter Kerl, aber ...«

»Dann bin *ich* eben sauer, weil es Jack erwischt hat, und du hilfst mir, weil es um *mich* geht. Außerdem habe ich kaum eine andere Wahl. Ich bin irgendwie in diese Geschichte verwickelt, und ich muss herausfinden, was hier vor sich geht. Ich möchte nicht, dass dieses kurz geschorene Arschloch und sein Kumpel irgendwann bei mir zu Hause aufkreuzen, um irgendwelche losen Fäden aufzurollen, von denen ich nichts weiß.«

»Also stecke ich nur mit drin, weil du darin verwickelt bist – oder weil du das behauptest.«

»Richtig«, bestätigte ich.

»Das ist ziemlich arrogant. Was, wenn ich aussteige?«

»Wirst du nicht. Du könntest es nicht ertragen, nicht zu wissen, wie es weitergeht.«

»Du würdest es mir erzählen.«

»Nein, das würde ich nicht. Ich würde nie auch nur ein Wort darüber verlieren. Ich würde jedes Wissen abstreiten.«

»*Bullshit!*«, schnaubte LuEllen.

»Also, machst du mit?«

Sie verdrehte die Augen. »Für eine Weile.«

Bei Lane zu Hause aßen wir Fertiggerichte von Lean Cuisines – ich hatte drei besorgt, eine ansprechende Mischung aus Teriyaki Stir-Fry, Swedish Meatballs und Mesquite Beef –, und anschließend ging LuEllen mit Lane und dem Revolver in den Keller.

»Ich hasse diese gottverdammten Dinger«, sagte Lane, als LuEllen ihr die Waffe zeigte.

»Es sind die Universalwerkzeuge des modernen Lebens«, erwiderte LuEllen. »Selbst wenn Sie die Dinger nicht mögen, ist es nötig für Sie zu wissen, wie man damit umgeht.«

»Oh, Mann!«

Fünfzehn Minuten, nachdem die beiden Frauen im Keller verschwunden waren, peitschte ein einzelner Schuss auf. Ich zuckte zusammen und spähte durch das Fenster nach draußen. Nichts zu sehen. Dann steckte ich den Kopf durch die Kellertür. »Jesus, LuEllen …«

Peng! Ein zweiter Schuss. Ich hüpfte beinahe aus den Schuhen.

»Ist erledigt!«, rief LuEllen. Der Geruch von verbranntem Schießpulver wehte die Treppe hinauf, und eine Minute später erschien LuEllen am unteren Treppenabsatz. »Wir mussten ein oder zwei Kugeln abfeuern, damit sie einen Eindruck vom Rückschlag bekommt.«

»Na schön, aber jetzt reicht's, um Christi willen! Das ist höllisch laut hier oben.«

»Ach, ein oder zwei Schüsse, kein Problem.«

Sie waren noch immer im Keller, als das Telefon klingelte. Ich nahm den Hörer ab.

»Kann ich mit Mr. Kidd sprechen?«, fragte eine sanfte Männerstimme.

»Am Apparat.«

»Hier ist Lethridge Green. Ich bin der Freund eines Freundes von einem Mann namens John. Man hat mir gesagt, Sie hätten eine Person, die Schutz benötigt.«

»Ja. In Palo Alto, obwohl vielleicht auch ein paar Reisen erforderlich werden könnten.«

»Ich bekomme 250 Dollar am Tag plus Spesen«, sagte Green.

»In Ordnung.«

»Wie lange muss die Person beschützt werden?«

»Das weiß ich noch nicht. Aber nicht nur ein paar Tage. Irgendwas zwischen einigen Wochen und Monaten.«

»Gut. Keine lästigen Fragen, Diskretion?«

»Genau.«

»Ich könnte in zwei Stunden bei Ihnen sein, wenn Sie wollen, dass ich schon heute Abend anfange.«

»Das wäre eine große Erleichterung«, sagte ich. »Wir haben ein schlechtes Gefühl dabei, die Person allein zu lassen.«

»Dann werde ich unverzüglich kommen.«

Dann werde ich unverzüglich kommen.

Nicht unbedingt das, was ich von einem Mietschläger erwartet hätte. Andererseits wusste man bei John nie genau, was man bekam …

8

Einige Minuten nach dem Gespräch mit Green ging ich hinaus, um meinen temporären Zwischenspeicher bei Bobby zu überprüfen und nachzusehen, ob er irgendwas über den Typen vom Friedhof herausgefunden hatte. Bingo. Er hatte das Nummernschild bis zu Hertz zurück verfolgt und Informationen über die Kreditkarte sowie den Führerschein des Fahrzeugmieters ausgegraben. Es handelte sich um einen gewissen Lester Benson aus Dallas, der eine auf AmMath ausgestellte Firmenkreditkarte von American Express benutzte. Der Wagen war noch nicht zurückgegeben worden.

Lester Benson. Der Name war mir gänzlich unbekannt.

Die Unterlagen von Hertz lieferten keinerlei Hinweise auf einen zweiten Mann, doch Bobby ging die Reservierungslisten der Fluglinien durch und versuchte, Bensons Sitzplatz auf dem Flug von Dallas nach San Francisco in Erfahrung zu bringen und herauszufinden, wer neben ihm gesessen haben könnte.

Ich hinterließ eine Nachricht mit der Bitte, alles über Am-Math zu recherchieren, was er konnte, und die Informationen an meine Mailbox zu schicken.

Lethridge Green stand auf Lanes Veranda und klopfte gerade an die Tür, als ich zurückkehrte. Er sah wie eine größere Ausgabe von Malcom X aus – hoch gewachsen, sehr schlank, wachsam, eine runde Brille mit goldenem Rahmen, kurzes Haar, und er wirkte ernsthaft und konzentriert.

»Mr. Green?« Ich öffnete die Tür. »Kommen Sie rein.«

»Sie sind Mr. Kidd«, stellte er fest und trat ein. Mit einem schnellen Blick erfasste er das Wohnzimmer, LuEllen und Lane, die auf der Couch saßen – und die Magnum .357 auf dem Tischchen neben LuEllen. »Ich sehe eine Waffe. Womit haben wir es hier zu tun?«

»Irgendjemand hat meinen Bruder ermordet und ist heute Nachmittag in mein Haus eingebrochen …«, begann Lane.

»Haben Sie die Polizei gerufen?«

»Ja. Die Polizei glaubt, es seien Einbrecher, die durch das Begräbnis meines Bruders auf das leere Haus aufmerksam geworden sind.«

»Sie glauben das nicht?«

»Ich *weiß*, dass es *nicht* so ist. Wir wissen sogar, wer es war, aber nicht genau, warum er es getan hat.«

Green hob einen Finger. »Bevor Sie mir mehr erzählen, sollten wir vielleicht die erste Sicherheitsmaßnahme ergreifen.«

»Welche?«, fragte Lane. Wir alle sahen ihn erwartungsvoll an.

»Schließen Sie die Vorhänge«, sagte er.

Nachdem wir die Vorhänge geschlossen hatten, erzählte Lane ihm die Geschichte – nicht alle Einzelheiten, aber das meiste. Der Tod ihres Bruders in Dallas unter merkwürdigen Umständen, das Begräbnis, der Einbruch in ihr Haus. Sie berichtete von dem Feuer in Jacks Haus, verschwieg aber, dass wir da gewesen waren, sprach weiter über unsere Nachforschungen bei Hertz und verriet die beiden Namen, die uns bisher vorlagen: William Hart, den Jack erwähnt hatte, und Lester Benson aus den Hertz-Unterlagen. »Wir befürchten, dass sie wiederkommen könnten, dass sie vielleicht sogar glauben, Jack hätte mir Informationen oder Computerdateien geschickt«, schloss sie.

»Hat er?«

Lane warf mir einen fragenden Blick zu. Ich nickte. »Ja. Er hat mir ein paar Jaz-Disketten geschickt. Eine Jaz-Diskette besitzt hohe Speicherkapazitäten ...«

»Ich weiß, was eine Jaz-Diskette ist«, unterbrach Green. »Was enthalten sie?«

»Alles Mögliche von Memos über Computerspiele bis hin zu einer Menge Kauderwelsch, aus dem wir noch nicht schlau werden konnten«, sagte ich. »Zeugs, das wir vielleicht überhaupt nicht entziffern können. Was auch immer es ist, wir glauben, dass Jack vielleicht getötet worden ist, um es geheim zu halten. Die Schießerei bei AmMath könnte inszeniert worden sein.«

»Der Wachmann hat sich als Teil der Inszenierung eine Kugel verpassen lassen?«, fragte Green zweifelnd.

»Er hat überhaupt nichts gesehen«, erwiderte ich. »Soweit es ihn betrifft, hätte es auch der Osterhase gewesen sein können, der ihn über den Haufen geschossen hat. Er macht die Tür auf und – *peng!* – fängt sich auch schon eine Kugel ein. Der andere Typ schießt angeblich viermal zurück, und Jack ist tot. Der Wächter hat nichts gesehen.«

»Warum haben Sie die Disketten AmMath nicht einfach zurückgegeben?«

»Das würde vielleicht nichts nützen, wir wissen ja von ihrer Existenz und können das nicht mehr ungeschehen machen. Dann ist da noch diese Gruppe namens Firewall …« Ich erklärte ihm, worum es sich dabei handelte, soweit ich es wusste.

»Sie machen mir allmählich Angst«, sagte Green. »Wenn es hier um irgendwelche Regierungs- oder Geheimdienstgeschichten geht, um das FBI, die CIA oder irgendeinen anderen dieser Alphabet-Vereine … ich meine, ich habe keine Lust, einen Haufen Terroristen, Spione oder sowas zu beschützen.«

»Sehen wir etwa wie Terroristen aus?«, fragte Lane. »Ich bin College-Dozentin.«

»Eine Menge Terroristen beginnen ihre Laufbahn als College-Dozenten«, erwiderte Green.

»Also, ich bin *keine* Terroristin«, fauchte Lane. »Ich bin nur eine Frau, die Angst hat.«

»Wir verlangen nicht von Ihnen, mit einer Bombe in den Zähnen durch einen Abwasserkanal zu kriechen«, mischte ich mich ein. »Sie sollen nur dafür sorgen, dass unserer Freundin nichts zustößt.«

»Das ist alles? Ich soll nur diese Typen von ihr fern halten?«

»Das ist alles. Und wenn es wirklich brenzlig wird, rufen Sie die Cops. Wir haben das schon mal getan, und diese Typen sind sofort abgehauen. Was Ihnen zeigen dürfte, auf welcher Seite *die* stehen.«

»Wie lange?«, fragte Green.

»Für eine Weile. Auf jeden Fall für zwei oder drei Wochen. Lane wird nach Dallas fliegen müssen. In einigen Wochen sollten diese Typen zu der Überzeugung kommen, dass Lane nichts gegen sie in der Hand hat, weil sie es sonst längst auf die eine oder andere Art erfahren hätten.«

Green sah mich einige Sekunden lang ruhig an und nickte dann. »Sie lügen ein bisschen, aber wenn es im Wesentlichen das ist, worum es hier geht, nehme ich den Job an.« Er holte einen Hartschalenkoffer aus seinem Wagen und kam kurz darauf aus dem Gästezimmer zurück.

»Ich werde mich heute Nacht in LuEllens Hotel einquartieren«, sagte ich. »Dort müsste es eine saubere Telefonleitung geben. Ich setze mich mit Bobby wegen AmMath in Verbindung, und dann sehen wir nach, was wir über Firewall herausfinden können.«

»Okay.« Lane streckte eine Hand aus und berührte die .357 auf dem Couchtisch.

»Wissen Sie, wie man mit dem Ding umgeht?«, erkundigte sich Green.

»Ich habe unten im Keller in einen Stapel Telefonbücher geschossen«, erwiderte Lane. »LuEllen hat gesagt, ich sollte einfach mit dem Revolver zielen und so lange abdrücken, bis er leer ist, falls ich ihn benutzen muss.«

Green seufzte. »Was für ein Irrsinn«, brummte er.

Ich war mir nicht sicher, ob mir die Idee gefiel, die beiden allein in Lanes Haus zurückzulassen. Sollten sie Ziele sein, würden sie dort wie auf dem Präsentierteller sitzen. Es ist nicht schwer, in Amerika unterzutauchen, zumindest für ein paar Tage oder Wochen, und wenn man sich genug Mühe gibt, kann einen *niemand* finden. Aber unbewegliche Ziele …

Es gab einen Augenblick der Befangenheit, als ich im Hotel eincheckte. LuEllen und ich hatten einige Zeit miteinander verbracht und würden das vermutlich demnächst wieder tun. Sie hatte keinen festen Partner, und meine Beziehung war eher oberflächlicher Natur, doch der Augenblick ging vorüber, und ich quartierte mich in meinem eigenen Zimmer ein. Zehn Minuten später erschien sie mit ein paar Flaschen Bier bei mir, während ich mit einem Burschen namens Rufus Carr in Atlanta telefonierte.

»Wie läuft's mit Monger?«, erkundigte ich mich.

»Du sprichst mit einem Penta-Millionär«, sagte er.

»Ich habe keine Ahnung, was das ist.«

»Das heißt, dass ich fünf Millionen auf der Bank habe, mein Junge«, erklärte er. Rufus war ein dicker rothaariger Mann, und er hörte sich wie eine miese Kopie von W. C. Fields an. »Zumindest bis ich Steuern abführen muss.«

»Es funktioniert also?«

»Natürlich funktioniert es. Ich habe dir ja gesagt, dass es funktioniert.«

»Das war mir von Anfang an klar«, behauptete ich.

»Yeah, *bullshit*. Du warst einer von denen, die ständig rumgemäkelt haben. Du hast zu denen gehört, die sagten, Rufus würde sich für den Rest seines Lebens von gefrorener Käsepizza ernähren. Also, ich sag dir was, Kumpel, von jetzt an gibt's für mich nur noch extra Peperonis und Pilze auf die Pizza. Und eine Privatnische bei Taco Bell.«

»Ich möchte dich um einen Gefallen bitten. Kannst du ein paar Sachen für mich *mongen*?«

»Über was?«

»Weißt du was über Firewall?«

»Yeah?«

»Es gibt da seltsame Gerüchte. Könntest du ein paar der größeren Internetseiten raussuchen, auf denen du solche Geschichten entdeckst, und sie ein bisschen *mongen*?«

»Springt dabei Geld heraus?«

»Scheiße, nein. Aber als Gegenleistung verspreche ich dir, deine Bude nicht abzufackeln.«

»Oh, herzlichen Dank, General Sherman. Werde ich in Schwierigkeiten geraten?«

»Das bezweifle ich«, sagte ich. »Aber diese ganze Firewall-Geschichte läuft allmählich total aus dem Ruder.«

»Du hast Recht, es ist meine patriotische Pflicht. Außerdem habe ich ja sonst nichts zu tun.«

»Kann ich dich morgen anrufen?«

»Sicher. Ich werfe die Angel gleich aus und hole sie morgen früh wieder ein.«

»Was ist *mongen*?«, wollte LuEllen wissen, nachdem ich aufgelegt hatte. Sie saß mit einer Flasche Bier auf dem Bett.

»Monger ist ein Programm, das den Weg von Gerüchten zurückverfolgt«, erklärte ich. »Rufus hat es für ein paar Sicherheitsdienste entwickelt. Sie benutzen es, um Day Trader zu erwischen, die mit dem gezielten Streuen von Gerüchten versuchen, die Aktienkurse zu manipulieren.«

»Und das funktioniert?«

»Höllisch gut, Rufus ist Penta-Millionär«, sagte ich.

Als Nächstes meldete ich mich wieder bei Bobby. Er hatte einige vorläufige Firmeninformationen über AmMath gesammelt, die hauptsächlich aus diversen öffentlich zugänglichen Datenbanken stammten. Interessanter waren seine Neuigkeiten über Firewall.

Habe eine neue Liste über angebliche Firewallmitglieder. Es sind: exdeus, fillyjonk, fleece, ladyfingers, neoxellos, omeomi, pixystyx. Freunde haben mir zwei feste IDs in deiner Nähe gegeben. Fleece ist Jason B. Currier, 12548 Baja Viejo, Santa Cruz. Omeomi ist Clarence Mason, 3432 LaCoste Road, Petaluma.

In unserem Mietwagen lag eine Straßenkarte. Ich holte sie und überprüfte die Adressen. Mason wohnte etwa eine oder anderthalb Fahrstunden entfernt, nördlich von San Francisco in Marin County, Currier praktisch auf der anderen Straßenseite. Alles Teile des Silicon Valleys, die wie die Pilze rund um San Francisco herum aus dem Boden geschossen sind.

»Also suchen wir diese Typen auf«, sagte LuEllen.

»Gleich als Erstes morgen früh.«

Ich schlafe selten wie ein Stein. In dieser Nacht wälzte ich mich unruhig im Bett herum, schlief ein paar Stunden hier, eine weitere Stunde da und lag zwischendurch immer wieder fünfzehn Minuten lang voller Sorgen hellwach da. Ich habe eine Abneigung gegen große, arrogante Organisationen, die Menschen herumstoßen, manipulieren oder erpressen, aber ich betrachte es nicht als meine persönliche Verpflichtung, sie davon abzuhalten. Stattdessen gehe ich einfach meinen eigenen Weg. Ich angle, male und faulenze wie eine Eidechse in der Sonne. Vielleicht stehle ich diesen Organisationen von Zeit zu Zeit etwas, Software, Baupläne oder Firmenunterlagen, aber ich bin dabei immer äußerst vorsichtig.

Die ganze AmMath-Geschichte passte nicht zu meinem Stil. Ich hatte Jack Morrison gemocht. Er war ein netter Bursche gewesen, soweit ich das beurteilen konnte, aber tatsächlich wusste ich kaum etwas über ihn. Vielleicht war die Sache mit ›k‹ nichts als ein Riesenhaufen Scheiße, vielleicht hatte er das selbst erfunden, um mich mit in das hineinzuziehen, was er bei AmMath trieb. Vielleicht hatte *er* die Gerüchte in die Welt gesetzt. Und Lane war ebenfalls ein Computer-Freak. Vielleicht hatte sie mit Firewall zu tun.

Wenn aber nicht, gab das Auftauchen von ›k‹ in der Mitgliederliste Anlass zur Sorge. Es war keine direkte Computeridentität, sondern nur ein Buchstabe, und möglicherweise trieben sich Zehntausende von Leuten im Netz herum, die mit ›k‹ firmierten. Das Gleiche galt für Bobby und Stanford – es gab vermutlich Tausende von Stanfords im Netz. Und ich konnte mir vorstellen, dass sich etliche Leute Fleece nannten, auch wenn Omeomi nicht ganz so häufig sein dürfte. Das Beunruhigende daran war, dass die Namen in *derselben* Gruppe auftauchten. Ich hatte die meisten dieser Namen bei der einen oder anderen Gelegenheit gesehen, ich wusste sogar, was einige von ihnen taten, obwohl ich sie nicht persönlich kannte.

Viele Computerleute haben die gleiche Einstellung gegenüber erdrückender Größe, Bürokratie und dem Gefühl, herumgestoßen zu werden. Es gefällt ihnen nicht. Vielleicht gab es wirklich eine Organisation namens Firewall, vielleicht gehörten einige der Leute auf der Liste dazu, und weil *sie* es taten, war auch *ich* verdächtig …

Es ist von Vorteil, paranoid zu sein, wenn man ein Gauner ist, aber es macht einem das Leben nicht leichter.

9

St. John Corbeil

Corbeil war angespannt. Nicht wütend, erschreckt oder verwirrt.

Konzentriert.

»Ich weiß nicht, woher sie die Disketten bekommen hat«, sagte Hart, »aber sie wusste offensichtlich, dass sie wichtig sind, denn sie hat Kopien davon gezogen.« Seine Stimme klang fern und blechern, unterlegt von Verkehrslärm im Hintergrund. Er rief von einem öffentlichen Telefon in San Jose aus an.

An der Wand gegenüber von Corbeils Schreibtisch war ein Fernsehgerät montiert. Einer der Reporter von CNBC schwadronierte über das neuste Desaster des NASDAQ und der New Yorker Aktienbörse. ›TON AUS‹ war wie der Titel eines TV-Magazins in grünen Lettern quer über sein Gesicht geblendet.

»Wenn sie Zugriff hatte …«, begann Corbeil.

»Wir wissen, dass sie Zugriff hatte«, erwiderte Hart. »Gottverdammt, es ist überhaupt nichts geklärt.«

»Dann klären Sie die Sache!«, fauchte Corbeil. »Wo liegt das Problem?«

»Auf ihrem Schreibtisch lagen vier Jaz-Disketten, die wahrscheinlich aus unseren Beständen stammen«, erklärte Hart. »Das Plastikgehäuse hat diese blaue OEM-Farbe, und wir nehmen an, dass ihr Bruder sie gestohlen hat, um Kopien davon anzufertigen. Aber das Gehäuse der anderen vier Disketten besteht aus Klarsichtplastik, sie stammen nicht von uns. Wir haben in den Papierkörben nachgesehen und eine Quittung von CompUSA gefunden, aus der hervorgeht, dass sie drei Dreier-Packungen Jaz-Disketten gekauft hat. Insgesamt neun Disketten. Wir haben vier Stück mit farblosem Gehäuse gefunden – die Kopien – und eine leere …«

»Was bedeutet, dass vier fehlen«, fiel Corbeil Hart ins Wort. »Und das ist genau die Menge, die man für eine weitere Kopie braucht. Gottverdammt! Wo stecken die?«

»Das ist eben das Problem. Wir wissen es nicht. Mir fällt nur ein Grund ein, warum sie überhaupt eine zweite Kopie gemacht hat.«

»Aus Sicherheitsgründen. Sie hat sie irgendwo gebunkert.«

»Ja, das glauben wir auch«, bestätigte Hart. »Auch wenn wir nicht genau wissen, wozu sie sich die Mühe macht. Die Sache ist die: Man kann keine OMS-Datei laden, wenn man nicht wenigstens 500 Megs Arbeitsspeicher hat. Nicht ohne dass der Computer verrückt spielt. Ihr Heimcomputer hat 384 Megs, ihr Laptop nur 128. Auf keinem davon befanden sich irgendwelche Dateien aus dem Jaz-Laufwerk, nicht einmal die kleineren.«

»Was wollen Sie damit sagen? Dass sie sich die Dateien nie angesehen hat?«

»Jedenfalls nicht zu Hause«, schränkte Hart ein. »Sie hätte sie natürlich mit in ihr Büro in der Universität nehmen können. Nur haben wir ihr Haus fast vom Zeitpunkt ihrer Ankunft an überwacht, und soweit wir es wissen, ist sie seither nicht in der Universität gewesen. Also lautet die Frage: Wenn sie nicht einmal weiß, was sich auf den Disketten befindet, warum sollte sie dann gleich zwei Kopien davon ziehen? Falls sie es überhaupt getan hat.«

»Können Sie in ihrem Büro nachsehen?«

»Ich weiß nicht. Es liegt genau gegenüber einem College-Computerlabor, und da treiben sich ständig Leute herum, Tag und Nacht. Nicht direkt in ihrem Büro, aber überall im Flur und im Labor.«

»Wir müssen diese Disketten in die Hände bekommen, bevor sie irgendetwas damit anstellen kann.«

»Wir wissen nicht, was wir tun können, außer sie weiter zu beobachten. Wir könnten sie uns natürlich schnappen und aus ihr herauspressen, wo sie die Disketten versteckt hat, aber, Mann ... wenn sie verschwindet, könnte das selbst für die Polizei von Dallas ein Vorfall zu viel sein. Außerdem treibt sich ein Typ bei ihr herum, vielleicht ein Freund von ihr oder was auch immer. Es scheint so, als wollte sie nicht allein sein.«

Corbeil dachte lange nach. Während die CNBC-Mimen seinem Schreibtisch gegenüber ihr stummes Gespräch führten, wurde er sich bewusst, dass er zwar liebend gern jede einzelne der Reporterinnen ficken würde, ihnen aber nicht einen

Schritt weit über den Weg traute, was Informationen über den Aktienmarkt betraf. Das ist kein Zufall, dachte er, das ist Marketing. Er wandte sich wieder seinem aktuellen Problem zu. »Also behalten Sie sie weiter im Auge. Überwachen Sie sie.«

Hart war enttäuscht, das konnte Corbeil aus der Stimme des anderen heraushören. Zwar verkniff sich sein Mitarbeiter die Frage: ›Ist das alles?‹, aber sie lag ihm offenbar auf der Zunge. »Wir können nicht die ganze Zeit in ihrer unmittelbaren Nachbarschaft herumhängen«, sagte er stattdessen, »aber wenn Sie bereit sind, ein paar Riesen in bar auszuspucken, könnte ich eine Wanze in ihrem Auto verstecken. Dann wissen wir wenigstens immer, wohin sie fährt.«

»Tun Sie das. Ich schicke Ihnen das Geld über American Express. Ich bringe in Erfahrung, wo sich die nächste Zweigstelle befindet, und Sie haben das Geld in ein paar Stunden. Wie lange werden Sie brauchen, um die Wanze zu besorgen?«

»Wahrscheinlich bis morgen. Ich werde ein bisschen rumtelefonieren müssen.«

»Gut. Noch was anderes. Ich möchte, dass Sie mir Berichte per E-Mail schicken. Ich haben einen neuen Account namens *Arclight* eingerichtet. A-R-C-L-I-G-H-T. Eine reguläre Nummer. Schreiben Sie mir, dass Sie sie beobachten, sie überwachen, und fragen Sie um Rat. Ich werde Ihnen eine Mail zurückschicken, in der stehen wird, dass Sie sie eine weitere Woche lang beobachten sollen, um zu überprüfen, ob sie irgendwelche Kontakte herstellt, die auf eine Verbindung zwischen ihr und Firewall hinweisen. Wir können uns darüber unterhalten, ob es ratsam wäre, das FBI zu informieren. Seien Sie nicht übertrieben dramatisch, aber erwähnen Sie etwas von wegen nationaler Sicherheit. Es muss sich so anhören, als würden wir aus ethischen Gründen zum Schutz der guten alten USA tätig werden.«

»Eine falsche Fährte legen?«

»Genau. Schicken Sie mir täglich ein oder zwei Kurzberichte über Ihre Beobachtungen. Sie könnten vielleicht sogar vorschlagen, dass wir einen ehemaligen FBI-Agenten auf sie ansetzen sollten, um bei ihr einzubrechen. Aber ich werde das ablehnen.«

»In Ordnung. Ich sage Benson, dass er einen Bericht losjagen soll.«

»Lesen Sie ihn vorher. Benson ist nicht gerade die hellste Glühbirne im Kronleuchter.«

Nachdem er die Verbindung getrennt hatte, lehnte sich Corbeil in seinem Sessel zurück, legte die Fingerspitzen aneinander und dachte über das Gespräch nach. Harts Memos würden in mehrerlei Hinsicht nützlich sein. Wenn alles glatt lief und sie entweder die Disketten zurückbekamen oder herausfanden, dass keine zweite Kopie existierte, konnten die Memos so, wie Hart sie schickte, im Archiv bleiben.

Sollte die Lage andererseits außer Kontrolle geraten, ließen sich die Memos so verändern, dass sie auf eine illegale Operation innerhalb von AmMath hinwiesen. Man konnte sie überarbeiten, ohne dass sich das Erstellungsdatum veränderte, und eine Überprüfung der Telefonunterlagen würde die dazu passenden Anrufe liefern …

Da das Arclight-Verzeichnis von dem Computer in Tom Woods' Büro aus erstellt worden war, würde es einigermaßen glaubwürdig erscheinen, dass Corbeil nichts davon gewusst hatte, besonders wenn Woods nicht mehr da war, um das Gegenteil zu behaupten.

Das war alles, was Corbeil brauchen würde, sollte es brenzlig werden: Ein gewisses Maß an Glaubwürdigkeit und das Schweigen von Zeugen, die seinen Behauptungen widersprechen konnten.

Und natürlich einen guten Anwalt.

10

Da ich ohnehin nicht schlafen konnte, warf ich LuEllen um halb sieben aus dem Bett, und wir machten uns auf den Weg, um Clarence Mason aufzusuchen. In einem Imbiss versorgten wir uns mit Cholesterin und Koffein, gerieten Richtung San Francisco in einen Verkehrsstau und überquerten die Golden Gate gegen acht Uhr. Nachdem wir eine Weile herumgefahren waren, erkundigte sich LuEllen nach der LaCoste Road. Masons Adresse entpuppte sich als ein dunkelgrüner Bungalow mit einer altmodischen zweispurigen Auffahrt. Es war niemand zu Hause.

»Warum habe ich nicht vorher daran gedacht?«, fragte ich, als wir wieder in unserem Wagen saßen. »Die meisten Leute arbeiten tagsüber.« Wir suchten ein Telefon, an das ich meinen Laptop anschloss und Bobbys Nummer wählte. Er teilte mir mit, dass Mason einen Fotoladen in Santa Rosa hatte. Wir spürten ihn im ersten Stock eines Gebäudes in der Innenstadt über einem Blumengeschäft auf. Mason Restorations.

Die Eingangstür sah so aus, als befände sich dahinter ein Detektivbüro aus einem Film der Schwarzen Serie – eine milchige Strukturglassscheibe mit einem Namen in Goldlettern darauf. Sobald man eintrat, blickte man praktisch auf eine einzige Fensterfront, hellen Hartholzfußboden und Hightech-Geräte. Das Geschäft bestand aus zwei Räumen, einem großen Arbeitsplatz hinter dem Tresen am Eingang und einem kleinen, von Glaswänden umgebenen Büro am gegenüberliegenden Ende längs der Fensterfront. Der Arbeitsraum war mit einem halben Dutzend neuester Macs, mehreren Film- und Flachbettscannern sowie großen Farbdruckern ausgestattet. Drei Frauen starrten in einen Computermonitor, als wir die Tür öffneten. Eine stand auf und kam zum Tresen.

»Kann ich Ihnen helfen?«, fragte sie.

»Wir würden gern mit Mr. Mason sprechen.«

»Haben Sie einen Termin?«

»Nein, aber es geht um eine ziemlich dringende Angelegenheit.« In dem eingeglasten Büro blickte ein blonder Mann in den Dreißigern von einem Computer auf. Ich war bereit, darauf zu wetten, dass es sich um Mason handelte. »Könnten Sie ihm ausrichten, dass wir Freunde von Bobby sind?«

»Wir müssen wirklich dringend mit ihm sprechen«, fügte LuEllen lächelnd hinzu.

»Einen Augenblick, bitte.«

Die Frau ging zu dem Glasbüro, schob den Kopf hinein und sagte irgendetwas. Ich konnte sehen, wie der blonde Mann nickte. Sie deutete auf uns. LuEllen und ich schoben uns durch die Klapptür im Kundentresen und gingen zu dem Büro. Die Frau kehrte zu ihren Kolleginnen zurück, die ein gelbstichiges Bild einer alten Frau betrachteten, das offensichtlich von einem Zeitungsfoto abgescannt worden war.

Mason erhob sich. Er wirkte unbehaglich. »Ich bin mir nicht sicher, ob wir den gleichen Bobby kennen …«, begann er.

»Wenn Sie online gehen und ihn nach uns fragen, wird er Ihnen bestätigen, dass wir in Ordnung sind«, unterbrach ich ihn.

Er schluckte. »Ich gehe nicht mehr häufig online«, sagte er. »Wer sind Sie?«

»Haben Sie die Liste der Namen von Firewall gesehen? Ich bin k.«

Er ließ sich wieder in seinen Stuhl sinken und saß einen Moment lang reglos da, bis auf seinen hektisch auf und ab hüpfenden Adamsapfel. »Ich habe ein paar Dinge über Sie gehört«, sagte er schließlich, »sofern Sie wirklich k sind. Hatten Sie einen Vertrag mit einer Weinhandlung, um bei der Straffung des Vertriebssystems zu helfen?«

»Ja.«

»Dann kennen Sie meinen Freund Clark.«

»Miller«, erwiderte ich. »Er lebt in St. Helena in einem Redwood-Haus mit einem echten Redwood-Waschzuber im Bad, und der Name seiner Frau lautet ... Tom.«

»Exfrau«, korrigierte Mason. »Sie hat das Haus bekommen.« Er sah LuEllen an. »Schließen Sie die Tür«, bat er. LuEllen zog die Tür zu, und wir nahmen auf zwei hölzernen Besucherstühlen Platz.

Mason fuhr sich mit beiden Händen durchs Haar. »Dieses Firewall ... ich weiß nichts darüber, aber mein Name taucht überall im Netz auf. Das macht mich völlig verrückt. Was ist da los? Ich warte die ganze Zeit darauf, dass das FBI bei mir erscheint.«

Ich warf LuEllen einen Blick zu. Sie schüttelte den Kopf. »Verdammt«, sagte ich zu Mason. »Sie wissen *überhaupt nichts*?«

Er breitete die Arme aus. »Bei Gott, ich habe am Küchentisch gesessen, in der Zeitung geblättert, Haferflocken gelöffelt und den Artikel über die Ermordung Lighters gelesen, und plötzlich sehe ich diese Liste mit meinem Namen darin – omeomi. Ich wäre beinahe an meinen Haferflocken erstickt. Bis zu diesem Zeitpunkt hatte ich nicht einmal von Firewall gehört. Und auf einmal bin ich angeblich so eine Art Terrorist.«

»Yeah. Ich auch. Genau wie Bobby. Wir versuchen herauszufinden, was hier läuft.«

Mason musterte erneut LuEllen. »Stehen Sie auch auf der Liste?«

»Nein. Ich bin nur eine Freundin von k und Bobby.«

»Ich weiß nicht, was ich tun soll.« Mason schüttelte hilflos den Kopf. »Ich habe daran gedacht, das FBI anzurufen und mich zu identifizieren, aber … Ich weiß nicht, ich halte das für keine so gute Idee.«

»Ich kenne Ihre Geschichte nicht«, sagte ich. »Was mich betrifft, ich werde noch eine Weile warten, bevor ich mich an die Polizei wende.«

»Yeah, geht mir genauso.« Er sah nicht gerade nach einem hart gesottenen Burschen aus, doch die Art, wie er es sagte, ließ vermuten, dass er einen stichhaltigen Grund hatte, sich von den Bundesbullen fern zu halten. Es widersprach meinen Grundsätzen, meiner Ethik und meinem Respekt vor der Privatsphäre anderer Leute, ihn zu fragen, worin dieser Grund bestand.

LuEllen war weniger zurückhaltend. »Also, was treiben Sie so als omeomi? Banken ausrauben?«

Wenn sie will, kann sie so direkt sein, dass sie eine erstaunliche Magie auf Männer ausübt, besonders auf solche, die technische Berufe ausüben und deren Phantasien immer noch um die Cheerleader ihrer Schulzeit kreisen. Zumindest habe ich das gehört.

Mason ließ ein kleines Grinsen aufblitzen. »Nein, nichts dergleichen. Ich mache … besondere Fotos.«

»Jeez«, sagte LuEllen. »Wenn Leute das sagen, denke ich sofort an Pornos.«

»Keine Pornos«, beteuerte er.

»Ihr zwei solltet euch demnächst mal ausführlich unterhalten«, sagte ich zu LuEllen. »Ihr könntet euch gegenseitig Tipps geben.«

»Sie fotografieren?«, fragte Mason. Jetzt wirkte er etwas interessierter. »Welche Art von Fotos?«

»Spezialitäten.«

Er lachte leise in sich hinein, lehnte sich zurück und streckte sich. »Das ist die beste Sorte, was?«

Wir saßen eine Weile schweigend da. »Also … wir gehen jetzt besser«, sagte ich schließlich.

»Was werden Sie tun?«, erkundigte sich Mason. »Einfach jeden auf der Liste, den Sie finden können, aufsuchen?«

»Das ist der Plan. Bobby und ich kannten bereits einige der Leute auf der ursprünglichen Liste. Niemand von uns hat etwas mit Firewall zu tun. Dann hat Bobby Sie und noch jemanden entdeckt, über Freunde, vermute ich. Wir haben den anderen Namen noch nicht überprüft, aber Ihre Geschichte klingt wie die von allen anderen.«

»Was werden Sie tun, wenn Sie diese Leute finden? Die von Firewall.«

»Ich weiß es nicht. Bobby meint, wir sollten sie der Polizei melden. Das heißt, wenn sie hinter dieser Sache mit Lighter stecken.«

»Tun Sie das«, sagte Mason. »Spüren Sie sie auf und machen Sie sie fertig.«

Currier bewohnte ein Apartment in Santa Cruz. Auch er war nicht zu Hause, und Bobby hatte nicht herausfinden können, womit er sein Geld verdiente. Ich meldete mich bei der Hausverwalterin und behauptete, ich sei ein alter Freund von Currier und wäre für einen Tag in der Gegend.

»Er macht Urlaub in Mexiko«, sagte sie.

»Wann ist er abgereist?«

»Letzte Woche. Er hat gesagt, er würde drei Wochen lang weg sein. Wie schade, dass Sie ihn verpasst haben.«

»Was jetzt?«, fragte LuEllen, als wir das Apartmenthaus verließen.

»Zurück zu Rufus. Er ist uns um drei Stunden voraus. Mal sehen, ob Monger funktioniert hat.«

»Was denkst du wegen Currier?«

»Könnte sein, dass er abgehauen ist. Er steht auf der Liste, vielleicht hat er einen Grund wegzulaufen.«
»So wie du.«
»So wie wir alle.«

Monger *hatte* funktioniert. »Eine Menge des Materials kam von individuellen Computern aus rund zehn größeren Netzwerken«, berichtete Rufus. »Alles College-Netzwerke, überall leicht reinzukommen. Es sieht so aus, als hätte sich irgendwer auf die Suche nach Computern gemacht, die gerade online waren, und eine Gerüchtebotschaft in ein Virus eingebunden, das die Nachricht auf Message Boards bei AOL und ähnlichen Anbietern abgeladen hat. Während der Tage, bevor die Gerüchte die Runde machten, hatten etliche dieser zehn Netzwerke einen längeren Datenaustausch mit einem Server in Laurel, Maryland.«
»*Wie lange* vor Beginn der Gerüchte?«
»Eine Woche oder so. Das ist ungefähr der Zeitraum, bis zu dem ich zurückgehen kann, bevor das Universum für Monger zu groß wird.«
»Eine Woche oder so ...«
»So sieht es aus. Hilft dir das weiter?«
»Ich muss darüber nachdenken«, sagte ich.

Bobby meldete sich mit einigen Informationen über AmMath und den Typen, der die Firma leitete.
St. John Corbeil war ein fähiger Mann, der im Rang eines Majors aus dem Marine Corps ausgeschieden und in die National Security Agency übergewechselt war. Er hatte fünf Jahre in der NSA gearbeitet. Bobby konnte nicht herausfinden, was Corbeil während dieser Zeit getan hatte, außer einen gehobenen Abschluss in Software-Design zu machen. Danach hatte er die NSA verlassen, war nach Dallas gezogen

und hatte seine eigene Hightech-Firma für Datenverschlüsselung gegründet und ein halbes Dutzend Mathematiker, Chiffrierungs- und Softwareexperten der NSA mitgenommen. Die Firma florierte schnell und brachte ihre Produktpalette genau zu Beginn des Internetbooms auf den Markt. Mit einem zehnprozentigen Aktienpaket an AmMath und seinem Posten als Geschäftsführer war Corbeil ziemlich wohlhabend.

»Ich verstehe überhaupt nichts von diesem ganzen Codierungsscheiß«, sagte LuEllen.

»Das funktioniert ungefähr so«, erklärte ich. »Stell dir vor, du willst mir eine Nachricht über das Internet schicken, in der steht: ›Lass uns bei Bill Gates einbrechen und seinen Hund klauen.‹ Solange eine intensive Verschlüsselung möglich ist, könntest du die Nachricht durch ein spezielles Programm jagen – du bräuchtest dazu nur eine Taste zu drücken –, und niemand wäre in der Lage, sie zu knacken. *Niemand.* Es sei denn, irgendjemand besäße den dazugehörigen Schlüssel. Ganz gleich, mit welchem Supercomputer er auch arbeiten würde, ohne den Schlüssel könnte er den Code einfach nicht knacken.«

»Aber mit dem Clipper-Chip ...«

»Dann gäbe es zwei Schlüssel. Ich hätte einen, die Behörden ebenfalls. Du könntest mir die Nachricht schicken, und ich könnte sie problemlos lesen, aber das könnten die Behörden dann auch. Sofern sie mich überwachen würden.«

»Wir würden also in Bill Gates' Haus einsteigen und dort bereits von einer Horde Cops erwartet werden.«

»Und wir stünden mit unseren Schwänzen in der Hand da.«

»Oder in meinem Fall mit einer Dose Alpo«, sagte LuEllen.

Jack hatte in einem kleinen Haus in Santa Cruz gewohnt, das ihm gehörte, ungefähr eine Meile von Curriers Apartment entfernt. Nachdem er getötet worden war, hatte das FBI einen Durchsuchungsbefehl erwirkt und von Lane erfahren, wo die Schlüssel deponiert waren. Am Tag nach der Beerdigung rief sie an und erkundigte sich, ob sie das Haus betreten dürfe. Die Bundesbullen hatten keine Einwände, sie hatten es gründlich durchwühlt und alles mitgenommen, was auch nur den Anschein erweckte, etwas mit Computern zu tun zu haben, außerdem seine alten Telefonrechnungen, seine private Post und so weiter.

Während LuEllen und ich herauszufinden versuchten, wer sich hinter den Namen auf der Firewall-Liste verbarg, waren Lane und Green zu Jacks Haus gefahren, um sich dort umzusehen und mit den Aufräumarbeiten zu beginnen. Das war der Ausdruck, den Lane euphemistisch benutzt hatte: Aufräumarbeiten.

Was sie damit meinte, war, alles wegzuwerfen, was nicht verkauft oder verschenkt werden konnte. All die Kleinigkeiten, die man im Laufe eines Lebens ansammelt – Poster, Notizen, Briefe, unidentifizierbare Fotos und dererlei Dinge. Jack hatte keine Kinder gehabt, und so gab es niemanden außer seiner Schwester, der daran interessiert sein könnte, niemanden, der den Kram im Jahr 2050 oder 2100 durchwühlen und sich fragen würde, was für ein Mensch sein Vorfahre gewesen war …

»Irgendjemand muss vor uns da gewesen sein«, sagte Green, als sie zurückkehrten. »Das Schloss der Hintertür war aufgebrochen.«

»Werden die AmMath-Typen gewesen sein«, vermutete ich. »Vielleicht sind sie jetzt zufrieden, nachdem sie Lanes Disketten erwischt haben …«

»Was haben Sie über Firewall herausgefunden?«, wollte Lane wissen.

»Nichts«, erwiderte ich. Ich gab ihr eine kurze Zusammenfassung.

»Dieser Typ, der sich nach Mexiko abgesetzt hat«, warf Green ein. »Er könnte aus mehr als nur einem Grund verschwunden sein. Sie nehmen an, dass er abgehauen ist, weil er auf derselben Liste wie Mason steht und deshalb Angst hatte. Aber was wäre, wenn er sich aus dem Staub gemacht hat, weil er Firewall *ist*?«

»Ich habe diese Möglichkeit auch schon erwähnt«, sagte LuEllen, »aber Kidd glaubt nicht daran. Er hat seine eigene Theorie.«

»Und wie sieht die aus?«

»Es gibt überhaupt kein Firewall«, erklärte ich. »Firewall ist ein reines Hirngespinst, von vorn bis hinten erstunken und erlogen.«

Wir stürzten uns in eins dieser Streitgespräche, bei denen man schon fast das Gefühl bekommt, man würde begreifen, um was die ganze Sache geht, dann aber immer wieder feststellen muss, dass bei jedem logischen Erklärungsmodell ein entscheidendes Detail fehlt.

Lane machte den Anfang. »Was genau soll denn damit erreicht werden?«, fragte sie. »Wenn irgendjemand Firewall erfunden hat, welchen Zweck verfolgt er damit?«

»Um zum Beispiel den wahren Grund für die Ermordung Lighters zu verschleiern«, schlug ich vor.

»Da musste niemand irgendwas verschleiern. Die Polizei geht von einem Raubmord aus. Es gab zwar einige Punkte, die ihnen Kopfzerbrechen bereiteten, aber ich habe nicht gehört, dass sie eine größere Untersuchung in die Wege geleitet haben, bevor diese Firewall-Geschichte aufgekommen ist.«

»Clipper II stand ... *steht* unmittelbar vor dem Aus. Vielleicht dachten die Verantwortlichen, sie würden irgendeine

Form von Rückenwind bekommen, wenn einer ihrer Leute von Hackern getötet wird …«

»Es wird keinerlei Rückenwind geben«, sagte Lane. »Die Regierung mag an Clipper II interessiert sein, aber der Zug ist längst abgefahren. Jeder weiß, dass es zu spät ist. Das hat nichts mit Vorlieben oder Gesetzen zu tun. Der Versuch, die Praxis gründlicher Datenkodierungen zu beseitigen und durch Clipper II zu ersetzen, ist in etwa so, als wollte man die Zahl Pi oder die Theorie, dass die Erde rund ist, ausmerzen. *Dafür ist es verdammt noch mal zu spät.*«

»Wie sind dann plötzlich all diese Namen aufgetaucht?«, fragte ich. »Meiner und Bobbys, der von Jack, omeomi und alle anderen? Es *gibt* eine Verbindung zwischen uns. Wenn man es aus dem richtigen Blickwinkel betrachtet, bilden wir tatsächlich eine Verschwörung, denn die meisten von uns haben miteinander konspiriert …«

»Ich weiß es nicht, ich weiß nicht, warum Firewall aufgetaucht ist, wie es ins Bild passt. Aber irgendwie scheint es zu passen. Irgendwas passiert da draußen, und es ist nicht *völlig* erfunden. Da ist irgendwas im Gange. Und Jack ist tot, Lighter ist tot …«

»Es könnte reiner Zufall sein …«

»Wie wäre das möglich?« Lane zählte die Argumente an den Fingern ab. »Es gibt eine Verbindung zwischen Jack und Clipper II, AmMath und Firewall. Firewall tötet Lighter, der mit Clipper II und AmMath zu tun hat.«

»Aber wir können keine Person finden, bei der es richtige Verbindungen zu Firewall gibt«, gab ich zu bedenken. »Nicht eine einzige.«

»Haben sich Jack und Lighter gekannt?«, erkundigte sich Green.

Ich schüttelte den Kopf. »Nicht, soweit wir wissen.«

»Könnte sich lohnen, das zu überprüfen.«

Ich wandte mich LuEllen zu, die während der gesamten Diskussion den Mund gehalten hatte. »Was meinst du?«

»Drei Möglichkeiten«, sagte sie.

»Und die wären?«

»Sich AmMath ansehen. Firewall auf der Spur bleiben. So schnell wie möglich die Biege machen.«

Lane wollte sich wegen ihres Bruders AmMath vornehmen. Green war es ziemlich egal, wofür wir uns entschieden. Sein Job bestand darin, Lane zu beschützen, was er so oder so tun würde. LuEllen neigte dazu, aus der Sache auszusteigen. »Man kann keine Behörden bekämpfen«, sagte sie. »Dadurch wird man nur selbst zum *Ziel.* Dieses Ziel wird in Memos festgehalten. Das ist so, als versuchte man, mit dem Finanzamt zu diskutieren.«

Aber ich konnte nicht aussteigen. Noch nicht. Unsere Namen waren im Umlauf, und sobald die Cops erst einmal einige der Identitäten enthüllt hatten, würden sie wahrscheinlich alle finden – und dann konnte uns etwas zustoßen, ohne dass wir jemals erfuhren, wie und warum.

»Ich *muss* mehr über Firewall in Erfahrung bringen. Schon allein aus Selbstschutz. Und wenn AmMath darin verwickelt ist, werde ich den Laden unter die Lupe nehmen.«

»Sie werden nicht weiter versuchen herauszufinden, was Jack zugestoßen ist?«, fragte Lane. »Es klingt ganz danach, als wollten Sie Jack fallen lassen.«

»Nein, aber wir müssen vorsichtig sein. So wie es bisher aussieht, könnte AmMath mehr als nur ein hundsgemeines Privatunternehmen sein. Jack könnte seine Nase in eine schlimme Sache gesteckt haben, in etwas höchst Gefährliches von der Art, mit der wir wirklich nichts zu tun haben wollen.«

»Was soll das heißen?«

»Das heißt, die einzige Möglichkeit, an die Verantwortlichen heranzukommen, wären politische Mittel. Wir informieren ein paar Zeitungen, wir setzen ihren Senator auf sie an, sie führen eine interne Ermittlung durch, spucken irgendwen aus und schieben ihm die Schuld in die Schuhe. Aber sollte Jack von irgendeiner Art *Geheimdienst* umgebracht worden sein … dann wird es gefährlich.«

Das Aussichtsreichste, was wir meiner Meinung nach tun konnten, bestand darin, den Informationen nachzugehen, die Monger über Maryland geliefert hatte. Mit etwas Glück würden wir vielleicht einen vierzehnjährigen Computerhacker als Ausgangspunkt der Firewall-Verschwörung finden. Dann könnten wir ihn dem zuständigen Sheriff auf dem silbernen Tablett servieren, allgemeines Gelächter in der Presse hervorrufen und nach Hause gehen.

»Sehr unwahrscheinlich«, sagte LuEllen.

»Aber es wäre möglich«, beharrte ich. »Immer noch besser, als zu versuchen, bei AmMath durchs Kellerfenster einzusteigen.«

»Was ist mit Lane?«, erkundigte sich Green.

»Rufen Sie die Cops in Dallas an und sagen Sie ihnen, dass Sie vorbeikommen werden, um Jacks Computer und alles andere abzuholen, was sie beschlagnahmt haben und nicht mehr behalten wollen. Aber auch, dass Sie vorher noch sein Haus hier in Kalifornien räumen müssen.«

»Und was werden Sie in der Zwischenzeit in Maryland tun?«, fragte Lane.

»Sie wissen schon«, sagte ich. »Uns ein bisschen umsehen.«

Wir verließen San Francisco noch am gleichen Abend. Als wir unsere Sachen im Hotel packten, setzte ich mich noch einmal mit Bobby in Verbindung und teilte ihm mit, dass wir nach

Washington fliegen wollten. Er buchte für uns zwei Erste-Klasse-Plätze in einer Nachtmaschine zum National Airport und mietete einen Wagen auf den gefälschten Ausweis, den LuEllen in New York benutzt hatte. Dieser Ausweis war sicherer als die beiden, die wir in San Francisco besorgt hatten, und die dazugehörenden Kreditkarten waren definitiv gut. Bobby hatte außerdem noch mehr Informationen über Corbeil und AmMath ausgegraben.

Corbeil war ein gerissener Mann, doch er hatte ebenfalls einen Sprung in der Schüssel. Er verbrachte viel zu viel Zeit damit, sich Gedanken über gottlose Sozialisten, hirnlose Bürokraten, ausbeuterische Steuergesetze, schwarze Agitatoren, die gelbe Gefahr, die rote Bedrohung, die jüdische Weltverschwörung und die Neue-Welt-Ordnung zu machen. Von ihm war bekannt, dass er öffentlich verkündet hatte, Hitler hätte eine Menge Gutes getan.

Ich habe mich nie sonderlich für Politik interessiert, hatte aber früher einmal ein Wahlumfrageprogramm für den Eigengebrauch geschrieben, das es nicht so gut betuchten Politikern ermöglichte, ihre eigenen Wahlumfragen per Telefon zu machen. Irgendwann hatte ich den Laden verkauft, davor aber etliche Politiker persönlich kennen gelernt. Es war ein ziemlich munterer Haufen, auch nicht korrupter oder weniger korrupt als Schullehrer, Zeitungsreporter, Polizisten oder Ärzte.

Wie auch immer, ich hatte mich nicht lange in diesen Kreisen bewegen müssen, um zu erkennen, dass es genauso viele Bekloppte im rechten wie im linken politischen Spektrum gibt. Auf lange Sicht betrachtet, sind die Linken wahrscheinlich die Gefährlicheren. Auf kurze Sicht aber sieht es anders aus. Wenn Sie auf dem Kirchturm Ihrer Heimatstadt einen Typen mit einem billigen halbautomatischen Scharfschützengewehr aus chinesischer Produktion entdecken, dann ist es garantiert einer von Corbeils Kumpeln, der von schwarzen Helikoptern und sozialistischen Panzern träumt, die an der kanadischen Grenze aufmarschieren und sich darauf vorbereiten, die amerikanischen Lebenssäfte zu vergiften.

Gerissen und bekloppt: Corbeils Beschreibung mochte sich ein bisschen wie der Titel einer Comedy anhören, doch das täuschte.

Bobby hatte noch mehr über Corbeils Lebensstil geliefert, alles, was die lokalen Stadtmagazine berichteten. Für einen Geschäftsführer fiel sein Jahresgehalt mit 150.000 Dollar recht bescheiden aus, doch andererseits gehörte ihm auch ein großer Brocken der AmMath-Aktien. Er hatte eine Vorliebe für schnelle Autos und Blondinen und legte Wert darauf, mit den angesagten Models von Dallas gesehen zu werden. Eins davon war ein *Playboy*-Playmate des Monats gewesen. Bobby hatte eine Kopie des Faltblatts im Mittelteil mitgeschickt.

»Warum rasieren die sich ihre Schambehaarung eigentlich immer zu diesen schmalen Streifen?«, fragte LuEllen.

Wir grübelten eine Weile über dieses Mysterium nach.

»Vielleicht weil sie keine Badeanzüge der Marke OshKosh B'Gosh tragen – wie gewisse andere Leute«, sagte ich schließlich.

»Meinst du?«

NOCH JEDE MENGE MEHR MATERIAL. WERDE ES SCHICKEN, SOBALD ICH ES DURCHGEACKERT HABE. BIN BISHER NOCH NICHT DAZU GEKOMMEN, MICH BEI AMMATH SELBST UMZUSEHEN. MELDE MICH SPÄTER WIEDER.

IRGENDWAS ZU DEN JAZ-DISKETTEN?

JA. HABE DIE GROSSEN DATEIEN GEÖFFNET, FOTOS GEFUNDEN. SEHR HOHE AUFLÖSUNG. AUF ALLEN DER GLEICHE PARKPLATZ. KAPIERE ICH NICHT.

KANNST DU JPEG DAVON ANFERTIGEN UND IN MEINER BOX HINTERLEGEN?

JA.

KOPIER AUSSERDEM JAZ-DISKETTEN, SCHICK SIE PER NACHTEXPRESS AN WASH HOTEL.

OK.

Während des Fluges besprachen wir die nächsten Schritte. Wir wussten nicht, was AmMath trieb – jedenfalls nichts Genaues –, oder warum Jack getötet worden war, es sei denn, es hatte sich genau wie von AmMath behauptet abgespielt. Ich hielt Firewall immer noch für ein Phantom.

»Werde etwas mehr Zeit mit Jacks Jaz-Disketten verbringen müssen«, sagte ich.

»Es sind nur vier …«

Ich sah LuEllen an. »Vier Jaz-Disketten mit jeweils zwei Gigabytes. Man könnte auf jeder davon 2000 ziemlich dicke Romane unterbringen. Wir haben es hier mit einer Textmenge zu tun, die in etwa der von 8000 Romanen à la Tom Clancy entspricht.«

»Whoa.«

»Das ist noch gewaltiger, als du denkst.« Ich schloss die Augen und hielt einen Finger hoch, um anzuzeigen, dass ich nachdachte. Nach einer Minute hatte ich es im Kopf überschlagen. »Würdest du den gesamten Inhalt der Disketten in Texte von der Größe eines Clancy-Romans umwandeln, dir für jeden eine Minute Zeit nehmen und vierzig Stunden pro Woche daran arbeiten, wärst du mehr als drei Wochen damit beschäftigt.«

»Eine Minute für jeden.«

»Eine Minute«, bestätigte ich.

»Du bist ein verdammtes mathematisches Wunder.«

»Und das ist längst noch nicht alles«, fuhr ich fort. »Das größte Problem besteht darin, dass wir nicht wissen, was davon Müll ist und was nicht.«

Wir dachten gemeinsam darüber nach. »Ich sehe ein Licht am Ende des Tunnels«, sagte LuEllen schließlich.

»Yeah?«

»Yeah. Jack hat weniger als eine Woche gesucht und offensichtlich trotzdem irgendetwas gefunden.«

»Es sei denn, sie haben ihn schon allein für den bloßen Versuch umgebracht …«

Da ich sonst nichts zu tun hatte, kramte ich eine Stunde vor der Landung in Washington die Tarotkarten hervor und legte ein paar Blätter. LuEllen sah mir mit einer Mischung aus Skepsis und Nervosität zu.

»Und?«, fragte sie irgendwann.

»Nichts als ein Haufen Mist«, sagte ich. »Verwirrung.«

»Lass mich mal abheben.«

Ich mischte die Karten kurz durch und schob sie ihr zu. Sie teilte den Stapel, und die Karte mit dem Teufel kam zum Vorschein. Der Teufel steht für eine Kraft des Bösen, die gewöhnlich aber nicht von außen kommt. Er ist nicht der übliche Bösewicht. Meist steht er für den *inneren* Aspekt. Er schwebt über dir und beherrscht dich, ohne dass es dir überhaupt bewusst ist.

»Das ist schlecht«, sagte LuEllen. »Das kann ich an deinem Gesichtsausdruck erkennen.«

11

Ich habe rund sechs Monate in Washington verbracht. Obwohl es sich vielleicht nicht schickt, dies zuzugeben: Ich mag die Stadt. Normalerweise wird sie als ein Moloch dargestellt, in dem habgierige Menschen wie die Ölsardinen auf engstem

Raum zusammengequetscht leben, aber in Washington gibt es schöne Gegenden, in denen man Spaziergänge unternehmen kann – und große Kunstwerke fürs Auge. Menschen, die Mittelitalien mögen, die *Campagna*, wird die ländliche Gegend draußen in Virgina gefallen.

Wir landeten spät auf dem National Airport, wo wir unseren Mietwagen abholten und uns eine Straßenkarte besorgten. Unser Ziel lag nicht direkt in Washington. Laut Rufus stand der Server, den wir suchten, in Laurel, das sogar näher an Baltimore als an Washington liegt. Nicht weit von Fort Mead, dem Hauptquartier der National Security Agency entfernt, wie ich nach einem Blick auf die Karte feststellte.

Während meiner Zeit beim Militär hatte ich ein wenig mit der NSA zu tun gehabt und war immer von zwei Dingen beeindruckt gewesen: den technischen Fähigkeiten und der Arroganz ihrer Mitarbeiter. Zwar hatte ich seit rund zwanzig Jahren keinerlei Kontakte mehr zu dem Geheimdienst, da er aber so intensiv mit Computern arbeitet, kommt es ständig zu einem gegenseitigen Austausch zwischen Computer schnüfflern der NSA und der zivilen Computerbranche.

Es hat sich herumgesprochen, dass die NSA schon sehr bald überflüssig werden wird. Früher einmal hatten Agenten des Geheimdienstes alle Telefongespräche und den gesamten Funkverkehr auf der Welt aufzeichnen können. Sie waren in der Lage gewesen, dem Präsidenten innerhalb einer Stunde eine Abschrift jedes Privatgesprächs, das Mao Tse-tung über sein Bürotelefon geführt hatte, auf den Schreibtisch zu legen oder die Spezialeinheiten beim Militär mit Echtzeit-Funkverkehr zu versorgen.

Diese Zeiten sind vorbei. Unentschlüsselbare Codes schwirren überall auf der Welt umher, die mathematischen Fakultäten jeder guten Universität können innerhalb von Tagen ein eigenes Verschlüsselungsprogramm entwickeln. Was fast genauso schlimm ist: Der Großteil des vertraulichen diplomatischen und militärischen Informationsaustauschs findet mittlerweile nicht mehr per Funk statt, sondern wird über unterirdische Fiberglaskabel abgewickelt. Und selbst wenn es einer Spezialeinheit gelingt, eins dieser Kabel anzuzapfen, so sind die Nachrichten meist durch extrem leistungsfähige Codierungsprogramme verschlüsselt.

Die NSA wird allmählich taub. Und es heißt, dass sie nicht weiß, was sie dagegen unternehmen solle. Sie ist zu einem Haufen alternder Bürokraten verkümmert, die sich Sorgen um ihre Jobs machen und sich immer weiter von der Geheimdienstzentrale Washingtons entfernen.

LuEllen und ich stiegen in einem Ramada Inn neben der I-95 in der Nähe von Laurel, Maryland, ab. Wir mieteten getrennte Zimmer unter verschiedenen Namen, um uns eine Ausweichmöglichkeit offen zu halten, sollte es Schwierigkeiten geben. Im Einbrechergewerbe weiß man nie, wann man ein Schlupfloch benötigen könnte.

Am nächsten Morgen machten wir uns nach einem aus Pfannkuchen und Kaffee bestehenden Frühstück, zu dem ich die *New York Times* und LuEllen das *Wall Street Journal* las, auf die Suche nach dem Server. Die T-1-Standleitung, die er benutzte, befand sich in einem Vorstadt-Bürokomplex mit dem Namen Carter-Byrd Center, Hausnummer 2233. Es lag fünfzehn Minuten von unserem Motel entfernt, zwei parallel zueinander verlaufende Reihen von vier doppelstöckigen gelben Backsteingebäuden hinter einem kleinen Parkplatz in einer Sackgasse.

Die Mieter waren professionelle Dienstleistungsunternehmen: Buchhalter, Finanzberater, ein Notariat, ein Verlag für Formulare und Drucksachen und mehrere Anwaltskanzleien. Die meisten belegten ein komplettes Stockwerk oder einen Gebäudeflügel. Die Firma, die wir suchten, Bloch Technology, gehörte zu den kleineren Unternehmen und teilte sich mit anderen kleinen Firmen eine Büroflucht im letzten Gebäude auf der rechten Seite.

LuEllen, die einen dunkelblauen Geschäftsanzug und Schuhe mit flachen Absätzen trug, klemmte ihre winzige Videokamera in ihrem Aktenkoffer fest, drückte mir einen kleinen heißen Kuss auf die Lippen – sie gerät immer in Wallung, wenn sie im Begriff ist, einen Job durchzuziehen – und machte sich auf den Weg zur Hausnummer 2233, um das Terrain zu sondieren. Ich wartete im Wagen.

Der Plan, den wir uns ausgedacht hatten, sah vor, so zu tun, als suche sie eine andere Firma im Carter-Byrd-Komplex, habe sich aber im Gebäude geirrt. Wir gingen davon aus, dass sie sich etwa zwei bis drei Minuten in dem Gebäude aufhalten würde.

Fünfzehn Minuten, nachdem sie durch die große Doppelflügelglastür gegangen war und ich ihr fast schon folgen wollte, kehrte sie mit einem Typen in einem kurzärmligen weißen Hemd zurück, der auf das erste, auf einem flachen Hügel gelegene Gebäude deutete. LuEllen nickte, sprach noch eine Weile mit ihm, lachte, tätschelte seinen Arm und ging auf den Wagen zu. Ich ließ mich etwas tiefer in den Beifahrersitz sinken. Der Mann sah ihr hinterher – und dabei definitiv nicht auf ihre Schultern.

Als sie den Wagen erreichte, rutschte ich noch ein paar Zentimeter tiefer. Sie schob sich auf den Fahrersitz, startete den Motor, setzte aus der Parknische zurück und fuhr den sanften Hügel hinauf. »Er ist wieder reingegangen«, sagte sie, als wir das Gebäude hinter uns ließen.

Ich setzte mich auf. »Das hat ziemlich lange gedauert.«

»Ich habe an die Tür geklopft – sie hat übrigens ein Kombinationstastenschloss von Vermond, ohne Alarmanlage – und gefragt, wo Clayton Accounting ist, und wir sind ins Plaudern geraten«, berichtete sie. »Diese Computerleute sind schon erstaunlich. Sie besitzen all diese interessanten Geräte.«

»Tatsächlich?«

»Tatsächlich. Er hat fünf Stück davon. Sie sehen aus wie Klimaanlagen und stehen alle nebeneinander im Hinterzimmer.«

»Zwei Räume?«

»Drei. Ein Standardbüro, ein Raum für die Computer und ein dritter mit einem Futon auf dem Fußboden und einem Minikühlschrank, in dem er seine Cola aufbewahrt.«

»Ist er allein da drin?«

»Es gibt zwei Schreibtische, aber einer sieht ziemlich unbenutzt aus, gehört vielleicht einer Teilzeitkraft. Ich habe seine Telefonnummer.«

Dass sie einfach mit dem Typen geplaudert hatte, machte mich ein bisschen ungehalten. »Wir müssen einen wirklich unauffälligen Bruch hinlegen. Wenn wir irgendwo Scheiße bauen, wird er sich daran erinnern, dass er mit dir gesprochen hat. Er wird sich an dein Gesicht erinnern.«

»Ich dachte, es wäre die Mühe wert. Und weißt du was? Es gibt *kein* Sicherheitspersonal. Die Toiletten befinden sich im ersten Stock. Ich bin in die Damentoilette gegangen, und die Decke ist abgehängt, aber da oben sieht es fürchterlich aus. Wenn wir da einsteigen und irgendjemand geht rauf, um sauber zu machen … dann wüsste er Bescheid.«

»Also, was tun wir?«

»Ich denke darüber nach.«

»In Ordnung.« Ich sah auf meine Uhr. »Lass uns irgendwo etwas Deodorant besorgen und dann abhängen. Du kannst in der Zwischenzeit nachdenken.«

Wir fanden einen Drugstore, wo ich eine Sprühflasche Deodorant von der Sorte kaufte, die laut Werbung auch Erfrischungspuder enthält. Außerdem packte ich ein paar Dosen Cola ein. Wir tranken die Cola auf der Rückfahrt zum Carter-Byrd Center. Diesmal rutschte LuEllen tief in den Beifahrersitz, während ich das Gebäude mit ihrer Aktentasche in der Hand betrat, um den Eindruck zu erwecken, ich hätte dort etwas zu suchen.

Das Gebäude bestand im Wesentlichen aus langen Reihen von Geschäftsbüros, zwischen denen sich Flure von einem Ende bis zum anderen erstreckten. Im Foyer befand sich niemand, als ich eintrat. Ich bog nach links ab, zog die Sprühdose aus der Tasche und schüttelte sie ein paarmal. Die Geschäftsräume von Bloch Technology lagen hinter der dritten Tür auf der linken Seite. Ich entdeckte das Tastaturfeld, sah mich schnell nach allen Seiten um, sprühte es kräftig mit dem Deodorant ein und wedelte mit der Hand davor herum, um die Duftwolke so gut wie möglich zu vertreiben. Dann kehrte ich zurück. Gesamtdauer meines Aufenthalts in dem Gebäude: weniger als eine Minute. Anzahl der Personen, denen ich begegnet war: null.

»Also, lass uns fahren und abhängen«, sagte ich.

Das taten wir auch, mehr oder weniger. Ich fuhr LuEllen zu einem Golfübungsplatz, wo sie Abschläge machte, und das sehr gut, einmal mit einem Eisen fünf, das bestimmt älter als sie selbst war, und dann mit einem Holz drei, dessen Schlägerkopf nicht einmal die Größe ihrer Faust hatte. Während sie schlug, fertigte ich ein paar Skizzen ihrer Schwungbewegung an. Danach zogen wir uns einen Film rein, und dazwischen setzte ich mich erneut mit Bobby in Verbindung, der, wie er sich ausdrückte, etwas Erstaunliches zu berichten hatte. Ein plötzlicher Ausstoß von Gerüchten im Netz, nach denen Firewall einen größeren Angriff plante. Da Bobby von

Rufus und dem Monger wusste, schlug ich ihm vor, Rufus anzurufen und ihn den Schwall der letzten Gerüchte zurückverfolgen zu lassen. Kurz bevor wir uns verabschiedeten, kam mir jedoch plötzlich eine neue Idee. Bobby schrieb gerade:

WERDE GERÜCHTE SO BALD WIE MÖGLICH ZURÜCKVERFOLGEN.

OK.

RUFE HEUTE NACHT AN.

JA. NEUER GEDANKE: ÜBERPRÜF FLUGLINIEN. SIEH NACH, OB JM TAGE VOR SEINEM TOD HERGEFLOGEN IST.

JA. WERDE AUCH TANKSTELLENKARTE ÜBERPRÜFEN. AUSSERDEM, JPEG IN DEINER BOX.

DANKE.

Ich lud die JPEG-Datei runter, ein Grafikformat, und speicherte sie ab, um sie mir später anzusehen. Nach dem Film, der ein Reinfall war, dirigierte mich LuEllen zu einem Geschäft für Sportausrüstung, wo sie eine Spule schwarzer Angelschnur kaufte, bestehend aus einer monomolekularen Kunstfaser mit dem Namen ›Spider Wire‹. Wir kehrten in unser Motel zurück und sahen uns die Aufnahmen an, die sie am Vormittag in Blochs Büro gemacht hatte. Fünf Dell-Server auf massiven Kunststoffbänken, daneben Monitor und Tastatur. Anschließend verbrachten wir längere Zeit in einem Schnellimbiss. Meine Nerven lagen allmählich blank, wie es vor jeder Operation der Fall ist. Nach dem Essen gingen wir noch einmal ins Motel, um LuEllens Tasche abzuholen, und gegen sieben Uhr, als es schön dunkel war, fuhren wir wieder zum Carter-Byrd-Center.

Das Gebäude mit der Nummer 2233 beherbergte etwa vierzig Büros. In sieben oder acht davon brannte noch Licht. Amerikaner arbeiten ständig, so viel steht fest. Bloch Technology gehörte nicht zu den beleuchteten Büros, und dass Bloch selbst auf seinem Futon liegen würde, war äußerst unwahrscheinlich.

Wir hielten am äußersten Rand des Parkplatzes. LuEllen befestigte ein Ende der Angelschnur am Lenkrad und stieg aus. Dann ging sie mit der Spule über den Rasen zur Eingangstür und wickelte die Angelleine, die zum Seitenfenster hinausführte, dabei ab. Sie vergewisserte sich, dass niemand aus dem Gebäude kam, verknotete die dünne Schnur schnell am äußeren Türknauf, schnitt die Spule ab und schlenderte zum Wagen zurück. Als sie wieder auf dem Fahrersitz saß, holte sie die Angelleine so weit ein, dass sie sich straff und absolut unsichtbar über den Gehweg zur Tür spannte.

»Und wenn jetzt irgendwer den Gehweg benutzen will, braucht er sich nur zu ducken«, kommentierte ich. »Entweder das, oder er garrotiert sich selbst.«

»Wenn jemand kommt, kappen wir die Schnur. Durch die Eigenspannung schnellt sie von allein zurück, und niemand wird sie bemerken.«

»Hast du das schon mal gemacht?«

»Nein, aber ich habe davon gelesen.«

Wir mussten zwanzig Minuten warten, bis die Tür von innen geöffnet wurde. Es funktionierte genauso, wie LuEllen es sich vorgestellt hatte. Der Mann verließ das Gebäude und ging weiter zum Parkplatz, wo sein Wagen stand. LuEllen spannte die Angelleine an, als die Tür zurückschwang …

»Du musst dich beeilen«, presste sie hervor. »Ich weiß nicht, ob die Leine hält. Die Tür ist schwerer, als ich gedacht habe.«

»Halt durch, halt durch …« Ich wollte nicht, dass der Typ sah, wie ich aus dem Auto stieg. Als er hinter der Kuppe der leicht abschüssigen Zufahrt verschwunden war, eilte ich über den Rasen. LuEllen hatte die Tür festgehalten, kurz bevor sie ins Schloss fallen konnte. Ich zog sie auf und entfernte die Leine vom Türknauf. Der Weg war frei.

LuEllen hatte Blochs Telefonnummer in ihrem Handy gespeichert und drückte die Schnellwahltaste, während sie ausstieg. Der Flur, der am Büro von Bloch Tech vorbeiführte, war menschenleer. Ich näherte mich der Tür, dicht gefolgt von LuEllen, und tat so, als würde ich anklopfen. Wir konnten das Telefon im Büro klingeln hören. Niemand nahm ab.

Als ich erneut ein Klopfen andeutete, trennte LuEllen die Verbindung und richtete eine kleine batteriebetriebene Schwarzlichttaschenlampe, wie sie Teenager in Head Shops kaufen, auf das Tastaturfeld des elektronischen Kombinationsschlosses. Die staubfeinen Kristalle aus dem Deodorant fluoreszierten im unsichtbaren Schwarzlicht auf den Tasten – bis auf drei, die frei von Kristallen waren.

»Vier-sechs-sieben«, sagte LuEllen. »Aber die Zahlenkombination eines Vermond-Schlosses besteht aus vier Ziffern. Zumindest bei diesem Modell. Also muss eine Taste zweimal gedrückt worden sein.«

Der Flur war noch immer menschenleer. Ich zog einen kleinen Notizblock aus der Tasche, kritzelte Zahlenkombinationen darauf, so schnell ich konnte, und las sie gleichzeitig laut vor. Bei einem Zahlenkombinationsschloss mit zehn Ziffern und einer vierstelligen Geheimzahl gibt es 10.000 mögliche Kombinationen. Auf gut Glück die richtige Geheimzahl zu finden, ist verdammt schwer. Und einige Schlösser, zu denen dieses glücklicherweise nicht gehörte, lösen nach einer bestimmten Anzahl falsch eingegebener Kombinationen Alarm aus oder blockieren. Dann können sie nur noch mit einem konventionellen Schlüssel geöffnet werden.

Kennt man jedoch die vier Ziffern, die in der Geheimzahl auftauchen, bleiben nur noch vierundzwanzig mögliche

Kombinationen übrig. Kommt eine der Ziffern zweimal vor, und man weiß nicht, welche es ist – so wie hier –, erhöht sich die Zahl auf sechsunddreißig. Die meisten Leute aber beginnen ihre Geheimzahl mit der niedrigsten Ziffer, in unserem Fall mit der Vier. Wir fingen mit der Kombination vier-vier-sechs-sieben an, arbeiteten uns weiter über die vier-vier-sieben-sechs zur vier-sechs-vier-sieben und so weiter. Bereits bei der achten Kombination hatten wir Glück, öffneten die Tür und huschten in das dunkle Büro.

»Handschuhe«, befahl LuEllen.

Wir streiften Vinylhandschuhe über und folgten den haardünnen Lichtstrahlen unserer Taschenlampen in den Raum mit den Servern. Die Dell-Computer sahen wie fünf Zwerge aus, die auf die Essensausgabe warteten. Der Raum hatte keine Fenster, das war natürlich gut. Der Futon lag zusammengerollt in einer Ecke des dritten Raums, darauf eine flauschige Decke. LuEllen fand eine Rolle Klebestreifen im Vorzimmer und brachte die Decke in den Raum mit den Servern. Nachdem wir sie so an der Wand festgeklebt hatten, dass sie die Tür abdeckte, schlüpfte LuEllen unter der Decke hinweg ins Vorzimmer und schloss hinter sich die Tür. Ich zog die Decke wieder glatt und schaltete das Licht an.

»Licht an!«, rief ich gedämpft, schaltete es kurz darauf wieder aus, und LuEllen kehrte zurück.

»Fast perfekt«, sagte sie. »Es gab nur einen winzigen Lichtfleck an der rechten Ecke.«

Wir zupften die Decke zurecht, bis auch die letzte Lücke geschlossen war, und ich machte mich an die Arbeit.

Server sind im Prinzip nichts anderes als spezialisierte Computer, optimiert für Datenaustausch und hohe Speicherkapazitäten. Wenn Sie einen relativ modernen Heimcomputer besitzen, könnten Sie auch diesen mit der richtigen Software als kleinen Server benutzen. Bei dieser Aktion ging es uns allerdings nicht darum, den Inhalt der Server zu plündern, sondern Zugang zu ihnen zu erlangen. Ich verbrachte etwa zwanzig Minuten damit, durch Blochs Software-, Betriebs- und Wartungshandbücher zu blättern, bevor ich mich den Servern selbst zuwandte. Sie liefen mit einem gewöhnlichen UNIX-Serverprogramm, wie es im Regal eines jeden Computerladens steht. Innerhalb von fünf Minuten war ich in das System eingedrungen und hatte einen Fernwartungszugang eingerichtet. Dann überspielte ich mein eigenes kleines Zugriffsprogramm. Ich hatte das früher schon getan. Nachdem ich überprüft hatte, dass alles problemlos funktionierte, schloss ich die Anwendung, schaltete das Licht wieder aus, zog die Decke herunter und entfernte die Klebestreifen von den Wänden.

LuEllen hatte in der Zwischenzeit die Aktenordner im Vorzimmer mit ihrer Taschenlampe durchforstet. »Alles nur Müll«, sagte sie. »Steuerformulare, Kontoauszüge, Werbung.«

Eins der Formulare wies Toby Bloch als alleinigen Inhaber des Aktienkapitals von Bloch Technology aus. »Ist das der Typ, mit dem du gesprochen hast?«, fragte ich. Ich knüllte die Decke zusammen und warf sie ungefähr so, wie sie vorher ausgesehen hatte, zurück auf den Futon.

»Das ist er. Toby.«

»Schön. Nettes kleines Geschäft, das er hier hat …«

Nachdem alles wieder da war, wo es hingehörte, lauschten wir an der Tür. Nichts zu hören. Wir verließen das Gebäude, stiegen in unseren Wagen und fuhren davon. Das reinste Kinderspiel.

Doch als wir in unser Motel zurückkehrten, war es mit der Ruhe vorbei. Ich wollte mich erst nach Mitternacht in den Server einloggen, wenn die Chancen besser standen, dass der echte Systembetreuer nicht online war. Stattdessen meldete ich mich bei Bobby, um nachzusehen, ob er mehr über Jack Morrison oder Firewall herausgefunden hatte.

Das hatte er.

SIEH DIR NACHRICHTENSENDER AN. FIREWALL STARTET ANGRIFF AUF IRS MIT DOS. JETZT GROSSER ÄRGER. ANGRIFF HAT VIELLEICHT IN DER SCHWEIZ BEGONNEN. STIL SCHEINT DEUTSCH.

WERDE ICH MIR ANSEHEN. IRGENDWAS ZU JM?

JM IST MONTAG VOR SCHIESSEREI ZUM BALTIMORE-WASHINGTON INTERNATIONAL GEFLOGEN, RÜCKFLUG GLEICHE NACHT. HAT WAGEN BEI HERTZ GEMIETET, 64 MEILEN. KEINE WEITEREN DETAILS. IST AUCH DONNERSTAGNACHMITTAG ZUM BWI GEFLOGEN, ZURÜCK FREITAG MORGEN. KEIN AUTO, KEIN HOTEL AUF KARTE.

DANKE. WERDE MIR NACHRICHTEN ANSEHEN.

DIESE SACHE IST *SEHR* GEFÄHRLICH.

SPÄTER.

Ich grübelte über die neuen Informationen nach, bis mich LuEllen aus meinen Gedanken riss. »Was ist?«

»Jack war an dem Abend, als Lighter getötet worden ist, in der Stadt«, sagte ich.

»Das ist nicht gut.«

»Nein. Aber Lanes Vortrag über Jack und Schusswaffen … das klingt ziemlich vernünftig. Ich kann mir immer noch nicht vorstellen, dass er auf jemanden geschossen hätte.«

»Was hat diese Sache mit dem Finanzamt zu bedeuten?«

»Ich habe nicht die geringste Ahnung.«

»Bobby scheint sich mehr Sorgen darüber zu machen als wegen Jack.«

»Jack ist tot«, sagte ich.

Ich sah mir die Online-Ausgaben der *Times* und der *Washington Post* an, doch sie enthielten nichts über einen Hackerangriff auf die Steuerbehörde. CNN wartete mit einem Bericht auf, doch wie bei einer Menge CNN-Kram schien das meiste davon den Wahnvorstellungen eines Geistesgestörten entsprungen zu sein. Ich klickte weiter zum *Wall Street Journal* und fand einen kurzen Artikel.

EIN SO GENANNTER DENIAL-OF-SERVICE-COMPUTERANGRIFF (DOS) AUF DIE STEUERBEHÖRDE (IRS) HAT ZU EINER GRÖSSEREN UNTERBRECHUNG IN DER BEARBEITUNG DER QUARTALSMÄSSIGEN STEUERABRECHNUNGEN VON UNTERNEHMEN GEFÜHRT, WIE EIN IRS-SPRECHER HEUTE NACHMITTAG BESTÄTIGTE.

DER ANGRIFF, DER HEUTE MORGEN BEGANN, HÄLT AN. DIE DAFÜR VERANTWORTLICHE GRUPPE NENNT SICH ›FIREWALL‹.

BEI EINEM DENIAL-OF-SERVICE-ANGRIFF WIRD DAS ZIEL MIT EINER GEWALTIGEN MENGE ORDNUNGSGEMÄSS ERSCHEINENDER TRANSAKTIONEN ÜBERFLUTET, DIE SCHLIESSLICH DIE RECHENKAPAZITÄT DES ZIELCOMPUTERS ÜBERSCHREITET.

WÄHREND AUS OFFIZIELLEN QUELLEN DES JUSTIZMINISTERIUMS VERLAUTET, DASS DER ANGRIFF BEGRENZT IST, SAGTE EIN HOCHRANGIGER IRS-VERTRETER, DER NICHT NAMENTLICH GENANNT WERDEN MÖCHTE, DASS GRÖSSERE STÖRUNGEN BEI DER QUARTALSMÄSSIGEN BEARBEITUNG VON UNTERNEHMENSSTEUERN EINGETRETEN SIND. SEINER AUSSAGE ZUFOLGE SIND ›ZEHNTAUSENDE‹ ZUM ENDE EINES QUARTALS FÄLLIGER UNTERNEHMENSSTEUERERKLÄRUNGEN BETROFFEN, UND DER ANGRIFF SCHEINT SICH AUSZUWEITEN.

EIN FBI-SPRECHER TEILTE MIT, DASS VIELE DIESER DOS-EINGABEN ANSCHEINEND AUS COMPUTERLABORATORIEN KLEINER COLLEGES KOMMEN.

»OFFENBAR HAT EINE EINZELPERSON ODER EINE GRUPPE KLEINE ANGRIFFSPROGRAMME, DIE SO BESCHAFFEN SIND, DASS SIE ZUM SELBEN ZEITPUNKT AKTIV WERDEN, IN DIESEN ÖFFENTLICH ZUGÄNGLICHEN COMPUTERN INSTALLIERT. WIR SETZEN UNS MIT DIESEN COLLEGES IN VERBINDUNG, SOBALD WIR SIE IDENTIFIZIEREN, UND FORDERN SIE AUF, SO LANGE OFFLINE ZU GEHEN, BIS SIE DIESE PROGRAMME VON IHREN RECHNERN ENTFERNT HABEN. DIE MEISTEN

WISSEN GAR NICHT, DASS IHRE COMPUTER AN DIESEM ANGRIFF TEILNEHMEN«, SO FBI-SPRECHER LARRY CONNERS.

CONNERS BEZEICHNETE DAS ANGRIFFSPROGRAMM ALS RELATIV EINFACH, ABER DER IRS-VERTRETER SAGTE, ES WÜRDE SICH DEN UMSTAND ZUNUTZE MACHEN, DASS DIE IRS-COMPUTER VON AUSSEN ZUGÄNGLICH SEIN MÜSSEN, UM ORDNUNGSGEMÄSSE STEUERBESCHEIDE ENTGEGENNEHMEN ZU KÖNNEN. BEI DEM ANGRIFF KOMMT ES UNTER ANDEREM ZUM VERSAND HUNDERTER ORDNUNGSGEMÄSS ERSCHEINENDER, ABER LEICHT FEHLERHAFTER STEUERBESCHEIDE, DIE DIE IRS-COMPUTER DANN AN DIE ABSENDER ZURÜCKZUSCHICKEN VERSUCHEN. AUFGRUND DER STÄNDIG ZUNEHMENDEN MENGE KONNTEN DIE COMPUTER DIE DATENFLUT SCHLIESSLICH NICHT MEHR BEWÄLTIGEN.

»DIE EINZELNEN FEHLERHAFTEN BESCHEIDE ALLEIN WÜRDEN KEIN GRÖSSERES PROBLEM DARSTELLEN«, SAGTE DER IRS-VERTRETER. »DAS PROBLEM IST, DASS SIE UNUNTERBROCHEN VON SO VIELEN VERSCHIEDENEN QUELLEN KOMMEN.«

LAUT FBI-SPRECHER CONNORS KÖNNTE DER ANGRIFF VON DER SCHWEIZ AUS GESTARTET WORDEN SEIN UND DER ZEITPUNKT, ZU DEM DIE PROGRAMME INSTALLIERT WURDEN, BIS ZU EINEM MONAT ZURÜCKLIEGEN …

»Wenn die für den Angriff benutzten Programme relativ primitiv sind …«, begann LuEllen.

»Sie sind nicht sonderlich intelligent«, unterbrach ich sie, »aber das ist eine Feuerameise auch nicht. Doch wenn dir Tausende davon die Beine hochkrabbeln, hast du ein Problem. Sollte das FBI richtig sauer werden und sich auf diese Namensliste stürzen, wer weiß, wo das alles hinführen könnte?«

»Es hat doch schon mehrere Angriffe dieser Art gegeben. Ich habe in der *Newsweek* von einem gelesen.«

»Yeah, aber da gibt es einen gewaltigen Unterschied«, sagte ich. »Früher haben sich diese Typen Privatfirmen vorgenommen. In der Öffentlichkeit haben sich die Politiker natürlich besorgt und betroffen gegeben, aber was sie wirklich dabei gedacht haben, war: *Scheiß drauf, es trifft ja nur einen*

Haufen Privatfirmen, und die haben sowieso alle viel zu viel Geld. Jetzt aber spielen diese Typen mit dem Geld der *Politiker* herum …«

»Ah.«

»Yeah. Ein riesengroßes *Ah.*«

Das JPEG-Foto, das Bobby mir geschickt hatte, wartete immer noch auf meiner Festplatte. Ich öffnete es und sah es mir an. Ein Parkplatz, offenbar aus größerer Höhe aufgenommen. Drei Männer in Anzügen, die über den Parkplatz gingen, auf dem eine Menge Pickups standen. Alle drei trugen Aktentaschen, und einer hatte den Kopf gehoben, so dass er in die Richtung der Kamera blickte. Die Auflösung der JPEG-Datei war nicht hoch genug, um die Gesichter erkennen zu können. Alle Fotos, hatte Bobby gesagt, zeigten das gleiche Motiv.

»Wer sind die Typen?«, fragte LuEllen.

»Ich habe keine Ahnung.«

»Wenn das Bild wichtig ist … Es muss daran liegen, dass die drei nicht zusammen gesehen werden dürften. Du weißt schon, so wie ein Gangster und ein Cop.«

»Oder wie ein Chinese und ein Amerikaner«, sagte ich. »Schau dir diesen Typen da an … Irgendetwas an ihm wirkt orientalisch.«

»Die Gesichtsform … es sei denn, es wäre eine Frau.«

»Hmm. Ich weiß es nicht.«

Später in der Nacht loggte ich mich in den Bloch-Tech-Server ein. Server, selbst kleinere, sind derart voll gestopft mit allem möglichen Kram, dass man sie nicht in Echtzeit durchforsten kann – nicht so, als würde man ein Buch durchblättern. Es ist eher so, als wühlte man sich durch eine Bibliothek, ähnlich dem Versuch, aus Jacks Disketten schlau zu werden.

Ich suchte nach Erwähnungen von Firewall und fand mehrere hundert in abgespeicherten E-Mails und Postings auf Web-Seiten. Sechs Teilnehmer schienen eine Menge Daten über Firewall ausgetauscht zu haben. Ich öffnete die Verwaltungsdateien, fischte die Teilnehmer heraus, kopierte die Namen und Adressen. Dabei fiel mir eine Besonderheit auf. Bei allen handelte es sich um neue Accounts, die innerhalb der letzten zwei Wochen eingerichtet worden waren, und alle Kunden hatten den Minimalbeitrag für drei Monate im Voraus per Scheck bezahlt, anstatt die Möglichkeit der Abbuchung über ihre Kreditkarten zu wählen.

»Verdammt, ich wette, die Namen sind getürkt«, sagte ich zu LuEllen. Ich nahm mir vor, Bobby die Namen später zu schicken und sie von ihm überprüfen zu lassen.

Da ich die Verwaltungsdateien bereits geöffnet hatte, suchte ich nach Jack Morrison, wurde aber nicht fündig. Dann gab ich den Namen Terrence Lighter ein, ohne mir große Hoffnungen zu machen, und erlebte eine Überraschung. Lighter hatte einen Account auf diesem Server, und – besser noch – in seiner Mailbox lagen Dutzende von Briefen. Ein paar davon waren verschlüsselt, also überging ich sie. Der Rest bestand größtenteils aus Korrespondenz mit Sammlern beziehungsweise Händlern antiker wissenschaftlicher Instrumente, offensichtlich ein Hobby von Lighter.

Und in einer dieser Mails, die unverschlüsselt war und vom vorletzten Sonntag stammte, stand klar und deutlich:

MR. MORRISON,

WIR TREFFEN UNS MORGEN UM 8 UHR 30 IN MEINEM BÜRO. BITTE BRINGEN SIE DIE AKTEN MIT. VIELEN DANK.

T. L. LIGHTER.

12

Um drei Uhr morgens – Mitternacht nach Pazifikzeit – rief ich bei Lane an. Green war am Telefon. »Wir haben irgendjemanden am Hals«, sagte er.

»Was meinen Sie damit?«

»Wir werden beobachtet. Nicht aus der Nähe, aber sie sind da. Es kommt mir fast so vor, als sei ich paranoid, aber ich habe ein bestimmtes Auto ein paar Mal zu oft gesehen – es ist grün und könnte ein Camry sein. Außerdem war da ein Gesicht, das uns gemustert hat. Immer ein paar Straßenblocks entfernt.«

»Was glauben Sie?«

»Wir müssen von hier verschwinden. Ich würde mich sehr viel wohler fühlen, wenn wir sie abhängen könnten. Hier sitzen wir praktisch auf dem Präsentierteller.«

»Okay. Wir haben hier noch ein paar Dinge zu erledigen, werden aber übermorgen in Dallas sein. Oder spätestens in drei Tagen. Sie könnten die Typen irgendwie überraschen, zum Flughafen rausfahren, den Wagen in einen Straßengraben abdrängen und ein Flugzeug besteigen.«

»Was, wenn sie Leute in Dallas haben?«

»Fliegen Sie zuerst nach Seattle«, schlug ich vor.

»In Ordnung. Ich kläre das mit Lane.«

»Wie geht es ihr?«

»Sie ist kribblig. Aber sprechen Sie sie selbst.«

Ich berichtete ihr von Jack und Lighter, dass Jack irgendetwas bei AmMath entdeckt haben könnte, das er Lighter unbedingt zeigen musste. Sie begriff nicht sofort, welches Problem Jacks zweiter Flug darstellte.

»Ich wusste doch, dass mehr hinter dieser Sache steckt«, sagte sie. »Wenn Jack mit diesem Typen gesprochen hat, der kurz darauf ermordet worden ist, müssen wir das irgendjemandem erzählen. Es ist der Beweis, dass irgendwas bei AmMath faul ist.«

»Es beweist nichts Konkretes«, widersprach ich. »Und der zweite Flug … das ist ein Problem.«

»Ich sehe da kein Problem. Der Typ …«

»Die Polizei wird behaupten, Jack hätte ihn erschossen«, sagte ich.

Das ließ sie nur für ein paar Sekunden verstummen. »Aber wir *wissen*, dass er es nicht getan hat«, wandte sie ein.

»Die texanische Polizei hat eine Pistole gefunden, die vor Jahren in San Jose gestohlen worden ist. Sie hat Zeugen, die aussagen, dass er geschossen hat – und einer der Zeugen ist von einer Kugel aus dieser Waffe in die Brust getroffen worden. Sollte sie jemals weiter nachforschen, kann sie beweisen, dass Jack am späten Nachmittag – nach Feierabend – nach Baltimore geflogen und am nächsten Morgen nach Dallas zurückgekehrt ist. Genau in diesem Zeitraum ist sein Kontaktmann bei der NSA ermordet worden, und er hat niemandem gegenüber ein Wort davon erwähnt.«

Das brachte sie etwas länger zum Schweigen. »Okay«, räumte sie ein. »Das klingt nicht gut. Wenn Sie es so darstellen. Aber vielleicht wusste er überhaupt nichts von diesem Vorfall …«

»Es gibt da noch ein weiteres Problem. Falls wir Informationen an das FBI weitergeben wollen … woher haben wir sie bekommen?«

»Wir könnten was erfinden. Zum Beispiel einen anonymen Anruf aus Dallas …«

»In Ordnung, wir könnten uns etwas einfallen lassen. Vielleicht werden wir das auch tun. Später. Vielleicht, wenn die Informationen nicht mehr so belastend für Jack erscheinen. Oder wenn wir noch etwas anderes vorzuweisen haben.«

»Was machen die Verbrennungen?«, erkundigte ich mich.

»Bei den schlimmen pellt sich die Haut wie bei einem heftigen Sonnenbrand«, sagte Lane. »Von den leichteren ist fast gar nichts mehr zu sehen. Kaum noch Schmerzen. Nur juckt es überall wie verrückt.«

»Haben sich die Cops aus Dallas noch einmal bei Ihnen gemeldet?«

»Yup. Der für den Fall verantwortliche Detective rief heute an. Er wollte, dass ich nach Dallas fliege. Ich habe ihm gesagt, dass ich noch ein paar Tage in San Francisco brauchen würde, und ihn wieder gedrängt, sich um AmMath zu kümmern.«

»Wie steht es mit Bargeld bei Ihnen?«, fragte ich.

»Ich hab genug. Brauchen Sie was?«

»Nein. Aber Green soll seine eigene Kreditkarte benutzen, wenn Sie in Dallas sind. Zahlen Sie ihm seine Auslagen in bar zurück. Niemand dort weiß, wer er ist, also wird man ihn anhand seiner Kreditkartenrechnungen nicht verfolgen können. Und nehmen Sie Ihr Mobiltelefon mit.«

»Natürlich. Wohin werden Sie gehen?«

»Wir müssen hier noch ein paar Nachforschungen anstellen. Danach treffen wir uns in Dallas. Halten Sie Ihr Telefon immer griffbereit ...«

Ich bin noch nie ein sonderlich guter Schläfer gewesen. Mein Schlaf-Wach-Zyklus ist ungefähr fünfundzwanzig Stunden lang, so dass sich mein Tagesrhythmus immer weiter nach hinten verschiebt, bis ich irgendwann tagsüber schlafe und nachts arbeite. Nach einiger Zeit kehrt sich das dann wieder um. Ob in der Nacht oder am Tag, ich brauche ungefähr sieben Stunden Schlaf am Stück. Wenn ich weniger bekomme, neige ich dazu, gereizt zu reagieren.

Als LuEllen mir mit ihren kalten Fingern um acht Uhr

morgens über das Rückgrat strich, war ich ziemlich gereizt. Ich sprang fast bis an die Decke, was LuEllen offensichtlich belustigte.

»Du wirst mir eines Tages noch einen Herzinfarkt bescheren – mit diesem Scheiß«, fauchte ich sie an, und mein Ärger war nicht gespielt. Ich konnte es nicht ausstehen, wenn sie sich so an mich heranschlich. »Wie bist du überhaupt hier reingekommen?«

»Das Türschloss ist Scheiße«, sagte sie.

»Na wunderbar, wirklich großartig. Du erschreckst mich fast zu Tode, nur weil du jemanden brauchst, mit dem du beim Frühstück quatschen kannst.«

»Nein, nein«, sagte sie. »Es gibt sehr schlechte Neuigkeiten, die ich dir mitteilen wollte, aber da du ein solches Arschloch bist, verzichte ich lieber darauf.« Sie verschränkte die Arme vor der Brust.

»Was für Neuigkeiten?«

»Sag bitte.«

»Spuck sofort die beschissenen Neuigkeiten aus, oder ich hauche dich an!«

»Die Bundesbullen haben Bobby verhaftet«, eröffnete sie mir.

»*Was?*« Ich war wie vor den Kopf geschlagen. »Wo hast du das her? Wer hat angerufen?«

»Es läuft im Fernsehen. Sie haben ihn letzte Nacht verhaftet und wollen ihn heute noch vor einem Bundesgericht in New Orleans anklagen. Sie behaupten, dass er in die Angriffe auf das Finanzamt verwickelt ist und dass die Attacken weitergehen.«

»Gottverdammte Scheiße.« Ich tastete auf dem Nachtschrank herum, fand die Fernbedienung und schaltete CNN an. »Hast du das kalte Telefon mitgebracht?«, fragte ich.

»Yeah.«

CNN brachte gerade Eigenwerbung. Danach folgte der Wetterbericht. Ich sprang aus dem Bett, kramte ein Notizbuch hervor und tippte John Smiths Telefonnummer in Longstreet in LuEllens Telefon. John nahm gleich beim ersten Klingeln ab. Er war hellwach.

»Hier ist der Typ von stromaufwärts«, sagte ich. »Ist das wahr?«

»Wir wissen es nicht. Ich glaube es nicht, aber dieser Typ, wer auch immer es ist, wird in zwei Stunden im Gericht erscheinen, und dann wissen wir es mit Sicherheit. Allerdings ist unser gemeinsamer Freund offline. Alle seine Anschlüsse sind tot.«

»Sie wären nicht tot, wenn er sie nicht selbst lahm gelegt hätte«, sagte ich. »Wenn die Bundesbullen ihn geschnappt hätten, würden sie die Anschlüsse offen lassen, um zu sehen, wer bei ihm anruft.«

»Da ist noch was anderes: Wenn sie ihn bei sich zu Hause erwischt hätten, würden sie ihn höchstwahrscheinlich vor ein Gericht in Jackson schleifen, nicht vor eins in New Orleans.«

»Ich weiß zwar nicht, wo er wohnt, aber ich bin froh, das von dir zu hören.«

Wir sprachen noch eine Minute über diesen Punkt, wobei wir in Hinweisen aus einem Fernsehbericht herumstocherten, den wir beide noch gar nicht gesehen hatten.

»Ich rufe zurück«, sagte ich und trennte die Verbindung.

»Wie groß sind unsere Schwierigkeiten?«, erkundigte sich LuEllen.

»Hängt ganz davon ab, ob sie ihn wirklich erwischt haben, und wenn es Bobby ist, kommt es darauf an, was sie gegen ihn in der Hand haben. Und ob er bereit ist, sich auf einen Handel mit ihnen einzulassen. Ich habe ihn nie persönlich kennen gelernt, aber wenn er handeln will … könnte er vielen von uns schaden. Er weiß alles über Anshiser … über Longstreet. Er weiß von Modoc und Redmond.« Bei all diesen Jobs war es um das gegangen, was wir locker Industriespionage zu nennen pflegen.

»Vielleicht solltest du dich aus dieser Sache zurückziehen«, schlug LuEllen vor. »Nach Hause fahren und einen Koffer packen.«

»Etwas, worüber ich nachdenken werde«, sagte ich. »Obwohl es mir nicht gefallen würde wegzulaufen.«

»Wie hören sich zehn Jahre in einer Bundesvollzugsanstalt an?«, fragte sie.

»Es muss noch andere Möglichkeiten geben.«

Wir sahen uns an, und plötzlich wurde mir bewusst, wie tief ich tatsächlich in die Geschichte verstrickt war. Ich hatte mich bisher immer für eine Art Einzelgänger gehalten, der seinen eigenen Weg ging und selbst entschied, wann er was tun wollte. Doch Bobby wusste über mich Bescheid, er wusste, wo man mich aufspüren konnte. Das Gleiche galt für LuEllen und John Smith, und jetzt wusste auch Lane Ward ein paar Dinge über mich, so wie zwanzig oder dreißig andere Leute. Wenn es den Bundesbullen irgendwie gelang, sie alle zusammenzutrommeln, war ich geliefert.

»Du kannst meinetwegen stur sein«, sagte LuEllen. »Aber ich nehme mir immer noch das Recht, mich jederzeit abzuseilen. Das weißt du.«

»Jederzeit«, erwiderte ich. So war es immer zwischen uns abgesprochen gewesen, und sie hatte sich stets bedeckt gehalten, was ihre Identität, ihren Hintergrund und ihr Zuhause betraf. Niemand wusste allzu viel über LuEllen, nicht einmal ich.

Wir verfolgten eine halbe Stunde lang die Nachrichten, während ich mich rasierte und wusch. Es gab einen Beitrag über Bobby, in dem es lediglich hieß, dass man ihn geschnappt hatte und für ein führendes Firewall-Mitglied hielt, das die Angriffe auf die Steuerbehörde koordinierte. Die Attacken hielten an, und die Behörden erwogen eine Verlängerung der Abgabefrist für die vierteljährliche Steuererklärung. Der Kongress kreischte wie eine Herde in die Enge getriebener Schweine.

»Du hattest Recht mit dem, was sie auf die Palme bringt«, bemerkte LuEllen.

Während des Frühstücks, das wir außerhalb des Hotels aßen, sprachen wir kaum. Ich verbrachte die Zeit damit, mir zu überlegen, was ich als Nächstes tun sollte, und kam dabei immer wieder zu einem Ergebnis: die Polizei anzurufen. Das Problem bestand darin, die Cops dazu zu bringen, mir zuzuhören, besonders da sie (a) zu wissen glaubten, was los war, und sie uns (b) für die Bösewichter hielten.

»Ohne Bobby, der die Nachforschungen für uns erledigt«, sagte ich, als wir ins Hotel zurückkehrten, »ist es so, als ob ... ich weiß nicht, wie ich es ausdrücken soll.«

»Was brauchen wir denn noch an Hintergrundinformationen?«

»Alles, was die Behörden dazu bringen könnte, in eine andere Richtung zu ermitteln. Sie pflügen das ganze Land auf der Suche nach fünfzehn oder zwanzig unserer Leute um, obwohl wir überhaupt nichts getan haben – ich meine nichts von dem, dessen sie uns verdächtigen. Irgendjemand muss mit ihnen sprechen.«

»Ich nicht.«

»Natürlich nicht, du bist nicht gefährdet. Aber vielleicht sollte ich versuchen, jemanden zu finden, mit dem *ich* sprechen kann. Mit Bobbys Hilfe *könnte* ich jemanden finden.«

In meinem Zimmer zog ich mir Shorts und ein T-Shirt an und lief ein paar Runden, das Mobiltelefon am Saum der Shorts festgeklemmt. LuEllen ging in der Zwischenzeit einkaufen. Ich rannte drei Meilen, ziemlich schnell, und nach all den Tagen, die ich in Autos, Flugzeugen und engen Räumen gehockt hatte, tat mir die Anstrengung gut. Nach dem Lauf duschte ich kurz und trocknete mich gerade ab, als John anrief.

»Es ist nicht Bobby«, sprudelte er hastig hervor, was untypisch für ihn war. »Der Typ, den sie verhaftet haben, ist ein Weißer. Gerade wurde eine Aufnahme gezeigt, auf der zu sehen ist, wie er von den Cops ins Gericht gebracht wird.«

»Ah, Jesus! Ich hoffe, mit unserem Freund ist alles okay.«

»Ich auch. Er kann nicht weglaufen – jedenfalls nicht im eigentlichen Sinn des Wortes. Er muss im ... Geschäft bleiben.«

»Wenn er sich meldet, richte ihm aus, dass ich ihn brauche«, bat ich.

»Mache ich«, versprach John.

Nachdem ich aufgelegt hatte, schaltete ich den Fernseher aus und loggte mich ins Netz ein, um mich über die NSA zu informieren und ein paar Namen in Erfahrung zu bringen. Ich fand nur einen Haufen Müll. Aber ich habe einige Mailboxen unter verschiedenen Namen und IDs bei allen möglichen Anbietern eingerichtet, und als sich abzeichnete, dass ich im Netz nichts Verwertbares finden würde, überprüfte ich meine Box bei AOL. Da lag eine Kurznachricht, sechs Ziffern, beginnend mit 800.

»Bobby«, sagte ich laut. Er kannte einige meiner Boxen. Ich sah in der nächsten nach und fand dort sieben weitere Ziffern. Die letzte war leer. Ich schnappte mir meinen Laptop, holte den Akustikadapter aus der Reisetasche und verließ das Hotel.

Mit Hilfe des Akustikkopplers rief ich von einem Münztelefon an einer zwei Meilen vom Hotel entfernten Tankstelle aus an. Ein Akustikadapter ist ein äußerst nützliches Gerät, wenn man viel reist. Es spielt keine Rolle, in welchem

Land man sich aufhält, welches Telefonsystem oder welche Netzspannung dort üblich sind – sobald man ein akustisches Signal von seinem Internetprovider bekommt, kann man online gehen.

Ich wählte mich unter Verwendung des alten Protokolls ein, und nachdem das »?« auf meinem Monitor erschien, antwortete ich mit »k«.

DAS WAR ICH NICHT.

KEIN SCHEISS. SAG MIR, WAS HAT DIE FRAU NACH DEN ERSTAUNLICHEN EREIGNISSEN AM MISSISSIPPI GETAN?

Ein paar Sekunden lang herrschte virtuelles Schweigen, während Bobby über die Frage nachdachte. Ich wollte eine Bestätigung, dass ich wirklich Bobby am anderen Ende der Leitung hatte, und er war schnell, das musste man ihm lassen. Seine Antwort enthielt den Namen der Frau. Den richtigen.

SICH GEWUNDERT – MARVEL.

ICH BRAUCHE MEHRERE NAMEN VON NSA-LEUTEN, MIT DENEN ICH VERTRAULICH ÜBER FIREWALL SPRECHEN KANN. SERVER IN MD HAT NSA-KLIENTEN. FIREWALL-GERÜCHTE KÖNNTEN VON NSA STAMMEN.

FBI WÄRE BESSERER ANSPRECHPARTNER. NSA KÖNNTE SERVER-MATERIAL VERSCHWINDEN LASSEN.

WÜRDE ES VORZIEHEN, MIT INNENDIENSTPERSON ZU SPRECHEN. FBI IST BEWAFFNET.

OK. WERDE NSA-NAMEN ÜBERPRÜFEN.

VIELLEICHT ZUSÄTZLICH FBI-NAMEN BESORGEN.

KANN ICH MACHEN.

BIST DU UNTER DIESER NUMMER ERREICHBAR?

NEIN. ANDERE NUMMER NACH JEDEM KONTAKT, GESPRÄCHSDAUER AUF 2 MINUTEN BEGRENZEN. WERDE NEUE # WIE DIESMAL FÜR DICH DEPONIEREN. WERDE NSA-INFORMATIONEN AN SF-BOX SCHICKEN.

Bevor ich die Verbindung trennte, übermittelte ich ihm die Daten, die ihm den Status eines Systemverwalters für den Server von Bloch Technology einräumen würden, und schlug ihm vor, sich die Kundenliste anzusehen.

WERDE DAS TUN. MUSS JETZT GEHEN.

SEI VORSICHTIG.

DU AUCH.

LuEllen wartete bereits, als ich zurückkehrte. Ich teilte ihr schnell mit, was passiert war.

»Also, was machen wir jetzt?«, fragte sie.

»Warten. Bis Bobby uns einen Kontakt besorgt.«

»Und du möchtest wirklich persönlich mit diesem Typen sprechen?«

»Yeah. Würden wir es online oder per Telefon tun, könnten wir aus seiner Sicht lediglich ein paar ausgeflippte Teenager sein. Wenn wir ihn dagegen persönlich aufsuchen, sind wir etwas glaubwürdiger für ihn.«

»Das ist riskant.«

»Yeah … Und weißt du, ich habe nachgedacht. Bobby meinte, dass wir uns vielleicht ans FBI statt an die NSA wenden sollten, weil die NSA beschließen könnte, alle Daten zu entfernen, die sich auf diesem Server befinden. Wenn er uns ein paar Namen beim FBI besorgt, sollten wir vielleicht auch dorthin eine Nachricht schicken.«

»Lass uns darüber nachdenken.«

Wir zogen los, schlugen noch ein paar Golfbälle, sahen uns einen weiteren Film an, der ebenfalls mies war – es gibt eine ganze Reihe von Filmen mit alten Action-Stars in der Hauptrolle und viel, viel, viel zu jungen Frauen als Partnerinnen, fast schon ein bisschen unheimlich –, und überprüften in regelmäßigen Abständen die Mailbox. Um zwölf Uhr tauchte in der SF-Box, die eine lange Geschichte hat und bis zu dem alten Well zurückreicht, ein Text mit drei Absätzen auf.

Die empfohlene Kontaktperson bei der NSA war eine leitende Angestellte in der Sicherheitsabteilung namens Rosalind Welsh. Sie stand hoch genug in der Rangordnung, um direkt mit der Führungsebene sprechen zu können, andererseits aber auch nicht so hoch, dass mit Leibwächtern zu rechnen war, die man zu ihrem persönlichen Schutz abgestellt hatte. Außerdem war sie laut Bobby frisch geschieden und hatte einen Sohn, der aufs College ging. Ihr früherer Mann, ebenfalls im gehobenen Dienst der NSA, war umgezogen, während Rosalind Welsh die alte Adresse in Glen Burnie und ihre Telefonnummer behalten hatte. Zog man das alles in Betracht, lebte sie vermutlich allein.

Außerdem schickte uns Bobby die Namen von fünf FBI-Leuten sowie die private Telefonnummer des FBI-Direktors. Ich war überzeugt, dass man uns einigermaßen ernst nehmen würde, wenn wir diese Telefonnummer anriefen.

Zum Abschluss hatte Bobby noch eine interessante Information für uns.

HABE KLIENTEN VON BLOCH-SERVER MIT NSA-PERSONALREGISTER VERGLICHEN. 1844 VON 3 000 KLIENTEN SCHEINEN BEI DER NSA ZU SEIN.

ERSTAUNLICH. NSA IST FIREWALL.

MÖGLICH.

GEH AUS DEM SERVER RAUS. WERDE VIELLEICHT MIT DEM FBI VERBINDUNG AUFNEHMEN.

JA.

Wenn ich persönlich mit Rosalind Welsh sprechen wollte, musste ich mein Gesicht und mein Haar bedecken. LuEllen empfahl eine Halloween-Maske, da Halloween kurz bevorstand und es die Masken deshalb gerade überall zu kaufen gab. Außerdem waren sie aus größerer Entfernung kaum als Masken zu erkennen. Wir fuhren bis nach Philadelphia, um eine zu besorgen, eine Ganzgesichtsmaske von Bill Clinton aus Gummi. Sie passte mir gut, außer dass es mir einige Schwierigkeiten bereitete, durch den Mundschlitz zu sprechen. Doch wir schafften Abhilfe, indem wir die Lippen der Maske mit einer Nähschere abschnitten. Eine Plastikwasserpistole aus einem Spielzeuggeschäft und eine Baseballkappe vervollständigten die Verkleidung.

Wir waren nach Philadelphia gefahren, weil es nur zwei Stunden mit dem Auto entfernt war und LuEllen dort Kontakte hatte – einen Typen für Waffen, dem ich schon einmal begegnet war, und, wie sich herausstellte, einen anderen für Telefone. LuEllen kaufte ein neues kaltes Mobiltelefon für 300 Dollar – mit der Garantie, es eine Woche lang ohne Risiko benutzen zu können. Kurz nach sieben Uhr waren wir zurück in Baltimore. Glen Burnie liegt südlich der Stadt, und gegen halb acht kundschafteten wir Welshs Haus aus.

»Es brennt Licht, sie ist also da«, sagte LuEllen.

»Lass uns ein paar Mal daran vorbeifahren. Dann klopfe ich an ihre Tür.«

»Du würdest sie zu Tode erschrecken. Und dann ist da noch ein anderes Problem: Was, wenn sie nicht allein ist?«

»Die Garage hat ein Fenster. Ich kann vorher nachsehen, wie viele Autos darin stehen.«

»Nicht perfekt«, murmelte LuEllen.

»Nichts ist perfekt.«

Doch es kam ganz anders als geplant. Gerade als wir zum dritten Mal an dem Haus vorbeifuhren und nach einer geeigneten Stelle suchten, wo LuEllen im Wagen auf mich warten sollte, trat Rosalind Welsh aus dem Haus, machte ein paar

Dehnübungen in der Auffahrt und trabte dann die Straße entlang. Wir rollten langsam weiter, und ich erhaschte einen längeren Blick auf sie. Sie war vermutlich etwa fünfzig Jahre alt, und sie lief auf die verbissene, steife Art einer Frau, die das schon seit Jahren nicht mehr getan hatte, aber fest entschlossen war, ihre überschüssigen Fettpolster loszuwerden.

»Lass es uns auf der Straße durchziehen«, sagte ich. »Halt weiter vorn an und lass mich vor einem unbeleuchteten Haus aussteigen. Ich werde mich in den Wagen hineinlehnen, als würde ich mich verabschieden, und wenn sie vorbeikommt, halte ich sie auf.«

»Sie wird den Wagen sehen. Vielleicht merkt sie sich die Nummer.«

»Park ihn in einer Auffahrt, so dass er ihr die Seite zuwendet. Nachdem ich sie aufgehalten habe, werde ich sie dazu bringen, dir den Rücken zu zeigen. Dann kannst du um die nächste Straßenecke herumfahren. Sobald ich alles erledigt habe, werde ich sie in die entgegengesetzte Richtung schicken.«

»Die Sache gefällt mir nicht.«

»Yeah, aber es ist immer noch besser, als durch die Tür in ihr Haus zu spazieren.«

»Und wenn sie schreit?«, fragte LuEllen.

»Dann werde ich rennen.«

Das ist der einzige Punkt an meiner Arbeit, der mich stört: die Gefahr, dass Unschuldige in Mitleidenschaft gezogen werden können. In der Regel läuft meine Tätigkeit auf die Umverteilung von Informationen hinaus. Meist kann ich mich mit dem dünnen Argument rechtfertigen, dass die Gesamtbevölkerung von dem profitiert, was ich tue – Wettbewerbsförderung, Rettung von Arbeitsplätzen und so weiter.

Doch manchmal verwickle ich Unschuldige in meine Unternehmungen, auch wenn ich das bedauere. Wie zum Beispiel diese Frau, eine etwas übergewichtige Angestellte, die angestrengt versuchte, sich ein paar Pfunde auf einer ruhigen Vorstadtstraße abzulaufen. Wie auch immer es ausging, ich würde Rosalind Welsh einen furchtbaren Schreck einjagen. Wäre da nicht diese Firewall-Geschichte gewesen, hätte ich mich nie zu einer solchen Aktion hinreißen lassen.

Ich stülpte mir die Gummimaske über das Gesicht, setzte die Baseballkappe auf und zog die Wasserpistole hervor. LuEllen überholte Rosalind Welsh und parkte einen halben Häuserblock entfernt in einer Auffahrt. Ich stieg aus und lehnte mich durch die geöffnete Tür in den Wagen hinein.

»Noch dreißig Meter«, sagte LuEllen. »Zwanzig, fünfzehn, zwölf ... okay, jetzt bist du dran.«

Ich richtete mich auf, schlug die Tür zu und trat auf den Bürgersteig. Rosalind Welsh war vielleicht noch sieben Meter entfernt und lächelte mir automatisch zu, als ich mich zu ihr umdrehte.

»Mrs. Welsh, bleiben Sie stehen«, sagte ich und spürte, wie die Ränder der Gummimaske sich bei jedem Wort strafften und gegen meine Lippen klatschten. »Ich habe eine Waffe auf Sie gerichtet. Schreien Sie nicht, bleiben Sie einfach stehen, dann geschieht Ihnen nichts.«

Sie machte Anstalten, sich umzudrehen, als ich ihr den Weg abschnitt, dann sah sie die Maske, wich zurück und öffnete den Mund.

»Tun Sie das nicht!«, zischte ich. »Machen Sie keinen Krach. Ich werde Ihnen nichts tun, ich möchte bloß mit Ihnen reden.«

Rosalind Welsh sah sich nach allen Richtungen um, und ich schob mich genau zwischen sie und unseren Wagen. »Ich muss Sie jetzt bitten, sich umzudrehen. Wir werden aus der Auffahrt zurücksetzen, und wir wollen nicht, dass Sie die

Nummernschilder sehen. Sollten Sie sie doch sehen ... nun, das wollen Sie bestimmt nicht. Drehen Sie sich einfach um und blicken Sie geradeaus. Sobald Sie dem Wagen den Rücken zuwenden, werde ich um Sie herumgehen und mich vor Sie stellen.«

Ich bemühte mich, ruhig zu sprechen, ihr keine Angst zu machen, ihr die Situation genau zu erklären, damit sie etwas hatte, worauf sie sich konzentrieren konnte. Als sie sich schließlich umgedreht hatte, trat ich um sie herum.

»Versuchen Sie nicht, das Auto anzusehen«, warnte ich. LuEllen setzte aus der Auffahrt zurück und verschwand hinter der nächsten Straßenecke.

»Ich bin einer der Leute, über die die NSA Gerüchte verbreitet«, begann ich, »angeblich ein Mitglied von Firewall, so wie mehrere Freunde von mir. Aber das stimmt nicht. Wir haben begonnen, Nachforschungen anzustellen und herauszufinden, was hier wirklich abläuft. Wissen Sie, woher diese Firewall-Gerüchte kommen?«

»Sir, wir haben nicht viel mit der Suche nach Firewall zu tun. Dafür ist das FBI zuständig ...« Sie war so verängstigt, dass sie jeden Moment losrennen konnte. Das verriet mir die Anrede *Sir*.

»Die Gerüchte über Firewall kommen von einem ISP namens Bloch Technology in Laurel«, erklärte ich. »Es ist ein privater Server, dessen Klienten überwiegend NSA-Angestellte sind. Wir glauben, dass die NSA mit Firewall identisch ist, und wir werden das FBI noch heute Abend über unsere Erkenntnisse informieren.«

Allmählich ließ Rosalind Welshs Angst etwas nach, das konnte ich in ihren Augen sehen. Ihr Interesse erwachte. »Sie glauben, die NSA würde das IRS angreifen?«

»Wir nehmen an, dass eine Gruppe europäischer Schwachköpfe das Finanzamt angreift und sich dazu des Namens

Firewall bedient, weil er bereits bekannt ist und sich gefährlich anhört.«

»Haben Sie jemals von einem Mann namens Bobby gehört?«, fragte sie. Ich zögerte, und das war offenbar Antwort genug für sie. »Sie kennen den Namen also.«

»Ja.«

»Das FBI und Leute aus unserer Sicherheitsabteilung verhören ihn gerade«, sagte sie. Eine versteckte Drohung, sie zeigte einen Anflug von Mut.

Wieder zögerte ich einen Augenblick lang, doch sie würden schon sehr bald selbst herausfinden, wen sie da erwischt hatten. »Das würde mich allerdings sehr überraschen«, erwiderte ich, »da es er war, der mir Ihren Namen besorgt hat. Heute Nachmittag.«

Sie hob die Augenbrauen. »Sie machen Witze.«

»Ich fürchte, nein. Der Typ, den Sie geschnappt haben, mag zwar Bobby heißen, aber er ist nicht *Bobby*.«

»Was ist mit Terrence Lighter?«

Jetzt musste ich eine Entscheidung fällen, und zwar eine schwierige – aber zum Teufel damit. »Sagt Ihnen der Name Jack Morrison etwas?«, gab ich die Frage zurück.

»Ja.« Kein Wort mehr.

»Dann wissen Sie, dass er angeblich von einem Wachposten in einer Ihrer Vertragsfirmen – AmMath in Dallas – erschossen worden ist.«

»Er ist *definitiv* von einem Wachposten erschossen worden.«

Ich hob einen Finger. »Das glauben wir nicht. Wir glauben, dass er von den gleichen Leuten getötet wurde, die Terrence Lighter ermordet haben. Sehen Sie sich die E-Mails an, die Lighter verschickt hat. Sie finden sie auf dem Bloch-Server. Und dann überprüfen Sie Morrisons Reiseaktivitäten. Er hat Lighter letzte Woche zweimal besucht, das letzte Mal an dem Abend, als Lighter getötet wurde. Zwischen den Morden an Morrison und Lighter besteht eine direkte Verbindung, und sie wurden über einen ISP koordiniert, der im Wesentlichen ein von Ihren Leuten benutzter Server ist.«

Sie schüttelte den Kopf. »Warum sollte ich Ihnen glauben?«

»Das brauchen Sie nicht. Überprüfen Sie einfach meine Angaben. Sie arbeiten in der Sicherheitsabteilung. Tun Sie nur Ihren Job.«

Ich warf einen Blick über die Schulter. Obwohl wir uns erst seit zwei oder drei Minuten unterhielten, wie ich schätzte, kam es mir wie eine kleine Ewigkeit vor. »Ich muss jetzt verschwinden, aber ich werde Sie anrufen, um mich zu vergewissern, ob Sie in dem Fall ermitteln. Wenn ja, müssen wir es nicht tun, wenn nein, kümmern wir uns darum. Und wir übernehmen keine Garantie dafür, dass nicht irgendwer dabei zu Schaden kommt. Wir werden heute Abend das FBI über den Server von Bloch Technology informieren.« Ich zog mich einen Schritt zurück.

»Hätten Sie mich erschossen, wenn ich geschrien hätte?«, fragte Rosalind Welsh.

Ich betrachtete die Pistole in meiner Hand, schüttelte den Kopf und warf sie ihr zu. Sie fing sie auf, während ich bereits lostrabte.

»Sie ist nicht geladen«, erwiderte ich. »Ich wollte nicht riskieren, dass mir Wasser in die Unterhose tropft!«

Rosalind Welsh stand immer noch an derselben Stelle, als ich die Straßenecke umrundete. »War nett, mit Ihnen zu plaudern, Bill!«, rief sie mir hinterher.

Sie hatte Nerven, das musste man ihr lassen.

»Und, willst du das FBI anrufen?«, fragte LuEllen, als wir Glen Burnie hinter uns ließen.

»Auf jeden Fall. Wenn wir zwei Behörden dazu bringen, sich um den Server zu streiten, wird es schwieriger, die Angelegenheit unter Verschluss zu halten.«

Ich rief von einem öffentlichen Telefon aus an, wobei ich mich durch Bobbys Liste mit den Namen und Privattelefonnummern der FBI-Agenten arbeitete. Die ersten beiden waren nicht zu Hause. Der dritte, ein Typ namens Don Sobel, nahm schon beim ersten Klingelton den Hörer ab. Er klang so, als würde er mit einem Mund voller Weizengrütze sprechen. Im Hintergrund konnte ich die Letterman Show hören.

»Mr. Sobel, ich bin ein Mitglied der Computergemeinde«, sagte ich. »Ich rufe an, um Ihnen mitzuteilen, dass diese Gruppe Firewall, die angeblich einen Hackerangriff auf das Finanzamt durchführt, eine Erfindung der National Security Agency ist ...«

»Wer *ist* da?« Sein Tonfall verriet mir, was er von meinem Anruf hielt: *Schwachsinn*.

»Ich werde mehrere Leute anrufen«, fuhr ich fort. »Wenn Sie also daran interessiert sind, Ihren Job zu behalten, sollten Sie sich diesen Namen notieren: Bloch Technology. B-L-O-C-H. Die Firma betreibt einen Internet-Server im Carter-Byrd Center in Laurel, Maryland.«

»Moment, einen Moment, lassen Sie mich das aufschreiben«, sagte Sobel.

Ich buchstabierte den Namen noch einmal. »Der Server ist die Quelle der Firewall-Gerüchte. Wenn Sie die Klientenliste überprüfen, werden Sie feststellen, dass die meisten Kunden NSA-Leute sind. Sie werden außerdem feststellen, dass die ersten Erwähnungen von Firewall allesamt von diesem Computer stammen, und zwar schon mehrere Tage bevor der Name in der Öffentlichkeit bekannt geworden ist. Die Gerüchte wurden von einer Vertragsfirma der NSA gestreut, die AmMath heißt und ihren Sitz in Dallas, Texas, hat. A-M-M-

A-T-H. AmMath ist auch in die Ermordung eines NSA-Mitarbeiters namens Terrence Lighter verwickelt. L-I-G-H-T-E-R. Haben Sie das?«

»Geben Sie mir bitte den letzten Namen noch einmal durch, Lighter …«

Ich tat ihm den Gefallen. »Leute aus der Sicherheitsabteilung der NSA sind in diesem Augenblick auf dem Weg zu Bloch Tech«, fügte ich hinzu. »Es könnte sein, dass es dort bald nichts mehr zu entdecken gibt, wenn das FBI nicht vor Ort ist, um ihnen über die Schulter zu schauen. Sie können eine NSA-Mitarbeiterin aus der Sicherheitsabteilung namens Rosalind Welsh anrufen und sie nach dem Server fragen.« Ich buchstabierte den Namen und gab Sobel Welshs Telefonnummer durch.

»Was ist mit …«, begann er.

»Auf Wiederhören«, schnitt ich ihm das Wort ab und legte auf. Wir fuhren sofort weiter.

»Jetzt wird garantiert *irgendetwas* passieren«, sagte ich.

13

Was die europäischen Hacker mit dem IRS veranstalteten, war äußerst einfach – ein paar bösartige kleine Kinder hätten das Programm ausarbeiten können. Ihre Organisation jedoch zeigte einige Züge guter alter deutscher Generalstabsplanung. Sie mussten Wochen daran gearbeitet haben, sich nicht nur in die Computersysteme mehrerer kleiner Colleges einzuschleichen, sondern auch in die von etlichen großen Versandhandelsgeschäften, wie sich jetzt herausstellte.

Ohne das Problem untersucht zu haben, hätte ich es für nahezu unmöglich gehalten, Zugang zu den Händlercomputern zu bekommen, ohne vorher in die Geschäfte selbst einzubrechen, um an die Sicherheitscodes zu gelangen. Ich hatte mich getäuscht. Offenbar verwenden einige der großen Online-Händler das gesamte Budget, das ihnen für Sicherheitsmaßnahmen zur Verfünfung steht, darauf, Kreditkarten- und Bargeldtransaktionen abzusichern und dafür zu sorgen, dass niemand Unfug mit ihren Inventarlisten und Verkaufsunterlagen treiben kann.

Doch einige ihrer Computer sind darauf spezialisiert, automatische und routinemäßige Kundenkontakte zu pflegen, zum Beispiel Computer, die nichts anderes tun, als standardisierte E-Mails zu verschicken, um ihren Kunden mitzuteilen, dass ihre Bestellungen auf dem Weg sind. Für diese Computer scheinen ihnen keine besonderen Sicherheitsvorkehrungen erforderlich zu sein.

Der perfekte Angriffspunkt für die Hacker. Die Kundencomputer waren darauf optimiert, Post zu versenden, und sobald man einmal in sie eingedrungen war, konnten sie problemlos darauf programmiert werden, die falschen Steuererklärungen zu verschicken. Zum Höhepunkt des Angriffs jagten die größeren Online-Händler stündlich Tausende getürkter Steuererklärungen los.

Das allein wäre schon schlimm genug gewesen, die Hacker waren allerdings noch einen Schritt weiter gegangen. Sie ließen die Steuererklärungen nicht direkt von den Versandhändlern an das IRS schicken, sondern leiteten sie über die Kunden um. Schickte ein Versandhändler einem seiner Kunden eine Auftragsbestätigung, wurde die Steuererklärung automatisch an die Datei angehängt, aber nicht auf dem Bildschirm des Empfängers angezeigt. Stattdessen erschienen dort ein Quittungsformular und eine Notiz der Hacker, in der stand: ›Bitte bestätigen Sie den Empfang der Quittung für unsere Buchhaltung und zur Absicherung Ihres Auftrags, indem Sie das Bestätigungsfeld am Ende dieser Nachricht anklicken. Vielen Dank.‹

Jeder Kunde, der das Feld anklickte, verschickte tatsächlich eine Nachricht, aber nicht an den Händler. Es war eine der gefälschten Steuererklärungen, die an das IRS gingen. Wenn das Finanzamt versuchte, diese Steuererklärungen zurückzuverfolgen, landete es bei Tausenden einzelner, über das ganze Land verstreuter Personen, die alle abstritten, irgendetwas davon zu wissen.

Der Hackerangriff war auch am nächsten Tag noch im Gange, als LuEllen und ich mit unserem Mietwagen zum mittäglichen Verkehrschaos über die Interstate 10 fuhren. Wir hatten die Interstate ausgesucht, denn wenn wir uns schnell bewegten, würden wir alle paar Minuten die Transponderstationen der Mobiltelefone wechseln.

»Ich hasse es, ein absolut makelloses Telefon zu vergeuden«, grollte LuEllen.

»Zu diesem Zweck haben wir es uns ja besorgt«, sagte ich. Ich wählte Welshs NSA-Nummer mit einem der neuen kalten Telefone. Niemand nahm ab.

»Sie ist nicht da.« Ich trennte die Verbindung.

»Was hat das zu bedeuten?«

Ich dachte kurz nach. »Ich hatte ihr gesagt, dass ich sie anrufen würde, aber heute ist Sonntag, und vielleicht denkt sie, wir hätten nur ihre Privatnummer. Ich wette, sie sitzt zu Hause vor dem Telefon.«

»Zusammen mit einem Haufen FBI-Agenten.«

»Yeah, nun …«

Also rief ich ihre Privatnummer an. »Vielleicht ist es ihnen scheißegal«, sagte ich nach dem vierten Klingelton und wollte gerade auflegen, doch nach dem fünften Freizeichen knackte es in der Leitung, und ich hörte ihre Stimme.

»Hallo?«

»Hier ist Bill Clinton. Ich habe gestern Abend mit Ihnen gesprochen. Sind Sie in Laurel gewesen?«

»Ja. Rufen Sie von einem Mobiltelefon aus an?«

»Ja.«

»Dann müssen wir vorsichtig sein. Wir haben uns den von Ihnen genannten Account angesehen, aber nichts von dem Informationsaustausch zwischen dem besagten Gentleman hier und dem in Dallas, über den Sie berichtet haben, darauf gefunden.«

»Gestern waren die Daten noch da …«

»Wir denken, dass die fragliche Datei verändert worden sein könnte. Haben Sie einen Verwaltungs-Account unter dem Namen B. D. Short in Laurel installiert? Für Ihren eigenen Gebrauch?«

»Nein.«

»Dann hat irgendein Unbekannter die Datei verbrannt.«

»Ich sagte Ihnen schon, wer es ist …«

»Wir überprüfen das«, antwortete sie, »aber wir wollen, dass Sie mit uns in Verbindung bleiben, damit wir Ihnen eine Datei mit zwei Fotos schicken können, die Sie sich bitte ansehen sollen. Können Sie eine schnelle Sendung empfangen, wenn ich umschalte?«

»Nur eine Minute.« Ich war nicht darauf vorbereitet gewesen. Diese Kooperationsbereitschaft kam mir außergewöhnlich vor. Ich drehte mich um, beugte mich über den Rücksitz, kramte den Laptop hervor und schaltete ihn an. »Bin gleich so weit«, sagte ich.

»Um die Wahrheit zu sagen, es hat mir gar nicht gefallen, wie Sie gestern Kontakt mit mir aufnahmen. Sie haben mir Angst gemacht.«

»Das tut mir Leid«, versicherte ich. Ich hatte das Verbindungskabel zwischen dem Modem und dem Telefon zusammengewickelt und versuchte, das Gummiband mit einer Hand zu entfernen, während ich mit der anderen weitertelefonierte. Das Bündel glitt mir aus den Fingern, fiel mir zwischen die Füße, und ich bückte mich, um es aufzuheben. Dabei musste ich den Kopf verdrehen und entdeckte einen Hubschrauber, der etwa eine Meile entfernt über zwei Häuserzeilen schwebte. Ich ertastete das Kabel, streifte das Gummiband ab, steckte die Anschlüsse in die Buchsen des Modems und des Telefons und rief mein Kommunikationsprogramm auf. Kurz darauf war ich bereit.

»Sie können jetzt auf Sendung umschalten«, sagte ich.

»Die Datei ist ungefähr hundert K lang, es wird also ein oder zwei Minuten dauern. Wenn Sie so weit sind, kann es losgehen.«

Ich hörte den Signalton, drückte die Enter-Taste, und der Download begann.

»Was passiert da?«, fragte LuEllen.

»Sie schicken uns ein paar Fotos, die wir uns ansehen sollen«, erklärte ich.

»Eine eher unübliche Kooperationsbereitschaft«, sagte sie misstrauisch und wiederholte damit genau das, was ich mir auch schon gedacht hatte.

»Yeah, ich …« Mein Blick fiel durch das Beifahrerfenster. Eine halbe Meile entfernt flog ein zweiter Helikopter auf Parallelkurs mit uns. »Scheiße!«, stieß ich hervor.

»Was?« LuEllen hatte meinen Tonfall sofort registriert. Ich zog den Kabelstecker aus dem Computer und schaltete das Telefon ab.

»Das ist eine Falle. Sie verfolgen den Anruf zurück und haben uns vielleicht schon angepeilt. Siehst du den Kopter direkt vor uns? Da schwirrt noch ein zweiter rechts von uns herum.«

»Oh, Mann! Kidd, was tun wir jetzt?«

»Tu nichts, noch nicht«, sagte ich. »Fahr ganz einfach mit der gleichen Geschwindigkeit weiter. Für den Fall, dass sie unseren Wagen noch nicht lokalisiert haben.«

»Der Kopter vor uns kommt näher.«

»Der auf der Seite auch.« Vor uns tauchte eine beschilderte Ausfahrt zu einem Einkaufszentrum auf. Ich konnte es im Norden sehen, ein großes Zentrum, das eine Parkgarage zu haben schien. »Die Ausfahrt, nimm die Ausfahrt!«, rief ich.

LuEllen scherte scharf nach rechts aus und verließ die Interstate. »Was jetzt?«

»Bieg links ab. Da vorn ist ein Einkaufszentrum mit einer überdachten Parkgarage. Wenn sie unseren Wagen isoliert haben, können wir ihnen nicht entwischen, solange sie uns sehen.«

Da es ein kühler Tag war, trug ich ein leichtes Sweat-Shirt über einem Golfhemd. Auf dem Rücksitz lag eine Jacke. Ich zog das Sweat-Shirt aus und wischte alle Stellen im Wagen, die wir möglicherweise berührt haben konnten, ab, während ich gleichzeitig versuchte, die Hubschrauber im Auge zu behalten. Derjenige, der rechts von uns gewesen war, kam schnell näher.

»Ich denke, sie haben uns entdeckt«, sagte ich. »Fahr in die Parkgarage.«

LuEllen ignorierte eine rote Ampel, bog scharf nach rechts zum Einkaufszentrum ab und fuhr eine Einbahnstraße in falscher Richtung in die Parkgarage hinauf.

»Wir waren auch auf dem Rücksitz«, presste sie hervor. »Wir haben dort garantiert Fingerabdrücke hinterlassen, und wir haben das Radio benutzt …«

Ich entdeckte einen freien Parkplatz. Zur Außenmauer hin fiel die Decke leicht ab. »Nimm den da, aber nicht mit der Motorhaube voraus. Fahr rückwärts rein.«

»Warum?«

»Tu es einfach, verdammt!«

Ich krabbelte über die Rückenlehne in den Fond, wischte sämtliche Flächen ab, stopfte den Laptop in meine Aktentasche und zog mein Leatherman-Universalwerkzeug hervor, während LuEllen einparkte.

»Entriegel den Kofferraum und steig aus«, sagte ich. »Pass auf, dass du nichts berührst.«

Sie zog die Ärmel ihrer Jacke über die Hände und rieb hektisch alles ab, was sie angefasst haben könnte. Ich sprang aus dem Wagen, wischte die Türklinken ab, lief um das Heck herum und legte mich zwischen der Stoßstange und der Wand auf den Boden. Dann zog ich das Leatherman aus der Tasche und klappte eine lange, spitze Klinge mit geriffelter Schneide aus. Nach einigen zaghaften Schlägen mit der bloßen Hand streifte ich einen Schuh ab, schob die Hand hinein und rammte die Klinge damit in den Benzintank. Nachdem ich ein Loch in das Blech gestanzt hatte, war es nicht mehr schwer, es mit der gezackten Klinge auf den Durchmesser einer Zehncentmünze zu vergrößern. Ein dünner Benzinstrahl plätscherte heraus und bildete unter dem Wagen eine größer werdende Pfütze. Ich schob mich darunter hervor und richtete mich auf.

»Kidd, ich höre den Kopter«, sagte LuEllen. »Er kommt näher.«

»Hast du immer noch ein Feuerzeug dabei?«

»Jesus, du wirst noch die ganze Parkgarage in die Luft jagen.« Sie kramte ein billiges blaues Plastikfeuerzeug aus ihrer Umhängetasche und gab es mir. Ich bückte mich und hielt die Flamme an ein dünnes Benzinrinnsal. Als es Feuer fing, rannten wir los.

Nach einem Sprint von etwa zwanzig Metern wurden wir langsamer und gingen in einem gemächlichen Tempo weiter. Ein Stückchen weiter entfernt befanden sich Leute in der

Parkgarage, aber sie schenkten uns keine Beachtung. Ich konnte den Hubschrauber irgendwo hören, das klatschende Geräusch der Rotoren schien aus allen Richtungen gleichzeitig zu kommen. Dann loderte das Feuer hoch empor, irgendjemand schrie, und Sekunden später hatten wir die Parkgarage verlassen.

Alle Einkaufszentren ähneln einander. Uns blieben zwei Möglichkeiten: Entweder schnell zu verschwinden oder uns zu verstecken. Ich stellte LuEllen vor die Wahl. »Verstecken oder wegrennen.«

Sie packte mich am Arm. »Hier lang.«

»Wohin?«

»Zum Hinterausgang ...«

Wir durchquerten das Einkaufszentrum und verließen es durch den Ausgang am anderen Ende. »Achte auf eine Frau, die aus ihrem Auto steigt. Halt die Augen offen.«

Wie viele Leute haben Sie in Ihrem Leben schon auf einem Parkplatz aus dem Auto steigen sehen? Eine Million? Aber versuchen Sie einmal, jemanden zu entdecken, der es gerade tut, wenn es darauf ankommt. Wir sahen, dass auf der anderen Seite des Zentrums allgemeine Aufregung herrschte. Ein paar Leute rannten herum, doch sie waren fast einen Häuserblock weit entfernt.

»Da«, sagte LuEllen.

Ich folgte ihrer Blickrichtung mit den Augen. Eine Frau in einer hüftlangen schiefergrünen Jacke, die eine Handtasche trug, stieg gerade aus einem dunkelroten Dodge-Minivan. Als sie am Heck des Wagens vorbeiging, drehte sie sich um, streckte eine Hand aus, und die Rücklichter des Dodges blinkten kurz auf. Dann steckte sie die Schlüssel in ihre Jackentasche.

»Das ist sie«, sagte LuEllen. »Das ist unsere Frau. Tu jetzt genau das, was ich dir sage. Du musst es absolut richtig machen ...«

Ich lief durch die halbe Einkaufspassage, bis ich vor einer Boutique von *Victoria's Secret* stand. Eine Sekunde später trat die Frau in der grünen Jacke durch die innere Tür. Ich ging direkt auf sie zu und kramte dabei mit einer Hand in der geöffneten Aktentasche herum, die ich in Brusthöhe hielt. LuEllen folgte der Frau mit zwei Schritten Abstand. Als sie mich fast erreicht hatte, versperrte ich ihr plötzlich wie zufällig den Weg, den Blick in meine offene Aktentasche gerichtet, und sie lief beinahe in mich hinein. Sie streckte reflexartig die Hände aus, um nicht mit mir zusammenzuprallen.

»Oh, tut mir Leid«, entschuldigte ich mich, aber da war sie auch schon an mir vorbei.

In dem Moment, als sie mir ausgewichen war und meinen Arm gestreift hatte, hatte LuEllen ihr in die Jackentasche gegriffen und den Autoschlüssel herausgezogen. LuEllen nickte mir unmerklich zu, drehte sich um und ging zum Ausgang. Ich folgte ihr dichtauf.

»Uns bleibt vielleicht nicht viel Zeit«, sagte sie, während wir den Parkplatz überquerten. Sie war angespannt. Wir konnten immer noch das Knattern eines Hubschraubers hören, aber er musste sich auf der anderen Seite des Gebäudes befinden. Sirenen jaulten, und einen Augenblick lang befürchtete ich, die Cops könnten die Zufahrtsstraßen blockieren – doch es waren die Sirenen von Feuerwehrzügen.

Wir stiegen in den Van, LuEllen fuhr. Als wir die Ampel an der Straßenkreuzung passierten, konnten wir das Feuer in der Parkgarage sehen. Zwei große Hubschauber standen auf freien Flächen des Parkplatzes. Ein paar Hundert Menschen hatten sich versammelt und beobachteten den Brandherd.

»Sollten die Bullen da noch Fingerabdrücke finden, haben sie es sich wirklich verdient«, sagte ich.

»Glaubst du, wir haben welche zurückgelassen?«

»Nein, das glaube ich nicht. Aber wozu ein Risiko eingehen? Und das Feuer lenkt die Aufmerksamkeit der Leute von uns ab.«

»Meinst du, dass die Frau dein Gesicht gesehen hat?«

»Yeah, wahrscheinlich. Zumindest einen Teil davon. Nicht alles.«

Wir fuhren zum Flughafen und versuchten, möglichst nichts mit den Fingern zu berühren. Trotzdem wischten wir alles gründlich ab und ließen den Van auf einem reservierten Parkplatz stehen. Ich riss ein Blatt aus meinem Notizblock, schrieb darauf: ›Dieser Wagen wurde gestohlen‹ und legte es gut sichtbar auf die Ablage vor der Windschutzscheibe. Ein Taxi brachte uns zu unserem Motel zurück.

LuEllen stürzte sich regelrecht auf mich. Das tut sie häufig, wenn es Schwierigkeiten gegeben hat und die Sache ziemlich eng war. Vorher ging sie kurz in ihr Zimmer, zog sich eine Portion Kokain in die Nase und kam dann zu mir, die Augen leuchtend blau, die Pupillen zur Größe von Stecknadelköpfen geschrumpft.

»Du brauchst ein bisschen Übung«, sagte sie und knöpfte ihr Hemd auf.

LuEllen ist eine attraktive Frau und eine alte Freundin. Es wäre alles andere als höflich von mir gewesen, nein zu sagen.

Nachdem wir die erste Runde Sex hinter uns gebracht hatten, lag ich entspannt neben ihr im Bett und zeichnete einige Konturen ihrer interessantesten Körperpartien mit den Fingern nach.

»Sag mir, was die Typen getan haben«, bat sie.

»Sie müssen ziemlich scharf auf uns sein«, sagte ich. »Aber schließlich sind wir auch genau in der Gegend, wo sie all ihre technischen Gerätschaften horten. Ich schätze, dass sie mehrere Hubschrauberpaare um Baltimore und wahrscheinlich auch um Washington herum mit Funkpeileinrichtungen in die Luft geschickt haben. Mobiltelefone sind ja im Grunde nichts anderes als kleine Funkgeräte ...«

»Das weiß ich ...«

»Und dann hat die NSA mit ihren Geräten zum Zurückverfolgen von Telefongesprächen vermutlich den Transponder lokalisiert, den unser Telefon benutzt hat, die Hubschrauber losgeschickt, die ihm am nächsten waren, und ihnen gleichzeitig unser Signal überspielt. Schon allein mit einem Transponder waren sie uns ziemlich dicht auf den Fersen, und unsere Geschwindigkeit hat ihnen wahrscheinlich verraten, dass wir uns auf der Interstate befanden. Dann mussten sie nur noch warten, bis wir von einem Transponder zum nächsten wechseln, um unsere Fahrtrichtung zu bestimmen, und konnten aus dem Zeitpunkt des Wechsels unseren Standort ziemlich gut einkreisen. Danach war es mit ihrer Ausrüstung nur noch eine Frage der Zeit, uns direkt anzupeilen. Deshalb haben sie uns auch diese Bilder überspielt. Sie haben dafür gesorgt, dass unser Signal auf Sendung blieb, und uns damit zusätzlich abgelenkt.«

»Schlau eingefädelt.«

»Yeah. Wir haben Scheiße gebaut. Entschuldige ... *ich* habe Scheiße gebaut. Ich hatte ganz vergessen, mit wem wir es zu tun haben. Hätte ich meinen Verstand benutzt, hätten wir den Zug nach New York genommen, den sie nicht mal in einer Million Jahre überwachen würden. Dann hätten wir mitten aus der Stadt um die Mittagszeit anrufen können ...« Ich breitete die Arme aus. »Wir haben es gründlich versiebt. Hertz wird stinksauer auf Nancy M. Hoff sein.«

LuEllen kicherte. »Von dem Wagen ist nur eine Pfütze geschmolzenes Plastik übrig geblieben.«

»Hoffentlich.«

Sie seufzte und schmiegte sich an mich. »Das hat Spaß gemacht, beides, die Flucht und der Sex. Aber wir müssen schlauer sein.«

»Ich wüsste nicht, was wir hier noch verloren haben«, sagte ich. »Welsh hat gesagt, dass sich ihre Leute die Computer in Laurel vorgenommen haben, also werden sie sich vielleicht auch um alles andere kümmern.«

»Also, zurück nach Hause?«

»Du möchtest nach Hause?«

»Wo willst du hin?«

Ich dachte einen Augenblick lang nach. »Nach Texas. Nur um mich ein bisschen umzusehen.«

»Ich war schon einmal in Texas«, sagte LuEllen. »Irgendwie gefällt's mir da. Ich mag die Art, wie sich die Leute anziehen.«

»Du bist herzlich eingeladen, mich zu begleiten.«

Am späten Nachmittag verließen wir das Motel, fuhren mit einem Taxi zum BWI und flogen nach New York. Wir blieben die Nacht über in Manhattan und teilten uns diesmal ein Zimmer. Am Montagmorgen, vor unserem Weiterflug, rief ich Rosalind Welsh von einem öffentlichen Telefon aus in ihrem Büro an. Ich erreichte nur ihre Sekretärin, die mir mitteilte, Mrs. Welsh sei gerade in einer Besprechung.

»Hier ist Bill Clinton«, sagte ich. »Wenn sie noch einmal mit mir sprechen will, jetzt, haben Sie zehn Sekunden Zeit, sie ans Telefon zu holen. Danach lege ich auf.«

Fünf Sekunden später hatte ich Rosalind Welsh in der Leitung. »Ich hoffe, das ist kein Witz.«

»Das ist kein Witz. Das ist eine Warnung. Wenn Sie uns noch einmal verfolgen oder uns bedrohen, werden wir all den schicken und tollen Computern, die Sie sich andauernd zulegen, ein paar neue große Arschlöcher verpassen.«

»Ihre Drohungen bereiten uns keine allzu schlaflosen

Nächte, Bill. Wir sind Ihnen jetzt schon dicht auf den Fersen.«

»Ach, tatsächlich? Haben Sie vielleicht jede Menge Fingerabdrücke in dem ausgebrannten Wrack gefunden? Hören Sie, Lady, ich verspreche Ihnen eins: Sollten wir uns bedroht fühlen, machen wir Sie fertig. Wenn Sie eine Demonstration unserer Möglichkeiten haben wollen, stellen wir Ihr internes Telefonbuch ins Internet, zusammen mit allen Namen und Privatadressen Ihrer Mitarbeiter, damit die Leute, denen die Scheiße, die Sie verzapfen, nicht gefällt, Sie rund um die Uhr anrufen können. Würde Sie *das* überzeugen?«

Ihre Selbstsicherheit schien zu bröckeln. »Ich glaube nicht, dass Sie ...«

»Was glauben Sie eigentlich, über welchen Telefonanschluss ich mit Ihnen spreche?«, fiel ich ihr ins Wort. »Jesus Christus, Lady, nehmen Sie sich mal eine Minute Zeit und denken Sie nach.«

»Tun Sie das nicht, sonst ...«

»Sehen Sie sich diese Computer an, finden Sie heraus, was mit Lighter und Jack Morrison passiert ist, informieren Sie sich über AmMath und Clipper, und halten Sie sich verdammt noch mal von uns fern!«

Ich legte auf. Fünf Minuten später – wir waren unterwegs zum Flughafen – klingelte eins von LuEllens Mobiltelefonen. Der Taxifahrer sang irgendetwas auf Arabisch vor sich hin und schenkte uns anscheinend keinerlei Beachtung. LuEllen kramte das Telefon aus ihrer Handtasche und drückte die Sprechtaste. »Hallo?« Sie lauschte eine Weile, dann reichte sie es mir weiter. »Green«, sagte sie.

Green rief von einem Telefon an einer Tankstelle in San Francisco aus an. »Mir war schleierhaft, wie die Typen uns ständig auf den Fersen bleiben konnten, obwohl sie immer zwei bis drei Häuserblocks Abstand hielten«, berichtete er.

»Also bin ich zu meinem Bruder gefahren – ihm gehört eine Autoreparaturwerkstatt –, habe den Wagen auf eine Hebebühne gestellt, und jetzt raten Sie mal.«

»Sie hatten eine Wanze.«

»Wir haben sie immer noch. Aber ich habe sie in den Wagen gepackt und einen starken Magneten daran geklebt. Sobald wir den Flughafen erreichen, werde ich das Ding an ein Auto heften, das vom Flughafen wegfährt. Das sollte sie für eine Weile in die Irre führen. Anschließend werden wir über Seattle nach Housten fliegen und von dort weiter nach Dallas fahren.«

»Gut. Wir sind gerade auf dem Weg. Wir werden heute Abend in Dallas eintreffen.«

»Lane und ich werden wahrscheinlich über Nacht in Houston bleiben und stoßen dann morgen zu Ihnen.«

Wir telefonierten noch eine Minute lang, dann verabschiedete sich Green.

Kurz darauf trafen wir am Flughafen ein, und sieben Stunden später landeten wir in Dallas.

14

St. John Corbeil

Corbeil schwitzte. Obwohl die Klimaanlage in seinem Büro für eine angenehm kühle Temperatur sorgte, konnte er die Feuchtigkeit unter seinem Hemd fühlen und verabscheute sich selbst dafür. Kein guter Schweiß, wie man ihn verströmte, wenn man Gewichte stemmte. Es war Angstschweiß. So schwitzte ein Mann, der unvorbereitet von einem hartnäckigen Mitarbeiter der NSA-Sicherheitsabteilung mit unangenehmen Fragen in die Enge getrieben wurde, während ein grinsender FBI-Wichser im Hintergrund hockte und mit seinem Tennisschweißband spielte.

Karl Strunk, der NSA-Mann, hatte Fragen über den ISP von *Bloch Tech* gestellt, über das erste Auftreten von Firewall, über den Tod von Terrence Lighter und Jack Morrison. Es war Corbeil gelungen, den Fragen auszuweichen und sich dumm zu stellen. Er hasste es, auch nur den Anschein von Dummheit vorzutäuschen, doch es hatte sich nicht vermeiden lassen. Und es war verdammt eng gewesen.

Wie waren die Typen nur auf Bloch Tech und die Verbindung zwischen dem ISP und den Gerüchten über Firewall gestoßen? Das war das Letzte, womit Corbeil gerechnet hätte …

Hart klopfte einmal an die Bürotür und trat ein. »Was ist passiert?«, fragte er. »Schwierigkeiten?«

»Ich bin mir nicht sicher. Irgendetwas geschieht gerade. Sie wissen von Bloch Tech, und sie vermuten, dass eine Verbindung zwischen Lighter und Morrison besteht. Aber sie scheinen keine Ahnung zu haben, wie diese Verbindung aussehen könnte. Und *das* begreife ich nicht … wie sie eine Verbindung vermuten können, wenn sie nicht einmal ahnen, *was* die beiden miteinander zu tun hatten …« Corbeil verstummte und riss sich zusammen. Beinahe hätte er lamentiert – wie so ein jämmerlicher ziviler Bürohengst, der eine Schachtel Büroklammern verlegt hatte.

»Wir haben für diesen Fall mit Morrisons Flugtickets vorgesorgt«, sagte Hart. »Haben sie die Tickets gefunden?«

»Ich habe keine Fragen gestellt, aber ich vermute, dass sie sie gefunden haben. Ich bin darauf herumgeritten, dass wir alles überwacht haben, dass wir Angst hatten, Firewall könnte uns infiltriert haben. Ich habe die Vermutung geäußert, Firewall könnte bei Bloch Tech eingedrungen sein und herausgefunden haben, dass es der größte Server in Glen Burnie ist und dass eine Menge NSA-Leute dort einen Account haben ... dass Firewall dort nach allem gesucht hat, was es für seine Zwecke verwerten könnte.«

»Was hat der NSA-Typ dazu gesagt?«

»Der Gedanke hat ihn nicht überrascht. Ich habe immer wieder den Angriff auf das Finanzamt zur Sprache gebracht. Das hat auch die NSA verwirrt.«

»Das hat *mich* verwirrt.«

Corbeil lächelte. »Ich denke, dieser Aspekt der Geschichte ist einfach wunderbar. Die NSA wird garantiert irgendwelche Leute finden, die behaupten, hinter Firewall zu stecken, und die werden *nichts* mit uns zu tun haben. Wenn Sie jemals Kontakt mit diesen kleinen Schwanzlutschern hatten, die heutzutage das Internet heimsuchen, wissen Sie, dass die sich wahrscheinlich jeden kleinen Schaden, der irgendwo eingetreten ist, auf die eigene Fahne schreiben. Diese Idioten glauben, damit Ruhm zu ernten.«

»Es wäre trotzdem immer noch angenehm, einen ... Überblick zu haben.«

St. John Corbeil nickte. »Ich werde rüber nach Meade fliegen und die Verbindung der alten Kumpels anzapfen. Mal sehen, ob ich herausfinden kann, was da los ist ...«

»Ich könnte ein paar Anrufe machen«, schlug Hart vor. »Einige von den Jungs bitten, die Augen offen zu halten, ihnen erzählen, dass ich aussteigen möchte, solange es noch möglich ist, falls es Ärger gibt. Dabei könnten ein paar Informationen abfallen.«

»Tun Sie das«, sagte Corbeil. »Und sagen Sie Woods, er soll die Computer beobachten, nur für den Fall, dass die Leute in Meade ein Hintertürchen in den Kästen haben.«

Nachdem Hart gegangen war, führte Corbeil ein halbes Dutzend Telefonate. Es gelang ihm, eine Einladung zu einem Besuch der NSA-Zentrale zu bekommen, um über Firewall und AmMath zu sprechen. Sobald er erst einmal da war, würde es ganz selbstverständlich sein, bei ein paar alten Kumpels vorbeizuschauen und etwas von dem allgemeinen Tratsch aufzuschnappen. Schließlich verdiente er jede Menge Geld in der freien Wirtschaft und konnte mit der Aussicht auf Jobs winken …

Irgendwo sammelte irgendwer Informationen über AmMath, und wenn er nicht herausfand, wer dahinter steckte, konnte er in Schwierigkeiten geraten.

Eine weitere halbe Stunde verbrachte er online und benutzte ein verschlüsseltes Buchungsprogramm, um Geld von verschiedenen ausländischen Konten auf andere zu transferieren und schließlich von seinen ›Sparkonten‹ auf sein ›Investitionskonto‹ zu überweisen. Es gab eine bestimmte Summe, die er einem Artikel im *Wall Street Journal* entnommen hatte. Der Vorsitzende eines großen Arbitrage-Fonds hatte fünfundzwanzig Millionen Dollar für seinen persönlichen Bedarf zur Seite gelegt, schrieb das *Journal*, und den Rest seines Vermögens betrachtete er einfach als Spielgeld. Fünfundzwanzig Millionen, sagte der Mann, waren genug, um alle realistischen Bedürfnisse zu befriedigen.

Diese Summe hatte sich Corbeil als Ziel gesetzt: Fünfundzwanzig Millionen Dollar. Sobald er diese Summe erreicht hatte, würde er ›Old Man of the Sea‹ dicht machen und eine Möglichkeit finden, um sich heimlich von Woods, Hart und Benson abzusetzen. Sich ein neues Betätigungsfeld in einem milderen Klima suchen. Ibiza wäre ein Kandidat …

Er hing eine Weile seinen Gedanken über Ibiza nach und konzentrierte sich dann wieder auf Woods, Hart und Benson. Sollte Hart und Benson irgendetwas zustoßen und Woods mit einer größeren Geldsumme verschwinden, könnten gewisse Schlussfolgerungen gezogen werden. Und wenn

Clipper dann starb, wie es sich bereits abzeichnete, konnte er seine Firma liquidieren und etwas Neues beginnen.

Bis dahin jedoch würden noch einige Jahre vergehen. Bisher hatte er noch nicht einmal die Hälfte der angepeilten Summe erreicht …

Hart kehrte zurück. »Habe mit ein paar Typen gesprochen. Sie werden Augen und Ohren offen halten, aber im Augenblick: Fehlanzeige. Das Einzige, was die meisten von ihnen über uns gehört haben, ist, dass Clipper den Bach runtergeht.«

»Allgemein bekannt«, sagte Corbeil. »Ich habe über unser Problem nachgedacht. Entweder gibt es irgendwo eine Informationsquelle über uns, oder aber diese Lane Ward weiß mehr als wir. Vielleicht hat sie mehr Dateien, als wir meinen. Vielleicht ist Morrion mehr als einmal hier eingedrungen. Vielleicht haben sie zusammengearbeitet …«

»Möglich. Aber wenn das alles stimmt und sie ihr Material tatsächlich an die NSA weitergegeben hat, warum stehen die Typen dann so auf dem Schlauch? Warum schnüffeln sie dann nur blind in der Gegend herum? Sie scheinen nicht wirklich viel zu wissen. Vielleicht will Ward uns einfach nur unter Druck setzen und meldet sich demnächst mit einem Angebot …«

»Kommt mir nicht so vor. Wenn Sie und Benson sie nicht aus den Augen verloren hätten …«

»Hören Sie, die Art, wie sie uns abgeschüttelt hat, das war schon professionell«, verteidigte sich Hart. »Wo lernt eine College-Dozentin, wie man einen Peilsender von der Größe eines Eiswürfels aufspürt? Ich sage Ihnen …«

Corbeil schnitt ihm mit einer Handbewegung das Wort ab. »Wir haben das alles schon zigmal durchgekaut – sie ist vorerst außer Reichweite. Die Polizei sagt, dass Ward nach Dallas kommen wird, um sich Morrisons Haus anzusehen und seine Computerausrüstung und die persönlichen Sachen abzuholen. Sie haben doch Kreditkarten von MasterCard und American Express bei ihr gefunden. Vielleicht können Sie sie über ihre Kartenabrechungen aufspüren.«

Hart nickte. »Ich werde das überprüfen.«

Corbeil lehnte sich in seinem Sessel zurück. »Irgendjemand hat es auf uns abgesehen. Vielleicht die NSA, aber es fühlt sich anders an. Strunk wusste ein paar Dinge, aber das schien alles ziemlich löchrig. Seine Fragen sind keinem vernünftigen Muster gefolgt. Er kennt nur Bruchstücke des Ganzen.«

»Wir müssen Ward finden«, sagte Hart.

»Sie finden und durchleuchten.«

15

Es war heiß in Dallas.

Heiß genug, dass die Zeitungen darüber jammerten. Unnatürlich heiß für die Jahreszeit. Als wir zum Gebäude der Autovermieter kamen, das mehrere Meilen vom DFW-Flughafen entfernt liegt, schleppte gerade eine stämmige Frau mit gerötetem Gesicht einen großen schwarzen Koffer zum Schalter von Hertz und beschwerte sich über die Rechnung. Ich konnte keine Einzelheiten verstehen, aber ich bemerkte, dass ihre Bluse nach einem Fußmarsch von kaum mehr als fünfzig Metern über den Parkplatz nass vor Schweiß war.

Wir benutzten einen von LuEllens falschen Namen, um einen Wagen mit guter Klimaanlage zu mieten, und buchten zwei Zimmer im Ramada Inn. Nachdem wir unser Gepäck verstaut hatten, fuhren wir in eine Gegend, die sich West End

Historic District nannte und sich als ein schmuckloses Einkaufsviertel entpuppte, das inmitten einer Ansammlung alternder Lagerhäuser errichtet worden war.

Das Gebäude von TrendDirect, ursprünglich ein großes altes, aus roten Ziegelsteinen erbautes Lagerhaus, hatte moderne abgedunkelte Fenster erhalten und war neu verfugt worden. Es erhob sich allein auf einem eigenen Straßenblock. Ein Teil des Erdgeschosses wurde von einer imposanten Lobby eingenommen, die sich hinter einer Glasfront in einer Architektur aus altem Backstein und neuem Marmor präsentierte. Riesige Holzträger verliefen kreuz und quer unter der Decke. Auf einer Seite befanden sich die Tresen der Rezeption und des Wachpersonals in einem Halbkreis aus Marmor. Wir konnten hinter den Tresen zwei Köpfe sehen, aber keine Einzelheiten der Sicherheitseinrichtungen erkennen.

Abgesehen von der Lobby beherbergte die Vorderseite des Erdgeschosses verschiedene kleinere Läden – ein paar Boutiquen, ein Geschäft für Herrenbekleidung, eins für Sportzubehör, ein Café, ein Steakrestaurant.

TrendDirect, eine Vertriebsfirma für Werbeprospekte, belegte die Stockwerke eins bis vier sowie den hinteren Teil des Erdgeschosses. Die Stockwerke fünf und sechs gehörten einer Anwaltskanzlei, der siebte Stock einer Anzeigenagentur, der achte und neunte AmMath.

LuEllen hatte den konzentrierten Gesichtsausdruck aufgesetzt, den sie immer zeigte, wenn sie einen Beutezug plante. »Neun Stockwerke«, sagte sie, als wir die Gegend mit dem Auto erkundeten.

»Neun Stockwerke.«

»Genau.«

Das Gebäude zeigte auf einen grasbewachsenen Platz, vor dem eine breite Straße verlief. Es gab kaum Durchgangsverkehr. Beide Seitenstraßen waren schmal, rechts und links Häuserwände mit dunklen Fenstern und jeweils drei verglasten Treppenhäusern.

Die Rückseite des Gebäudes lag an einer breiteren, stärker befahrenen und schmutzigeren Straße, in der es nach Lastwagenkühlflüssigkeit und Auspuffgasen roch. Ein halbes Dutzend Lkw-Parkbuchten endete vor Laderampen mit stählernen Rolltüren, die in die Decke eingelassen waren. Genau in der Mitte befand sich ein fensterloses Stahltor. Am Ende des Gebäudes gab es eine niedrigere, ebenerdige Garagentür, ebenfalls aus Stahl, gerade groß genug für einen kleinen Lastwagen. Der gesamte Ladebereich wurde von einer Videokamera überwacht.

»Was denkst du?«, fragte ich. LuEllen sah durch die Windschutzscheibe in die Höhe.

»Ich würde gern das Dach sehen«, murmelte sie.

»LuEllen …« Ich leide ein wenig unter Höhenangst.

»Es dürfte schwer sein, da hineinzukommen«, sagte sie. »Die Wachstation ist rund um die Uhr besetzt, und wir wissen, dass nachts Wachposten im Gebäude patrouillieren. Angeblich hat Jack auf einen geschossen, der dort seine Runden gedreht hat. Wahrscheinlich könnten wir eine der Türen auf der Rückseite aufbrechen, aber dann bleibt immer noch die Frage, wie wir nach oben gelangen sollen. Das können wir nicht wissen, ohne vorher hineinzugehen.«

»Es muss eine Möglichkeit geben.«

»Vermutlich. Was mich noch nervöser macht, ist, dass es da offenbar eine Verbindung zu irgendeinem streng geheimen Regierungsprojekt gibt. Wenn wir vom Dach aus eindringen würden … Sieh mal, das Gebäude auf der anderen Straßenseite im Süden ist ein Bürohaus. Bieg da ab, ich zeige es dir.«

Es war genau so, wie sie gesagt hatte: ein weiteres ehemaliges Lagerhaus. Renoviert, Geschäfte mit grellen Neonlichtreklameschildern im Erdgeschoss und offensichtlich Büroräume in den oberen Etagen.

»Der springende Punkt ist, dass die Sicherheitsvorkehrungen hier wahrscheinlich nichts taugen«, sagte LuEllen. »Keine Lobby, alles etwas schäbig, also dürfte es sich um eine Menge von Einzelbüros handeln. Wir könnten am Tag hineingelangen, uns irgendwo verstecken und nachts auf das Dach steigen. Es ist elf Stockwerke hoch, zwei höher als TrendDirect.« Ihr Blick pendelte zwischen den beiden Gebäuden hin und her. »Schmale Straßen … ich wette, es sind nicht mehr als zwölf bis dreizehn Meter zwischen den Dachkanten. Wir könnten ein Kletterseil spannen und daran hinüberrutschen. Auf dem Dach von TrendDirect gibt es bestimmt keinerlei Sicherheitsanlagen. Wenn doch, wäre das äußerst ungewöhnlich.«

»Warum besorgen wir uns nicht gefälschte Ausweise und überlisten die Wachen?«, fragte ich. »Oder Schlüssel für die Hintertüren?«

»Das wären Möglichkeiten.«

»Oder wir tricksen uns hinter die feindlichen Linien.« Damit meinte ich irgendeine Masche, um das Terrain gefahrlos zu erkunden, zum Beispiel eine angebliche Warenlieferung. LuEllen hat das schon viele Male gemacht. Ich allerdings nehme gewöhnlich an einer öffentlichen Führung teil, um mich zu orientieren. Die meisten großen Firmen veranstalten solche Führungen, und sie sind sehr informativ, wenn man weiß, worauf man achten muss.

»Das wäre noch eine Möglichkeit«, räumte LuEllen ein. Aber ich wusste, dass ihr der Weg über das Dach gefiel. Sie würde den Adrenalinstoß genießen, den ihr Körper freisetzte, wenn sie sich morgens um drei Uhr über eine dunkle Straßenschlucht hangelte.

Wir verbrachten eine weitere Viertelstunde damit, das Gebäude zu beobachten. LuEllen verschoss ein paar Farbdiafilme. Dann stieg sie aus dem Wagen und spähte durch eine der Treppenhausverglasungen.

»Wie kann man nur ein Treppenhaus von unten bis oben mit Glasziegeln einmauern?« Sie schüttelte missbilligend den Kopf, als sie zurückkehrte. »Die Leute, die da drinnen arbeiten, müssen *atmen*, um Christi willen! Das ist geradezu unmenschlich.«

»LuEllen, die Stimme der Arbeiterklasse«, kommentierte ich.

»Aber weißt du was?«, fragte sie. »Das sieht alles *sehr* gut gesichert aus. Irgendwer hat ungewöhnlich große Anstrengungen unternommen, um sich zu schützen. Und mir ist noch was eingefallen.«

»Was?«

»Wie oft kommt es vor, dass Leute vom Gebäudeschutz bewaffnet sind? So wie dieser alte Knabe, der angeschossen wurde.«

Ich dachte darüber nach und schüttelte den Kopf. »Nicht gerade oft.«

»Dieser Laden ist ein harter Brocken«, sagte sie. »Ich würde die Finger davon lassen, wenn es nur um mich ginge. Es sei denn, ich hätte sehr gute Verbindungen zu jemandem da drinnen.«

»Hmm ...« Wir hingen beide unseren Gedanken nach, während wir davonfuhren und das Gebäude hinter uns zurückließen. Keiner von uns hatte längere Zeit in Dallas verbracht, und wie sich herausstellte, war der West End Historic District nicht nur auf Grund seines Alters geschichtsträchtig, sondern auch, weil John F. Kennedy hier erschossen worden war. Wir fuhren an dem Denkmal vorbei, ohne zu wissen, wofür es stand, bis LuEllen ein Hinweisschild entdeckte.

»Kannst du dich an Kennedy erinnern?«, fragte sie, den Blick auf das Denkmal gerichtet.

»Manchmal bilde ich mir das ein«, erwiderte ich. »Aber ich schätze, ich erinnere mich hauptsächlich an das, was meine Eltern über ihn erzählt haben.«

»Ich habe ihn nur in alten Fernsehberichten gesehen«, sagte sie. »Für einen Präsidenten schien er ganz in Ordnung gewesen zu sein.«

Auf dem Weg zurück zum Hotel hielten wir an einem öffentlichen Telefon und meldeten uns per Internet bei Bobby. Er hatte Nachforschungen über AmMath angestellt, da er wusste, dass wir vielleicht versuchen würden, dort einzudringen. Ich schrieb:

TRENDDIRECT SIEHT SCHWIERIG AUS. IRGENDWELCHE ONLINE-OPTIONEN?

KONNTE KEINEN ZUGANG FINDEN, HABE MIR ABER CORBEILS DOMIZIL ANGESEHEN. ER HAT EINE T-1-STANDLEITUNG.

HERVORRAGEND. GIB MIR DIE ADRESSE ...

Corbeil wohnte in einem schicken, aus Glas und Ziegelstein erbauten Apartment-Komplex auf einer Golfanlage im Norden von Dallas, in einer eingezäunten Siedlung namens Lago Verde. Die T-1-Standleitung ließ darauf schließen, dass er von zu Hause aus mit seinem Computernetzwerk in der Innenstadt arbeitete.

»Das ist der richtige Ort, um herumzuschnüffeln«, sagte LuEllen, als wir am Eingangstor vorbeirollten. »Jede Wette, dass sich die Sicherheitsvorkehrungen auf die Grundstücksgrenze beschränken, auf den Zaun. Vielleicht fahren außerdem ein paar Typen nachts mit Golfkarren durchs Gelände.«

»Also, schleichen wir uns rein.«

»Rufen wir noch mal Bobby an«, schlug sie vor. »Wir müssen Corbeils Adresse genau lokalisieren, und wir brauchen ohnehin den Namen einer ledigen Frau, die hier wohnt. Vielleicht könnte er die Aufzüge überprüfen … Müssen Aufzüge nicht regelmäßig inspiziert oder gewartet werden?«

»Ich glaube, ja.«

Bobby teilte uns mit, dass Corbeil laut den Unterlagen der Telefongesellschaft und des Stromanbieters die siebte und achte Etage eines achtstöckigen Gebäudes bewohnte, das Poinsettia hieß. Alle Wohnungen in dem Gebäude erstreckten sich über zwei Etagen – eins und zwei, drei und vier, fünf und sechs, sieben und acht. Er hatte weder herausfinden können, was sich im Erdgeschoss befand, noch wie es mit den Fahrstühlen aussah. Zwar gab es eine staatliche Datenbank mit Informationen über die Aufzüge, man musste jedoch die Seriennummer kennen, um den richtigen zu lokalisieren. Leider ließ sich die Datenbank nicht nach Adressen durchsuchen.

Dafür konnte er uns den Namen einer ledigen Frau liefern, Annebelle Enager, die im Primrose-Gebäude wohnte.

»Das ist ein Anfang«, sagte LuEllen.

»Machen wir eine Terrainerkundung?«, fragte ich.

»Eine ganz leichte.«

Ein Punkt, der in den einschlägigen Filmen nie erwähnt wird, ist dieser, dass sich Einbrecher fast die Hälfte ihres Lebens in Geschäften herumtreiben, um diverse Dinge zu kaufen. Wir kauften einen kleinen Malerpinsel und zwei Dosen mit wasserlöslicher roter und schwarzer Plakatfarbe in einem Spielwarengeschäft. In einem Laden für Bürozubehör besorgte LuEllen eine Flasche flüssigen Klebstoff, eine Rolle Isolierband, ein X-Acto-Messer und einen dieser Rollenquittungskästen, bei denen das Band mit den Quittungsformularen wie bei einem Toilettenpapierspender über eine Rolle im oberen Teil des Kastens durch einen Spalt nach außen über eine glatte Fläche läuft, auf der der Kunde unterschreiben kann, und wieder zurück in den unteren Teil des Kastens zu einer zweiten Rolle, die das Band aufwickelt.

Wir mieteten einen weißen Lieferwagen bei Hertz, fuhren zu einem fast leeren Parkplatz vor einem großen Multiplex-Kino, und ich erfand eine Firma, deren Logo ich auf die Seitenwände des Transporters malte: *Rose's Roses*.

»Das sieht großartig aus«, lobte mich LuEllen, als ich mein Werk vollendet hatte. »Du hast deine Berufung verfehlt. Du hättest Plakatmaler werden sollen.«

»Ich glaube trotzdem, dass mich das nicht ganz ausfüllen würde«, sagte ich. Ich hatte zwei ineinander verschlungene rote Rosen mit schwarzen Stielen gemalt, darüber den Namen in Rot. Hoffentlich sah sich niemand beide Seiten des Wagens genauer an, denn die Rosen stimmten nicht ganz überein.

Während ich malte, saß LuEllen auf der hinteren Stoßstange, entfernte das Innenleben des Rollenquittungskastens mit einem Schraubenzieher und benutzte das X-Acto-Messer, um ein Loch von der Größe einer 25-Cent-Münze in eine Seite des Gehäuses zu schneiden. Ihr JVC-Minicamcorder passte genau in den Kasten. Sie fixierte ihn mit dem Isolierband und klebte ein Quittungsformular auf die glatte Fläche, wo der Kunde unterschrieb.

»Sind wir bereit?«, fragte sie, als ich meine Malerarbeiten beendet hatte.

»Wenn du es bist.«

»Dann lass uns fahren.«

Die ganze Aktion lief ohne mein Zutun ab. LuEllen fuhr mit dem Lieferwagen zum Tor und sprach mit dem Wachposten, der irgendwohin auf das Grundstück deutete und sie passieren ließ. Ich wartete einen Straßenblock entfernt in unserem Wagen.

LuEllen blieb genau zwanzig Minuten im Lago Verde, etwa zehn Minuten länger, als mir vernünftig erschien. Endlich tauchte sie wieder auf, winkte dem Wächter zu, bog links ab, und fünf Minuten später trafen wir uns auf einem von Unkraut überwucherten und mit Müll übersäten Streifen unter einem Freeway. Sie war bereits dabei, *Rose's Roses* mit einem Kanister Quellwasser und einer Rolle Papiertücher von den Seitenwänden des Lieferwagens zu entfernen.

»Keinerlei Probleme«, sagte sie fröhlich. »Ich habe sogar eine Verabredung, sollten wir eine brauchen.«

»Mit wem?«

»Einem Typ namens Ralph Carnelli. Er arbeitet in der Verwaltung von Lago Verde, so eine Art untergeordneter Manager, schätze ich.«

Sie war durch die Siedlung gefahren, bis sie das Poinsettia-Gebäude entdeckt hatte. Im Keller- und Erdgeschoss befand sich eine Parkgarage, soweit sie es hatte sehen können. Dann hatte sie das Clubhaus am Rande des Golfplatzes gefunden. Es bestand aus einer Empfangshalle, dem Verwaltungsbüro im oberen Stockwerk, sowie einer Lounge und einem Trainingsraum für die Anwohner.

»Ich habe mich verirrt«, berichtete sie, »bin überall herumgelaufen …«

»Das kann in einem so großen Schuppen natürlich leicht passieren«, spöttelte ich.

»Yeah. Ich bin also die Treppe raufgestiegen, wo ich schließlich auf Ralph traf. Er hat mich wieder nach unten gebracht und mir die Rezeption gezeigt. Ich habe die Blumen für Annebelle abgeliefert, dann sind wir ins Plaudern gekommen. Er hat mich ein bisschen angebaggert, und ich habe ein bisschen zurückgeflirtet. Ich wollte ihm meine Telefonnummer nicht geben, habe mir aber seine aufgeschrieben.«

»Netter Typ?«

»Sieht gut aus, zweiundvierzig Jahre alt, geschieden, breite Schultern.«

»Bei dem Rock und deinem Arsch musste der arme Teufel ja auf dich reinfallen.«

»Genau. Und ...« Sie legte eine Kunstpause ein, um die Wirkung zu steigern.

»Was?«

»Das Clubhaus ist die ganze Nacht geöffnet. Rund um die Uhr. Die Tür zum Bürotrakt lässt sich leicht knacken. Die Rückseite von Ralphs Büro besteht aus einem großen hölzernen Aktenschrank mit Schubfächern, auf denen die Namen der Gebäude stehen. Vier Namen pro Schubfach.«

»Bauzeichnungen?«

»Das vermute ich jedenfalls. Konnte es nicht genau sehen. Aber das Büro hat etwas mit Wartung und Instandsetzung zu tun.«

»Heute Nacht. Wir klettern über den Zaun auf den Golfplatz und beobachten das Clubhaus. Wenn es offen ist, gehen wir rein.«

»Unbedingt«, sagte LuEllen.

Green rief gegen acht Uhr an. Er und Lane waren in Houston gelandet und wollten morgen bei Tagesanbruch weiter nach Dallas fahren. LuEllen und ich sahen uns den Film, den sie in Lago Verde gedreht hatte, so lange an, bis ich mich in der Wohnsiedlung genauso gut zurechtfand wie sie.

Um zehn Uhr machten wir uns auf den Weg. Unsere gesamte Ausrüstung bestand aus einer dicken Wolldecke aus Armeebeständen, einem Tafelmesser, das ich bei *Denny's* hatte mitgehen lassen, und einer Stabtaschenlampe. Nachdem wir uns einen Baum ausgesucht hatten, der an einer günstigen Stelle direkt hinter dem Zaun der Golfanlage wuchs, parkten wir einen Häuserblock entfernt in einer Wohnstraße. Der Golfplatz wurde von einem rund zweieinhalb Meter hohen Maschendrahtzaun umgeben, der oben nicht mit einem elektrischen Signaldraht gesichert war. LuEllen und ich trugen Jeans, schwarze Turnschuhe und karmesinrote Jacken. Dunkelrot eignet sich nachts ebenso gut wie Schwarz als Tarnfarbe, solange man nicht direkt angeleuchtet wird. Und sollte man doch angeleuchtet werden, wirkt Rot weniger verdächtig als Schwarz.

Der Baum am Rande des Golfplatzes stand genau zwischen zwei Straßenlaternen. Ein Tapeten- und Farbengeschäft auf der anderen Straßenseite hatte seit acht Uhr geschlossen, der Hifi-Laden daneben seit neun. Es herrschte kaum Verkehr, als wir die Straße um zehn Uhr im Laufschritt überquerten. LuEllen warf die Decke halb über den Zaun. Ich hob sie hoch, und Sekunden später war sie auf der anderen Seite. Dann kletterte ich ihr schnell hinterher, drehte mich auf der Decke herum und ließ mich mit ihr zu Boden gleiten. Wir kauerten uns hinter den Baum und beobachteten den spärlichen Verkehr. Kein Auto wurde langsamer oder hielt gar. Nach zehn Minuten eilten wir weiter.

Sobald wir den Lichtkegel der Straßenlaternen hinter uns gelassen hatten, umfing uns pechschwarze Finsternis. Zu meiner Vorstellung von Dallas hatten nie Bäume gehört, aber es gibt unzählige Bäume in der Stadt. Aus der Luft sieht Dallas fast wie ein Wald aus. Auf Golfanlagen ist dieser Wald noch dichter, und die meisten Pflanzen scheinen Dornen zu tragen. Wir überquerten langsam einen Fairway. Nachdem ich mich in einem Dornengestrüpp verheddert und wieder daraus befreit hatte, blieb ich vorsichtshalber hinter LuEllen, die sich in der Dunkelheit mit traumwandlerischer Sicherheit bewegte.

Fünfzig Meter vom Clubhaus entfernt fanden wir einen weichen Grasstreifen zwischen zwei Bäumen, breiteten die Decke aus und machten es uns darauf bequem. Sowohl aus der Vorder- wie auch aus der Rückseite des Hauses fiel Licht. Die Fenster im oberen Stockwerk waren dunkel.

Die Rückseite bestand aus einer Reihe von Fenstern, die vom Boden bis zur Decke reichten. Wir konnten Limonaden- und Snackautomaten entlang einer Wand sehen, außerdem eine Gruppe weicher Ledersessel, wie in einem Flughafenwartesaal für Passagiere der Ersten Klasse. In der Lounge hielten sich ein halbes Dutzend Leute auf. Zwei waren offenbar gerade aus dem Trainingsraum gekommen, sie trugen Tennisschuhe. Die anderen vier saßen zusammen und unterhielten sich.

»Könnte eine Weile dauern«, sagte LuEllen.

Es dauerte sogar drei Stunden. Die Gruppe in der Lounge blieb rund anderthalb Stunden, die ganze Zeit in ein scheinbar endloses Gespräch vertieft. Als sie endlich verschwand, hatte eine zweite Gruppe ihren Platz eingenommen. Mehrere Leute kamen aus dem Übungsraum oder gingen hinein. Gegen Mitternacht wurde es allmählich ruhiger, doch jedes Mal, wenn wir gerade aufbrechen wollten, tauchte wieder jemand auf. Um ein Uhr fünfzehn war seit einer Viertelstunde niemand mehr erschienen.

»Versuchen wir es«, flüsterte LuEllen.

Wir ließen die Decke zurück und schlichen in der Dunkelheit auf das Clubhaus zu. Zwanzig Meter davor erreichten wir eine kopfhohe Hecke am Rande der Golfbahn. Jenseits davon würden wir keine Deckung mehr finden. Wir blieben einen Augenblick lang stehen und sahen uns um. Schließlich hakte sich LuEllen bei mir ein, und wir gingen weiter.

Arm in Arm näherten wir uns langsam dem Clubhaus und

traten ein. Abgesehen von dem gurgelnden Geräusch des Kühlaggregats eines Limonadenautomaten herrschte Stille. Wieder warteten wir ein paar Sekunden und lauschten. Dann zog LuEllen das Tafelmesser aus der Tasche, ging zu der Tür, die in den Bürotrakt führte, drückte den Riegel mit der Klinge zurück – und die Tür war offen. Wir huschten die Treppe hinauf.

Ralphs Büro ließ sich genauso leicht öffnen. LuEllen führte mich hinein. Ich schloss die Tür, und LuEllen schaltete die Stabtaschenlampe an. Die Schubfächer des Aktenschranks waren nicht verschlossen, sie besaßen nicht mal Schlösser. Wir fanden die Bauzeichnungen des Poinsettia-Gebäudes genau da, wo wir sie vermutet hatten, in dem Schubfach mit der Aufschrift Poinsettia, Wild Rose, Black-Eyed Susan und Hollyhock, ein gut ein Zentimeter dicker Stoß Papierbogen, rund ein Meter lang und siebzig Zentimeter breit.

»Den ganzen Haufen mitnehmen?«, fragte LuEllen.

»Wenn wir schon mal da sind. Hoffentlich sucht in nächster Zeit niemand danach.«

»Sie sind eingestaubt. Es dürfte keinem auffallen, dass sie fehlen.«

Wir richteten alles wieder so her, wie wir es vorgefunden hatten, und verließen das Clubhaus. Als wir über den gepflasterten Weg zum Parkplatz gingen, kam uns ein Pärchen mit einer Decke entgegen – zum Glück nicht mit unserer. Sie winkten uns zu. LuEllen winkte zurück.

»Jesus Christus, Kidd«, sagte sie, »der Golfplatz hier scheint die örtliche Liebeswiese zu sein. Wir hatten Glück, dass wir über niemanden gestolpert sind.«

»Eine umso bessere Tarnung für uns«, erwiderte ich.

Auf dem Rückweg begegneten wir niemandem mehr. Wir kletterten über den Zaun, schlenderten zu unserem Wagen und fuhren davon.

16

LuEllen neigt dazu, sich nachts im Bett herumzuwälzen und die seltsamsten Körperhaltungen anzunehmen. Als ich am nächsten Morgen erwachte, ragte ihr nacktes Hinterteil aus einem Knäuel zerwühlter Bettlaken hervor. Es war ein wunderbarer Anblick, wie ein frischer Pfirsich, rund, fest und leicht rosa. Ich gestehe, dass ich eine besondere Vorliebe für diesen Teil der weiblichen Anatomie habe, und nach einigen Minuten streckte ich eine Hand aus und tätschelte ihn sanft.

»Wenn du mich anfasst, reiß' ich dir dein gottverdammtes Herz aus der Brust«, knurrte sie.

»Aber das ist so verlockend.«

»Halt's Maul.«

»Kann ich nicht. Zeit aufzustehen.«

Sie stemmte sich auf den Ellbogen hoch und warf einen Blick auf den Wecker neben dem Bett. »*Bullshit*«, murmelte sie. »Lass mich in Ruhe. Ich brauche noch eine Stunde.«

Ich trat ans Fenster und spähte durch einen Spalt in den Vorhängen. »Schönes Wetter, da draußen. Blauer, wolkenloser Himmel.«

»Wir sind in Dallas, du Schwachkopf«, sagte LuEllen. »Das ist hier ganz normal. Und jetzt verzieh dich.«

Nicht gerade ein Morgenmensch. Ich summte vor mich hin, während ich mich frisch machte, dachte ein wenig über LuEllens Arsch nach – schön, ich mag ihn nicht nur, er beflügelt auch meine Phantasie – und erinnerte mich an Clancy.

Clancy ist die Frau aus St. Paul, mit der ich den Supercomputer baute. Eine wirklich tolle Frau. Klug, interessant, sexy. Zu jung für mich – ich bin acht Jahre älter als sie, und der Altersunterschied bereitete mir Probleme. Sie schien das allerdings nicht sonderlich zu stören. Und wir waren noch nicht fertig miteinander, wir hatten uns noch mehr zu sagen.

Clancy in St. Paul, LuEllen in Dallas. Hmmm …

Wenn wir hier alles erledigt hatten, würde LuEllen höchstwahrscheinlich wieder verschwinden. Sie hatte die Angewohnheit, in warmen Gegenden wie Mexiko, Venezuela oder den Bahamas mit den reichen Müßiggängern zu überwintern. Ich dagegen würde wieder in St. Paul leben, mit seinen zwei Meter hohen Schneewehen, wo Wölfe umherstreunten – und die Nähe einer Frau wie Clancy brauchen.

Wahrscheinlich würde ich versuchen, diese Momente mit LuEllen zu verdrängen. In Anbetracht meiner bisherigen Erfahrungen sollte mir das auch gelingen. Das Problem war nur, dass es bei ihr um mehr als nur um Sex ging. Sie war eine *Freundin*. Was wir im Bett trieben, war ein Ausdruck von *Freundschaft*. Während ich mich rasierte, dachte ich ausgiebig über diesen Punkt nach. Ich musste diese ganze Geschichte mit LuEllen auf eine ziemlich oberflächliche Ebene heben, wenn ich meine Füße den Winter über warm halten wollte.

LuEllen lag, nachdem ich mich gewaschen und rasiert hatte, immer noch im Bett. Also ging ich zum Restaurant hinunter, bestellte Eier, Schinken und Toast und las Zeitung.

Firewall griff *weiterhin* an. Das IRS hatte keine Ahnung, wie es sich gegen die gefälschten Steuererklärungen abschotten sollte, ohne dabei Abermilliarden an Steuergeldern zu verlieren. In Deutschland hatte die Polizei die Wohnung eines Jungen gestürmt, dessen Internetname Käse lautete, wie die *USA Today* behauptete. Unglücklicherweise aber war Käse während der Stürmung im Badezimmer gewesen, und das gab ihm offenbar einen gewissen Schutz vor einer Anklage, denn er hatte beim Eintreffen der Polizei nicht im Netz herumgehackt. Auf jeden Fall, so die *USA Today*, war Käse an dem DoS-Angriff schuld.

Als ich in unser Zimmer zurückkehrte, hatte sich LuEllen bereits angezogen. »Green hat angerufen«, sagte sie. »Er und Lane steigen in einem Radisson Hotel oben in Denton ab, ungefähr zwanzig Meilen von hier.«

»Warum dort?«

»Weil Green Golf spielt und es da eine Golfanlage gibt.«

»Gottverdammtes dämliches Spiel«, knurrte ich.

»Du hast nicht die geringste Ahnung von Golf«, stellte LuEllen fest.

»Einem weißen Ball auf einer Kuhweide hinterherjagen …«

»Sieh dir mal an, wer alles Golf spielt, und dann sag mir, dass diese Leute nichts anderes tun, als einen Ball über eine Kuhweide zu jagen. Wenn du so was wie ein Gehirn im Schädel hättest, müsste dir eigentlich schon mal der Verdacht gekommen sein, dass es dabei um mehr geht. Auch wenn du selbst nicht Golf spielst.«

Ich hob die Brauen. Es hörte sich so an, als würde ihr das Thema tatsächlich am Herzen liegen. Ganz anders als die stets zynische LuEllen, die ich so gut kannte.

»Hmmm …«, machte ich.

»Leck mich.«

LuEllen fuhr, ich saß auf dem Beifahrersitz und versuchte, mir die Bauzeichnungen anzusehen, ohne dass mir dabei schlecht wurde. Schließlich ließ ich es bleiben, doch ich hatte wenigstens einen interessanten Aspekt entdeckt. »Corbeils Apartment ist mit einer stummen Alarmanlage verkabelt. Die Konsole befindet sich in einer kleinen Kammer.«

»Kannst du die nach draußen führenden Leitungen aufspüren?«

»Nope. Die Kabel münden zusammen mit denen aus anderen Räumen in einer markierten Verteilerstation und laufen von dort aus weiter ins Erdgeschoss.«

»Und dann entweder zu einem Sicherheitsdienst oder in den Empfangsbereich im Clubhaus. Oder beides.«

»Das Clubhaus könnte schneller auf einen Alarm reagieren«, sagte ich.

»Yeah. Aber wenn du auf mehr Schutz Wert legst, zum Beispiel auf ein paar bewaffnete Profis, könnte die Leitung nach draußen gehen.«

Das Radisson lag auf einem Hügel westlich des Highways. Es dauerte eine Weile, bis wir die Zufahrt fanden, aber schließlich standen wir vor Lanes Zimmertür. Green öffnete uns. Er trug ein Golfhemd und hatte eine Hand in der Tasche einer weiten, hellbraunen Bundfaltenhose vergraben. Als er uns sah, zog er sie hervor. »Da sind Sie ja.«

Lane lag auf einem Bett und sah sich einen Film auf HBO an. LuEllen, die nach mir eingetreten war, blickte mir über die Schulter. »*Emma!*«, rief sie. »Ich wusste gar nicht, dass das gerade läuft.«

Sie ließ sich neben Lane auf das Bett fallen.

»Ich denke, wir werden in die Wohnung dieses Corbeil einsteigen«, sagte ich zu Green und Lane. »Wir haben ein paar …«

»Schsch!«, schnitt mir Lane das Wort ab. »Gleich werden sie sich küssen. Dauert nur eine Minute.«

Emma und ihr Geliebter standen unter einer Eiche mit einer weit ausladenden Krone. Lane und LuEllen schienen völlig gebannt.

»Ich denke, wir sollten …«

»Halt den Mund.« LuEllen hob einen Finger. »Halt nur eine Minute lang den Mund.«

Ich trat zu ihr und sah genauer hin. »Christus, hat diese Frau einen langen Hals.«

»Das hatten die damals alle«, sagte Lane.

»Dieser Film ist nicht *damals* gedreht worden, er ist …«

»HALT ENDLICH DEINE BESCHISSENE KLAPPE!«, fauchte LuEllen aufgebracht.

Ich warf Green einen fragenden Blick zu. Er zuckte die Achseln. Also zogen wir uns in eine Zimmerecke zurück, setzten uns und hielten die Klappe.

Nachdem Emma und ihr Geliebter geheiratet hatten und der Film zum Schluss zeigte, was mit dem Rest der Protagonisten geschah, schaltete Lane den Fernseher mit einem Seufzer aus. »Gott, ich liebe diesen Film.«

»Ich auch«, sagte LuEllen. »Aber wissen Sie was? Ich finde, die Sache mit Frank ist nicht gut gelungen. Man hätte ihn am Anfang attraktiver und am Ende schlimmer darstellen und erklären müssen, warum sich Emma von ihm angezogen gefühlt hat.«

»Ich finde, dass er überhaupt nicht attraktiv war«, erwiderte Lane. »Ich weiß nicht, wie er jemals einen Vergleich mit …«

»Könnten wir uns vielleicht über das unterhalten, was wir hier vorhaben?«, fragte ich.

»Ich denke, das wäre vernünftig«, sagte Green. »Zumal wir hier in der Heimatstadt dieser Typen sind.«

Wir brachten Green und Lane auf den Stand der Dinge, ohne irgendwelche Details zu verraten, die vor Gericht gegen uns hätten verwendet werden können. An irgendeinem Punkt aber würden wir uns ihnen anvertrauen müssen.

»Wir überlegen ernsthaft, in Corbeils Apartment einzusteigen«, erklärte ich. »Er hat eine T-1-Standleitung, und wir nehmen an, dass er sie benutzt, um schnell auf die Firmenrechner zugreifen zu können. Die Chancen stehen gut, dass ich seine Computerleitung anzapfen kann. Das würde uns einen Einblick in die Gedankenwelt dieser Typen ermöglichen.«

»Wir haben uns das Foto angesehen, das Sie uns geschickt haben, und ich kann nichts Bemerkenswertes darauf erkennen«, sagte Lane. »Wenn wir wüssten, wer diese Leute sind ...«

»Das ist eine Sackgasse«, erwiderte ich. »Jack muss irgendwelche Informationen aus den Computern herausgeholt haben, die zu den Fotos gehören. *Das* ist es, was wir herausfinden müssen.«

»Ich hatte ... äh ... zu Hause ein paar Probleme«, warf Green ein. Es klang, als wollte er sich entschuldigen. »Wenn ich in einer fremden Wohnung erwischt werde, könnte mir das eine längere Zeit im Knast einbringen.«

»Sie würden da ohnehin nicht reinkommen«, beruhigte ich ihn. »Es ist nicht gerade das Umfeld, in dem Schwarze willkommen sind. Aber es wäre nicht schlecht, wenn Sie draußen die Augen offen halten könnten.«

»Das ist kein Problem. Wissen wir schon irgendwas über den Laden?«

»Wir haben das hier gefunden.« Ich tippte auf die Konstruktionsunterlagen. »Ich habe da drinnen ein paar Dinge entdeckt. Jeder sollte mal einen Blick darauf werfen. Mal sehen, ob wir noch was entdecken können.«

Wir breiteten die Blaupausen wie die Seiten der *New York Times* an einem Sonntagnachmittag auf dem Bett aus.

»Seht euch das hier an«, sagte LuEllen nach einer Weile. Sie deutete auf einen unbeschrifteten Kasten.

»Das ist ein leerer Kasten«, brummte Green.

»Es ist ein Safe.«

»Yeah?«

»Darauf können Sie Ihren Arsch verwetten«, sagte LuEllen. »Ich muss mir mal die Bauzeichnung dieser Wand da ansehen … und die der Wand gegenüber. Wo stehen überhaupt die genaueren Angaben über die verwendeten Materialien?«

Nach einer Weile verließen Lane und LuEllen das Zimmer, um eine Cola zu trinken. Green und ich beschäftigten uns weiter mit den Blaupausen.

»Sie kennen sich ziemlich gut damit aus«, sagte er. Es klang wie eine Feststellung, sie enthielt jedoch eine versteckte Frage.

»Ich mache das schon seit einiger Zeit. Nicht genau das, aber ähnliche Sachen.«

»Ich weiß ein paar Dinge über Longstreet«, fügte Green hinzu.

Longstreet … Ich sah ihn an. Eigentlich hätte die Geschichte allmählich in Vergessenheit geraten sollen: die politische Übernahme einer Kleinstadt im Mississippi-Delta mit Hilfe mehrerer sorgfältig ausgeklügelter Einbrüche und einigen hässlichen Momenten zum Schluss der Aktion, ganz zu schweigen von den Wochen im Krankenhaus und dem körperlichen Aufbautraining im Anschluss.

»Ich wünschte, die Leute würden sich nicht mehr daran erinnern«, sagte ich schließlich.

»Die meisten haben es vergessen, aber nicht alle. Worauf ich hinauswill, ist, dass meine Freunde mir sagten, ich sollte diese Sache bis zum Ende mit Ihnen durchziehen, weil sie wichtig ist.«

»Ich weiß nicht, wie wichtig sie außerhalb unserer kleinen Gruppe ist. Ich möchte nicht, dass Sie sich in die Irre führen lassen.«

»Darüber mache ich mir keine allzu großen Sorgen.« Green stand auf, streckte sich und sah durch die Glasschiebetür auf den Golfplatz hinaus. »Was mir Sorgen macht, ist, dass ich mich zu langweilen beginne. Es ist schwer, aufmerksam zu bleiben, wenn man sich langweilt und ständig in Hotelzimmern hockt.«

»Sie spielen Golf?«

»Ist der Papst katholisch?«

»Warum spielen Sie nicht eine Runde mit LuEllen? Sie wird langsam unruhig. Ich werde mich noch eine Weile mit diesen Bauzeichnungen beschäftigen und Lane im Auge behalten.«

»Okay.« Er kaute eine Weile auf seiner Unterlippe herum. »Ich glaube, Lane hat was für Sie übrig«, sagte er dann.

»Yeah?«

»Ein bisschen was.«

»Ich dachte, vielleicht ... Sie beide sind jetzt seit einer Woche oder so zusammen ...«

Er schüttelte den Kopf. »Ich komme nicht aus den richtigen gesellschaftlichen Kreisen.«

»Ist Lane bigott?«

»Nein, nein. Ganz und gar nicht. Aber sie hat in Philosophie promoviert, und ich habe nicht einmal einen richtigen Highschool-Abschluss, wenn Sie verstehen, was ich meine. Sie steht auf Diplome, akademische Titel.«

»Hmm ... Keine Ahnung, was ich dazu sagen soll.« Und ich wusste es wirklich nicht.

Wir saßen noch immer über den Bauzeichnungen, als LuEllen zurückkehrte. »Ich schlage vor, wir gehen durch die Garage rein«, sagte ich. »Ich kann uns zu Corbeils Etage hochbringen, für alles Weitere allerdings keine Garantie übernehmen. Keine Ahnung, wie wir es anstellen sollen, lautlos bei ihm einzubrechen. Du wirst ein paar Dietriche oder so was brauchen. Ich glaube nicht, dass wir einen Universalschlüssel benutzen könnten. Es gibt da oben drei weitere Apartments.«

»Wie willst du uns da raufschaffen?«, wollte LuEllen wissen. »Solange wir nicht wissen, wie lange wir da oben sein werden, halte ich es für keine gute Idee, den Fahrstuhl auseinander zu nehmen.«

Ich erklärte ihr meinen Plan.

»Das bedeutet, dass wir noch ein paar Erkundungen durchführen und uns einige Dinge mehr besorgen müssen«, stellte sie fest.

»Ich denke, wir sollten Samstagabend einsteigen«, sagte ich. »In diesem Artikel, den Bobby ausgegraben hat, steht, dass Corbeil ein großer Gesellschaftslöwe ist. Samstagabend in Dallas …?«

»Gegen zehn Uhr?«

»Sofern es überhaupt möglich ist«, schränkte ich ein.

»Ich wünschte, ich könnte einen Blick auf diese Tür werfen«, murmelte LuEllen.

An jedem der nächsten drei Tage absolvierten Green und LuEllen sechsunddreißig Löcher auf der Radisson-Golfanlage, während Lane und ich herumzogen, manchmal zusammen, manchmal allein. Ich fertigte eine Menge Zeichnungen an, und sie kümmerte sich online um ihr Geschäft in Palo Alto.

Wie sich herausstellte, war LuEllen eine ziemlich begabte Golferin. »Ich bin verdammt gut«, sagte Green eines Abends, »aber sie ist tatsächlich besser. Ich denke, sie könnte an der Frauen-Tournee teilnehmen, wenn sie etwas jünger wäre und an sich arbeiten würde.«

»Ich kann nicht putten«, wehrte LuEllen ab.

»Sie könnten es, wenn Sie etwas mehr Geduld aufbringen würden«, versicherte Green. »Sie sehen nie …« Und dann vertieften sie sich in ein langes Streitgespräch über das Putten, Chippen, Pitchen oder was auch immer, das auf Lane und mich einschläfernd wirkte.

Die Nächte verliefen interessanter. LuEllen und ich beobachteten Corbeils Apartment vom Golfplatz aus, während Green und Lane die Anlage mit dem Wagen umkreisten, den Polizeifunk abhörten und nach Cops Ausschau hielten. Wir hatten ein paar Motorola-Walkie-Talkies gekauft – vermutlich für Jäger gedacht, denn sie waren in einer Tarnfarbe gehalten –, so dass wir sofort gewarnt werden konnten, sollte uns Gefahr drohen. Außerdem hatten wir eine bessere Stelle gefunden, um uns auf die Golfanlage zu schleichen, wo zwei unregelmäßig geformte Zaunelemente, die unmittelbar an einem Gehweg standen, einen Winkel bildeten. Aus einer Himmelsrichtung waren wir überhaupt nicht zu sehen, aus einer anderen sah es so aus, als würden wir die Ecke umrunden, wenn wir über den Zaun kletterten. Von jenseits der Straße aus waren wir zwar deutlich sichtbar, aber der Verkehr floss ziemlich spärlich, und wir mussten nie lange warten, bis sich eine Lücke ergab.

Am Mittwochabend inspizierten wir die Garage. Die Zufahrt befand sich am Ende des Gebäudes und war unauffällig in das Landschaftsbild eingefügt worden, was uns die Sache erleichterte. Wir konnten vom Golfplatz aus unbemerkt ganz in die Nähe gelangen. Das Stahltor vor der Garage ließ sich mit einer Magnetkarte öffnen. Wenn ich nur fünfzehn Sekunden lang eine solche Karte in die Hände bekam, würde ich den Öffnungscode mit Leichtigkeit kopieren können – die dazu nötigen elektronischen Komponenten kann man problemlos bei Radio Shack kaufen. Doch es konnte schwierig werden, diese fünfzehn Sekunden Zeit zu bekommen. Zwar nicht unüberwindlich schwierig, aber es schien noch einen einfacheren Weg zu geben.

Wenn ein Fahrer das Tor öffnete, blieb es so lange offen, wie sich ein Wagen in der Zufahrt befand, und schloss sich erst mit einigen Sekunden Verzögerung wieder, nachdem der

Wagen die Zufahrt verlassen hatte. Gesteuert wurde es von schlichten Infrarotsensoren. Die Magnetkarte öffnete es, und der Wagen zwischen den Sensoren blockierte den Schließmechanismus. Alles, was wir tun mussten, war, eine Infrarotzelle abzudecken. Dann würde sich das Tor erst wieder schließen, wenn wir die Abdeckung entfernten.

Und waren wir erst einmal in der Garage, mussten wir nur noch den Lastenaufzug erreichen.

Am Donnerstag schickte uns Bobby einen Haufen Fotos von Corbeil. Wir prägten uns das Gesicht gut ein und löschten die Bilder anschließend von der Festplatte. In der gleichen Nacht entdeckte LuEllen einen Baum, von dem aus sie durch die vom Boden bis zur Decke reichenden Fenster in ein Apartment im ersten Stock sehen konnte.

»Wenn Corbeils Apartment die gleiche Tür hat, ist es ein Standardmodell aus massivem Holz mit einem Rahmen aus massivem Stahl«, sagte sie, nachdem sie wieder von dem Baum herabgeklettert war. »Ich konnte die Schlösser zwar nicht sehen, sie dürften aber ziemlich gut sein.«

Freitagnacht lagen wir vor dem Apartment auf unserer Decke im Gras und lauschten dem Liebesspiel eines Pärchens kaum zwanzig Meter von uns entfernt. Die beiden trieben es länger an einem Stück, als man es für möglich halten sollte. Danach unterhielten sie sich angeregt über zwei Leute namens Rhonda und Dave – vermutlich ihre jeweiligen Ehepartner – und begannen dann wieder von vorn.

»Die müssen jünger als wir sein«, flüsterte ich LuEllen ins Ohr.

»Zumindest jünger als du«, flüsterte sie zurück. »Es sei denn, du bedienst Lane tagsüber, wenn ich Golf spiele.«

»Wie kannst du nur so viel Scheiße im Kopf haben?«, fragte ich. »Was, zum Teufel, soll das heißen …?«

Und so verstrich die Zeit.

Um neun Uhr hielt eine Limousine neben dem Apartmenthaus, und eine junge Frau stieg aus. Eine außerordentlich hübsche junge Blondine mit einem so langen Hals wie die Schauspielerin in *Emma*. Aber sie war nicht wie Emma, sondern wie ein Supermodel gekleidet. Ihr kurzes schwarzes Kostüm kostete wahrscheinlich genauso viel wie ein durchschnittliches Ferienhäuschen, und wäre es noch kürzer gewesen, hätte sie keine Staatsgrenze passieren können, ohne sich strafbar zu machen.

Acht Minuten später gingen die Lichter in einigen Fenstern von Corbeils Apartment aus, und wiederum zwei Minuten später, als das unmögliche Pärchen links von uns sich quiekend und keuchend dem nächsten Orgasmus näherte, tauchte sie wieder auf, dicht gefolgt von St. John Corbeil. Corbeil bewegte sich auf die steife, hoch aufgerichtete Art, die man auf der Militärakademie lernt, als versuchte er, beim Laufen einen Golfball zwischen den Oberschenkeln festzuklemmen. Er wirkte nicht besonders groß, schien aber einer dieser breitschultrigen, stämmigen Typen zu sein, die in der Highschool meistens zur Ringermannschaft gehörten.

LuEllen, die durch das Fernglas blickte, konzentrierte sich mit einer stillen Intensität auf die beiden, die schöne Frauen oft zeigen, wenn sie befürchten, von einem Planeten zu einem bloßen Satelliten degradiert worden zu sein. Zumindest war das der Eindruck, den sie mir vermittelte.

Als Corbeil und seine Begleiterin verschwunden waren, schalteten wir wieder in den Wartemodus, bis die Ehebrecher endlich beschlossen, dass es reichte. Nach einem letzten hastigen Kuss und einer Umarmung gingen sie auseinander, und etwas später machten auch wir uns auf den Rückweg.

»Ich muss mich für eine Weile absetzen«, sagte LuEllen unterwegs.

Wir meldeten uns bei Green und Lane ab. In unserem Hotel rief LuEllen einige Telefonnummern an, die sie auswendig kannte. Sie suchte ein paar bestimmte Werkzeuge und benötigte dazu einen Lieferanten in der Nähe. Kurz vor Mitternacht hatte sie den richtigen erwischt, sprach fünf Minuten lang mit ihm und legte den Hörer zurück auf die Gabel.

»Gefunden, wonach du gesucht hast?«, erkundigte ich mich.

»Yeah. Es gibt eine kleine Änderung in unserem Plan. Wir werden nicht heimlich und leise bei Corbeil einsteigen, sondern es auf die brachiale Art versuchen. Wir nehmen uns seinen Safe vor.«

»Vermutlich ahnt er etwas ...«

»Möglich. Vielleicht aber auch nicht ...«

Sie erläuterte mir ihren Plan, während sie sich eine schwarze Jeans und eine schwarze Jacke anzog. »Ich muss mir diese beschissene Karre ausborgen.«

»Wo willst du hin?«

»Raus aus der Stadt. Zu einem meiner Freunde.«

»Wann kommst du zurück?«

»Sehr spät oder früh am Morgen. Eigentlich gibt es keinen Grund, warum du es nicht wissen solltest. Ich fahre nach Shreveport.«

»Ich könnte dich hinfahren.«

»Nah. Besser, ich fahre allein. Dieser Typ ist zwar in Ordnung, meistens zumindest, aber er ist auch ziemlich nervös.«

»Meistens?«

»Du weißt schon, solange er seine Medikamente nimmt ...«

17

In dieser Nacht blieb ich in LuEllens Zimmer, investierte siebenundzwanzig Dollar in das Pay-TV und wartete. Ich würde ohnehin nicht schlafen können, bevor LuEllen zurückkehrte. Sie kennt jede Menge Leute, die krumme Geschäfte machen, und nicht alle sind ihre Freunde. In vielen Gegenden, in denen sie sich herumtreibt, sollten Frauen sich nach Einbruch der Dunkelheit besser nicht blicken lassen. Das ist kein Sexismus, sondern die simple Wahrheit über die Schlägerghettos, in denen sie ihr Arbeitswerkzeug kauft.

Wenn ich nicht gerade Filme sah, arbeitete ich die Bauzeichnungen durch, folgte dem Verlauf jedes einzelnen Kabels und jeder Stromleitung, die durch das Gebäude liefen und weiter nach draußen führten. Zwei dieser Leitungen bereiteten mir besondere Sorgen. Eine gehörte wahrscheinlich zu der Überwachungskamera in der Parkgarage. Unmöglich zu sagen, welchen Bereich diese Kamera abdeckte, ob sie ihre Aufnahmen nur direkt wiedergab oder auf einem Endlosband aufzeichnete.

Eine andere Leitung endete in mehreren übereinander angeordneten Schaltkästen im Fahrstuhlschacht, von denen ich mir fast sicher war, dass sie anzeigten, in welchem Stock sich der Aufzug befand. Sollten sie etwas anderes sein, zum Beispiel Infrarotbewegungsdetektoren, hätten wir ein größeres Problem. LuEllen hatte neben diversen Kameras auch Nachtsichtgläser in ihrer Kundschaftertasche, und sobald wir uns im Aufzugsschacht befanden, konnten wir sie benutzen, um eventuelle Sicherheitseinrichtungen aufzuspüren.

Wir würden den Aufzugsschacht nehmen und uns die Trägerkabel mit einer Kletterausrüstung hinaufhangeln. Das fällt leichter, als es sich anhört, wenn einem die richtige Ausrüstung zur Verfügung steht. Die einzige Alternative bei einem Fahrstuhl, für den man einen Schlüssel braucht, besteht darin, einen Schlüssel zu stehlen oder die Verkleidung vor der Verkabelung der Schlüsselkonsole herauszureißen. Das würde Zeit kosten, Krach machen und außerdem jeden warnen, der die Kabine nach uns benutzte.

Am sichersten war es, die Tragkabel unbemerkt hinaufzuklettern.

LuEllen blieb etwas länger als sieben Stunden fort, und ich öffnete ihr die Tür, als sie zurückkehrte. Sie schleppte eine Stofftasche mit sich, wie ich sie bei meinen Angelausflügen benutzte, und als sie sie absetzte, klirrte es vernehmlich.

»Klingt wie Bauwerkzeug«, sagte ich.

»Abrisswerkzeug«, erwiderte sie. »Ich hoffe, wir finden irgendwas in diesem Safe. Der Kram war nicht gerade billig.« Sie klang sehr aufgekratzt, sprach jedes Wort überdeutlich und abgehackt aus, wirkte unternehmungslustig, hitzig, ungeduldig, ihre Augen glühten, und ...

»Ahh ... Du hast dir wieder was in die Nase gezogen, nicht wahr?«

»Nur ein bisschen. Und noch etwas für morgen. Für heute.«

»Gottverdammt noch mal.« Ich wandte mich ab.

»Hey ...«, sagte sie.

Gut, ich ritt nicht weiter darauf herum, so wie immer. Hin und wieder zieht sich LuEllen ein bisschen Kokain rein – und manchmal mehr als nur ein bisschen. Ich hasse dieses Dreckzeug. Vielleicht rauche ich nach einem langen Tag auf dem Wasser mal einen Joint, oder ich werfe sogar eine Aufputschpille ein, wenn ein Anlass dazu besteht. Aber Kokain, Heroin oder Halluzinogene ... dieser Mist bringt einen um. Und wenn es die Drogen nicht schaffen, dann tut es der Dealer.

Wir blieben bis lange nach Mittag im Bett. LuEllen hatte sich die ganze Nacht unruhig herumgewälzt: die Nachwirkungen des Kokains. Später würde sie schläfrig sein. Um zwei Uhr stand ich auf, ziemlich groggy, und sah aus dem Fenster. Wieder ein makellos blauer Himmel. Als ich unter der Dusche hervorkam, kroch LuEllen endlich aus dem Bett.

»Alles in Ordnung mit dir?«, erkundigte ich mich.

»Nein.« Sie war noch immer etwas stoned.

»Geh unter die Dusche.«

»Yeah.«

Nachdem sie geduscht hatte und aus dem Bad kam, nach wie vor etwas benommen, verfrachtete ich sie zusammen mit der Ausrüstung in unseren Wagen, und wir fuhren los, um etwas zu essen. Allmählich wurde sie wieder munter. Danach parkten wir auf der anderen Straßenseite gegenüber dem Eingangsbereich von Lago Verde. Wie wir durch LuEllens Videoaufnahmen wussten, gab es in dem Empfangshäuschen nur einen Überwachungsmonitor.

»Siehst du, wo der Typ steht?«, fragte sie. Obwohl wir fast 200 Meter entfernt waren, konnte ich ihn durch die Fenster im Empfangszentrum sehen.

»Ja, und?«

»Der Monitor befindet sich direkt links neben ihm. Und jetzt pass auf.« Sie zog ein Mobiltelefon aus der Tasche und wählte eine Nummer. Der Wachposten richtete sich auf, ging ein paar Schritte nach rechts und nahm den Telefonhörer ab.

»Haben Sie Prinz Albert in der Dose?«, fragte LuEllen und trennte die Verbindung, ohne eine Antwort abzuwarten.

Der Mann hinter der Glasscheibe schüttelte den Kopf, legte den Hörer wieder auf die Gabel und kehrte an die gleiche Stelle zurück, wo er vorher gestanden hatte. Möglicherweise las er irgendwas.

»Also ...«

»Er kann den Monitor nicht sehen, wenn er ans Telefon geht«, sagte LuEllen. »Und wenn die Bilder der verschiedenen Überwachungskameras auf dem Monitor ständig wechseln, stehen unsere Chancen nicht schlecht, dass wir ohnehin nicht drauf zu sehen sein werden.«

»Wir brauchen zehn Sekunden, um in die Garage zu kommen und den Lastenaufzug zu erreichen.«

»Hmm.«

»Aber wir werden nicht wissen, ob uns jemand bemerkt hat oder nicht.«

»Das ist der spaßige Teil der Aktion«, sagte LuEllen. »Die Warterei.«

Nachdem wir zum Radisson zurückgekehrt waren, vertrieben sich Green und LuEllen die Zeit damit, Abschläge zu üben, während ich mir erneut die Bauzeichnungen vornahm. Lane, die mir über die Schulter blickte und dabei auf einer rohen Karotte herumkaute, meinte, dass einige zusammenhängende Räume in Corbeils Apartment für ein Dienstmädchen reserviert sein könnten. Sie waren als ›Gästewohnung‹ gekennzeichnet, aber dahinter konnte sich sowohl das eine wie das andere verbergen. Wir diskutierten eine Weile darüber, dann suchte ich das Diagramm mit den elektrischen Schaltplänen heraus und kam zu dem Schluss, dass es in dem fraglichen Bereich keine Starkstromanschlüsse für einen Herd oder einen Wäschetrockner gab. Also handelte es sich wahrscheinlich um Gästezimmer.

»Wir werden telefonieren müssen«, sagte ich. »Jede Viertelstunde.«

Gleich nach Einbruch der Dunkelheit begannen wir, in regelmäßigen Abständen anzurufen. Nach viermaligem Klingeln schaltete sich stets Corbeils Anrufbeantworter ein. Mein steigender Adrenalinspiegel ließ mich unruhig werden. LuEllen machte einen Spaziergang über den mittlerweile geschlossenen Golfplatz und zog sich ein bisschen Kokain rein. Um zehn Uhr brachen wir auf, LuEllen und ich in dem einen, Green und Lane in einem anderen Wagen.

Ich setzte LuEllen an der Ecke ab, wo wir uns immer auf das Gelände von Lago Verde schlichen. Sie war sofort verschwunden. Ich parkte den Wagen einen Häuserblock weiter, und kaum fünf Minuten später befand ich mich ebenfalls auf der anderen Seite des Zauns, wo LuEllen schon auf mich wartete. Wir hatten alle Werkzeuge in Handtücher eingewickelt, damit sie nicht klapperten, und arbeiteten uns fast lautlos durch die Bäume – langsam auf Corbeils Apartment zu. Auf halbem Weg legten wir eine kurze Pause ein und meldeten uns per Funk bei Green.

»Hören Sie uns?«

»Laut und deutlich.«

Wir setzten uns wieder in Bewegung, wozu wir uns einer bestimmten Technik bedienten, die man in Jägerkreisen ›leise Jagd‹ nennt und die viel Selbstdisziplin erfordert. LuEllen und ich hatten diese Technik unabhängig voneinander gelernt, eine Methode, um nicht im Gefängnis zu landen. Man macht langsam drei Schritte, bleibt stehen und lauscht, dann fünf weitere Schritte – und wieder stehen bleiben. Auf diese Weise kommt man schneller voran, als man glaubt – vor allen Dingen leise. Und man hört fast immer andere Leute, bevor sie einen selbst bemerken.

Es dauerte fünfzehn Minuten, bis wir das Poinsettia-Gebäude erreicht hatte, und der Aufwand lohnte sich, denn er stärkte unser Selbstbewusstsein. Sollten wir mit LuEllens Einbruchswerkzeug geschnappt werden, würden sich alle Erklärungsversuche erübrigen.

Am Rande des Golfplatzes warteten wir im Schutz einer niedrigen verkrüppelten Kiefer und lauschten. Während der nächsten zwanzig Minuten hörten wir nichts und sahen niemanden. Corbeils Apartment war dunkel, abgesehen von einem schwachen Glühen im Infrarotbereich, wenn man es durch die Nachtsichtgläser beobachtete.

»Legen wir los«, sagte ich.

»Ich habe die Spule.«

LuEllen hielt eine alte Penn-Angelrutenspule mit einer langen Angelleine in der Hand. Wir hatten den einen Teil einer schwarzen 3,5-Zoll-Computerdiskette am Ende der Leine angebracht, als wollten wir sie auswerfen.

Was ich vorhatte, war ziemlich einfach, aber dazu musste ich die Deckung verlassen. Ein Risiko. Ich blickte mich ein letztes Mal um, schlich hinter der Kiefer hervor und näherte mich der Garagentür, wobei ich die Leine hinter mir herzog.

Etwa fünfzehn Zentimeter vor dem Garagentor befand sich eine Fotozelle, die auf eine Lichtquelle auf der anderen Seite der Zufahrt ausgerichtet war. Ich klebte die Diskette so am Rand des Metallgehäuses der Lichtquelle fest, dass sie sich wie an einem Scharnier bewegen ließ und durch einen Zug an der Angelleine nach oben beziehungsweise nach unten geklappt werden konnte. Dann schlenderte ich seitlich an dem Gebäude nach hinten, als wollte ich zum Golfplatz gehen. Eine Minute später legte ich mich neben LuEllen auf den Boden.

Normalerweise öffnete ein Fahrer das Tor von der Garage aus mit einem Impulsgeber. Sobald es hochgeglitten war, sorgten optische Sensoren innerhalb und außerhalb der Garage dafür, dass sich das Tor nicht auf einen Wagen herabsenkte, der aus welchen Gründen auch immer in der Zufahrt anhielt. Solange der auf die Fotozelle gerichtete Lichtstrahl unterbrochen wurde, blieb das Tor geöffnet. Der übliche Öffnungs- und Schließzyklus würde uns nicht genug Zeit lassen, die Garage zu betreten, ohne Gefahr zu laufen, dass uns der Fahrer bemerkte. Wurde aber die Fotozelle weiter blockiert, nachdem der Wagen längst verschwunden war, blieb das Tor offen stehen, bis das Hindernis zwischen Sensor und Lichtquelle wieder entfernt worden war.

Trotzdem durften wir den Sensor nicht permanent abdecken, denn dann würde sich das Tor nicht mehr schließen, sollte ein Auto von außen in die Garage fahren. Das würde der Fahrer vermutlich bemerken. Deshalb benötigten wir die bewegliche Abdeckung.

Das alles war ziemlich einfach, wir hatten beide genug Erfahrung mit ähnlichen Tricks. Doch die Warterei war mörderisch. Während der Woche, seit wir das Gebäude auskundschafteten, war etwa jede Viertelstunde ein Wagen in die Garage hinein- oder aus ihr herausgefahren. Länger als eine halbe Stunde hatte es nie gedauert. Diesmal mussten wir fünfundvierzig Minuten warten, aber schließlich hatten wir Glück. Gleich der erste Fahrer, der das Tor öffnete, kam aus der Garage.

»Es ist offen«, sagte ich leise in das Funkgerät.

»Hört sich gut an«, ließ sich Greens Stimme aus dem kleinen Lautsprecher vernehmen.

Ich schnallte mir die Riemen von LuEllens Tasche um die Schultern und hockte mich auf die Knie nieder. Der braune Wagen fuhr die Auffahrt hinaus. LuEllen drückte auf die Schnellwahltaste ihres Mobiltelefons. »Jetzt«, flüsterte sie, als der Wagen außer Sicht verschwunden war.

Wir sprinteten los. LuEllen hob das Telefon während des Laufens an die Lippen. »George?«, fragte sie. »Bist du das, George?« Kurze Pause. »Sag *mir* nicht, dass ich die falsche Nummer habe, Alter …«

Der Wachposten am anderen Ende in der Rezeption legte

schnell wieder auf, aber bis dahin waren wir zehn Meter weit durch die Garage gehuscht und standen hinter einem Betonpfeiler am Lastenaufzug in Deckung. Die Fahrstuhltüren öffneten sich problemlos, als wir die Ruftaste drückten. Die Deckenbeleuchtung flammte auf. Ich schirmte sie mit der Werkzeugtasche ab, bis sich die Türen wieder geschlossen hatten.

»Die Deckenluke«, flüsterte LuEllen.

Ich machte eine Räuberleiter, so wie ich es in Jacks Haus für Lane getan hatte, und hob LuEllen hoch. Sie drückte die Klappe einen Spalt weit auf, spähte mit einem Nachtsichtglas in den Schacht und suchte nach einem Infrarotbewegungsmelder oder einem anderen Detektor, der uns verraten könnte.

»Alles sauber«, sagte sie und öffnete die Klappe vollständig. Ich schob sie ganz hindurch, reichte ihr die Werkzeugtasche und kletterte hinterher. Im Licht unserer Stabtaschenlampen befestigten wir die Steigeisen an den Stahltrossen der Fahrstuhlkabine, schlossen die Deckenklappe und machten uns in der Dunkelheit an den Aufstieg.

Eine fünfminütige Kletterpartie, acht Stockwerke, das Erdgeschoss mitgerechnet, bis wir vor der Fahrstuhltür zu Corbeils Etage an den Stahlkabeln baumelten. LuEllen zog ein Stethoskop aus der Tasche, hielt es gegen die geschlossene Tür und lauschte. Nichts zu hören. Dann drückte sie die Schnellwahltaste auf ihrem Mobiltelefon, unter der sie Corbeils Nummer gespeichert hatte. Keine Antwort. Sie tippte mir auf die Schulter. Ich hatte den mechanischen Türöffner bereits in der Hand, zwängte die flachen, spatelförmigen Klemmbacken in den Türspalt und hebelte die Türhälften auseinander. LuEllen überprüfte schnell mit einem Spiegel, ob die Luft rein war, und schlüpfte in den Flur. Fünf Sekunden später folgte ich ihr mit der Tasche.

Wie in vielen Häusern, in denen reiche Leute wohnen, war der Korridor so gestaltet, dass sich die Reichen so selten wie nur möglich über den Weg laufen mussten. Von einem Vestibül vor dem Personenfahrstuhl zweigten zwei Gänge ab, von denen der eine zu Corbeils Apartment führte, der andere zu dem zweiten Apartment auf dieser Etage.

Beide Gänge beschrieben direkt hinter dem Vestibül einen scharfen Knick. Als wir aus dem Schacht des Lastenaufzugs krochen, befanden wir uns bereits in Corbeils Hälfte der Etage, vom Vestibül aus gesehen im Flur hinter der Apartmenttür.

LuEllen nahm mir den Türöffner ab und schob die flachen Keile zwischen das Türblatt und den stählernen Rahmen. Sie steckte einen Metallring von der Größe eines kleinen Lenkrads auf einen vierkantigen Zapfen über den Klemmbacken und trat hinter mich, damit ich das Rad drehen konnte. Die Übersetzung war so groß, dass vier oder fünf Umdrehungen erforderlich waren, um die Keile einen halben Zentimeter weit zu öffnen. Aber dafür konnte nichts dem Druck widerstehen. Die Tür bewegte sich wie in Zeitlupe, und dann sprang sie plötzlich auf.

LuEllen kauerte neben mir, ein schweres Werkzeugmesser in der Hand. Als die Tür aufsprang, schoss sie hinein und eilte zu der Abstellkammer, in der wir die Konsole der Alarmanlage vermuteten. Gleichzeitig zog ich ein fünfzig Meter langes Kletterseil aus der Tasche.

Ich zählte lautlos die Sekunden. Einige Alarmsysteme lassen ihrem Besitzer bis zu zwei Minuten Zeit, den Sicherheitscode in die Tastatur einzugeben, andere weniger. Gleich nachdem LuEllen das Apartment betreten hatte, war ein langsames Piepen aus dem Tastaturfeld aufgeklungen. Sekunden später stand sie auch schon in der kleinen Kammer. Ich folgte ihr und zog die Apartmenttür hinter mir zu.

Zwanzig Sekunden. Ich hörte ein Schaben, dann ein reißendes Geräusch, und dann gar nichts mehr, außer dem *Piep-*

Piep-Piep, das schließlich in einen schrillen Dauerton überging. Dreißig Sekunden. Die Frist für die Eingabe des Codes lief ab. Verdammt! Die kürzest denkbare Sicherheitszeitspanne.

Plötzlich erschien LuEllen in der Tür, ein schwarzer Schemen im Halbdunkel. »Alles klar«, meldete sie in einem beinahe normalen Tonfall.

»Ich zapfe die Computerleitung an«, sagte ich, am ganzen Körper schwitzend. Mein Metier ist die Industriespionage. Auch ich dringe dort ein, wo ich nichts verloren habe, aber gewaltsam in Wohnungen einzubrechen entspricht nicht meinem Stil.

LuEllen deutete auf den Boden. »Sieh dir den Teppich an.« Im Licht ihrer Taschenlampe konnte ich sehen, dass wir ölige Spuren hinterlassen hatten. Ich ging zur Tür, öffnete sie einen Spalt und schaute hindurch. Unsere Fußabdrücke verliefen von Corbeils Apartment durch den Flur bis zum Lastenaufzug, auch wenn sie in der gedämpften Beleuchtung kaum zu erkennen waren. »Lass uns die Leitung anzapfen. Wir müssen einfach hoffen, dass niemand die Spuren entdeckt.«

Ein weiteres nicht eingeplantes Risiko.

Wir durchsuchten schnell alle Räume der Wohnung, um uns zu vergewissern, dass sie auch wirklich leer war. Ich blieb ein paar Sekunden lang vor der kleinen Kammer stehen, um LuEllens Arbeit an der Alarmanlage zu bewundern. Sie hatte mit dem Messer ein Loch in die Wandverkleidung geschnitten, um die Schaltkonsole freizulegen. Die Drähte einfach herauszuziehen, war nicht möglich gewesen, denn wäre dabei einer gerissen, hätte das automatisch den Sicherheitsdienst alarmiert. Dann hatte sie die Isolierung entfernt, zwei Überbrückungskabel an dem blanken Draht festgeklemmt und ihn dazwischen durchgeschnitten. Die obere Überbrückung hatte das Warnsignal aus der Eingabetastatur zum Verstummen gebracht, die untere schloss den Stromkreis, so dass das System die Unterbrechung des Kabels nicht registrieren und durch die Auslösung des Alarms melden konnte. Und das alles hatte sie innerhalb von höchstens fünfundzwanzig Sekunden geschafft!

Die Zimmerflucht, die uns Sorgen bereitet hatte – möglicherweise die Einliegerwohnung eines Dienstmädchens –, beherbergte tatsächlich nur Gästezimmer. Der Computer befand sich in einem zweckmäßig eingerichteten Büro. »Nicht stehen bleiben«, sagte ich. »Geh einfach weiter.«

Der Balkon erstreckte sich über die gesamte Breite des Apartments. Wir nahmen uns einen Augenblick Zeit, um den Nachbarbalkon mit Nachtsichtgläsern auszuspähen, bevor wir die Tür vorsichtig öffneten und lauschten. Ich konnte leise Musik hören, wahrscheinlich ein Radio oder eine CD-Anlage, aber die Geräuschquelle befand sich innerhalb des Hauses. Irgendwo über uns, wie ich vermutete. Ich schlang das Seil einmal um einen Stützpfosten des Balkons, wickelte beide Enden zu Rollen auf und legte sie so auf das Geländer, dass ein Stoß ausreichen würde, um sie in die Tiefe zu befördern. Sollte jemand durch die Eingangstür kommen, konnten wir in weniger als einer Minute an dem Seil hinabklettern und es dann hinunterziehen.

Nachdem wir das erledigt hatten, suchten wir den Safe, der hinter einer Holzvertäfelung verborgen war.

»Kümmer du dich um deinen Teil, ich nehme mir den Safe vor«, sagte LuEllen.

Ich ging eine Weile im Zimmer auf und ab und hinterließ dabei jede Menge öliger Fußspuren, während LuEllen ihre Ausrüstung auspackte. Dann kehrte ich zum Eingangsbereich des Apartments zurück, zog meine Hose, Jacke, Schuhe und die schmutzigen Haushaltshandschuhe aus und betrat Corbeils Büro nur in Socken und Unterhose.

LuEllen machte viel weniger Lärm, als ich befürchtet hatte. Sie verstand sich wirklich auf diesen Job, obwohl das, was sie tat, mehr der Ablenkung diente, als dass es uns wirklich darum ging, den Safe auszuräumen. Doch solange sich Corbeil mehr auf den Safe als auf den Computer konzentrierte, würde unser Plan gelingen.

Ich schloss hinter mir die Tür und schaltete das Licht an. Was ich vorhatte, war einfach. Ich würde in seinem Computer ein Programm installieren, das alles, was er in seine Tastatur tippte, in einer bestimmten Datei auf seiner Festplatte speicherte. Ein zweites Programm, das ich selbst entworfen hatte, würde die Datei an eine meiner Mailboxen weiterleiten und dann sämtliche Spuren löschen. Blieb nur eine Frage offen: Hatte Corbeil seinen Rechner in irgendeiner Form so präpariert, dass er den Zugriff eines Unbefugten bemerken würde?

Ich verwendete zwanzig Minuten darauf, es herauszufinden, konnte jedoch keinerlei derartige Sicherheitsvorkehrungen entdecken. Meiner Meinung nach war der Computer nicht geschützt, aber das ließ sich nicht mit Sicherheit feststellen, jedenfalls nicht in zwanzig Minuten.

Nachdem ich meine Software installiert hatte, durchsuchte ich den Schreibtisch, fand ein paar Zip-Disketten und kopierte ihren Inhalt auf meine eigenen Disketten.

Gerade als ich damit fertig war, kratzte LuEllen an der Tür. Ich löschte das Licht und öffnete ihr. »Fast fertig«, sagte ich.

»Ich brauche deine Hilfe«, erwiderte sie. »Zieh dich an und beeil dich!«

LuEllen hatte mit der messerscharfen Kante eines Stemmeisens die Wand um den zylindrisch geformten Safe herum aufgebrochen. Der Safe war in massiven Beton eingelassen und steckte in einem Stahlrahmen, der vermutlich zusätzlich mit den statischen Trägern des Gebäudes vernietet war. Über den jetzt hervorstehenden Rand des Zylinders hatte LuEllen einen fünfeckigen verstellbaren Stahlkranz geschoben, ihn mit Klemmschrauben fixiert, ein zweites Loch in die gegenüberliegende Wand gestemmt und einen T-Träger freigelegt. Das tragende Metallgerüst des Gebäudes war nur mit einer Trockenmauer verkleidet, die sich leicht aufbrechen ließ. Dann hatte sie ein Stahlseil um den Träger geschlungen, es mit einer Schlaufe an der Klemmvorrichtung um den Safe eingehakt und einen großen Flaschenzug zwischen beiden Enden des Seiles angebracht.

Der Flaschenzug hatte einen langen Hebel, der mit einem rund ein Meter messenden Rohr zusätzlich verlängert werden konnte. Das Stahlkabel war bereits so straff gespannt, dass ich wie ein Seiltänzer darauf hätte balancieren können.

»Das Problem ist, dass sich der Safe zu bewegen beginnt«, erklärte sie. »Der Beton bricht auf. Ich kann ihn knistern hören, aber die Zugbelastung ist so stark, dass der Safe wie eine Kanonenkugel aus seiner Halterung schießen wird, sobald er sich löst.«

»Jesus!«

»Er wird zwar nicht weit fliegen, aber wie ein tonnenschweres Gewicht aufprallen. Der Lärm würde im gesamten Haus zu hören sein. Ich muss direkt daneben stehen und ihn im Auge behalten, während du den Hebel bedienst.«

Also bewegte ich den Hebel behutsam auf und ab, und LuEllen beobachtete konzentriert, wie sich der Beton deformierte. »Bricht weiter auf … bröckelt … bröckelt … stopp!«

Ich hielt inne, und LuEllen begutachtete den Safe. »Noch ein kleines bisschen«, sagte sie.

Ich versetzte dem Hebel einen leichten Stoß, und plötzlich löste sich der Safe aus seiner Halterung.

»Alles klar, alles klar …«

Wir schufteten so schwer, wie wir konnten, und bemühten

uns, dabei so leise zu sein wie möglich. Es dauerte noch einmal gut zehn Minuten, bis wir den Safe vollends aus der Öffnung gezogen hatten. Als ich ihn endlich in den Händen hielt, stolperte ich damit rückwärts und ließ ihn auf eine Couch fallen.

»Unmöglich, den Safe durch den Fahrstuhlschacht runterzuschaffen«, keuchte ich. »Der gottverdammte Klotz muss fast zwei Zentner wiegen. Er würde mich glatt mit sich in die Tiefe reißen.«

»Wir können ihn nicht einfach hier liegen lassen«, drängte LuEllen. »Wir haben es fast geschafft.«

»LuEllen, das Ding wirkt wie eine zwei Zentner schwere Autobatterie. Ich kann es zwar anheben, aber es ist zu schwer für seine Größe, als dass ich es vernünftig tragen könnte.«

»Verdammt, Kidd …« Sie umkreiste den Safe eine Minute lang wie ein Hai seine Beute. »Warte«, sagte sie dann und verließ das Zimmer.

Eine Minute später kehrte sie mit einem schwarzen Seidenlaken zurück. »Wir nehmen den Safe mit. Ich werde dir helfen.«

»Wie sollen wir das machen?«

»Hilf mir einfach.«

Wir wickelten den Safe so in das Laken, dass wir es an den Enden packen und das Gewicht tragen konnten. LuEllen ist stark wie ein Pferd. Sie formte eine Schlaufe aus ihrem Ende des Lakens, die sie sich über die Schulter legte, und dann schleppten wir den Safe mit vereinten Kräften durch das Apartment auf den Balkon.

»Was jetzt?«, flüsterte ich.

Sie deutete über die Brüstung. »Da runter.«

»O nein!«

»Doch. Wir können es schaffen. Genau von hier aus. Der Safe wird in weicher Erde landen.«

»Ahh, Mann!« Ich ließ meinen Blick über die dunkle Golfanlage schweifen. »Irgendjemand wird uns dabei beobachten.«

»Ein kleines Risiko.« Sie grinste mich an. Das war es, wofür sie lebte und was sie wahrscheinlich eines Tages ins Gefängnis bringen würde. »Komm schon, Kidd, sei kein Spielverderber.«

»Ach, zur Hölle.«

Bevor ich ihr den Gefallen tat, rief ich Green an. »Tut sich bei Ihnen irgendwas?«

»Nichts.«

»Fahren Sie an der Rezeption vorbei und sagen Sie mir, was Sie sehen.«

»Warten Sie einen Moment.«

Nach einer Minute meldete er sich wieder. »Ich sehe einen Mann, der ein Magazin liest.«

»Aktion abbrechen, Rückzug«, sagte ich.

»Okay, Chief.« Ich konnte die Belustigung in seiner Stimme hören. Polizeislang.

Ich wuchtete den Safe hoch, beugte mich ächzend über das Geländer und ließ ihn fallen. Einige Sekunden später schlug er mit einem dumpfen Geräusch auf, das sich so anhörte, als rammte ein kleines Auto einen hölzernen Telefonmast.

Wir verharrten mucksmäuschenstill und lauschten in die Dunkelheit. Ein scharfes Einatmen in der Stille? Ein überraschter Ausruf?

Nein. Nichts. Nur das leise Dröhnen eines Autos, das irgendwo in der Ferne beschleunigte.

»Siehst du, überhaupt kein Problem«, sagte LuEllen.

Wahrscheinlich wäre es sicherer gewesen, wenn wir wieder den Fahrstuhlschacht genommen hätten, doch LuEllen überredete mich, an der Hauswand hinunterzuklettern. »Es ist niemand auf den Balkonen«, flüsterte sie. »Keine Gefahr für uns.«

»Jesus.«

»In zehn Sekunden sind wir verschwunden.«

Es wurden mehr als zehn Sekunden. Ich bestand darauf, dass wir uns ein letztes Mal in der Wohnung umsahen, nicht in die Nähe des Computers gingen, aber überall sonst ölige Spuren hinterließen. Dann packten wir das Einbruchswerkzeug in die Tasche und seilten uns über den Balkon ab. LuEllen nahm die Tasche und das Seil, während ich mich mit dem Safe abmühte. Ich schaffte es, ihn etwa hundert Meter weit zu schleppen, bevor die Kräfte mich verließen. Wir wickelten ihn erneut in das Laken, verknoteten die Enden zu zwei Handgriffen, und nach zehn Minuten hatten wir den Zaun am Rand der Golfanlage erreicht.

Ich schickte LuEllen voraus, um den Wagen zu holen. Sie nahm das Laken mit, um es auf dem Rücksitz auszubreiten. Als sie vorfuhr, hievte ich den Safe über den Zaun, kletterte ihm hinterher, wuchtete ihn wieder hoch und humpelte damit zum Wagen.

Wie LuEllen gesagt hatte – überhaupt kein Problem.

18

Wenn LuEllen gerade einen Einbruch hinter sich gebracht hat, ist sie immer ziemlich aufgekratzt. Dann muss man sie wie ein hyperaktives Kind behandeln und versuchen, sie unter Kontrolle zu bekommen, sie zu bremsen. Heute Nacht bestand sie darauf, sich um das Auto, den Safe und die Werkzeuge zu kümmern.

»Wo willst du hin?«

»Zurück nach Shreveport«, sagte sie. »Wenn ich dem Typen das Werkzeug wiederbringe, schneidet er den Safe umsonst für mich auf.«

»Wir wollen nicht, dass er das Ding in die Luft jagt oder so was.«

LuEllen verdrehte die Augen. »Jesus, Kidd, seit Bonnie und Clyde hat kein Mensch mehr einen Safe in die Luft gejagt. Er wird ihn mit einem Schneidbrenner sauber öffnen.«

Sie setzte mich am Hotel ab.

»Tempomat«, ermahnte ich sie, als ich ausstieg.

»Unbedingt.«

Wer es eilig hat und nicht auffallen will, sollte unbedingt den Tempomaten einschalten. Man fährt auf die Interstate, stellt die Automatik auf zwei Meilen über die zulässige Höchstgeschwindigkeit, und kein Cop auf der Welt schenkt einem die geringste Beachtung. Andernfalls läuft man Gefahr, irgendwann seinem Adrenalinüberschuss zum Opfer zu fallen, rast mit 110 Meilen an einem Kontrollposten vorbei und hat das Gefühl, nicht halb so schnell zu fahren.

Nachdem LuEllen verschwunden war, marschierte ich sechs Straßenblocks weit zu einem Telefon an einem Tankstellenparkplatz, meldete mich bei Lane und kontrollierte anschließend meine Speicherbox.

Lane war fast genauso aufgedreht wie LuEllen. »Was haben Sie gefunden? Warum sind Sie nicht hier oben?«

»Wir wissen nicht, was wir haben. Es steckt noch in einem Safe, den wir aufschneiden lassen müssen. LuEllen kümmert sich heute Nacht darum, wird aber erst irgendwann am Morgen zurück sein.«

»Was ist mit dem Computer?«

»Wir müssten online auf ihn zugreifen können. Ich werde das in ein paar Minuten überprüfen.«

»Verdammt, Kidd, ich bin fast durchgedreht, obwohl wir draußen geblieben sind. Ich war völlig von der Rolle. Das ist was für mein Tagebuch.«

»Scheiße, lieber nicht«, sagte ich. »Das ist nicht mal was für Ihr Gedächtnis.«

Die Speicherbox war die Mailbox, die ich hauptsächlich dazu eingerichtet hatte, alles zu protokollieren, was Corbeil in seine Computertastatur tippte. Noch war sie leer, aber ich hatte nichts anderes erwartet. Corbeil, das Gesellschaftstier, der Model-Aufreißer, würde erst sehr spät in der Nacht nach Hause zurückkehren, wenn überhaupt. Es sei denn, irgendjemand entdeckte vorher die Einbruchspuren an der Tür und informierte ihn.

Zum Schluss rief ich Bobby an. Er hatte nichts weiter über Jacks Jaz-Disketten zu berichten, war sich aber sicher, dass der Hackerangriff auf das IRS aus Europa kam.

HABE EIN PAAR TELEFONNUMMERN AUS DEUTSCHLAND UND ADRESSEN VON ZOMBIE-COMPUTERN HIER IN DEN STAATEN GEFUNDEN, DIE AM ANGRIFF TEILNEHMEN. WERDE INFORMATIONEN AN NSA-KONTAKTPERSON SCHICKEN UND VERSUCHEN, SIE VON ALTEN NAMEN WEGZULOCKEN.

SIE IST KEINE ZAUBERIN. DU SETZT VIELLEICHT ZU VIEL HOFFNUNG AUF DUMME LEUTE.

MUSS SIE ABWEHREN. SIE WÜHLEN IMMER NOCH WIE VERRÜCKT NACH ALTEN NAMEN.

SEI VORSICHTIG.

DU AUCH.

Irgendwann vor Einbruch der Morgendämmerung ging ich ins Bett, noch immer von Sorgen um LuEllen gequält. Ich schlief etwa drei Stunden, konnte dann aber nicht länger liegen bleiben, stand ziemlich benommen auf und stolperte fast über meine eigenen Füße. Die Nacht zuvor hatte ich mich schon etwas zerschlagen gefühlt, jetzt aber protestierte jeder Muskel in meinem Körper. Dieser gottverdammte Safe. Ich weiß, wie sich Muskelzerrungen anfühlen, und nun hatte ich das, was einige Ärzte Mikrozerrungen nennen, die Art von Zerrungen, die man sich zuzieht, wenn man zu lange Schnee schaufelt. Es hatte keine größeren Muskelstränge erwischt, sondern unzählige winzige Fasern.

Ich humpelte ins Bad, schluckte sechs Ibuprofen, rasierte mich und verbrachte dann eine Viertelstunde unter einer dampfend heißen Dusche. Muskelzerrungen sollte man eigentlich mit Kälte statt mit Wärme behandeln, doch das erschien mir lächerlich. Ich hätte mich schon in eine Schneewehe eingraben müssen, um alle lädierten Körperpartien ausreichend zu kühlen. Das heiße Wasser linderte zumindest die Schmerzen.

Gerade als ich mich langsam abtrocknete, überkam mich plötzlich das Gefühl – wie eine Vorahnung, aber nicht von der bedrohlichen Art –, dass LuEllen zurückgekehrt war. Ich trat an ein Fenster, zog den Vorhang einen Spalt weit auf und sah auf den Parkplatz hinab. Ein weiterer herrlicher Tag, sonnig, aber die Luft war so trocken, wie sie es in Minnesota nie ist. Keine Spur von LuEllen.

So viel zum Thema Vorahnungen. Nachdem ich mich abgetrocknet hatte, verspürte ich erneut dieses Gefühl, gerade etwas Wichtiges gesehen zu haben, ohne es zu erkennen. Was war es? Ich wanderte ruhelos auf und ab, betrachtete mein Spiegelbild, starrte das Handtuch an. Was, zum Teufel, war es?

Ich kam nicht darauf, verdrängte den Gedanken und zog mich langsam an. Am meisten machten mir die Unterarme und der Rücken zu schaffen, gleich gefolgt von der Innenseite meiner Oberschenkel. Nur die Haare taten nicht weh, aber das war auch der einzige Lichtblick.

Als ich zum Frühstück gehen wollte, hatte ich die dritte Vorahnung, die wieder LuEllen betraf. Ich trat erneut ans Fenster, spähte durch den Vorhang, und diesmal sah ich tatsächlich den schwarzen Pontiac GrandAm in eine Parklücke rollen. Eine korrekte Vorahnung – man muss nur genug davon haben und alle beachten, dann erweist sich eine davon zwangsläufig als zutreffend. LuEllen stieg aus, verschwand im Hotel, und ich öffnete ihr schon die Tür, als sie noch im Flur war.

»Ich habe dich auf dem Parkplatz gesehen«, sagte ich. »Wie ist es gelaufen?«

»Wenn du einen großen Schweißbrenner hast, kannst du einen Safe wie ein Stück Käse zerteilen.« Sie schloss die Tür. »Du musst das Ding nur fest einspannen und drehen können, dann lässt es sich wie eine Blechbüchse öffnen.« Sie gab mir einen dicken Kuss, und ich zuckte zusammen.

»Was hast du?«

»Dieser beschissene Safe. Ich habe mir jeden einzelnen Muskel gezerrt.«

»Der Penis ist ein Muskel.«

»Der ist auch gezerrt«, sagte ich. »Du wirkst zufrieden«, fügte ich hinzu. »Fast schon begeistert.«

Sie kramte in ihrer Jackentasche herum, zog etwas Glitzerndes hervor und hielt es mir entgegen. Ich streckte die Hand aus, und sie ließ eine aus Platin und Diamanten bestehende Halskette hineinfallen. »Erinnerst du dich an dieses Model, das wir in Corbeils Apartment haben gehen sehen? Sie hat die Kette erst getragen, als sie wieder herauskam, und sie dabei ständig berührt. Das Ding ist mir gleich viel zu kostbar für ein Geschenk erschienen, deshalb habe ich mir gedacht, dass es in dem Safe stecken könnte.«

»Wie teuer?«

»*Sehr* teuer. Ich habe meinen Hehler in Georgia angerufen, und er sagte, dass er mir wahrscheinlich anderthalb Riesen dafür geben könnte. Die Steine sind klein, jeweils ein Karat, aber Spitzenqualität, als wäre die Kette in erster Linie für den Weiterverkauf angefertigt worden. Eine Kapitalanlage.«

»Das war es? Die Halskette?«

»Nope.« Sie grinste. »Außerdem noch 40.000 in bar, alles in Hundertdollarscheinen.«

»Computerdisketten, Ausdrucke ...?«

LuEllen schüttelte den Kopf. »Nichts dergleichen. Ein paar persönliche Dokumente, eine Schuldverschreibung, eine Geburtsurkunde, sein Reisepass. Ich habe alles mitgebracht, aber ich glaube nicht, dass etwas für dich dabei ist. Allerdings *war* genug in seinem Safe, um ihn für jemanden wie mich zu einem lohnenden Ziel zu machen.«

»Also wird er vielleicht weniger Anlass haben, seinen Computer zu überprüfen.«

»Vielleicht. Ich sage dir, Kidd, du hast mich im Laufe der Jahre in eine Menge Scheiße reingezogen, aber wir haben dabei immer Geld gemacht, was? Jedes Mal.«

»War einfach Glück, schätze ich.«

Sie begleitete mich zum Frühstück und meinte dann, dass sie etwas Schlaf bräuchte. Ihre Müdigkeit wirkte ansteckend. Wir kehrten in ihr Zimmer zurück, hängten das ›Bitte nicht stören‹-Schild an den Türknauf und schliefen bis in den Nachmittag hinein. Gegen drei Uhr rief Green an und erkundigte sich, was, zum Teufel, mit uns los sei.

Wir trafen uns zum Essen. Während wir auf unsere Bestellungen warteten, warf Green einen Blick in Corbeils Pass. »Kommt ziemlich viel in der Gegend rum. Extraseiten.« Er zog die zusätzlichen Seiten wie eine Ziehharmonika auseinander. »Mittlerer Osten, Indien.«

»Einer von diesen Typen, die schon überall gewesen sind und alles gemacht haben«, kommentierte LuEllen.

Als das Essen eintraf, sah sich Green die Schuldverschreibung an, die seiner Meinung nach keine Schuldverschreibung, sondern ein Ratenkaufvertrag war, was ich für das Gleiche hielt.

»Nicht ganz«, sagte LuEllen.

Während des Nachtischs faltete Green die Schuldverschreibung zusammen und warf sie auf den Tisch. »Er zieht irgendeine komische Sache mit einer Ranch durch.«

»Einer Ranch?«

»Yeah. Sieht nach einem Privatgeschäft aus. Ein Ratenkaufvertrag. Er hat 750.000 Dollar im Voraus gezahlt, danach zehn Jahre lang einen Tausender jährlich, und die letzten 10.000 kann er jederzeit begleichen.«

»Das klingt merkwürdig«, sagte ich. »Er hat eine Dreiviertelmillion auf einen Schlag gezahlt und kann dann die letzten zehn Riesen nicht aufbringen?«

»Das ergibt keinen Sinn«, meinte Green.

»Tut es doch«, widersprach LuEllen. Sie leckte an einem Eisklumpen auf ihrem Löffel herum.

»Schön, dann erklären Sie es uns, Miss Löffellutscherin«, sagte Lane.

»Bei einem Ratenkaufvertrag dieser Art geht der Besitztitel erst dann auf den Käufer über, wenn er die letzte Rate gezahlt hat.«

»Und?«

»Das bedeutet, dass die Ranch noch immer unter dem Namen des Verkäufers registriert ist. Wie heißt er?«

Green hob den Vertrag auf und sah nach. »Fred Lord.«

»Also, Fred Lord verkauft Corbeil die Ranch, und Corbeil muss noch ein paar Dollar abzahlen, bis ihm das Land offiziell gehört, kann es aber schon vorher nach Belieben nutzen. Trotzdem erscheint nur Lords Name auf den Steuerformularen, im Grundbuch und so weiter. Das ist Tarnung.«

»Damit niemand erfährt, dass er eine Ranch besitzt?«, fragte ich. »Wir sollten sie uns mal ansehen. Wo liegt sie?«

»Im McLennan County, wo auch immer das sein mag«, erwiderte Green. »1280 Morgen groß. Zwei Quadratmeilen Corbeilland.«

Lane wollte sofort losziehen, um einen Blick auf die Ranch zu werfen. »Was sollen wir sonst tun?«

»Meine Speicherbox überwachen«, sagte ich. »Dieser Computer ist für uns wichtiger als die Ranch.«

»Woher wissen wir das?«, fragte Lane. »Ich habe das Gefühl, als seien wir in eine Sackgasse geraten. Es ist jetzt drei Wochen her, seit Jack ermordet wurde. Mir scheint, als interessiere sich niemand mehr dafür. Außer uns.«

»Und den Leuten, die Jagd auf Firewall machen.«

»Ah, Firewall.« Sie wischte den Einwand mit einer kurzen Handbewegung beseite, als wollte sie eine lästige Stechmücke verscheuchen. »Die Leute von der NSA oder dem FBI werden die Typen finden, die hinter dem Hackerangriff stecken, und dann wird sich das erledigen.«

»Ich wünschte, das wäre wahr«, sagte ich. »Aber ich glaube nicht daran.«

Wir diskutierten einige Minuten lang über Firewall, über die Technik, mit der die Hackerattacke auf das IRS durchgeführt wurde, und über den Einsatz von Zombie-Computern. Dann wandten wir uns Lanes bevorstehendem Gespräch mit den Cops zu, das für Montagmorgen angesetzt war, in sechzehn Stunden.

Lane würde versuchen, sie zu drängen, AmMath zu durchleuchten. Je mehr Druck wir ausüben konnten, je neugieriger die Polizei, die NSA und das FBI auf AmMath wurden, desto größer war die Wahrscheinlichkeit, dass irgendetwas dabei herauskam. Wenn es uns gelang, die Sache in die Medien zu bringen, ihr eine politische Dimension zu verpassen, hatten wir auch eine Chance, eine offizielle Untersuchung der Vorfälle zu initiieren.

»Ich sehe keine Logik dahinter«, beschwerte sich Lane.

»Es gibt auch keine Logik. Wir sorgen nur dafür, dass Am-Math nicht in Vergessenheit gerät, und dass die Cops an Firewall dranbleiben, an Jacks Ermordung, dem Niederbrennen seines Hauses, dem Einbruch bei Ihnen ... Wir brauchen gar keine Erklärungen zu liefern, wir müssen sie nur weiter beschäftigen.«

Wir vereinbarten, uns am morgigen Nachmittag wieder zu treffen, nach Lanes Gespräch mit der Polizei. Als wir uns trennten, hatte ich noch immer den Eindruck, dass sie äußerst unzufrieden war. Für sie lag der Sinn unserer Ermittlungen darin, die Umstände aufzuklären, die zum Tod ihres Bruders geführt hatten, eine Einstellung, die LuEllen und ich offensichtlich nicht teilten.

»Ich mache mir allmählich Sorgen wegen ihr«, sagte LuEllen. »Was, wenn sie zu dem Schluss kommt, dass ihr nichts anderes übrig bleibt, als den Cops von uns zu erzählen, von Firewall, der NSA und einfach *allem* – um sie dazu zu bringen, sich intensiver mit Jacks Tod zu beschäftigen?«

»Sie weiß nicht allzu viel«, erwiderte ich.

»Sie weiß, wer bei Corbeil eingestiegen ist. Schon das allein ist eine ganze Menge.«

»Yeah.« Eine Weile fuhren wir schweigend dahin. Ich seufzte. »Noch ist die Geschichte nicht außer Kontrolle geraten. Ich glaube, wir können ihr begreiflich machen, welchen Schaden sie anrichten würde, wenn sie uns alle verrät. Sie wird uns zuhören.«

»Das hoffe ich«, sagte LuEllen. »Aber wir sollten uns andere Optionen trotzdem offen halten.« Sie dachte eine Minute lang nach und fügte hinzu: »Zu dumm, dass sie weiß, wo du wohnst.«

An diesem Abend ging Corbeil online. Wir konnten nicht wissen, wann er entdeckt hatte, dass bei ihm eingebrochen worden war. Ich überprüfte den ganzen Tag lang stündlich die Speicherbox, und um zehn Uhr zeichnete sie eine Kommunikation zwischen Corbeils Apartment und dem Computer bei AmMath auf. Die Software, die ich dazu benutzte, war denkbar einfach, die entscheidenden Komponenten sind in jedem Computerladen für neunundneunzig Dollar frei erhältlich. Im Wesentlichen zeichnet sie Tastatureingaben auf. Alles, was Corbeil in seinen Rechner eintippte, wurde registriert und an meine Protokollbox weitergeleitet. Manchmal ist das Ergebnis nicht ganz leicht zu lesen, wenn der Typ, den man ausspioniert, ein schlechter Tipper ist. Doch ich hatte genug Erfahrung gesammelt, um es wie einen Brief lesen zu können.

»Was hast du herausbekommen?«, fragte LuEllen, die mir über die Schulter sah.

»Zuerst einmal haben wir die Telefonnummer, das Anmeldeprotokoll und Corbeils Passwort, um in den Firmencomputer zu gelangen. Alles Weitere gibt nicht viel her.«

Was Corbeil schrieb, war ein Brief an einen seiner Sicherheitsleute, in dem er von dem Einbruch in seine Wohnung berichtete.

WO STECKEN SIE? KANN SIE NICHT ERREICHEN. IRGENDJEMAND IST IN MEIN APARTMENT EINGEBROCHEN. DIE EINBRECHER HABEN DEN SAFE AUS DER WAND GERISSEN. SIE MÜSSEN SCHWERES GERÄT BENUTZT HABEN, DENN DIE SCHÄDEN SIND ENORM. SIE HABEN GELD UND SCHMUCK GESTOHLEN. WIR BRAUCHEN HÖCHSTE SICHERHEITSSTUFE FÜR DIE FIRMA, UND JEMAND SOLLTE DIE RANCH IM AUGE BEHALTEN. WIR BRAUCHEN NACHTWÄCHTER FÜR DAS BÜRO. ICH HABE VERSUCHT, NASMITH SECURITY ANZURUFEN, KANN

ABER NIEMANDEN ERREICHEN. WIR BRAUCHEN HEUTE NACHT UNBEDINGT LEUTE IN DER FIRMA!!! ICH WERDE SELBST HINFAHREN, SOBALD WIR HIER FERTIG SIND. ICH MUSSTE DIE POLIZEI RUFEN, WEIL DIE HAUSVERWALTUNG DEN EINBRUCH ENTDECKT HAT. LIESS SICH NICHT VERMEIDEN. COPS SIND GERADE UNTERWEGS. VIELLEICHT WAR ES DAS GELD UND DIE DIAMANTENKETTE. MARIAN HAT DIE KETTE AM FREITAG GETRAGEN, UND ALLE HABEN SIE GESEHEN. DA WIR NICHT SICHER SEIN KÖNNEN, MÜSSEN WIR ANDERE MÖGLICHKEITEN IN BETRACHT ZIEHEN. WIR SOLLTEN LIEBER DIE NÄCHSTEN EIN ODER ZWEI WOCHEN IN DECKUNG BLEIBEN. ICH WERDE HEUTE NACHMITTAG DIE PAKS ANRUFEN UND IHNEN ABSAGEN. LÖSCHEN SIE DIESE NACHRICHT, SOBALD SIE SIE GELESEN HABEN, UND RUFEN SIE MICH AN.

Corbeil hatte außerdem eine Datei geladen. Wir konnten den Inhalt nicht einsehen, da das Programm nur Tastatureingaben aufzeichnete, aber wir hatten den Namen: OMS2. Alles, was Corbeil danach tat, war, in der Datei zu lesen. Dann trennte er die Verbindung.

»Gehen wir«, sagte ich. »Er hat das Netz verlassen und dürfte jetzt eine Weile beschäftigt sein.«

Wir fuhren zu einem Red Roof Inn, checkten mit den falschen Papieren ein, die ich in San Francisco bekommen hatte, zahlten aber vorsichtshalber trotzdem in bar und gingen erneut online. Die Speicherbox war immer noch inaktiv, was bedeutete, dass Corbeils Computer ausgeschaltet war. Ich wählte die Telefonnummer von AmMath, gab Corbeils Passwort ein, und schon waren wir drin.

Die OMS2-Datei war kurz und bündig. Sie enthielt lediglich ein paar Firmenmemos sowie eine Liste mit Namen und Telefonnummern. Ich suchte nach einer Datei mit dem Namen OMS3 – Fehlanzeige. Auch bei OMS1 und einfach nur OMS wurde ich nicht fündig. Das war seltsam, denn die Dateien, die wir von Jack bekommen hatten, trugen das Kürzel OMS.

Vielleicht befanden sie sich in einem abgeschotteten Sektor des Rechners, oder in einem ganz anderen Computer, auf jeden Fall irgendwo, wo ich nicht darauf zugreifen konnte.

Was ich stattdessen fand, war eine umfangreiche Verwaltungsdatei namens CLPR, die sich als Sammlung interner Memos über Clipper II entpuppte. Ich kopierte sie auf eine meiner Jaz-Disketten, was aufgrund ihrer Größe eine Weile dauerte. Sogar *zu* lange. Als die Übertragung endlich abgeschlossen war, trennte ich sofort die Verbindung.

Wir hatten darauf geachtet, möglichst wenig glatte Oberflächen in dem Zimmer zu berühren. Bevor wir gingen, wischten wir die Stellen, die wir zwangsläufig hatten berühren müssen, gründlich ab und sagten dem Mann in der Rezeption, dass sich bei uns zu Hause etwas Unvorhergesehenes ereignet hätte und wir deshalb vorzeitig abreisen müssten. Der Blick, mit dem er LuEllen taxierte, verriet deutlich, was er dachte: *Na klar, sicher doch.*

»Wir hätten uns ein bisschen Zeit für eine kleine Nummer nehmen sollen«, sagte ich auf der Rückfahrt zu unserem Hotel. »Aus Gründen der Glaubwürdigkeit. Du hattest nicht diesen hübschen, leicht geröteten postorgasmischen Teint, den du hinterher immer bekommst.«

»Das können wir ja noch nachholen«, schlug sie vor.

»Zu spät, um den Pförtner damit zu beeindrucken.«

Das Interessanteste an der OMS2-Datei waren die Namen – Militärangehörige aus allen Teilen der Welt, hauptsächlich aber aus einer Reihe islamischer Staaten, die sich von Syrien bis nach Indonesien erstreckten. Aus Afrika nur Ägypten. Die Türkei fehlte.

»Warum ist das merkwürdig?«, erkundigte sich LuEllen nach einer entsprechenden Bemerkung meinerseits.

»Die Auswahl der Namen. Wenn du den Clipper-Chip

entwickelst, könnten zwar alle diese Leute als Interessenten infrage kommen, deine Hauptkunden aber wären die größeren Länder wie England, Frankreich, Deutschland, Russland, Japan, China, Indien und so weiter. Stattdessen haben wir hier Syrien, den Irak, Iran, Kuwait, Pakistan, Indonesien, Kasachstan – und auf der anderen Seite fehlen Afghanistan, Saudi-Arabien und die Türkei.«

»Es ist nur eine Datei. Die Bezeichnung OMS2 impliziert, dass es noch mehr davon gibt, auch wenn wir sie nicht finden können. Vielleicht sind sie anderswo versteckt oder mittlerweile gelöscht worden.«

»Yeah, das ist richtig …«

Die CLPR-Datei enthielt ein paar Tausend Memos über routinemäßige Firmenvorgänge technischer, personeller und finanzieller Art. Wir verbrachten vier Stunden damit, sie durchzulesen – besser gesagt, sie zu überfliegen –, ohne einen einzigen brauchbaren Punkt zu finden.

»Weißt du was?«, fragte LuEllen schließlich. »Wäre ich in der Verwaltungsabteilung angestellt, würde ich mir glatt die Pulsadern aufschneiden. Ich könnte mir nicht mal vorstellen, diesen Scheiß zu schreiben, geschweige denn, mir den Kopf darüber zu zerbrechen.«

»Nicht ein einziger gottverdammter Anhaltspunkt«, murmelte ich entmutigt.

»Vielleicht gibt es da doch was«, sagte sie. »Nichts Inhaltliches … ich bin mir zwar nicht sicher, aber sehen wir uns mal das Datum der einzelnen Memos an.«

Das taten wir, und LuEllen wies mich darauf hin, dass noch vor zwei Jahren wöchentlich zehn bis zwanzig Memos zu Clipper verfasst worden waren. Vor einem Jahr waren es höchstens zehn pro Woche und während der letzten sechs bis acht Monate nur noch vier oder fünf im gleichen Zeitraum.

»Als liefe das Projekt aus«, stellte sie fest.

»Vielleicht geht das Geld zur Neige, oder die Zeit läuft ab«, überlegte ich laut. »Vielleicht haben Corbeils Leute Informationen über Clipper gestohlen, und das ist es, was sie vertuschen wollen.«

»Warum sollten sie dann wegen eines Fotos töten, das drei Typen auf einem Parkplatz zeigt? *Falls* sie es getan haben?«

»Wir wären schlauer, wenn wir herausfinden könnten, wer die Typen auf dem Foto sind«, sagte ich.

»Wie sollen wir das anstellen?«

»Ich glaube nicht, dass wir das können. Wir sind nicht das beschissene FBI. Wir sind lediglich ein paar ganz normale Leute.«

19

St. John Corbeil

Corbeil tobte innerlich. Die Halskette war verschwunden, und seine Handfläche juckte, als vermisste sie die Berührung der Diamanten. Seine Privatsphäre war verletzt worden. Der Verlust der Kette hatte ihn so wütend gemacht, dass er zuerst gar nicht bemerkt hatte, dass der Diebstahl nur ein Ablenkungsmanöver gewesen war. Und die Unbekannten waren erstaunlich geschickt vorgegangen.

Sie hatten ihn perfekt aufs Kreuz gelegt. Diese öligen Fußabdrücke überall im Wohnzimmer und nur eine einzige Spur, die an seinem Computer vorbeiführte ... Er konnte sie immer noch vor seinem geistigen Auge sehen und das Gefühl der Erleichterung spüren, als er zu der Überzeugung gelangt war, dass die Einbrecher den Computer nicht angerührt hatten.

Der Raub der Diamantenkette hatte ihn wütend gemacht, doch das war nur ein materieller Verlust. Er hatte die Steine, weiß Gott, oft genug in aller Öffentlichkeit zur Schau gestellt, sie jedem zweiten Model von Dallas um den Hals gehängt. Aber er war *benutzt* worden, die Einbrecher wussten genau, wie er dachte.

Und so hatten sie noch am gleichen Abend seinen Computer geplündert. Sie wären damit sogar unbemerkt davongekommen, hätte Woods nicht die Augen offen gehalten und am nächsten Morgen die Spuren der merkwürdigen Schnüffelei in den Dateiverzeichnissen entdeckt. Und als Woods ihn darauf angesprochen hatte, war es Corbeil sofort wie Schuppen von den Augen gefallen.

Aufs Kreuz gelegt.

»Lane Ward«, sagte er.

»Sie verfügt nicht über die nötigen Ressourcen«, protestierte Hart. »Wer auch immer bei Ihnen eingedrungen ist, es waren Profis. Der Safe ist nicht von Hackern aus der Wand gerissen worden. Dazu war Spezialwerkzeug erforderlich. Die Typen haben Ihr Apartment fast auseinander genommen, und niemand im Haus hat irgendwas gehört.«

»Wer war es dann? Das FBI mit einer illegalen Aktion? Heute nicht mehr, die Zeiten sind vorbei. Die CIA? Das ist der feigste Sicherheitsdienst in der gesamten westlichen Welt. Die NSA? Die hat weniger Ressourcen für verdeckte Operationen als wir. Wer bleibt also übrig? Irgendwie muss diese Ward dahinter stecken. Und wenn nicht sie selbst, dann kann sie uns garantiert verraten, wer es war. Denken Sie daran, was mit Ihrer Wanze in San Francisco passiert ist. Irgendjemand hilft ihr.« Corbeil starrte Hart an. »Ich möchte, dass Sie Lane Ward finden. Schnappen Sie sie. Wir unterhalten uns auf der Ranch mit ihr.«

»Mr. Corbeil, wenn Lane Ward verschwindet, fliegt die Scheiße in den Ventilator. Es gibt schon jetzt Verbindungen zwischen mir und dem Tod von Morrison.«

»Hören Sie, wir können es so aussehen lassen, als wäre sie ein Mitglied von Firewall. Wir haben die Grundlagen bereits gelegt. Ich werde Woods beauftragen, von außen in unsere Systeme einzudringen und dabei genauso vorzugehen, wie es diese Typen getan haben, aber er wird in den Clipper-Dateien rumschnüffeln, und dann werden wir die NSA und das FBI zu Hilfe rufen. Irgendwie werden wir eine Spur zu Lane Ward legen.«

»Wie?«, fragte Hart skeptisch. »Indem wir es so deichseln, als hätte sie ihren Führerschein im Motel verloren? Und sie hat irgendeinen Helfer?«

»Richtig, da ist noch jemand, mit dem wir unbedingt reden müssen. Ich wette, so ein kleines Computergenie aus Stanford, das weiß, wie man sich überall reinhacken kann. Einer von diesen verdammten, hühnerbrüstigen Klugscheißern mit einem IQ von 160, der sogar in der Lage ist, einen Safe aus einer massiven Wand zu reißen.«

Hart schüttelte den Kopf.

»Vielleicht Fingerabdrücke«, sagte Corbeil.

»Was?«

»Ein Computerangriff auf AmMath aus einem Motelzimmer. Wenn das FBI nachforscht, findet es ihre Fingerabdrücke überall.«

»Wie sollen wir sie dazu bringen, dass sie mitspielt?«

»Wir unterhalten uns zuerst in einem Motelzimmer mit ihr. Mieten ein Zimmer, quetschen sie dort aus, sorgen dafür, dass sie jede Menge Fingerabdrücke hinterlässt, und schaffen sie dann auf die Ranch. Sobald sie verschwunden ist, hackt sich Woods von dem Motelzimmer aus in unsere Rechner ein … Die NSA kann solche Aktionen immer noch aufspüren.«

»Klingt zu kompliziert für meinen Geschmack. Wenn sie sich losreißt oder anfängt zu schreien …«

»Also, wenn Ihnen das zu kompliziert ist, dann schaffen Sie sie sofort auf die Ranch«, knurrte Corbeil.

»Dann können wir nicht ...«

»Aber dann haben wir ihre Hände«, fiel Corbeil Hart ins Wort. »Und die wird sie dann nicht mehr brauchen. Nicht mehr, nachdem wir mit ihr fertig sind.«

»Jesus!«, stieß Hart hervor.

»Nein, Jesus hat nichts damit zu tun«, sagte Corbeil kalt.

»Ich meine nur, ich habe das Gefühl ...«

»Was?«

»... dass die Geschichte außer Kontrolle gerät.«

»William, Sie haben Recht. Sie haben hundertprozentig Recht. Wir müssen diese Sache wieder unter unsere Kontrolle kriegen, oder wir sind tot. Sie haben schon mal ein Jahr im angenehmsten Gefängnis von Texas abgerissen. Wie würde Ihnen ein *wirklich* harter Knast gefallen? Die Art von Knast, die für Verräter reserviert ist? Denn das ist das Etikett, das man uns verpassen würde: Verräter. William, wir würden für den Rest unseres Lebens bis zum Hals in der Scheiße stecken.«

»Aber wenn wir einfach ...«

»... nichts tun würden? Das haben wir schon versucht, William. Es funktioniert nicht. Wir müssen wissen, was passiert. Sollte es ganz schlimm kommen, brauchen wir zumindest genug Vorwarnzeit, um rechtzeitig fliehen zu können.«

»Fliehen.« Hart griff sich mit beiden Händen an den Kopf. »O Jesus! Fliehen!«

»Also, *Sie* schnappen sich Lane Ward. Und den Knaben, der sie in der Gegend rumkutschiert, wer auch immer das ist. Ich werde in der Zwischenzeit hier sitzen ...« – Corbeil deutete auf den Kirschholzschreibtisch – »... und mir überlegen, wie ich die ganze Sache Firewall in die Schuhe schieben kann. Zumindest so überzeugend, dass *wir* deswegen nicht den Bach runtergehen.«

»Wir sollten *Old Man of the Sea* beenden.«

Corbeil zuckte die Achseln. »Wenn Sie darauf bestehen, aber dafür gibt es wirklich keinen Anlass. Unsere Jäger sind weit davon entfernt, sie haben nicht einmal einen Hinweis auf das Projekt.«

»Trotzdem würde ich mich danach sehr viel wohler fühlen«, murmelte Hart.

»Ich werde mal mit Woods sprechen«, sagte Corbeil.

20

Am nächsten Morgen schliefen wir lange, LuEllen länger als ich. Um zehn Uhr wälzte ich mich aus dem Bett, streckte mich und machte mich frisch. Als ich aus dem Bad zurückkehrte, schlief LuEllen immer noch. Sie hatte das Laken weggestrampelt, und von der Badezimmertür aus gesehen wurde ihr Gesicht von einem weit ausgestreckten Arm und einem Oberschenkel eingerahmt. Den Vordergrund bildete ein Fuß, der in die Höhe ragte.

Füße sind immer ein schönes Motiv für einen Maler, besonders wenn ihm die Fußsohlen zugewandt sind. Ich schlich auf Zehenspitzen zu meinem Aktenkoffer, zog den Zeichenblock hervor, schob vorsichtig einen Stuhl neben die Badezimmertür, setzte mich und malte eine Stunde lang.

Irgendwann bemerkte LuEllen die völlige Stille, stemmte sich halb aus dem Bett hoch und blickte sich um. »Kidd?«

»Hier drüben.«

»Malst du etwa schon wieder meinen Arsch?« Sie richtete sich ganz auf, streckte sich und gähnte.

»Er ist zwar im Bild, war aber nicht der Mittelpunkt. So eine Art Halbperspektive.«

Sie kam zu mir und begutachtete die Zeichnung, während ich den Bereich um ihre Zehen herum mit einer Schattierung abdunkelte.

»Meine Füße sind nicht so groß«, beschwerte sie sich.

»Aus dieser Perspektive schon.«

»Nicht *so* groß. Ich habe Schuhgröße fünf.«

»Aus diesem Blickwinkel …«

»*Bullshit*. Nicht so groß. Und meine große Zehe ist nicht so verkrümmt.«

»Du hast Recht. Es tut mir Leid. Ich entschuldige mich.«

»Nein, das tust du nicht.« Sie streckte sich erneut. »Es ist dir völlig gleich, welches fragile Ego du zerstörst. Du bist genau wie alle Künstler.«

»Irgendjemand hat mal gesagt, ein Porträt sei ein Bild, bei dem etwas mit dem Mund nicht ganz stimmt«, sagte ich. »Könnte Sargent gewesen sein. Aber wie auch immer, von einem Fuß war da nie die Rede.«

»Dann hole ich das eben nach.«

»Geh unter die Dusche.«

Während sie duschte, bemühte ich mich, die perspektivische Verkürzung ihres Beines und Fußes in den Griff zu bekommen, dahinter ihr über den Oberschenkel aufragendes Gesicht und wiederum dahinter das Kopfkissen. Als ich damit fertig war, riss ich das Blatt aus dem Zeichenblock, knüllte es zusammen und warf es in den Papierkorb. Irgendetwas mit dem Fuß war mir nicht richtig gelungen.

Ich grübelte über das Problem nach, sah zum Fenster hinaus auf den Parkplatz und wartete, dass LuEllen endlich aus dem Badezimmer kam …

… und begriff plötzlich, was mir bisher entgangen war. Warum ich gestern beim Blick auf den Parkplatz das Gefühl gehabt hatte, etwas Wichtiges zu übersehen.

Auf einmal verstand ich, was es mit den Fotos von Am-

Math auf sich hatte – oder zumindest einen Teil davon. Die Antwort hatte mir der perspektivisch verzerrte Blickwinkel auf LuEllens Fuß geliefert.

Die Dusche rauschte noch immer, und ich konnte LuEllen im Bad vor sich hin summen hören, als ich meinen Laptop aufklappte und eins der Fotos lud.

»Jesus!« Ich hatte Recht. Ich starrte das Bild eine Weile an und lud dann ein anderes, riss ein Blatt aus meinem Zeichenblock, schnappte mir einen Stift und führte Vergleichsmessungen auf dem Bildschirm durch. Als LuEllen mit einem um den Kopf gewickelten Handtuch aus dem Bad kam, war ich immer noch dabei. Ich warf ihr einen kurzen Blick zu und starrte dann wieder auf den Monitor.

»Danke«, sagte sie. »Ich stehe hier in meiner hübschen pinkfarbenen …«

»Halt den Mund«, unterbrach ich sie. »Ich muss mich sofort mit Bobby in Verbindung setzen. Zieh dich an.«

»Was?«

»Wirf mal einen Blick auf dieses Foto.«

Sie sah mir über die Schulter. »Was?«, wiederholte sie.

»Siehst du den Schatten, den dieser von der Sonne angestrahlte Lichtmast wirft?«

»Ja, und?«

»Dann schau dir den Schatten von diesem Mast hier an.«

»In Ordnung.«

»Und jetzt den hier.«

»Ich sehe die Schatten und die Lichtmasten, Kidd. Also, was soll das?«

»Alle Schatten werden in genau der gleichen Perspektive gezeigt«, erklärte ich. »Zumindest so weit ich es nachmessen kann. Kommt dir das nicht unheimlich vor?«

»Nein. Und was hat das zu bedeuten?«

»Dass es völlig unmöglich ist, sonst nichts. Schön, nicht unmöglich, wenn die Kamera weit genug entfernt steht.«

»Wir haben doch vermutet, dass es eine Überwachungskamera auf dem Dach sein könnte. Sie muss sich auf dem Dach befinden, damit ein so steiler Winkel entsteht.«

»Nicht hoch genug«, sagte ich. »Ich muss mit Bobby sprechen. Er könnte ein paar genauere Messungen anstellen und die Werte ermitteln.«

»Wenn das Dach nicht hoch genug ist, was dann? Glaubst du, die Fotos wurden aus einem Flugzeug geschossen?«

»Nein, ich denke, das sind Satellitenaufnahmen.«

Auch das beeindruckte LuEllen nicht besonders. Ich musste weiter ausholen. »Stell dir vor, wie ein Gesicht aussehen würde, wenn du es mit deiner Nikon aus einer Entfernung von drei Häuserblocks fotografierst und das Bild dann auf diese Größe aufblähst. Ungefähr wie ein Fingerabdruck. Und jetzt sieh dir diese Gesichter an. Du kannst sie zwar nicht richtig erkennen, aber es fehlt nicht viel daran. Wenn sich die Kamera tatsächlich im Orbit befindet, muss sie unglaublich leistungsfähig sein.«

Jetzt beugte sich LuEllen über mich und entdeckte etwas, das uns bisher nicht aufgefallen war. »Weißt du, diese Autos …« Auf dem Parkplatz standen ein halbes Dutzend Fahrzeuge herum. »Nicht eins davon ist ein amerikanisches Modell. Zum Beispiel das hier …« Sie tippte mit einem Fingernagel auf den Bildschirm. »Ich kann mich nicht erinnern, jemals einen solchen Wagen gesehen zu haben. Wie eine Mischung aus einem Pickup und einer Limousine.«

»Solche Wagen gibt es massenhaft im Mittleren Osten«, sagte ich.

LuEllen richtete sich auf. »Also ist es eine Satellitenaufnahme. Na und?«

»Weiß ich noch nicht. Aber es erscheint mir ziemlich unwahrscheinlich, dass ein Satellit ein Bild von drei Typen schießen kann, die aus irgendeinem Grund wichtig sein sollen. Wie könnte man den richtigen Zeitpunkt abpassen, um sie an einem bestimmten Ort zu erwischen?«

»Vielleicht mit Funkgeräten ...«

Ich schüttelte den Kopf. »Ich wette, das Wichtige sind nicht die Typen, sondern das Foto selbst. Nicht der Inhalt des Bildes, sondern die Tatsache, dass sie es haben. Sie sollten eigentlich am Clipper-Chip arbeiten, stattdessen aber haben sie *das* hier. Das muss eine teuflisch hochkarätige Aufklärungstechnik sein. Damit kann man nicht nur Munitionslager aufspüren, man könnte sogar erkennen, welche Art von Munition sie enthalten. Wenn die Leute von AmMath irgendwie Computer dazu benutzen können, die Auflösung der Aufnahmen zu erhöhen – und wenn auch nur mit Annäherungswerten –, so könnte sie das in die Lage versetzen herauszufinden, wer wo in welchen Wagen steigt, ihn dann durch den Verkehr zu verfolgen ... Dinge dieser Art.«

»Es ist die NSA, richtig? Ist das nicht ihr Betätigungsfeld?«

»Nein, das ist eine andere Organisation, das NRO, das National Reconnaissance Office. Für Satellitenaufklärung ist das NRO zuständig.«

»Dann lass uns sehen, was Bobby dazu sagt.«

Wir gingen von einer Einkaufspassage aus online. Bobby glaubte, die Höhe der Kamera feststellen zu können, indem er kleine Bildsegmente der Originalfotos untersuchte und einige präzise Messungen der Schatten vornahm.

UNGEHEUERLICH, WENN DAS WIRKLICH EIN SATELLITENFOTO IST. HABE NOCH NIE WAS VERGLEICHBARES GESEHEN.

VIELLEICHT IST ES DAS, WAS SIE VERBERGEN.

ABER WAS HAT DAS MIT FIREWALL ZU TUN?

Das war die andere Seite der Frage, die sich Lane stellte. Sie wollte wissen, was Jack zugestoßen war, Bobby wollte wissen, warum sein Name im Zusammenhang mit Firewall auftauchte. Irgendwie war AmMath in beide Vorfälle verwickelt, aber wie und warum? Oder gab es überhaupt eine Verbindung?

Wir diskutierten auf dem Rückweg darüber und kamen überein, dass es eine Verbindung geben *musste*. Jack war nach Maryland geflogen, wo der Server stand, der die Gerüchte über Firewall losgetreten hatte. Der Mann, den er aufgesucht hatte und der später getötet worden war, war Kunde desselben Servers gewesen. Alles war irgendwie miteinander verknüpft, nur konnten wir den Knotenpunkt nicht erkennen.

Wie sich herausstellte, hatte Lane die ganze Nacht lang über die gleichen Fragen nachgegrübelt. Wir frühstückten gemeinsam, und sie beugte sich vor, ergriff mein Glas, klopfte lautstark damit auf den Tisch und erläuterte ihre Theorie.

»Nehmen wir an, die Fotos sind aus irgendeinem Grund furchtbar wichtig. Wir wissen zwar nicht warum, aber gehen wir einmal davon aus. Jack stiehlt sie. Die Leute von AmMath erfahren es, aber sie wissen weder warum, noch wem er die Bilder gegeben hat. Also denken sie sich einen Plan aus. Sie erfinden dieses Firewall und benutzen dazu Namen, die sie aus dem Internet herausgefischt haben. Legendäre Hacker. Im Netz wird über alles Mögliche geredet. Jeder könnte eine solche Liste zusammenstellen. Sie erklären Jack zu einem Teil dieser Gruppe, und nachdem die Namen bekannt werden, sagen sich die Cops: ›Aha, er war Mitglied in diesem radikalen Verein. Das ist der Grund, weshalb er bei AmMath eingebrochen ist. Er hatte eben nur das Pech, dabei erwischt zu werden …‹«

»Warum hätten sie dann den Servèr in Maryland zur Verbreitung der Gerüchte benutzen sollen?«, fragte ich. »Den gleichen, bei dem zufällig auch Lighter Kunde war?«

»Sie haben selbst gesagt, dass die meisten Kunden NSA-Leute waren«, erwiderte sie. »Vielleicht ist es ein Server gewesen, den alle kannten, auf den sie alle Zugriff hatten.«

»Klingt recht dünn«, meinte LuEllen.

»Aber der Rest klingt ziemlich plausibel«, sagte Green. »Es kittet die losen Enden zusammen.«

»Was ist mit der Attacke auf das IRS? Die Vorbereitungen dazu sind schon vor Wochen in die Wege geleitet worden.«

»Aber der Name Firewall war damals noch nicht publik«, wandte ich ein. »Der könnte erst im letzten Moment aus dem Hut gezogen worden sein. Nehmen wir an, diese Hacker sind bereit, das IRS anzugreifen, und erst da erfindet jemand eine Gruppe mit einem Namen, der bösartig klingt. Also sagen sich die Hacker: ›In Ordnung, wir sind Firewall.‹«

»Gottverdammt«, stöhnte LuEllen. »Das klingt immer noch zu abenteuerlich.«

»Aber eins möchte ich klarstellen«, sagte Lane. »Ich denke, wir sollten, wenn wir uns wieder in den AmMath-Computer einhacken, unsere Suche auf Informationen über Firewall und Satelliten beschränken. Dieser Clipper-Kram ist eine Sackgasse. Was auch immer hier passiert, es hat nichts mit Clipper zu tun.«

»Wenn *wir* uns wieder einhacken?«, fragte ich.

»Verdammt richtig. Ich kenne mich mit den allgemeinen Grundlagen genauso gut wie jeder andere aus. Wenn wir heute Nacht wieder dort eindringen, möchte ich dabei sein.«

»Wir sollten uns ein neues Motel für die Aktion suchen«, murmelte ich.

»Gleich auf der anderen Straßenseite gibt es einen Laden namens Eighty-Eight«, sagte Green.

»Dann quartieren wir uns also heute Nacht dort ein«, beschloss ich. »Wir benutzen einen von LuEllens falschen Namen und rufen Sie an, sobald wir bereit sind.«

Lane hatte nicht viel über das Gespräch mit den Cops zu berichten. »Sie sagen, sie glauben nicht, dass AmMath irgendwas mit der ganzen Geschichte zu tun hat, aber ich denke, sie vermuten, dass es da um irgendein Geschäft mit der Regierung geht, über das sie nichts wissen wollen. Sie halten *uns* für die Bösewichte – Jack und mich.«

»Sie haben doch von dem Einbruch in Ihr Haus erzählt.«

»Natürlich. Wir haben ihnen alle Einzelheiten geliefert und darauf hingewiesen, dass wir glauben, auch in Jacks Haus muss eingebrochen worden sein.«

»Die Polizei hat den Fall abgehakt«, sagte Green. »Ich habe früher in Oklahoma mit einer Organisation zusammengearbeitet, die Schießereien mit der Polizei untersucht hat. Die meisten dieser Fälle waren geklärt und abgeschlossen. Aber hin und wieder sind wir auf eine Schießerei gestoßen, bei der irgendwas faul war. Keine Beweise oder direkte Indizien, nur irgendwelche Unstimmigkeiten. Wir haben versucht, die Cops dazu zu bewegen, sich die Fälle etwas genauer anzusehen, ein paar Fragen mehr zu stellen. Und sie sagten immer zu, sich darum zu kümmern, aber man konnte es ihren Gesichtern ablesen, dass sie die Akte bereits geschlossen hatten. Entweder glaubten sie zu wissen, was passiert war, oder sie wollten gar nicht mehr wissen. Genau das Gleiche trifft auch auf diesen Fall zu. Ich konnte es ihnen ansehen, sie haben die Akte geschlossen. Für sie ist der Fall erledigt. Sie sind nicht daran interessiert, mehr darüber zu erfahren.«

»Verdammt, niemand unternimmt irgendetwas!«, fluchte ich.

Wir dachten eine Weile darüber nach.

»Übrigens, ich habe mich über das McLennan County informiert, wo Corbeils Ranch liegt. Das ist ungefähr hundert Meilen südlich von hier in der Nähe von Waco.«

LuEllen und ich vereinbarten, uns heute Abend in Denton mit Lane und Green zu treffen, dann nahmen wir uns für den Rest des Tages frei. Wir waren zu lange in geschlossenen Räumen eingesperrt gewesen, hatten in Hotelzimmern und Restaurants herumgesessen – uns fehlte die Bewegung im Freien. Ich packte meinen Laptop und meinen Zeichenblock ein, die Wasserfarben und eine Plastikflasche mit Wasser, und dann gingen wir zu einem Golfübungsplatz. LuEllen machte eine Stunde lang Abschläge, während ich das Schutzdach über dem Abschlagplatz malte. Seit der Geschichte mit den Satellitenfotos – sofern es welche waren – dachte ich über Perspektiven nach. Über den Abschlagplatz erstreckte sich ein fünfzig Meter langes Metalldach, das auf Stahlpfosten ruhte, und wenn man es von den Ecken aus betrachtete, stellte es eine ziemlich interessante Herausforderung in der Dreipunktperspektive dar.

Nachdem LuEllen genug Bälle geschlagen hatte, kehrten wir ins Motel zurück und sprachen mit einem Angestellten, der eine Karte hervorzog und uns einen sechs Meilen langen Rundkurs zeigte, den er selbst jeden Morgen lief. Wir fuhren zum Anfangspunkt der Strecke und schafften die sechs Meilen in fünfundvierzig Minuten, ein Kurs, der durch Vorstadtstraßen führte, in denen überall Pickups parkten.

»Nicht schlecht«, sagte LuEllen, als wir wieder bei unserem Wagen ankamen. »Lass uns losziehen und ein Paar Stiefel kaufen.«

Sie suchte sich zwei Paar Cowboystiefel aus, für die sie 600 Dollar hinblätterte. Ich hatte sie zwar nie auf einem Pferd gesehen, doch ich wusste, dass sie Pferde mochte – und Stiefel. Sie machen sie ein paar Zentimeter größer, und das gefällt ihr.

Um neun Uhr besorgte uns LuEllen ein Zimmer im Eighty-Eight Motel in Denton. Wir gingen online und überprüften die Speicherbox. Corbeil war schon am Morgen im Netz gewesen, noch bevor wir aufgestanden waren – das Böse ruht nie –, hatte den Computer danach aber nicht mehr benutzt.

»Vielleicht wird sein Apartment gerade repariert, und er hält sich so lange irgendwo anders auf«, sagte LuEllen.

»Hoffentlich nicht. Ich wäre mir lieber sicher, dass er für den Rest des Tages zu Hause und beschäftigt ist, bevor ich mich mit seinen Codes einklinke. Wenn wir in seinem Computer sind und er ebenfalls rein will, könnte er den Konflikt im Programmprotokoll bemerken.«

LuEllen rief Lane mit dem Mobiltelefon an und teilte ihr mit, wo wir waren. Wir wollten vom Zimmertelefon aus keine Gespräche mit einer Nummer führen, die mit irgendeinem von uns in Verbindung gebracht werden könnte, und überlegten, das Mobiltelefon in den nächsten ein oder zwei Tagen wegzuwerfen. Lane und Green tauchten zehn Minuten später auf. Sie waren die kurze Strecke vom Radisson zum Eighty-Eight zu Fuß gegangen.

Ich erzählte ihnen von der Speicherbox, die wir benutzten, um Corbeils Tastatureingaben mitzuschneiden, und warum ich nicht sofort wieder online gehen wollte.

»Klingt vernünftig«, sagte Lane. »Ich würde mir diese Dateien von Ihnen gern einmal ansehen.«

Sie verbrachte die nächsten beiden Stunden damit, sich durch die Verwaltungsdateien zu wühlen, und legte ungefähr alle fünfzehn Minuten eine kurze Pause ein, um einen Blick in die Protokollbox zu werfen. Green, LuEllen und ich plauderten eine Weile, dann bestellte LuEllen einen Film im Pay-TV, einen ultrabrutalen SF-Streifen, der die dramaturgische Tiefe eines Comics hatte. Der Produktionsaufwand dagegen war gewaltig.

Zehn Minuten nach dem Ende des Films ging Lane online, um die Speicherbox zu überprüfen, und entdeckte, dass Corbeil an der Arbeit war. Die Anmeldeprotokolle und Codes waren dieselben wie letzte Nacht. Corbeil verschickte ein paar kurze Memos. In einer schnauzte er einen Typen namens John McNeal wegen eines Produktionsproblems von CDs an, die offenbar kommerzielle Codeprodukte enthielten. Dann meldete er sich ab. Wir warteten eine halbe Stunde, Lane mit wachsender Ungeduld, um sicher zu gehen, dass er nicht noch einmal zurückkehrte, bevor wir uns in den AmMath-Computer einloggten.

Unsere Suche galt allem, was mit Satelliten, Fotografien, Staaten des Mittleren Ostens, der NSA, der CIA und dem NRO zu tun hatte, versuchten es mit all diesen Begriffen als Schlüsselwörtern für verschiedene Suchroutinen und benutzten sogar zusätzlich noch eher unwahrscheinliche Suchbegriffe wie Orbit, Überwachung und Auflösung.

Wiederum eine halbe Stunde später schlug ich vor, Schluss zu machen. »Wir müssen noch mehr Nachforschung über das anstellen, wonach wir eigentlich suchen«, erklärte ich. »Vielleicht einfach in eine Bibliothek gehen und uns Firmenunterlagen über AmMath besorgen. Der Versuch, uns durch den Computer zu wühlen, gleicht in etwa dem Bemühen, einen Artikel, der nur ein paar Zeilen lang ist, in den Zeitungen der letzten zehn Jahre finden zu wollen.«

Lane bestand darauf, die Suche fortzuführen. »Noch fünfzehn Minuten«, sagte sie. »Zwanzig Minuten. Jetzt sind wir schon einmal drin, und wer weiß, ob nicht demnächst alle Protokolle oder Codes geändert werden?«

LuEllen saß tatenlos und gelangweilt herum. »Ich werde die Straße runter auf einen Kaffee und ein Doughnut zu *Randy's* gehen«, verkündete sie. »Soll ich irgendjemandem was mitbringen?«

»Warte, ich komme mit«, sagte ich und fügte an Lane gewandt hinzu: »Also gut, fünfzehn Minuten.«

»Yeah, yeah.«

Das *Randy's* war eine Mischung aus einem schmierigen Imbiss und einer ebenso schmierigen Bäckerei, wo wir Doughnuts, Kaffee und eine Diätcola kauften. Dann machten wir uns, ohne viel zu reden, auf den Rückweg, zwei Leute, die mit weißen Bäckereitüten am Rande des Highways entlangschlenderten. Wir waren noch knapp hundert Meter vom Eighty-Eight entfernt, als wir die Lichtblitze bemerkten.

»Hast du das gesehen?«, fragte LuEllen.

Ich lief schon auf das Motel zu. Nächtliches Mündungsfeuer von Schusswaffen lässt sich kaum mit etwas anderem verwechseln, und trotz der Verkehrsgeräusche des Highways hinter uns konnten wir die stakkatoartigen Schüsse deutlich hören.

Als wir näher kamen, sahen wir zwei Männer von der Seite des Motels wegrennen, auf der unser Zimmer lag. Ein anderes Pärchen, zwei junge Leute, vielleicht Collegeschüler, die Büchertaschen trugen, blieben stehen und starrten den Männern hinterher, die über den Parkplatz zu einem wartenden Auto hasteten. Der kleinere der beiden humpelte. Einer der Jugendlichen löste sich aus seiner Erstarrung und rannte auf das Motel zu, seine Partnerin folgte ihm kurz darauf. Ich stellte die Papiertüten hinter einem Wagen ab. Das Auto mit den beiden Männern schoss mit quietschenden Reifen davon, schlidderte auf die Straße und tauchte im Verkehr unter.

Wir umrundeten die Ecke des Motels und sahen einen älteren, weißhaarigen Mann in einer weinroten Windjacke, der auf unser Zimmer zuging. Die Collegeschüler hatten ihn gerade erreicht. Ich war noch zehn Schritte von ihnen entfernt, LuEllen unmittelbar hinter mir. Der Collegejunge verschwand in unserem Zimmer, schoss aber gleich wieder daraus hervor und begann zu schreien: »Ein Krankenwagen, rufen Sie einen Krankenwagen ...!«

Ich schob mich an ihm vorbei durch die Tür und sah Lane auf dem Bett liegen. Sie war tot, ihr Gesicht verwüstet. Green konnte ich nirgendwo entdecken, aber die Badezimmertür – regelrecht in Fetzen geschossen – stand einen Spalt weit offen. Ich stieß sie auf. Green lag in der Badewanne und starrte mich an, eine Pistole in der Hand.

»Ein Krankenwagen ist unterwegs«, sagte ich. »Hat es Sie schlimm erwischt?«

»Zwei Treffer«, stöhnte er. »Was ist mit Lane?«

»Tot.«

»Hauen Sie ab.«

Ich kehrte ins Wohnzimmer zurück, wo das Collegemädchen und LuEllen standen.

»Gehen Sie auf die Straße und winken Sie den Krankenwagen hierher!«, rief ich.

»Was ist passiert?«

»Ich weiß es nicht, ich weiß es nicht!«

Sie stolperte ängstlich zurück, drehte sich um und rannte zur Straße.

»Denken Sie an den Krankenwagen!«, schrie ich ihr hinterher. Ich wandte mich dem alten Mann in der Windjacke zu. »Zwei Leute mit Schussverletzungen! Laufen Sie zur Rezeption und vergewissern Sie sich, dass der Junge einen Krankenwagen gerufen hat!«

Er wirbelte herum und eilte davon. Eine Sekunde, nachdem er verschwunden war, trat ich hinter das Bett, vermied es, Lane anzusehen, riss das Verbindungskabel aus dem Telefon, klappte den Laptop zusammen, der auf den Boden gefallen war, und klemmte ihn mir zwischen Gesäß und Hosenbund, so dass er von der Jacke verborgen wurde.

LuEllen war vor dem Bett stehen geblieben, um Lane aus der Nähe zu betrachten. Die Attentäter hatten Lane mindestens zweimal in die Schläfe geschossen. Sie lag mit dem Gesicht nach oben auf der gelben Bettdecke, die Augen einen winzigen Spalt geöffnet. LuEllen schüttelte den Kopf, stieß Lanes Handtasche, die auf dem Boden stand, mit dem Fuß um, zog die Pistole heraus und steckte sie in ihre Jackentasche. Ohne ein weiteres Wort zu verlieren, verließen wir das Zimmer. Zwei Angestellte des Motels näherten sich gerade im Laufschritt. Ich winkte ihnen zu. »Da drin, da … Schnell, rufen Sie einen Krankenwagen!«

Noch mehr Leute eilten herbei. LuEllen und ich zwängten uns zwischen ihnen hindurch, machten kehrt, umrundeten das Motel und stiegen in unseren Wagen. Wir rollten langsam vom Parkplatz, bogen auf eine kleine Straße ein und waren außer Sicht, als der erste Streifenwagen eintraf.

»Lane hatte keine Chance«, sagte LuEllen grimmig. »Das war eine Hinrichtung.«

»Green lebt, aber er ist ein paar Mal angeschossen worden«, berichtete ich. »Er lag in der Badewanne, und er war noch bei Bewusstsein und konnte klar denken. Er hat mich aufgefordert zu verschwinden, also wird er uns decken.«

»Fingerabdrücke?«

»Keine von mir.«

»Die einzige glatte Fläche, die ich berührt habe, war die Fernbedienung des Fernsehers. Green hat sie nach mir benutzt. Damit müsste er meine Fingerabdrücke unkenntlich gemacht haben.«

»Du bist im Badezimmer gewesen.«

»Ich war vorsichtig. Du hast das Telefon benutzt.«

»Ich habe nur das Kabel in die Buchse an der Seite eingestöpselt. Den Hörer habe ich nie angefasst. Ich glaube nicht, dass ich sonst irgendetwas mit den Fingern berührt habe.«

»Die Typen von AmMath«, sagte LuEllen.

»Sie müssen es gewesen sein.«

»Was haben die vor?«

»Keine Ahnung, aber sie müssen mich entdeckt haben, als ich gestern online gegangen bin. Dann haben sie Vorkehrungen getroffen, um unseren Zugriff heute Abend zurückzuverfolgen. Sie haben nur eine Stunde gebraucht, um uns aufzuspüren und hier zu erscheinen. Um Christi willen, Lane und Green haben wahrscheinlich geglaubt, wir wären mit dem Kaffee zurückgekommen, als sich die Tür öffnete.«

21

Wir steckten nicht zum ersten Mal in der Klemme. Ich weiß nicht, ob es einfach die Erfahrung oder ein grundlegender Defekt unserer Persönlichkeit war, der uns in die Lage versetzte, so zielstrebig zu handeln, wie wir es taten. Den Laptop und die Pistole vom Tatort zu entfernen und sofort abzuhauen. Ohne uns abzusprechen oder auch nur eine Sekunde zu zögern.

Wenn es seit meiner Kindheit einen Menschen gab, der mir wirklich etwas bedeutete, dann war es LuEllen. Doch wäre sie es gewesen, die bei meiner Rückkehr tot auf dem Bett in diesem Motelzimmer gelegen hätte, ich glaube, ich hätte nicht anders reagiert – so wahr mir Gott helfe. Und wäre ich tot gewesen, hätte sie sich genauso verhalten. Keine Wut, kein Entsetzen, keine Angst, nicht einmal Trauer. Purer Pragmatismus. Den Laptop und die Pistole entfernen. Verschwinden. Schadensbegrenzung betreiben.

Wut und Trauer kommen später.

Aber sie kommen zwangsläufig.

Während der Rückfahrt bedrängte mich LuEllen weiter wegen möglicher Fingerabdrücke. Das war etwas, worauf wir uns jetzt konzentrieren konnten. Sollte ich Fingerabdrücke hinterlassen haben, konnte die Polizei das dazu passende Gesicht ermitteln – man hatte mir während meiner Zeit in der Army mehrfach die Fingerabdrücke abgenommen –, und die Zeugen würden bestätigen, dass ich am Tatort gewesen war.

Aber ich ging nicht davon aus. LuEllen und ich hatten auf diese Weise schon früher gearbeitet. Man sucht sich eine entfernte Operationsbasis aus und denkt ständig daran, keine verräterischen Spuren zurückzulassen. Wird man nachlässig, bleiben immer einige zurück. Die einzigen glatten Oberflächen, die ich berührt hatte, waren das Telefon und die Magnetkarte für das Zimmer, die noch immer in meiner Hemdtasche steckte. Trotzdem ließen wir den ganzen Abend im Kopf noch einmal Revue passieren, rekapitulierten jeden Schritt, den wir getan hatten. Nach einer Weile atmete ich erleichtert auf. »Ich habe nichts zu befürchten.«

»Ich auch nicht«, sagte LuEllen. »Bis auf den Pförtner, der mich gesehen hat, als ich einscheckte.«

»Yeah, aber Lane wirkt ein wenig lateinamerikanisch, so wie die Hälfte der Leute hier. Ich wette, der Pförtner wird sie als die Frau identifizieren, die das Zimmer gemietet hat, weil sie vielen anderen Frauen ähnelt, die in dem Motel abgestiegen sind. Und ihr Gesicht ist zerschossen worden. Gut, dass nicht *ich* uns angemeldet habe, oder Green, weil er schwarz ist. An ihn würde sich der Pförtner garantiert erinnern.«

»Vielleicht wird Green uns doch nicht decken.«

»Er könnte nicht allzu viel verraten. Er weiß im Grunde nicht, *wer* wir sind.«

»Aber er könnte es herausfinden. Oder den Cops genug Informationen liefern, so dass *sie* es könnten.«

»Das glaube ich nicht. Texas ist ein Staat, in dem Todesfälle, die sich während eines Verbrechens ereignen, automatisch als Mord verfolgt werden. Wenn Green behauptet, er hätte nicht gewusst, worum es überhaupt ging, er wäre von Lane nur als Bodyguard angeheuert worden und hätte keine Ahnung gehabt, was sie mit ihrem Computer gemacht hat ... wenn er bei dieser Aussage bleibt, kommt er davon. Würde er dagegen zugeben, dass er wusste, was sie getan hat, dann wäre sie bei der Ausübung einer Straftat ums Leben gekommen, und das könnte ihm eine Anklage wegen eines Tötungsdelikts einbringen.«

»Also kann er gar nicht reden.«

»Das wird er nicht – wenn er die Gesetzeslage kennt.«

»Dann lass uns Bobby anrufen. Vielleicht kann er das irgendwie an Green weiterleiten.«

Wir riefen Bobby von einer öffentlichen Telefonzelle aus an. Als seine Antwort auf meinem Laptop erschien, schrieb ich:

RUF MICH SOFORT ZURÜCK. SPRECHVERBINDUNG: NOTFALL.

Fünf Minuten, nachdem ich die Verbindung getrennt hatte, rief er an. Ich hatte bisher nur ein paar Mal direkt mit ihm gesprochen und wusste lediglich, dass er dunkelhäutig war und wahrscheinlich irgendwo am südlichen Mississippi lebte. Er sprach den weichen Akzent der Menschen aus dem Delta und hatte enge Verbindungen zu einer Menge interessanter schwarzer Leute, die man in den 60ern als Aktivisten bezeichnet hätte – oder in diesem Teil des Landes vielleicht eher als Agitatoren.

»Was ist passiert?«, fragte er ohne jede Umschweife.

Ich gab ihm eine möglichst knappe Zusammenfassung der Ereignisse. »Irgendjemand muss mit Green Kontakt aufnehmen«, fügte ich hinzu. »Ein Anwalt, der ihm rät, bei der Version des ahnungslosen Leibwächters zu bleiben. Sollte er durchblicken lassen, gewusst zu haben, dass Lane etwas Illegales getan hat …«

»Tötungsdelikt in Zusammenhang mit einer kriminellen Handlung«, unterbrach mich Bobby. »Schlimm für euch, schlimm für mich.«

»Yeah. Irgendjemand muss mit ihm sprechen.«

»Ich kann das erledigen«, sagte Bobby leise. »Wie steht es mit euch?«

»Keine Probleme, aber wir hauen ab. Wir glauben nicht, dass wir ganz oben auf der Fahndungsliste stehen, aber nur für den Fall … Wir werden uns nach, ähh … Austin absetzen.«

»Meldet euch von dort wieder.«

»Du hörst von uns«, sagte ich und legte auf.

»Austin?«, fragte LuEllen.

»Eine große Stadt, in der ständig Leute kommen und gehen«, erwiderte ich. »Anders als Dallas. So ziemlich die nächste Großstadt – von Waco aus gesehen.«

»Corbeils Ranch.« Sie schwieg einen Moment lang. »Also bist du jetzt auf einem Rachefeldzug. Jack spielt keine Rolle mehr, jetzt bist du hinter ihnen her, weil sie Lane umgebracht haben.«

»Nein. Wenn ich könnte, würde ich sofort nach Hause fahren. Aber ich muss aus dieser Geschichte rauskommen, und das kann ich nicht. Das FBI hat eine Namensliste, ein paar Morde, Hinweise auf eine Verschwörung, die Attacke auf das IRS und dann vielleicht noch auf etwas, das wie der Angriff auf eine größere Firma für Datencodierung aussieht. Irgendwann werden die Bullen anfangen, die Leute, die sich hinter den Internetnamen verbergen, einen nach dem anderen aufzuspüren. Ich muss herausfinden, was hier eigentlich abläuft, und sie *darauf* ansetzen – oder aber ich bin erledigt.«

Ich hatte eigentlich erwartet, dass LuEllen irgendetwas

einwenden würde, doch sie blieb stumm. »Ich glaube nicht, dass du noch länger bei mir bleiben musst«, fügte ich schließlich hinzu. »Von jetzt an wird es hauptsächlich um Computerkram gehen.«

»Oh, Scheiße, Kidd«, sagte sie gereizt. »Du weißt genau, dass ich dich nicht einfach im Stich lassen werde.«

»Wenn du vielleicht …«

»Halt die Klappe!«

Und so hielt ich die Klappe. Ich wollte nicht wirklich, dass LuEllen ging.

Wir blieben die Nacht über in Dallas. Da sich die Schießerei so spät am Abend ereignet hatte, wurde sie in den regulären Fernsehnachrichten nicht erwähnt. Sollten sich die Zeitungen dafür interessieren, würden sie kaum mehr als ein paar allgemeine Informationen von der Polizei bekommen. Also beschlossen wir, die Nacht im Hotel zu verbringen und am Morgen auszuchecken, wenn die meisten Gäste ihre Zimmer räumten.

Alles verlief glatt. Weder die Spätnachrichten noch die Morgenzeitungen brachten etwas über die Schießerei. Um acht Uhr bogen wir auf die I-35 Richtung Austin ein.

»Hoffentlich hat Bobby jemanden zu Green geschickt«, sagte LuEllen. Wir waren ziemlich schweigsam. Die Bilder der letzten Nacht waren noch zu frisch und führten dazu, dass jeder seinen eigenen Gedanken nachhing.

»Er hat versprochen, es zu tun, und er verfügt über gute Kontakte«, erwiderte ich.

»Hoffentlich.«

Austin ist einmal eine hübsche kleine Stadt gewesen. Abgesehen von der Hitze erinnert Austin eher an Minnesota als an Texas. Vor zwanzig Jahren hätte ich mir vorstellen können, dort zu wohnen, nur gefiel mir der Farbton der Landschaft nicht sonderlich. Heute leben dort zu viele Menschen, und die Stadt hat sich von einer Idylle in ein Ärgernis verwandelt.

Nicht mein Problem. Wir stiegen in einem Holiday Inn ab und riefen Bobby an.

WAS IST PASSIERT?

ANWALT HAT HEUTE MORGEN MIT GREEN GESPROCHEN. GREEN WIRD STATIONÄR BEHANDELT – VERLETZUNGEN AN BEINEN/OBERSCHENKELN – WIRD ES ÜBERSTEHEN. ER KENNT GESETZESLAGE, HAT COPS GESAGT, ER WUSSTE NICHT, WAS LOS WAR, AUSSER DASS KLIENTIN MEHRFACH ANGEGRIFFEN WURDE, EINBRUCH IN IHR HAUS, BRUDER ERSCHOSSEN, DESHALB ALS BODYGUARD ANGEHEUERT. ER SAGT, ER WÄRE IM BAD GEWESEN, ALS ES AN DER TÜR GEKLOPFT HAT. LANE DACHTE, IHR WÄRT ZURÜCKGEKOMMEN. ER HAT IHR GESAGT, SIE SOLLTE VON DER TÜR WEGBLEIBEN, UND DANN IST DIE SCHIESSEREI LOSGEGANGEN. ER SAGT, ER HÄTTE EINEN DER ANGREIFER GETROFFEN. COPS HABEN BLUTSPUR GEFUNDEN.

HAT ER GUT GEMACHT. MUSS WEITER DEN AHNUNGSLOSEN SPIELEN.

DAS TUT ER. COPS SETZEN IHN UNTER DRUCK, ABER ER SAGT NUR, DASS ER AUF EMPFEHLUNG EINES FREUNDES ANGEHEUERT WURDE – FREUND WIRD AUSSAGE BESTÄTIGEN. ER BEHAUPTET, ER KENNE LW NICHT NÄHER, KEINE AHNUNG VON COMPUTERN, ER HÄTTE BIS ZUR SCHIESSEREI KEINE PROBLEME GESEHEN.

OK.

BLEIBT IHR AM BALL?

JA. GEHT IRS-ATTACKE WEITER?

JA, LÄSST ABER NACH. GERÜCHTE: FBI MACHT JAGD AUF NAMEN VON FIREWALL-LISTE, EINIGE VERHAFTUNGEN. NICHTS DARÜBER IN ZEITUNGEN. WASH POST: STREIT ZWISCHEN FBI UND NSA WEGEN FIREWALL. GERÜCHTE: DEUTSCHER NAMENS COPERNIX FÜR ANGRIFF VERANTWORTLICH.

OK. DU HÄLTST DIE AUGEN OFFEN, WIR RUFEN TÄGLICH AN.

JA. NOCH EINE SACHE: DIE FÜNF DATENSTRÄNGE MIT DEN FOTOS ENTHALTEN MEHRERE DATEIEN VON 125–200 (UNGEFÄHR) BYTES, GEFOLGT von 512-Byte/4096-Bit-Dateien, wiederum gefolgt von verschiedenen Dateien zwischen 350 und 600 Bytes. 4096-Bit-Dateien sind wahrscheinlich ultrastarke Codeschlüssel, kenne aber nicht das Schloss. Möglicherweise zum Ver-/Entschlüsseln der Fotos?

Werde nachsehen.

Gut. Bis dann.

»Was?«, wollte LuEllen wissen.

»Diese verdammten Dateien! Wir hätten damit sofort nach Mexiko oder sonstwohin fliegen sollen, um uns zu verstecken und zu versuchen, daraus schlau zu werden. Wenn diese Typen bereit sind, wegen der Dateien zu töten, muss es einen Grund dafür geben. Wahrscheinlich befürchten sie, dass wir die Dinger knacken können.«

»Warum schickst du sie nicht einfach an die Leute von der NSA weiter, damit die sich darum kümmern?«

»Nicht bevor ich weiß, was sich dahinter verbirgt. Wenn sie für AmMath wichtig genug sind, um dafür zu töten, dann könnten sie auch für die NSA, die CIA oder wen auch immer wichtig genug sein, uns auf die Abschussliste zu setzen. Außerdem habe ich eine neue Theorie.«

»Lane hatte eine Theorie.«

»Aber ich habe eine andere. Die Leute von AmMath haben irgendetwas derart schlimm verbockt, dass sie glaubten, es vertuschen zu müssen, und die ganze Sache ist mit Jacks Ermordung außer Kontrolle geraten. Und jetzt töten sie, um den Mord zu vertuschen.«

»Klingt wie ein schlechter Film.«

»Das ist es, was ich mir zusammenreime.«

An diesem Nachmittag stießen wir auf noch etwas. Nachdem wir die Dateien in düsterer Stimmung durchgearbeitet hatten – ich erkannte, wie Bobby die 4096-Bit-Dateien isoliert hatte, sie unterschieden sich ohne jede Frage deutlich von dem ganzen Müll davor und danach und sahen tatsächlich wie Codeschlüssel aus –, fiel mir erneut das Kürzel OMS auf. *The Old Man and the Sea.* Nein, das war nicht richtig; überall, wo ich den Titel ausgeschrieben gesehen hatte, lautete er *Old Man* of *the Sea.* Entweder ein Schreibfehler, oder aber er hatte überhaupt nichts mit Hemingway zu tun.

»Lass uns gehen«, sagte ich.

»Wohin?«

»Zur Universitätsbibliothek. Nachsehen, ob ich jemanden finde, der mir etwas über diesen *Old Man of the Sea* erzählen kann.«

»Kidd, das ist die Universität von *Texas.*«

»Richtig, und das ist eine verdammt gute Uni.«

»Wirklich?«

»Yup, ist sie.«

»Aber sollte sich diese Sache als etwas Wichtiges herausstellen, werden sich wahrscheinlich alle Leute, mit denen du sprichst, an dich erinnern.«

»Ich denke, das ist ein Risiko, das wir eingehen müssen.«

»Könnten wir das nicht einfach im Internet oder anderswo recherchieren?«

»Tja ...« Ich kratzte mich am Kopf. Natürlich war es einen Versuch wert, ich hatte mich nur so sehr daran gewöhnt, das Netz als eine mit allem möglichen Mist voll gestopfte Müllhalde zu betrachten, dass ich gar nicht auf den Gedanken gekommen war. »Wir können es versuchen.«

Ich gab ›Old Man of the Sea‹ in die Alta-Vista-Suchmaschine ein und erhielt Verweise auf 756 Webseiten. Das meiste davon war Blödsinn, aber es wurde ziemlich schnell klar, dass es sich bei dem ursprünglichen *Old Man of the Sea* um eine Figur aus *Die Reisen von Sindbad dem Seefahrer* handelte.

Laut der Geschichte war Sindbad auf einer fremden Insel

gestrandet – er lernte offenbar nie dazu –, wo er einen alten Mann traf, den er für gelähmt hielt. Der Alte bat Sindbad, ihn zu einem Teich zu tragen, doch als Sindbad ihm die Bitte erfüllte, weigerte sich der Alte, den Rücken seines Trägers zu verlassen.

Und als wäre das nicht genug, wuchsen ihm Krallen und Klauen, die er Sindbad in den Hals bohrte. Sindbad musste ihn tagelang auf der Insel herumschleppen und ihn mit Essen und Trinken versorgen. Da er furchtbare Schmerzen litt, höhlte er einen Kürbis aus und füllte ihn mit Weintrauben. Nach einigen Tagen gärte der Traubensaft und verwandelte sich in einen kräftigen Wein, den Sindbad trank, um die Schmerzen zu betäuben.

Als der Alte das sah, wollte er auch etwas von dem Wein haben. Sindbad gab ihm den Kürbis. Der alte Mann wurde betrunken, und Sindbad konnte ihn von seinem Rücken abschütteln. Da Sindbad nicht gerade der größte Moralapostel auf Erden war, schlug er seinen Peiniger kurzerhand tot. Nachdem es ihm gelungen war, ein Schiff zu finden, das ihn von der Insel fortbrachte, erfuhr er, dass der alte Mann ein berüchtigter Dämon war, der seine Opfer bat, ihn zu tragen, und ihnen dann so lange auf dem Rücken hockte, bis sie starben, und sie dann auffraß …

»Eine hübsche Geschichte«, kommentierte LuEllen.

»Ich hätte mich daran erinnern müssen«, sagte ich. »Ich habe alle Sindbadgeschichten gelesen, auch wenn das schon lange her ist.«

»Und, was hat das zu bedeuten?«

»Die Geschichte wirft einige heftige soziale und psychologische Fragen auf.«

»Ich habe nicht die leiseste Ahnung, was das heißen soll.«

»Warum, glaubst du, haben wir beim Abheben meiner Tarotkarten den Teufel aufgedeckt?«

LuEllen setzte zu einer geistreichen Erwiderung an, doch dann verzichtete sie darauf. Und dabei blieb es.

Im Netz herumzusurfen, brachte mich auf einen anderen Gedanken. Ich führte eine schnelle Suche durch, fand eine Internetseite und tippte ›www.dallasnews.com‹ ein. Die *Dallas Mornings News* besitzt eins der besseren Zeitungsforen, und die erste Seite wartete unter anderem mit folgender Überschrift auf: »Eine Tote, ein Verwundeter bei Schießerei in Denton.«

Ich klickte die Zeile an, und kurz darauf erschien auf dem Monitor meines Laptops ein knapper Bericht.

BEI EINER SCHIESSEREI IM EIGHTY-EIGHT-MOTEL IN DENTON WURDEN AM SPÄTEN SAMSTAGABEND EINE FRAU AUS KALIFORNIEN GETÖTET UND EIN MANN VERWUNDET, DEN DIE POLIZEI ALS ›BODYGUARD‹ DER TOTEN BEZEICHNET. WIE DIE POLIZEI VON DENTON MITTEILT, KÖNNTE DIE SCHIESSEREI MIT EINEM DROGENDELIKT IN VERBINDUNG STEHEN.

LANE WARD, ASSISTENZDOZENTIN FÜR COMPUTERWISSENSCHAFTEN AN DER STANFORD UNIVERSITY IN PALO ALTO, KALIFORNIEN, STARB NOCH AM TATORT, WÄHREND IHR ›BODYGUARD‹, VON DER POLIZEI ALS LETHERIDGE GREEN AUS OAKLAND, KALIFORNIEN, IDENTIFIZIERT, INS MOUNT OF OLIVES HOSPITAL EINGELIEFERT WURDE. SEIN ZUSTAND IST STABIL.

LAUT POLIZEIQUELLEN WURDEN SOWOHL WARD ALS AUCH GREEN FRÜHER WEGEN DROGENDELIKTEN VERHAFTET, WARD 1986 IN SAN FRANCISCO WEGEN DES BESITZES VON MARIHUANA, GREEN 1977 IN OAKLAND WEGEN DES BESITZES VON KOKAIN.

WIE AUGENZEUGEN BERICHTEN, HANDELT ES SICH BEI DEN ATTENTÄTERN UM ZWEI MÄNNLICHE WEISSE, VON DENEN EINER WÄHREND DES SCHUSSWECHSELS VERLETZT WURDE. BISHER KONNTE NOCH KEINER DER BEIDEN GEFUNDEN WERDEN.

GREEN WIRD IM KRANKENHAUS FESTGEHALTEN, BIS SEINE VERNEHMUNG ABGESCHLOSSEN IST, SO EIN POLIZEISPRECHER.

»Ohhh, sieh an, die kleine Lane hat gekifft«, sagte LuEllen.

»1986. Damals war sie ein junges Ding auf dem College.«

»Aber das klingt nicht gut, oder?«

»Nein, es sei denn, die Cops hätten ein bisschen Stoff im Zimmer deponiert. Aber die Zeitung erwähnt nichts davon, dass bei Lane Drogen gefunden worden sind«, erwiderte ich. »Natürlich gibt es da noch eine andere Möglichkeit.«

»Yeah?«

»Dass die ganze Geschichte von hinten bis vorn ein Riesenhaufen Scheiße ist, dass das FBI oder wer auch immer gemeinsame Sache mit den Cops macht, um zu verhindern, dass die Reporter weitere Fragen stellen. Ich meine, so wie es jetzt aussieht, ist es nur eine von zahllosen Schießereien, bei denen Drogen im Spiel waren. Niemand wird einen zweiten Blick auf die Geschichte werfen.«

»Gut für Green.«

»Wahrscheinlich«, sagte ich.

Also ersparten wir uns den Besuch der Bibliothek und fuhren während der nächsten beiden Tage auch nicht nach Waco. Sollte auf Corbeils Ranch irgendwas im Gange sein, würden die Typen garantiert zumindest für eine Weile auf verdächtige fremde Fahrzeuge achten.

Wir verbrachten den Sonntag und den Montag damit, in Austin herumzuschlendern, kauften einen Basketball in einem Wal-Mart und spielten auf einem öffentlichen Platz ein bisschen gegeneinander. LuEllen schlug noch etliche Golfbälle, ich fertigte ein paar Zeichnungen an, und wir besuchten immer wieder die Webseite der *Dallas Morning News*. Doch die Geschichte war gestorben.

Außerdem hielten wir ständig Kontakt zu Bobby. Das FBI hatte Green verhört und sich dabei ziemlich drastisch über die Befugnisse der örtlichen Polizei hinweggesetzt. Er hatte die Bundesbullen davon überzeugt, dass er lediglich ein gemieteter Leibwächter war, was im Licht seiner Vergangenheit und der Art, wie er sich gab, durchaus glaubwürdig erschien. Nach ein paar Drohungen ließen sie ihn in Ruhe, aber sowohl er als auch sein Anwalt gingen davon aus, dass damit die Sache für ihn erledigt war.

Ich nutzte einen Teil der Zeit dazu, mich in Austin umzusehen, und fand einen Verleih, wo ich einen Pickup mieten konnte. »Muss meiner Tochter helfen, Möbel zu transportieren«, erklärte ich dem Typen von Access Car Rental, den es ohnehin nicht interessierte, was ich mit dem Wagen vorhatte.

Am Montagabend zogen wir uns ein paar Filme im Pay-TV rein, und um acht Uhr am nächsten Morgen machten wir uns auf den Weg nach Waco.

22

Während wir in Austin die Zeit totgeschlagen hatten, hatten wir kaum über Lane Ward gesprochen. Wir bemühten uns, die Erinnerung an sie zu verdrängen – das Bild ihrer Leiche auf dem Motelbett. Stattdessen beschäftigten wir uns mit pragmatischen Fragen: Wie war es den Typen gelungen, uns so schnell aufzuspüren? Wann hatten sie entdeckt, dass wir in ihren Computer eingedrungen waren?

»Wer wird sich um sie kümmern?«, fragte LuEllen auf der Fahrt nach Waco, nachdem sie den ganzen Morgen kaum ein Wort gesprochen hatte.

»Was?«

»Wer wird sich um Lane kümmern? Um ihr Begräbnis und den Kram in ihrem Haus? Was passiert mit dem ganzen Zeug? Wird das einfach auf die nächste Müllkippe gekarrt?«

»Fang gar nicht erst damit an«, warnte ich.

»Ich kann nicht anders. Ich habe schon beim Aufwachen darüber nachgedacht. Ich meine, sie war ungefähr in meinem Alter, sie hat keine Kinder, und ihre Eltern sind tot. Genau wie bei mir. Dann wird sie plötzlich ermordet – und wer kümmert sich jetzt um sie? Der Staat? Ich meine, wird sie einfach eingeäschert? Werden ihre Überreste bloß in irgendeinem Loch verscharrt? Werden all ihre Bücher fortgeschafft und weggeworfen oder auf einem Flohmarkt verhökert, oder was?«

»Wenn sie ein Testament gemacht hat ... dann wird das alles geregelt werden.«

»Das ist nur die rechtliche Seite«, sagte LuEllen. »Ich frage mich, ob es überhaupt irgendjemanden interessiert.«

Sie grübelte während der ganzen Fahrt darüber nach, und ich denke, die Frage beschäftigte sie auch noch danach. Sie sprach nur nicht mehr darüber.

Waco leistet sich ein County-Verwaltungsgebäude, das wie das Capitol eines Bundesstaates aussieht. Ich ging hinein, um mir eine Landkarte anzusehen, und wurde auf die andere Straßenseite geschickt. Dort wurde ich fündig und plauderte eine Weile mit dem zuständigen Beamten, der mir behilflich war und mir ein Flurbuch mit den registrierten Grundstücken zeigte. Es dauerte eine Weile, bis ich darin Corbeils Ranch knapp außerhalb einer kleinen Ortschaft namens Crawford fand – die lag nordwestlich von Waco.

Unterwegs machten wir an einem Barnes & Nobel-Bioladen Halt. LuEllen sprang aus dem Wagen, kaufte ein bisschen Gebäck und irgendeinen Gesundheitssaft, und dann nahmen wir Kurs auf Corbeils Anwesen.

In der Nähe von Waco gibt es einen großen See und ein paar Flüsse, die nicht zu dem Bild passten, das ich mir von der Gegend gemacht hatte, aber sie waren trotzdem da. Das Land war flach, wenn auch mit sanften Hügeln durchsetzt und zunehmend von Bachläufen und kleinen Flüssen durchzogen, je näher wir Crawford kamen. Ein paar Maisfelder und jede Menge Heuhaufen, aber im Allgemeinen mehr Viehweiden als Farmen.

Wir krochen im Schneckentempo durch Crawford, überfuhren versehentlich eine Kreuzung mit vier Stoppstraßen, an der ich fälschlicherweise annahm, wir hätten Vorfahrt, und wurden fast von einem Chevy-Pickup gerammt.

»Ich habe sechzehn Jahre gebraucht, um aus einem solchen Kaff rauszukommen«, sagte LuEllen schließlich und starrte wie gebannt durch die Windschutzscheibe.

»Wirklich? Ein Kaff wie dieses?«

»Oben in Minnesota«, murmelte sie.

Ich hatte gar nicht gewusst, dass sie ein Kleinstadtmädchen war, obwohl ich bei genauerem Nachdenken darauf hätte kommen können. Und ich wartete auf das, was unvermeidlich war. Kein Kleinstadtkind ist jemals durch ein anderes Dorf gefahren, ohne irgendeinen Kommentar darüber abzulassen, warum das fremde Kaff dem eigenen nicht das Wasser reichen kann.

»Wenigstens hatten wir da, wo ich aufgewachsen bin, eine Molkereikönigin«, sagte LuEllen.

Na bitte.

Corbeils Ranch lag auf einer Hügelkette über dem Texas Highway 185 – ein großes gelbes Anwesen im Blockhausstil. Nicht neu, aber auch nicht alt, genau die Art von Blockhaus, wie Stadtleute es gern kaufen. Wir konnten das Gelände von der Straße aus nicht vollständig überblicken, doch es gab ein halbes Dutzend unterschiedlicher Außengebäude: einen mit Heu voll gestopften Schober aus Stahlrohren, einen Maschinenschuppen, eine Garage für sechs Fahrzeuge, ein Gebäude, das vielleicht Mannschaftsunterkünfte oder Büros enthielt – zwei Türen und eine Reihe von Fenstern mit dekorativen Fensterläden –, einen lang gestreckten, niedrigen Stall, daneben einen Pferch, wo man Pferde zureiten konnte, und einen Verschlag, in dem möglicherweise eine Pumpe untergebracht war.

Auf einer mit Stacheldraht eingezäunten Weide, wo das Gras in kreisförmigen Mustern wuchs, was auf eine schwenkbare Sprinkleranlage schließen ließ, standen eine Hand voll Zebu-Rinder. Rings herum präsentierte sich das Gras struppig und in dem grau-grünen Farbton, der den Winter ankündigte. Auf dem Rest des Weidelandes, das terrassenförmig hinter dem Ranchhaus anstieg, drängten sich ein paar hundert Rinder mit weißen Gesichtern.

Laut dem Flurbuch besaß Corbeil 1 280 Morgen Land, eine Meile breit und zwei Meilen lang. Auf zwei Seiten verliefen Straßen, der Highway 185 in Ostwestrichtung vor dem Haus, der Beulah Drive in Nordsüdrichtung entlang der Westseite der Ranch.

Wir folgten dem Beulah Drive und entdeckten etwa eine Meile nördlich des Highways ein baufälliges Farmhaus, das sich ein gutes Stück abseits der Straße zwischen ein paar Bäumen duckte und zu dem eine von Unkraut überwucherte Zufahrt führte, die nur durch die beiden parallelen Reifenspuren erkennbar war. Das Haus wirkte verlassen, da aber auf dem Dach eine moderne Satellitenschüssel von der Größe einer Pizza angebracht worden war und eine größere altmodische Satellitenschüssel auf dem Rasen hinter dem Haus stand, nahmen wir an, dass dort irgendjemand wohnte.

Wir folgten der Countystraße, bis wir glaubten, das Ende von Corbeils Grundstück passiert zu haben, und fuhren danach noch zwei Meilen weiter, wo wir auf einen Feldweg stießen, der in einen kleinen Hain führte, wahrscheinlich zu einem weiteren ehemaligen Farmhaus. Die Gegend war still und menschenleer. Ich wendete, stieg aus und trabte den Weg entlang in das Wäldchen hinein. Dort fand ich die zerbröckelnden Überreste eines Kamins und einen mit verrosteten Bierdosen übersäten Platz, wo offenbar ab und zu Autos parkten. Vielleicht die örtliche Liebeswiese.

Als wir uns auf dem Rückweg wieder dem nördlichen Ende von Corbeils Land näherten, deutete ich auf den Zaun, der die Grundstücksgrenze bildete.

»Siehst du die Bäume da vorne? Ich steige hier mit dem Fernglas aus. Du fährst etwa fünf oder sechs Meilen weiter die Straße entlang, kommst dann zurück und holst mich wieder ab. Gib mir eine Viertelstunde.«

»Wo willst du hin?«

»Ich werde diesem Zaun folgen und versuchen herauszufinden, was es auf der anderen Seite des Hügels zu sehen gibt«, erklärte ich.

»Wahrscheinlich einen Rancher, der keine unbefugten Eindringlinge auf seinem Land mag.«

»Dann werde ich ihm sagen, dass ich Künstler bin. Ich nehme meine Malsachen mit.«

Am Rande des kleinen Wäldchens sprang ich mit meiner Tasche und dem Fernglas aus dem Wagen und wartete, bis Lu-Ellen davongefahren war. Dann schob ich mich durch ein verfilztes Gestrüpp, kletterte über den Zaun, der an dieser Stelle mit einem anderen zusammenstieß, und stieg den Hügel hinauf. Die Gegend war menschenleer, Straßen, Zäune und Felder, nur dünn besiedelt. Ich ging über irgendein niedriges Bodengewächs, das unter meinen Füßen federte. Es erinnerte ein wenig an Gras, war aber weder Luzerne noch Klee – und es sah so aus, als würde es regelmäßig gemäht werden.

Ich folgte dem Zaun rund 400 Meter den Hügel hinauf und

erreichte schließlich die breite Kuppe, von wo aus ich Corbeils Ranch überschauen konnte. Eine Menge weiterer Rinder, ein großer Wassertank mit einer Tränke. Was mich allerdings mehr interessierte, war die Satellitenschüssel neben der Pumpstation. Es war eine der großen, altmodischen Schüsseln, doch sie sah gut gepflegt aus, und es gab niemanden in der Nähe, der sie zum Empfang von Fernsehsendern hätte verwenden können. Trotzdem bewegte sie sich. Zwar konnte ich die Bewegung nicht direkt wahrnehmen, aber nachdem ich den Blick abgewandt hatte und kurz darauf wieder hinsah, schien es mir, als hätte sich ihre Ausrichtung verändert. Ich ging in die Hocke und spähte so an dem Stacheldrahtzaun entlang, dass einer der Dornen aus dieser Perspektive den Rand der Schüssel berührte – und mein Verdacht bestätigte sich. Die Satellitenschüssel wanderte fünf bis sechs Minuten lang in eine Richtung und verharrte schließlich.

Soweit ich es anhand der Straße beurteilen konnte, zeigte die Schüssel nach Nordosten, als sie zum Stillstand kam. Ich konnte die Rückseite des unbewohnt erscheinenden Farmhauses eine Meile weiter im Süden sehen und entdeckte die Satellitenschüssel davor mit dem Fernglas. Auch sie war auf Nordosten ausgerichtet.

Hmm …

Waren die Schüsseln zusammengeschaltet? Kommunizierten sie mit Satelliten? Und wenn ja, was bedeutete das schon? Es gibt überall Satellitenempfangsstationen, sogar Sportbars haben welche. Allerdings nicht über einige Meilen verteilte und koordinierte Schüsseln. Wenn diese beiden hier über eine große Distanz miteinander verbunden waren, würde ihnen das die gleiche Leistungsfähigkeit wie eine viel größere und empfindlichere Satellitenschüssel verleihen. Und brachte man dazu diese Fotos ins Spiel …

Wir waren eindeutig auf eine große Sache gestoßen. Irgendeine Art von Geheimdienstoperation? Aber vor wem verbargen Corbeils Leute ihre Anlage? Würden sie mit dem FBI zusammenarbeiten, hätten sie ihre Schüsseln einfach irgendwo in aller Öffentlichkeit aufgestellt und sich nicht die Mühe gemacht, sie auf einer Ranch in Waco zu verstecken.

Ich wartete schon zwischen den Bäumen, als LuEllen zurückkehrte.

»Irgendwas entdeckt?«

»Yeah. Ich denke, wir kommen der Sache näher. Hast du eine Satellitenschüssel vor Corbeils Haus gesehen? Eins dieser großen Babys?«

»Ich habe nichts bemerkt, aber ich habe auch nicht darauf geachtet.«

Wir fuhren erneut über den Highway 185 an der Ranch vorbei, von der Straße aus war jedoch keine Schüssel zu sehen.

»Sie könnte tief am Boden außer Sicht stehen«, meinte LuEllen.

»Oder es gibt hier nur diese zwei, vielleicht aber auch noch mehr, in einiger Entfernung und gut versteckt wie die bei dem Wassertank.«

»Was glaubst du?«

»Ich phantasiere mal ein bisschen«, sagte ich. »Corbeils Leute waren bereit, für diese Bilder zu töten, und wir verfügen über etwas, das ein Code sein könnte. Wir haben diese Namensliste aus Staaten des Mittleren Ostens ... Ich frage mich, ob die Typen irgendwie Fotos aus Spionagesatelliten klauen und sie verkaufen.«

»Wozu?«

»Um zum Beispiel Spionageaufnahmen von Pakistan an Indien zu verkaufen und umgekehrt. Daten über den Irak an den Iran, über den Iran und Syrien an den Irak, über Israel an Syrien. Über Taiwan an China und umgekehrt.«

»Sie würden dabei erwischt werden.«

»Ich kann dir zehn Wege aufzeigen, wie sie es so drehen könnten, dass sie nicht erwischt werden, dass die Käufer die Verkäufer nie zu Gesicht bekämen. Dafür ist das Internet schließlich da. Jeder Käufer, der an dieses Material herankommt … es wäre das größte Geheimnis, das sie hätten.«

»Okay. Was jetzt?«

»Lass uns nach Austin zurückfahren«, sagte ich. »Ich muss ein paar Sachen einkaufen.«

»Immer diese Shopping-Touren.«

»Wir kommen heute Abend wieder.«

»Rumschnüffeln?«

»Genau.«

In Austin suchten wir ein Geschäft für Trekking- und Campingausrüstung, wo wir einen guten Kompass, einen GPS-Receiver mit Landkartenfunktion, topografische Karten der Umgebung von East Waco – einschließlich Corbeils Ranch – und einen billigen schwarzen Rucksack kauften. In einem Baumarkt besorgten wir uns einen Theodoliten, eine Wasserwaage, eine Rolle Klebeband und schließlich noch etwa fünf Meter Gummiband in einem Nähfachgeschäft. Ich verbrachte eine Stunde auf dem Parkplatz damit, den Umgang mit dem GPS-Receiver zu lernen. Besonders interessant waren die Funktionen zur Zeit- und Entfernungsmessung sowie zur Rückverfolgung von Signalen.

Dann war da noch das Thema Schusswaffen.

»Wir müssen uns besser bewaffnen«, sagte LuEllen. »Denk daran, was Lane und Jack zugestoßen ist. Das waren regelrechte Hinrichtungen, also sind diese Typen absolut erbarmungslos. Wenn wir beim Rumschnüffeln von ihnen entdeckt werden und sie bewaffnet sind – das hier ist *Texas*, Kidd –, dann knallen sie uns wie streunende Hunde über den Haufen.«

»Immer wenn du eine Waffe kaufst …«

»Das dürfte in Texas kein Problem sein. Ich werde Weenie anrufen.«

Es *war* kein Problem in Texas. Wir mussten nur die gut zwei Stunden lange Autofahrt nach Housten auf uns nehmen, uns auf einem Parkplatz in der Nähe des George Bush Intercontinental Airports mit einem Typen treffen und ihm 600 Dollar für eine billige AK aus chinesischer Fertigung mit zwei Magazinen, fünfzig Patronen Kaliber 7,65 x 39 und einen Nylongurt geben.

»Das alles hätte uns in einem Waffenladen vielleicht 200 Dollar gekostet«, sagte ich, als wir den Parkplatz verließen.

»Wir sind aber in kein Geschäft gegangen«, erwiderte LuEllen.

»Ich hoffe, das Ding funktioniert. Es sieht so aus, als wäre es von einem Highschool-Schüler im Werkunterricht zusammengebastelt worden.«

Um fünf Uhr waren wir zurück in Austin. In unserem Hotelzimmer lud ich das Gewehr probehalber ein paar Mal durch, quetschte mir dabei die Kuppe des Mittelfingers am Ladehebel und kam schließlich zu dem Schluss, dass die AK funktionierte. Wir aßen zu Abend und machten uns um sieben Uhr wieder auf den Weg.

Die Gegend um Waco ist einigermaßen fruchtbar. Waco liegt nur ein Stückchen südlich von Dallas, und das wirklich trockene, karge Land, wo jede Menge Feigenkakteen wachsen, beginnt erst eine oder zwei Autostunden weiter im Westen.

Trotzdem herrscht direkt im Westen von Waco Einsamkeit, wie es heutzutage abseits der Interstate-Highways häufig der Fall ist. Obwohl das ganze Land auf die eine oder andere Weise genutzt wird, hatten wir während der Fahrt am Morgen nur eine einzige Person gesehen, eine Frau, die ihren Briefkasten leerte. In solchen Gegenden, außerhalb der lichtdurchfluteten großen Städte, wird es abends richtig dunkel.

Wir hatten uns eine gute Nacht für unser Vorhaben ausgesucht. Es war windstill und ruhig, der Himmel sternenklar. Der Mond sank bereits dem Horizont entgegen, als wir an Corbeils Ranch vorbeifuhren. Im Haus, auf dem Hof und in dem Gebäude, das Mannschaftsunterkünfte oder Büroräume beherbergen mochte, brannte Licht. Vor der Garage parkten ein paar Autos, allerdings sahen wir keine Menschenseele. Westlich der Ranch bogen wir auf die Beulah Avenue ein und folgten ihr nach Norden bis zu dem Feldweg, der zu dem verlassenen Grundstück führte, das wir am Morgen entdeckt hatten. Wir hielten zwischen den Bäumen, schalteten die Zündung aus, sahen uns ein paar Minuten lang um und lauschten.

Bis auf die Geräusche der Insekten und das Knirschen des Kieses unter unseren Füßen herrschte absolute Stille. Zehn Minuten später packte LuEllen die Taschenlampen aus, und wir machten uns zu Fuß auf den Rückweg zur Ranch.

Wir benötigten etwa vierzig Minuten, gingen langsam und blieben immer wieder stehen, um zu lauschen und den Weg vor uns mit den Nachtsichtgläsern zu erkunden. Während dieser Zeit hörten oder sahen wir kein anderes Fahrzeug. An der Ecke von Corbeils Grundstück, wo ich am Morgen dem Zaun gefolgt war, schlugen wir uns in die Büsche und überprüften im Licht der Taschenlampen unsere Position mit Hilfe des GPS-Geräts.

»Bereit?«, fragte ich.

»Gehen wir«, sagte LuEllen.

Wir waren beide von Kopf bis Fuß in Schwarz gekleidet. In der Stadt bevorzugten wir immer die dunkelroten Jacken, da sie den Cops weniger verdächtig erscheinen. Sollten wir hier draußen auf Corbeils Besitz allerdings mit einer AK entdeckt werden, wäre es ohnehin sinnlos gewesen, uns damit herauszureden, dass wir uns nur verlaufen hätten.

Wir kletterten über den ersten Zaun. Die Sterne und der Sichelmond spendeten gerade so viel Licht, dass wir einander als Schemen sehen konnten. Unsere Füße erzeugten ein leises Rascheln im Gras.

Nachdem wir ein gutes Stück den Hügel hinaufgeschlichen waren, näherte ich mich dem Hauptzaun, der im Licht meiner Taschenlampe wie ein Spinnennetz aussah.

Durch das Nachtsichtgerät konnte ich die Satellitenschüssel neben dem Wassertank deutlich erkennen. Kein Mensch war in der Nähe, doch am Fuß des Hügels lagen die Rinder dicht zusammengedrängt im Gras.

»Irgendwas?«, hauchte mir LuEllen ins Ohr.

»Nein. Lass uns rüberklettern. Benutz deine Taschenlampe und pass auf, dass du dich nicht am Stacheldraht verletzt.«

Wir erreichten unversehrt die andere Seite und tasteten uns den Hügel hinab. Die Satellitenschüssel war etwa 200 Meter entfernt, wir ließen uns Zeit, blieben immer wieder stehen und lauschten. Als wir näher kamen, konnten wir das Tröpfeln von Wasser hören und dann ein leises elektrisches Summen. Die Schüssel bewegte sich nicht, doch sie war in Betrieb.

Ich gab LuEllen die AK und das Nachtsichtglas. Wie vorher abgesprochen schlich sie ungefähr dreißig Meter weiter hangabwärts, wo sie Posten bezog. Ich nahm den Rucksack ab, kramte die Ausrüstung hervor, markierte unsere Position mit dem GPS, aktivierte die Zeitfunktion und begann, Messungen durchzuführen.

Die Schüssel befand sich offenbar in ihrer Ruheposition. Mit Hilfe des Kompasses bestimmte ich ihre horizontale Ausrichtung mit einer Abweichung von ein bis zwei Grad. 290 Grad, also Richtung Westen mit einer leichten Nordverschiebung, ganz und gar nicht die Richtung, in die sie heute früh gezielt hatte. Als ich mir sicher war, dass die Werte stimmten, zog ich das Klebeband hervor, befestigte damit ein Ende des Gummibandes am oberen Rand der Schüssel, spannte es straff bis zum unteren Rand, so dass es nicht durchhing, und klebte es auch dort fest. Mit der Wasserwaage als horizontaler Referenzlinie ermittelte ich den vertikalen Neigungswinkel der Schüssel. Ich notierte den Wert, dann setzte ich mich ins Gras und wartete.

Wir hatten vereinbart, bis zu drei Stunden darauf zu achten, ob sich die Schüssel wieder bewegte. Sollte bis dahin nichts passieren, wollten wir die Aktion abbrechen, da wir dann müde würden und unsere Aufmerksamkeit nachließe. Ich machte es mir auf dem Boden bequem und sah zu, wie der Mond unterging und die Sterne funkelten. Die Lichter von Waco im Osten waren so hell, dass man die Milchstraße nicht – wie in den Wäldern des Nordens – in ihrer vollen Pracht bewundern konnte, aber vielleicht ging auch nur der Lokalpatriotismus mit mir durch. Die Sterne waren schon sehr schön …

Nach ungefähr fünfundzwanzig Minuten sprang der Motor der Schüssel an – ein elektronischer Rülpser, eine Veränderung des Summens. Ich setzte mich auf und spitzte die Ohren, um ganz sicher zu gehen, dass ich mich nicht getäuscht hatte, dann überprüfte ich schnell das GPS-Gerät und notierte die Zeit. Mit der Wasserwaage und dem Theodoliten maß ich den Neigungswinkel der Schüssel nach. Er hatte sich nicht verändert, aber irgendetwas geschah. Das tiefer klingende Geräusch des Elektromotors war unverkennbar.

Ich machte mir bereits Sorgen, als ich eine Vibration der Schüssel spürte und sie sich ganz langsam zu bewegen begann, sich nach hinten neigte. Über dem Horizont, auf den sie gerichtet war, konnte ich nichts außer den Sternen sehen. In dunklen Nächten lassen sich manchmal mit dem bloßen

Auge Satelliten erkennen, winzige Funken, die über den Himmel kriechen …

Nach einer erneuten Messung des Neigungswinkels notierte ich das Zeitsignal des GPS-Receivers und wiederholte den Vorgang mehrmals. Dann eilte ich hinter die Schüssel und überprüfte ihre seitliche Ausrichtung, um mich zu vergewissern, dass sie sich nicht verändert hatte, was auch nicht der Fall war. Danach maß ich den Neigungswinkel so oft, wie ich konnte, bis die Schüssel auf den Horizont über dem Hügel zielte und plötzlich verharrte. Nach einer letzten Messung überprüfte ich nochmals die horizontale Ausrichtung. Noch immer keine Abweichung.

Wenn ich Bobby die Zahlen übermittelte, müssten wir eine gerade Linie bekommen, die von einem leicht nach Norden versetzten Punkt am westlichen Horizont einmal über den Himmel exakt zu dem Punkt verlief, der ihm auf der Windrose gegenüberlag. Selbst mit den groben Messungen des Theodoliten sollte ich in der Lage sein, ihm einigermaßen genaue Angaben zu den Höhenneigungswinkeln und den dazugehörigen Zeiten zu liefern.

Am Scheitelpunkt ihres Bogens blieb die Satellitenschüssel dreißig Sekunden lang stehen und begann dann, sich langsam seitlich zu drehen, diesmal etwas weiter nach Norden, während sie sich wieder senkte. Am Ende des Bewegungszyklus deutete sie in einer Richtung von ungefähr 320 Grad auf den Horizont – oder rund dreißig Grad weiter nördlich als zuvor. Ich notierte den letzten Wert, packte meine Sachen zusammen, entfernte das Gummiband von der Schüssel und ging ungefähr fünf Meter nach Süden.

»LuEllen?«, flüsterte ich.

Einen Augenblick später war sie neben mir. »Hast du es?«

»Yeah.«

»Ich habe dich rumrumoren hören.«

»Nicht zu laut, hoffe ich.«

»Nicht allzu schlimm. Sind wir fertig?«

»Ja, es sei denn, du hast noch Lust auf einen kleinen Spaziergang.«

»Du bist der Boss.«

Wir näherten uns langsam Corbeils Haus, blieben immer wieder kurz stehen, um die Nachtsichtgeräte zu benutzen, und hielten dabei einen möglichst großen Abstand zu den Rindern. Eine Viertelstunde lang warteten wir auf einem Hang des Hügels und beobachteten das ganze Gelände, dann überquerten wir ein trockenes Bachbett, erklommen den Hügel auf der anderen Seite, und von dort aus konnten wir Corbeils Ranchhaus deutlich sehen.

»Keine Schüssel«, flüsterte ich LuEllen zu.

»Dann sollten wir besser verschwinden«, erwiderte sie. »Wir waren lange genug hier.«

»Lass uns erst einmal ein paar hundert Meter weit da langgehen und dann umkehren«, schlug ich vor.

Mit ›da lang‹ meinte ich die östliche Grenze von Corbeils Land. Zuerst stiegen wir wieder den Hügel hinter uns hinauf, um eine größere Entfernung zwischen uns und das Haus zu legen, und folgten der Rückseite des Hügelkamms etwa 400 Meter weit. Als das GPS-Gerät anzeigte, dass wir drei Viertel des Grundstücks überquert hatten, erklommen wir erneut die Kuppe und entdeckten eine weitere Satellitenschüssel am Fuß des Hanges in einer flachen Senke.

»Das macht drei«, flüsterte ich.

Wir schlichen hinunter. Ich markierte den Standort der Schüssel mit dem GPS und führte eine schnelle Messung durch. Sie war auf 320 Grad ausgerichtet, genau wie die andere. Einen Augenblick lang überlegte ich, ob wir warten sollten, bis sie sich bewegte, doch uns lief die Zeit davon.

»Lass uns gehen.«

Für den Rückweg zu unserem Wagen benötigten wir mehr als eine Stunde. Wir näherten uns ihm langsam und aufmerksam, verstauten unsere Ausrüstung so leise wie möglich und fuhren nach Süden in Richtung des Highways.

»Eine schöne Nacht für ein Picknick«, kommentierte LuEllen, als wir die Straße erreicht hatten.

»Ich bin ein bisschen müde«, sagte ich. LuEllen fuhr. »Wenn wir an diesem alten Farmhaus vorbeikommen und nirgendwo Licht brennt«, fügte ich hinzu, »möchte ich, dass du am Anfang der Zufahrt kurz hältst.«

Da alles dunkel war, stoppte LuEllen. Ich hielt den GPS-Receiver aus dem Seitenfenster und notierte die Anzeigen auf dem Display. »Machen wir uns auf den Heimweg.«

Wir fuhren über die Landstraße nach Süden und dann über den Highway 185 nach Osten, dicht vorbei an Corbeils Ranch. Als wir auf gleicher Höhe mit dem Haus waren, sahen wir zwei Männer, die zu einem Auto in der Auffahrt gingen. Einer hob den Kopf und warf einen flüchtigen Blick in unsere Richtung.

»Dieser Typ«, sagte LuEllen, »der rechte …«

»Yeah, er hinkt.« Wir fuhren weiter. Ich drehte mich um. Der Wagen rollte aus der Zufahrt und folgte uns. Nach einigen Meilen stoppten wir an einer Kreuzung und bogen dann nach Süden Richtung Waco ab. Der andere Wagen folgte uns weiter.

»Bleiben die hinter uns?«, fragte LuEllen.

»Yeah, aber was sollten sie sonst tun? Hier gibt es keine anderen Orte.« Sie schienen es nicht darauf abgesehen zu haben, uns einzuholen. »Fahr mal ein bisschen langsamer, geh auf fünfzig Meilen runter.«

LuEllen nahm etwas Gas weg. Das Auto, ein Buick,

schloss langsam auf, klebte uns eine Weile an der hinteren Stoßstange, überholte auf einem ebenen Streckenabschnitt und beschleunigte. Ich hatte das Nachtsichtgerät schon in der Hand und las das Nummernschild des Buicks.

»Der Fahrer hat nicht mal zu mir rübergesehen«, sagte Lu-Ellen.

»Warum sollte er? Für ihn war das nur irgendein Pickup auf einem leeren Highway. Selbst Paranoia hat ihre Grenzen.«

»Vielleicht für Amateure«, erwiderte sie. »Nicht für mich. Wir werden die Karre gründlich abwischen und sie gleich morgen früh zurückbringen. Noch bevor die Zulassungsstelle öffnet, nur für den Fall, dass die Typen sich unser Nummernschild notiert haben.«

»Natürlich«, sagte ich.

23

Noch in derselben Nacht meldeten wir uns wieder bei Bobby, und ich gab ihm eine Zusammenfassung unserer gesammelten Erkentnisse. Ich hatte mit Hilfe des GPS-Receivers die genauen Koordinaten der drei von uns entdeckten Satellitenschüsseln und der Entfernungen zwischen ihnen ermittelt und schickte Bobby außerdem meine Aufzeichnungen über die horizontalen Ausrichtungen, vertikalen Neigungswinkel und Zeitintervalle der von mir beobachteten Schüssel.

UNAUTORISIERTE SATELLITENKONTAKTE?

MÖGLICH. KUNDEN KÖNNTEN FOTOS MIT HOHER AUFLÖSUNG ÜBER DAS NETZ ERHALTEN UND GELD AUF VERDECKTE KONTEN ÜBERWEISEN. NAMEN IN JACKS DATEI STAMMTEN ALLE AUS STAATEN IN WEST- UND SÜDASIEN.

Muss so eine Art Auftragsgeschäft sein. Wie können sie den Satelliten benutzen, ohne dass das NRO etwas davon erfährt?

Keine Ahnung.

Werde Satellitenschüssel-Daten zwei Freunden zeigen, wenn das für dich OK ist.

Müssen *gute* Freunde sein.

Ausgezeichnete Freunde. Beide kennen sich mit Satelliten aus.

Gut. Irgendwelche Neuigkeiten über Green?

Ja. Anwalt sagt, Cops sind wahrscheinlich fertig mit Green.

Wird sein Krankenzimmer überwacht?

Werde es überprüfen.

Überprüf auch Nummernschild …

Ich schickte ihm das Kennzeichen, und er versprach, sich darum zu kümmern. Am nächsten Morgen brachten LuEllen und ich den Pickup zurück, nachdem wir alle Fingerabdrücke gewissenhaft beseitigt hatten. Das Gewehr und den Rest unserer Ausrüstung verstauten wir im Kofferraum unseres Mietwagens.

»Ich hasse die Vorstellung, dass sich ein Cop diese Sammlung ansehen könnte«, murmelte LuEllen. »Nachtsichtgeräte, Kompasse, GPS-Receiver, das Gewehr … Er würde uns für Killer halten.«

»Vielleicht sind wir das auch«, sagte ich. Die Worte kamen mir über die Lippen, noch bevor ich darüber nachdachte, und ich bemühte mich, sie wie ein Scherz klingen zu lassen, aber LuEllen musterte mich mit einem seltsamen Gesichtsausdruck. Von jetzt an würde ich vorsichtig sein müssen.

Wieder hieß es warten. Wir vertrödelten den Tag damit, ziellos umherzuwandern, meldeten uns alle paar Stunden bei Bobby. LuEllen hatte keine Lust mehr, mit schlechten Drivern Golfbälle zu schlagen.

»Warum lernst du nicht Golfspielen?«, fragte sie. »Wir müssen in solchen Situationen ständig warten, versuchen immer, uns irgendwas einfallen zu lassen, um uns zu beschäftigen, und du willst dann immer nur malen oder irgendeinen anderen Mist machen. Warum lernst du zur Abwechslung nicht mal was Geselliges?«

»Golf ist was für Schwachköpfe«, knurrte ich.

»Woher willst du das wissen? Du hast es ja nie selbst gespielt.«

»Wenn du nicht gleich den Mund hältst, muss ich dich übers Knie legen.«

»Ohhh ...«, machte LuEllen. »Das könnte uns ein bisschen die Zeit vertreiben.«

Alles, was wir von Bobby an diesem Vormittag erhielten, waren der Name und die Adresse des Mannes, dem der Wagen gehörte, mit dem die beiden Typen von Corbeils Ranch weggefahren waren. William Hart.

»Damit hat sich der Kreis geschlossen«, stellte ich fest. »Ich hatte einen Brief von Jack bekommen, in dem er den Namen erwähnt hat. Er hat geschrieben, ich solle mich vor diesem Hart hüten, weil er ein übles Arschloch wäre, oder jedenfalls so was Ähnliches.«

»Dann lass uns in seiner Nähe vorsichtig sein«, sagte LuEllen.

Am späten Nachmittag hatte Bobby etwas für uns.

KÖNNT IHR NACH LITTLE ROCK FAHREN?

JA. WANN? WARUM?

MORGEN. AUSRÜSTUNG ABHOLEN. BRAUCHT IHR, UM EINE SCHÜSSEL ANZUZAPFEN.

OK.

Hervorragend. Habe mit Anwalt gesprochen. Greens Zimmer [348] wahrscheinlich nicht überwacht. Mann in Nachbarzimmer [350] heisst Morris Kendall, unter starken Narkotika wegen Krebs, wird wahrscheinlich in ein bis zwei Tagen sterben, falls du nach einem Patienten fragen musst.

Danke.

Wir verließen das Motel in Austin, fuhren zurück nach Dallas, mieteten ein anderes Zimmer in einem weiteren anonymen Motel, erkundigten uns nach den Besuchszeiten des Krankenhauses und erfuhren, dass es bis neun Uhr geöffnet war.

»Erklär mir noch mal, wie Green uns helfen kann«, verlangte LuEllen.

»Wir können ihn darauf hinweisen, dass es vorteilhaft ist zu schweigen«, sagte ich.

Sie stemmte die Hände in die Hüften. »Ich bin mir sicher, dass er darauf schon von selbst gekommen ist. Dein schmutziger kleiner Verstand brütet doch noch irgendwas anderes aus.«

Ich nickte widerstrebend. »Yeah, aber ich werde dir noch nichts davon erzählen, weil es dich wahrscheinlich wütend machen würde, und dann würdest du mir auf den Geist gehen, und für diesen Quatsch fehlt mir die Energie. Jedenfalls werde ich heute Abend allein in das Krankenhaus gehen. Ich möchte, dass du draußen im Wagen wartest und bereit bist, sofort loszufahren, sollte es Ärger geben.«

»Kidd, wenn du glaubst, es könnte Ärger geben …«

»Ich rechne nicht damit, aber ich bin eben paranoider als unsere beiden Freunde von Corbeils Ranch. Okay? Und jetzt halt mal für eine Weile die Klappe. Ich versuche nachzudenken.«

Mein schmutziger kleiner Verstand brütete tatsächlich etwas aus. Ich wollte aber nicht, dass LuEllen davon wusste. Zumindest vorläufig nicht. Ich hatte mir überlegt, wie ich AmMath, Corbeil und seine Spießgesellen in die Scheiße reiten konnte, und LuEllen sollte nicht dabei sein, wenn ich meinen Plan in die Tat umsetzte. Texas war ein schlechter Staat für solche Dinge …

Um halb neun an diesem Abend betrat ich das Mount of Olives Hospital. LuEllen wartete mit dem Wagen eine Straße hinter dem für die Ärzte reservierten Parkplatz. Sollte ich abhauen müssen, würde ich wahrscheinlich nicht einmal aus dem Krankenhaus herauskommen, aber wenn ich es doch schaffte und es mir gelang, über den Ärzteparkplatz zu fliehen, konnten wir innerhalb von fünfzehn Sekunden im Verkehr untertauchen.

In einer kleinen Geschenkboutique im Foyer des Krankenhauses kaufte ich einen Strauß hellgelber Blumen, die ein bisschen an Margeriten erinnerten, aber einen kunststoffartigen Glanz hatten und strenger rochen. Sie steckten in einer grünen Glasvase. Das Ganze wirkte ziemlich billig, erschien mir aber irgendwie passend. Ich erkundigte mich an der Rezeption nach Morris Kendalls Zimmer und fuhr mit dem Aufzug hinauf.

Die Tür zu Greens Zimmer stand offen. Eine korpulente, grimmig aussehende Frau saß auf einem Stuhl, den Blick auf ein Bett am anderen Ende des Zimmers gerichtet. Zwei Betten. Ich konnte nur das Fußende des Bettes an der Tür sehen, in dem ich Green vermutete. Niemand hatte mir gesagt, dass er das Zimmer mit einem anderen Patienten teilte. Gottverdammt!

Ich ging eine Tür weiter und betrat Zimmer 350, wo Morris Kendall offenbar im Koma lag und einsam starb, eine Infusionsnadel in einem von Einstichen übersäten Arm. Ich stellte die Blumen auf einen kleinen Tisch neben dem Bett und versuchte, den Sterbenden dabei nicht anzusehen.

Nach ein paar Minuten kehrte ich in den Flur zurück und ging eine Weile auf und ab. Die korpulente Frau saß noch immer schweigend in Greens Zimmer und umklammerte eine Handtasche auf ihrem Schoß. Sie erweckte den Eindruck, als wäre sie nur sehr ungern zu Besuch gekommen. Ich setzte mich wieder für zwei Minuten zu Kendall, und in dieser kurzen Zeit beschloss ich, für alle Fälle einen tödlichen Vorrat an Schlaftabletten anzulegen – wenn ich alt wurde. So wollte ich nicht enden.

Auf dem Flur kamen und gingen die Leute. Ich hielt Ausschau nach der untersetzten Frau, und fünfzehn Minuten, nachdem ich gekommen war, wurde meine Geduld belohnt. Sie marschierte zielstrebig an der Tür vorbei, die Tasche in beiden Händen.

Der Flur war jetzt fast menschenleer, nur vor einem Krankenzimmer, etwa fünfzehn Meter entfernt, standen ein Mann und zwei Kinder, dem Aussehen nach eine Familie. Ich schob mich in Greens Zimmer.

Er lag im ersten Bett, das ein Vorhang von dem zweiten Bett trennte. In der gegenüberliegenden Zimmerecke hing ein Fernsehgerät an der Wand, das auf ein Programm mit Liebesfilmen eingestellt war.

Green drehte den Kopf in meine Richtung, als ich eintrat. Ich breitete die Hände zu einer fragenden Geste aus und hob die Brauen. Er zuckte die Achseln, legte aber einen Finger an die Lippen. Ich beugte mich dicht über ihn.

»Was tun Sie hier?«, flüsterte er.

»Muss mit Ihnen sprechen. Sind Sie okay?«

»Bald. Habe ein paar Wochen Rehabilitierungstherapie vor mir.«

»Tut mir Leid.«

»Nicht so sehr wie mir. Ich sollte Lane beschützen. Jetzt ist sie tot.« Er wirkte unendlich traurig, als er das sagte.

»Ich muss etwas über die zwei Typen wissen. Haben beide geschossen?«

»Yeah, wie verrückt. Haben sich nicht mal die Mühe gemacht, Schalldämpfer oder so einen Scheiß zu benutzen. Ich denke, sie hatten vielleicht vor, Lane zu entführen, aber als sie mich bemerkt haben, ist die Ballerei sofort losgegangen. Haben Sie den Computer?«

»Ja. Wie haben die Typen ausgesehen? Sie haben einen von ihnen getroffen.«

»Nicht richtig, glaube ich. Vielleicht nur ein Streifschuss. Der kleinere der beiden hat mich gleich am Anfang durch die Tür erwischt, und ich bin mit dem Arsch in der Badewanne gelandet. Gottverdammt, ich konnte nichts weiter tun, außer immer wieder auf den Abzug zu drücken.«

»Glück für Sie, dass die Badewanne da war.«

»Sie haben es erfasst. Ich denke nicht …« Aber er dachte nach, eine Sekunde lang, wahrscheinlich zum tausendsten Mal. »Ich glaube nicht, dass ich sie hätte retten können.«

»Keine Chance«, sagte ich. »Diese Typen, wie haben sie ausgesehen?«

»Es waren zwei gemeine weiße Jungs, hatten sich Nylonstrümpfe über die Köpfe gezogen, so dass ich ihre Gesichter nicht richtig erkennen konnte. In guter körperlicher Verfassung, schlank und kräftig. Sehr kurzes Haar, glaube ich. Ich bin mir nicht ganz sicher, aber das war mein Eindruck. Einer war vielleicht 1,90 Meter groß, der andere knapp zehn Zentimeter kleiner und stämmiger. Sie werden den Unterschied bemerken, wenn Sie beide zusammen sehen. Ich habe den Kleineren getroffen.«

»In Ordnung. Fliegen Sie zurück nach Oakland?«

»Wahrscheinlich. Ich würde gern bleiben, aber ich wüsste nicht, wie ich Ihnen helfen könnte.«

»Nein, nein. Für uns ist es am besten, wenn Sie nach Oakland zurückkehren und sich genauso verhalten, wie Sie es tun würden, wenn alles so abgelaufen wäre, wie Sie es ausgesagt haben. Sie sind nur ein Bodyguard, der von rein gar nichts weiß. Fliegen Sie nach Hause, machen Sie Ihre Aufbautherapie, gehen Sie spazieren, lassen Sie es sich von einem Mädchen besorgen. Sollten sich die Bundesbullen immer noch für den Fall interessieren, müssen Sie sie langweilen.«

Er nickte. »Genau das werde ich tun.«

»Hey, Leth!«, rief eine krächzende Männerstimme auf der anderen Seite des Trennvorhangs. »Stört es Sie, wenn ich auf Cinemax umschalte? Ich glaube, da läuft gerade einer von diesen Car-Wash-Filmen.«

»Machen Sie nur«, erwiderte Green. »Ich könnte jetzt selbst einen Car-Wash-Film vertragen.«

Ich schüttelte Green zum Abschied die Hand, verließ das Zimmer, fuhr mit dem Aufzug nach unten, überquerte den Personalparkplatz und stieg in unseren Mietwagen.

»Wie ist es gelaufen?«, fragte LuEllen.

»Gut. Green hat sich im Griff. Wir sind sicher.«

»Warum siehst du dann so niedergeschlagen aus?« Sie wendete an einem Kreisel, und wir fuhren zurück zur Interstate.

Ich erzählte ihr von Morris Kendall in Greens Nachbarzimmer. »Es gab nicht einen einzigen persönlichen Gegenstand in seinem Zimmer, zumindest habe ich keinen gesehen. Er liegt da und stirbt ganz allein, und alles, was ihm Gesellschaft leistet, ist ein billiger gelber Blumenstrauß von einem Fremden.«

»Klingt wie der Text eines Countrysongs«, sagte LuEllen.

Das war der einfache Teil des Tages gewesen. Wir setzten uns mit Bobby in Verbindung, um zu erfahren, ob er irgendetwas Neues für uns hatte. Er nannte uns eine Zeit und einen Ort in Little Rock. Drei Uhr dreißig in einem Restaurant am Little Rock National Airport.

Nachdem das erledigt war, fiel ich über LuEllen her. Nicht auf die langsame und spielerische Art, wie es ihren sexuellen Vorlieben entspricht, sondern direkt und ohne jedes Vorspiel. Ich nagelte sie auf dem Bett fest und bearbeitete sie.

»In Ordnung, Kidd«, sagte sie, als wir es hinter uns gebracht hatten. »Was sollte diese Nummer?«

»Ich schaffe deinen Arsch hier raus«, erwiderte ich. »Ich habe mir gedacht, du würdest für eine Weile angewidert sein, und ich wollte ein bisschen Sex, damit du es nicht so schnell vergisst.«

Sie setzte sich auf. »Du Arschloch!«

»LuEllen ... du hast dir immer das Recht vorbehalten, dich abzuseilen, wenn die Dinge zu ungemütlich werden, richtig? Nun, es *wird* ungemütlich, und es gibt keinen Grund, warum du dabei sein solltest. Ich müsste mir Gedanken darüber machen, auf dich aufzupassen. Aber ich werde schon genug damit zu tun haben, auf mich selbst aufzupassen.«

»Du musstest noch nie auf mich aufpassen«, sagte sie in ihrem gefährlichen Tonfall.

»Ich meine nicht so, wie man sich um ein kleines Kind kümmert, aber ich müsste mich zusätzlich auch noch um dich sorgen.«

»Was hast du vor?«

»Ich habe eine Idee, die ich dir aber nicht verraten möchte, weil es nicht gut für dich wäre, jetzt schon davon zu wissen. Vielleicht später. Was du jetzt tun musst, ist, dich irgendwo in der Öffentlichkeit sehen zu lassen. Du hast doch deinen Reisepass dabei, oder?«

»Kidd, was, zum Teufel …«

»Hast du deinen Reisepass?«

»Ja, ich habe …«

»Morgen, in aller Frühe, werde ich deinen Arsch in irgendein Flugzeug verfrachten – New York wäre gut, und du benutzt deine Papiere aus San Francisco. Dann kehrst du mit den ersten Papieren nach Minneapolis zurück. Sind die noch gut? Und von da aus fliegst du unter deinem eigenen Namen auf die Virgins oder die Bahamas. Das ist eine Menge Fliegerei, aber ich möchte, dass du irgendwo durch eine Zollabfertigung gehst, und ich möchte, dass du dich die nächsten paar Tage in der Öffentlichkeit zeigst. Wo sich Leute an dich erinnern werden.«

Jetzt hatte ich ihre Neugier geweckt. Sie war immer noch sauer, aber auch neugierig. »Was willst du in die Luft jagen?«

»Ich werde überhaupt nichts in die Luft jagen. Aber die ganze Geschichte nähert sich dem Höhepunkt, und niemand weiß, wozu die Sicherheitsdienste mit den Alphabetkürzeln fähig sind. Wenn sie uns miteinander in Verbindung bringen, könntest du in Schwierigkeiten geraten, und Bobby sagt, dass sie die Namen auf der Liste zurückverfolgen.«

»Ich werde nie alle diese Flüge erwischen …«

»Ich habe sie heute Morgen für dich gebucht«, unterbrach ich sie. »Sie sind alle bestätigt.«

»Heute Morgen?« Sie dachte einen Moment lang darüber nach. »Arschloch«, sagte sie dann. »Heute Morgen? Du …«

Wir stritten uns den Rest des Abends, argumentierten hin und her, und irgendwann versuchten wir, wenigstens ein bisschen Schlaf abzubekommen. Am nächsten Morgen warf LuEllen mit ihren Klamotten um sich, aber um acht Uhr reihte sie ihren kleinen runden Hintern auf dem DFW in die Warteschlange der Passagiere für den Flug nach New York ein.

Ich denke, sie hat sonst überhaupt keine Probleme damit, mir die kalte Schulter zu zeigen und einfach zu verschwinden. Aber diesmal tat sie es nicht.

Nach mehreren Stunden eisigen Schweigens gab sie mir einen langen und ernsten Abschiedskuss. »Sei vorsichtig«, flüsterte sie und bestieg das Flugzeug.

Kurz darauf war ich auf dem Weg nach Little Rock.

24

Die Fahrt nach Little Rock dauerte sechs Stunden, mit kurzen Rastpausen, um einen Cheeseburger zu essen und auf die Toilette zu gehen. Ich befand mich in dem Teil des Landes, wo einem statt Pommes frites Home Fries serviert werden. Home Fries bestehen im Prinzip aus reinem Fett, das nur deshalb von spindeldürren Kartoffelstreifen aufgesaugt wird, damit man es sich irgendwie in den Mund befördern kann.

Eine Kellnerin in einer Uniform, deren Farbe exakt der von zwei Tage altem Kürbiskuchen glich, brachte mir das Essen und ließ den Blick prüfend über meinen Tisch wandern. »Liebe Güte!«, stieß sie erschrocken hervor. »Irgendjemand hat Ihren Ketchup vergessen!«

Eine Minute später kehrte sie mit einer Flasche Heinz zurück. »Home Fries ohne Ketchup sind einfach nicht gut.«

Sie hatte eine ewige Wahrheit ausgesprochen. Die Dinger sind wirklich nicht gut.

Ich war erst einmal in Little Rock gewesen. Wohnt man in St. Paul, fährt man nie über Little Rock, wenn man irgendwohin will, es sei denn, man will nach Little Rock. Ich bekam auch diesmal nicht viel davon zu sehen.

Der Typ, mit dem ich mich treffen sollte, wartete in einem *Shoney's*. Ich entdeckte ihn sofort, als ich das Restaurant betrat.

»Wie geht es dir, John?«, fragte ich und schob mich in die Sitznische ihm gegenüber. Er beugte sich vor. Wir schüttelten uns die Hände.

»Nicht allzu schlecht. Ich habe das von Green und dieser Lady gehört. Du steckst ganz schön in der Scheiße.« Er sah mich von der Seite an. Seine Sonnenbrille mit den bis zu den Schläfen geschwungenen Gläsern glitzerte im fluoreszierenden Licht.

»Tut mir Leid wegen Green«, sagte ich.

»Mir tut es Leid wegen deiner Freundin«, gab er zurück.

John Smith war ein schwarzer Mann, der ursprünglich aus Memphis stammte, jetzt aber zwischen Memphis und einer Kleinstadt im Mississippidelta, wo seine Frau lebte, hin und her pendelte. Ein harter Bursche und gleichzeitig intelligent, politisch engagiert, ein Freund von Bobby und darüber hinaus Künstler – Bildhauer. »Ich bin gerade erst angekommen«, fügte er hinzu. »Ich nehme das Truthahn-Sandwich, Home Fries, Kokosnusspastete und eine Diätcola.«

»Und danach solltest du am besten irgendwo dein Herz untersuchen lassen«, sagte ich.

Ich bestellte eine Cola und einen Salat. »Vergessen Sie den Ketchup nicht zu den Home Fries«, erinnerte ich die Kellnerin, als wir unsere Bestellungen aufgaben.

»Wie könnte ich?«, fragte sie mit einem verblüfften Gesichtsausdruck.

John hatte das Päckchen in seinem Wagen gelassen. »Bobby sagt, du sollst den Kasten mit Klebestreifen über dem Receiver im Brennpunkt der Schüssel befestigen. Das müsste ausreichen. Um den Kasten sind Bänder gewickelt, so eine Art

Antennen. Du musst sie ausrollen und dann um die Stützstreben des Receivers schlingen. Das erhöht die Empfindlichkeit des Empfangsteils. Okay?«

Er malte ein flüchtiges Diagramm auf eine Serviette, aus dem klar hervorging, was er meinte. »Sobald sich die Schüssel bewegt, schaltest du unseren Receiver ein«, fuhr er fort. »Er hat nur einen Schalter an der Seite. Während sich die Schüssel dreht, sollst du ein paar Daten notieren, so wie du es schon einmal gemacht hast – Richtung, Zeit, Neigungswinkel. Der Receiver wird sowohl die ausgesandten wie die hereinkommenden Signale empfangen und aufzeichnen. Bobby hat ihn mit einer Timerfunktion ausgestattet, musste wegen der kurzen Zeit aber auf Winkel- und Kompassfunktionen verzichten.«

»In Ordnung.«

»Ist LuEllen bei dir?«

»Ich habe sie weggeschickt«, sagte ich.

»Ihr solltet ein paar Kinder in die Welt setzen. Sonst habt ihr niemanden, der sich um euch kümmert, wenn ihr alt werdet.«

»Danke für den Ratschlag«, erwiderte ich, und vor meinem inneren Auge sah ich gleich wieder Morris Kendall, der einsam im Zimmer 350 starb. »Hat Bobby noch etwas über Firewall gehört?«

»Ich bin nicht auf dem Laufenden, das ist nicht meine Sache. Bobby hält Firewall eindeutig für Humbug. Er meint, du siehst das genauso.«

»Ich tendiere dazu.«

»Aber er sagt, die NSA würde die Sache zu einer großen Gefahr aufblasen, um so ihr Budget zu rechtfertigen. Er sagt, die Typen hätten nichts mehr zu tun, sie wären völlig überflüssig, und die ganze Firewall-Geschichte wäre für sie ein Geschenk des Himmels gewesen. Eine Gnadenfrist.«

»Was ist mit der Attacke auf das IRS?«

»Laut Bobby stecken zehn junge Leute aus Deutschland und der Schweiz dahinter. Er hat den Bundesbullen vier Namen geschickt, aber sie kümmern sich kaum darum. Er meint, sie wollten Firewall *nicht* ausschalten. Noch nicht.«

Nachdem unser Essen kam, unterhielten wir uns zwanzig Minuten lang über Johns Frau Marvel, die Kinder und die politische Lage in Longstreet, wo Marvel mit den Kindern lebte. Er hatte das Thema Politik gerade beendet und war bei den letzten Bissen seines Essens, als ich einen Blick auf meine Uhr warf.

»In der Lobby steht eine Telefonzelle«, sagte ich. »Ich werde mich online bei Bobby melden und nachsehen, ob es irgendwelche Neuigkeiten gibt.«

»Nur zu.«

Ich musste nicht warten, die Telefonzelle war leer, doch ich kam nicht dazu, alle zehn Ziffern nach der 800 zu wählen. Bereits nach der siebten Ziffer ertönte das Freizeichen, und eine Frauenstimme meldete sich. »Montana Genetics, wie kann ich Ihnen helfen?«

»Ähh … entschuldigen Sie«, sagte ich. »Ich habe mich wohl verwählt.«

»Macht nichts, ich wünsche Ihnen noch einen schönen Tag«, erwiderte sie fröhlich und legte auf.

Ich versuchte es erneut und kam wieder nur bis zur siebten Ziffer.

»Montana …«

»Es gibt ein Problem«, erklärte ich, nachdem ich John gegenüber in der Sitznische wieder Platz genommen hatte. »Bobby ist nicht mehr online.«

John runzelte die Stirn. Bobby war ständig online, das war sein Leben. »Er ist nicht …«

»Unter der 800er Nummer hat sich eine Firma namens Montana Genetics gemeldet.«

»O Scheiße!« John lehnte sich zurück und legte beide Hände auf den Tisch. »Er hat den Stecker gezogen.«

»Ich brauche ihn, Mann«, sagte ich.

»Wir auch.«

Ich hatte nie erfahren, wer sich hinter dem *Wir* verbarg, obwohl ich seit Jahren wusste, dass es ein *Wir* gab.

John sah auf seine Uhr. »Ich muss wieder los. Muss in der Nähe eines Telefons sein.«

Die Kellnerin kam mit der Rechnung an unseren Tisch. »Sind Sie Mr. Smith?«, fragte sie John.

»Was?«

»Sind Sie Mr. ...«

»Smith. Ja.«

»Es hat jemand für Sie angerufen. Normalerweise belästigen wir unsere Gäste nicht, aber der Gentleman sagte, es sei ein Notfall ...«

John stand auf und folgte ihr. Sie führte ihn in die Geschäftsräume. Zwei Minuten später kehrte er zurück.

»Ich muss gehen.«

»Bobby?«

»Ja. Er wusste, dass wir hier sind.« Er warf fünf Dollar auf den Tisch und ging zur Kasse.

»Ich soll dir ausrichten, dass Ladyfingers verhaftet worden ist«, sagte er, nachdem wir das Restaurant verlassen hatten. »Sie hat den Bundesbullen die 800er Nummer verraten. Die NSA hat Bobby den ganzen Weg zurück bis zu einer Zwischenstation verfolgt. Noch drei weitere Links, und sie hätten ihn gehabt. Deshalb hat er alle Leitungen gekappt. Er sagt, du würdest seine Nummer auf dem gleichen Weg wie früher finden – er hat mir nicht verraten, wie, Bobby ist fürchterlich paranoid – und ihn damit direkt erreichen. Es ist die einzige Verbindung, die er offen lässt, bis er alle alten Nummern ausgetauscht hat.«

»Der denkbar schlechteste Zeitpunkt für eine solche Aktion«, murmelte ich. »Ausgerechnet jetzt.«

John holte eine Sporttasche aus seinem Wagen, in der der Receiver steckte. »Schick das Gerät per Expresspost an unsere Adresse in Memphis, sobald du eine volle Bewegungssequenz aufgezeichnet hast.«

»In Ordnung.«

»Viel Glück. Halt den Arsch unten.«

An einer Tankstelle in Texarkana fand ich eine Telefonzelle und schloss meinen Laptop an. Ich überprüfte meine beiden Mailboxen, in denen zwei Teile einer Telefonnummer warteten, genau wie es Bobby versprochen hatte. Er meldete sich sofort, nachdem ich die Nummer gewählt und »k« in das Dialogfeld getippt hatte.

ÄUSSERST KNAPP. WAR NOCH NIE SO ENG. HABE MIR VOR ANGST FAST IN DIE HOSE GESCHISSEN. HABE DEN LADEN FÜR ALLE DICHT GEMACHT, VON DIR ABGESEHEN. HAST DU DAS PÄCKCHEN BEKOMMEN?

JA.

KANNST DU ES HEUTE NACHT INSTALLIEREN?

JA.

WAS KÖNNEN WIR SONST NOCH TUN?

Ich erklärte es ihm, und es folgte ein ziemlich langes virtuelles Schweigen, bevor er sich ein letztes Mal meldete.

SEI VORSICHTIG. SEI VORSICHTIG. SEI VORSICHTIG.

Die Interstate führt zwischen Texarkana und Dallas durch eine ziemlich dünn besiedelte Gegend. Nachdem ich auf der

Karte einen größeren weißen Fleck gefunden hatte, verließ ich die Interstate und suchte mir eine gerade einsame Straße aus, der ich eine längere Strecke folgte. Dann parkte ich quer zum Straßenrand, sah mich nach allen Seiten um, entfernte mich 200 Meter von meinem Wagen und stellte eine Colaflasche aus Plastik auf den Seitenstreifen. Ich wäre jede Wette eingegangen, dass die Entfernung bis auf eine Abweichung von maximal zwei Metern stimmte. Zu den Dingen, die man als Einbrecher lernt, gehört es, Entfernungen richtig einzuschätzen. Meine gewöhnliche Schrittlänge beträgt fast genau neunzig Zentimeter und wächst auf einen Meter an, wenn ich den Fuß nur einen Sekundenbruchteil später als sonst auf den Boden setze.

Ich kehrte zum Wagen zurück, blickte mich erneut um, holte das Gewehr aus dem Kofferraum, lud es und kurbelte das Beifahrerfenster herunter. Als ich mir sicher war, dass sich kein anderer Wagen näherte, riss ich ein paar Fetzen aus einer Zeitung, formte sie zu kleinen Röllchen und steckte sie mir in die Ohren. Dann visierte ich die Plastikflasche durch das offene Seitenfenster an.

Das Zielfernrohr war ganz passabel. Ich lehnte mich mit dem Rücken gegen die Fahrertür, die linke Hand um den Gewehrschaft gelegt, den Ellbogen auf dem Knie abgestützt, zielte und schoss.

Das Gewehr ruckte, die Flasche verschwand aus meinem Blickfeld, und als ich die Stelle wiederfand, an der sie hätte stehen müssen, war sie fort. Ich setzte den Wagen zurück, parkte ihn parallel zur Straße, verstaute das Gewehr wieder im Kofferraum, fand die leere Patronenhülse und warf sie in ein Gestrüpp, das neben der Straße wuchs.

Dann rollte ich langsam los, bis ich die Flasche entdeckte. Sie hatte ein hübsches kleines Loch, ein Stückchen links und etwas oberhalb der Mitte. Gut genug, mehr als gut genug.

In Dallas stieg ich in meinem Motel ab, um mich zu waschen, mich umzuziehen und einen Blick auf den Receiver zu werfen – einen Plastikkasten mit einem Kippschalter und ein paar Bandantennen, die aus der Oberseite ragten. Das Ding war ungefähr so groß wie eine handelsübliche Videokassette, aber deutlich schwerer. Dann stellte ich den Rest der Ausrüstung zusammen.

Obwohl ich keine Zeit verlor, war es bereits nach neun Uhr, als ich Waco durchquerte und mich Corbeils Ranch näherte. In seinem Haus brannte nur ein Licht, und ich sah kein Auto auf dem Hof. Ich fuhr weiter zu der alten Ruine, stellte den Wagen zwischen den Bäumen ab und setzte mich auf die Zufahrt.

Und dann lauschte ich.

Die Ohren verraten einem immer mehr als die Augen, wenn es dunkel ist und die Möglichkeit besteht, dass man gejagt wird. Die Jäger sind angespannt, versuchen, etwas zu sehen, wissen nicht, wie sie sich bewegen sollen, atmen zu schwer und stolpern. Wenn man aber entspannt ist, so ruhig wie möglich atmet und die Augen schließt, dann hört man sie. Alles außer den Eulen. Man hört die Vögel, wie sie sich in der Nacht bewegen, nur nicht die Eulen. Die sind lautlos wie Gespenster.

Nach einer halben Stunde war ich überzeugt, allein zu sein. Ich stand auf, suchte die Umgebung mit dem Nachtsichtglas ab, lud meine Ausrüstung aus, einschließlich der AK, und ging die Straße entlang. Auf halbem Weg kam mir ein Lastwagen entgegen, der geräuschvoll über die Schotterpiste holperte. Ich zog mich ein gutes Stück von der Straße zurück und wartete, bis er an meinem versteckten Wagen vorbeigefahren war. Als ich ihn nicht mehr sehen konnte, lauschte ich noch eine Weile und ging dann weiter.

So langsam, wie ich mich bewegte, war es fast Mitternacht,

bevor ich über den Zaun kletterte und den Hang hinaufstieg. Ich blieb zehn Minuten lang auf dem Hügel direkt über der Satellitenschüssel stehen, beobachtete sie mit dem Feldstecher und schlich dann auf sie zu. Wieder konnte ich das elektrische Summen hören, wartete noch einmal ein oder zwei Minuten und lauschte, dann befestigte ich den winzigen Kasten über dem Receiver und entrollte die kleinen Antennen. Ich spannte das Gummiband über die Ränder der Schüssel, um den Neigungswinkel zu messen. Nachdem ich alles erledigt hatte, zog ich mich zehn Schritt weit zurück, legte mich ins Gras, horchte in die Dunkelheit und suchte mit dem Nachtsichtgerät immer wieder die Felder ab.

Eine Stunde verstrich ereignislos, dann noch eine. Nach der Hälfte der dritten Stunde veränderte das Summen die Tonlage. Zuerst dachte ich, ich bildete mir die Veränderung nur ein, weil ich zu lange gewartet hatte. Also kroch ich näher, um mich zu überzeugen. Kein Zweifel, ich hatte mich nicht getäuscht.

Ich legte eine Hand auf die Schüssel. Als sie zu vibrieren begann, legte ich den Schalter unseres Receivers um. Die Schüssel bewegte sich, und ich führte meine Messungen durch. Eine halbe Stunde später kletterte ich wieder über den Zaun, den Receiver in meinem Rucksack.

Ich war mir nicht sicher, was Bobby damit anfangen konnte. Das war jetzt sein Problem. Sobald ich wieder in Dallas war, würde ich das Gerät abschicken – es musste ein rund um die Uhr geöffnetes Postamt draußen am DFW-Flughafen geben, nahm ich an. Und dann würde ich meine eigene Aktion durchziehen.

Die Ermordung von Lane Ward hatte den Plan in mir aufkeimen lassen. Meine Wut und das Gefühl der Hilflosigkeit waren in dem Maß gewachsen, wie diese Typen immer schwereres Geschütz gegen uns auffuhren – aus Gründen, die wir nicht kannten und die uns, von Jacks Ermordung einmal abgesehen, auch kaum wirklich interessierten. Und der Zynismus der Leute, deren Aufgabe es eigentlich hätte sein sollen zu helfen – das FBI und die anderen Agenturen –, war fast genauso unerträglich.

Auf dem Rückweg nach Dallas hielt ich an einem Wal-Mart, um eine Kiste zu kaufen. Schließlich fand ich eine, die für mein Vorhaben groß genug war; sie enthielt die Seitenwände und Regalbretter eines Bücherschranks, den man sich selbst zusammenbauen musste. Ich kaufte sie und packte sie in den Wagen.

Dann rief ich die Auskunft an, ließ mir den Weg zu dem nachts geöffneten Postamt beschreiben und schickte den Receiver an Johns Adresse in Memphis. Danach fuhr ich langsam an William Harts Haus im Norden von Dallas vorbei.

Aus einem der Fenster drang ein schwacher Lichtschein, als ließe er eine Nachttischlampe brennen. Ich entdeckte jedoch keine Spur von Leben. Es war keine Straße, in der man es riskieren konnte, länger herumzulungern. Also drehte ich ein paar Runden um das Haus, prägte mir die nähere Umgebung ein und beschloss, dass die Nacht für mich zu Ende war.

Schon um halb sieben am nächsten Morgen kehrte ich zurück, nach nur vier Stunden Schlaf mit geröteten Augen. Es gab wenige kurze Routen, die für eine schnelle Fahrt von Harts Haus zu dem Bürogebäude von AmMath im Stadtzentrum in Frage kamen. Da ich mich schlecht vor seinem Haus herumtreiben konnte, wartete ich auf einem *McDonald's*-Parkplatz, von dem aus ich einen guten Blick auf die Straße hatte, über die er wahrscheinlich zur Arbeit fahren würde, und aß ein mit Ei und Wurst gefülltes Muffin. Es dauerte etwas länger als eine Stunde, bis ich den Buick aus seiner Straße kommen sah.

Ich folgte ihm, achtete aber darauf, dass sich stets sechs oder sieben andere Autos zwischen uns befanden. Er fuhr auf eine Interstate, die in Richtung Innenstadt führte. Auf halbem Weg verließ er den Highway und schlängelte sich durch eine Reihe von Nebenstraßen. Ich blieb hinter ihm, fiel einmal gefährlich weit zurück und schloss dann wieder zu ihm auf, bevor er mir entwischte. Er hielt vor einem Mietshaus und wartete. Einen Augenblick später hinkte ein Mann durch die Tür. Kurz geschorenes Haar, etwa 1,80 Meter groß, breite gewölbte Brust. Benson, vermutete ich. Der Mann, dessen Namen wir in San Jose ermittelt hatten. Er stieg vorsichtig zu Hart in den Wagen. Ich wartete, bis sie verschwunden waren, und erkundete die Gegend.

Sie unterschied sich deutlich von dem Viertel, in dem Hart wohnte. Eine Menge Apartments und ältere Gebäude, Geschäfte in unmittelbarer Nachbarschaft zu den Wohnhäusern, Eckläden, Friseursalons, Videotheken und dergleichen. Nachdem ich eine halbe Stunde aufmerksam gesucht hatte, entdeckte ich eine geeignete Stelle. Sie hatte ihre Nachteile: zu viele Fenster, aus denen man sie einsehen konnte. Doch ich würde es riskieren müssen, sollte mir nichts anderes übrig bleiben. Ich sah mich gründlich um, dann machte ich mich in der Hoffnung, einen besseren Ort zur Durchführung meines Plans zu finden, auf den Weg zum historischen Distrikt von Dallas.

AmMath lag einen Häuserblock vom Ende des historischen Distrikts entfernt, dessen Grenze von einem Parkplatz gebildet wurde, hinter dem sich ein Labyrinth von Highwayauffahrten erstreckte. Ich hatte vor, in dem Viertel eine Weile herumzukurven und zu versuchen, den Buick zu finden. Bereits nach zwei Minuten entdeckte ich ihn in einer Seitenstraße des AmMath-Gebäudes. Wenn der humpelnde Typ ernsthaft verletzt war, würde sein Kumpel wahrscheinlich einen möglichst nahe am Eingang gelegenen Parkplatz suchen.

Gut, ich hatte den Buick gefunden. Gleich davor stand ein Lastwagen. Von dem Gebäude aus gesehen parkten die Autos diagonal zur Straße. Ich fuhr auf den Parkplatz, zog ein Ticket und hielt neben dem Lastwagen. Von hier aus konnte ich die Beifahrerseite, einen Teil der Fahrerseite des Buicks und einen Abschnitt des Gehweges dahinter überblicken.

Ich lehnte mich zurück und wartete.

In Kinofilmen muss der Detektiv nie allzu lange warten, bis die Bösewichte auftauchen. Diese Bösewichte hielten sich jedoch an keine Dramaturgie. Nach zwei Stunden konnte ich nicht länger ruhig sitzen bleiben, stieg aus, lief ein bisschen herum. In einer Bar, aus der ich die Vorderseite des AmMath-Gebäudes sehen konnte, besorgte ich mir ein Sandwich. Jede Menge Leute kamen und gingen, doch Hart war nicht darunter.

Zwanzig Minuten vor zwölf saß ich wieder in meinem Wagen, das Gewehr unmittelbar hinter dem Fahrersitz. Wahrscheinlich würden Hart und Benson die Firma zum Mittagessen verlassen. Doch der Mittag verstrich, ohne dass sie auftauchten. Wieder lief ich eine Weile herum, blieb immer in der Nähe, so dass ich den Buick oder den Eingangsbereich des Gebäudes im Auge behalten konnte. Ich kramte den Zeichenblock hervor und malte eine Weile, aber ich war nicht in der richtigen Stimmung – und Beton zählt nicht zu meinen bevorzugten Motiven.

Einige Male hatte ich die Nase voll, fuhr aber trotzdem nicht fort. Ich war mir sicher, dass die Typen eine Minute, nachdem ich verschwunden war, zu ihrem Wagen gehen würden. Also hielt ich weiter die Stellung und beobachtete die Texaner. Voluminöse Frisuren bei den Frauen, Cowboystiefel bei den Männern. Nicht in jedem Fall, aber so häufig, dass es auffiel.

Um fünf Uhr wusste ich, dass die Warterei bald ein Ende haben würde. Um halb sechs fragte ich mich, ob ich schon einmal das Gewehr hinter dem Sitz hervorziehen sollte. Ich entschied mich dagegen. Viertel vor sechs erschien Hart, stieg in den Buick und fuhr davon.

Der falsche Typ.

Ich fuhr ihm hinterher und schloss gerade zu ihm auf, als Benson aus dem Eingang humpelte, den neben ihm anhaltenden Wagen umrundete und einstieg.

Wie ich vermutet hatte, nahmen sie die Interstate und fuhren in die Richtung von Bensons Wohnung. Jetzt musste ich nur noch den Moment abpassen, in dem er wieder ausstieg. Ich überholte den Buick, raste viel zu schnell durch Bensons Viertel und stellte den Wagen auf dem Parkplatz einer Trockenreinigung ab, die bereits geschlossen hatte.

Das Gewehr steckte in dem Karton des Bücherschranks aus dem Wal-Mart. Ich hatte eine große Kiste gebraucht, in die das Gewehr hineinpasste, die durch ihre Form aber nicht ›Vorsicht: mögliche Schusswaffe!‹ signalisierte. Etwas, das sperrig aussah – und der Karton erfüllte den Zweck. Sein Inhalt lag in einem Abfallcontainer hinter meinem Motel.

Ich nahm den Karton vom Rücksitz, trug ihn um die Häuserecke der Trockenreinigung herum und bezog zwischen einer Garage und einer Vorgartenhecke Stellung, nicht weit von Bensons Wohnung entfernt. Dann wartete ich in der zunehmenden Dunkelheit und hoffte, dass das Licht der Straßenlaternen ausreichen würde, um ihn deutlich sehen zu können.

Der Buick tauchte fünf oder sechs Minuten später auf. Ich zog das Gewehr aus dem Karton, stützte mich an der Garagenwand ab und richtete das Zielfernrohr auf den Wagen. Das Licht war noch gut genug für einen gezielten Schuss.

Benson stieg aus, etwas wacklig auf dem verletzten Bein, und beugte sich noch einmal in die offene Beifahrertür hinein, um etwas zu Hart zu sagen. Einen Augenblick lang bewegte er sich nicht.

Ich nutzte die Gelegenheit, nahm ihn ins Fadenkreuz und drückte ab.

LuEllen behauptet immer, dass man ein- oder zweimal Krach machen und davonkommen kann, zum Beispiel ein Schuss, ein heftiger Schlag auf irgendeinen Gegenstand, oder was auch immer. Beim ersten Mal fragen sich die Leute nur, was die Ursache für den Lärm ist, und wenn er sich nicht wiederholt, verlieren sie das Interesse daran.

Soweit die Theorie.

Ich nahm mir nicht die Zeit, noch einmal in Bensons Richtung zu sehen, nachdem ich geschossen hatte. Stattdessen ging ich in die Hocke, verstaute das Gewehr in der Kiste und zog mich so zurück, dass die Garage zwischen mir und Bensons Apartment lag.

Auf dem Parkplatz hinter der Trockenreinigung packte ich die Kiste in den Kofferraum des Mietwagens und fuhr davon. Als ich das Ende der Straße überquerte, in der Benson wohnte, sah ich zwei Leute, die sich auf dem Vorgartenrasen des Hauses über etwas gebeugt hatten, das offensichtlich Benson war. Eine dritte Person, eine Frau, rannte gerade einem großen goldbraunen Hund hinterher, der sie anscheinend an der Leine über die Straße zerrte.

Ich hielt nicht an, fuhr direkt auf die Interstate und weiter zu meinem Motel. Dort trug ich die Kiste in mein Zimmer, nahm das Gewehr heraus, wischte es gründlich ab, legte es in die Kiste zurück und verstaute sie erneut im Kofferraum.

Solange ich das Gewehr bei mir hatte, konnte ich in Schwierigkeiten geraten. Also verließ ich Dallas langsam und vorsichtig in nördlicher Richtung, bis ich auf dem freien Land war, und hielt unterwegs nur einmal kurz an, um eine billige

Schaufel zu kaufen. Ein halbe Autostunde vom Stadtrand entfernt bog ich auf eine Landstraße ab und folgte ihr eine Weile. Ich parkte neben einem kleinen Wäldchen, vergrub die AK rund einen Meter tief und streute ein bisschen welkes Laub über die aufgebrochene Erde. Zwei oder drei Meilen, nachdem ich wieder auf dem Highway war, wischte ich die Schaufel ab und warf sie aus dem Fenster in den Straßengraben.

Jemanden aus dem Hinterhalt niederzuschießen, entspricht nicht unbedingt dem in Amerika allgemein üblichen Stil, doch ich legte mehr Wert darauf zu überleben, als die Etikette zu wahren. Nach Dallas zurückgekehrt, rief ich die Polizei von Denton an.

»Denton Police Department, kann ich Ihnen helfen?«, meldete sich eine Frauenstimme.

»Hi, ich bin Jack Hersh von der *Morning News*«, sagte ich. »Könnten Sie mir sagen, wer die Ermittlung in der Schießerei im Eighty-Eight-Motel vor ein paar Tagen führt?«

»Hmm ... ich glaube, das ist Sergeant Frederick. Er ist gerade unterwegs.«

»Dann melde ich mich später noch mal. Wie ist Sergeant Fredericks Vorname?«

»Hal.«

»Vielen Dank.«

Ich setzte mich mit Bobby in Verbindung.

IMMER NOCH SCHWIERIGKEITEN?

JA. CURTIS MEANY WURDE VERHAFTET. SOLL ANGEBLICH VERBINDUNG ZU VIELEN ANDEREN HACKERN HABEN. HABE NIE VON IHM GEHÖRT. DU?

NEIN. IST SONST NOCH IRGENDJEMAND VERHAFTET WORDEN, DEN WIR KENNEN?

NICHT SEIT LADYFINGERS.

BRAUCHE PRIVATE TELEFONNUMMER VON SERGEANT HAL FREDERICK VOM DENTON POLICE DEPARTMENT.

MOMENT.

Es dauerte tatsächlich nur einen Moment, bis er mir die nicht öffentlich zugängliche Nummer lieferte. Bobby steckt sehr tief im Telefonnetz.

WAS IST LOS?

BIN BESCHÄFTIGT. IRGENDWAS NEUES ÜBER SATELLITEN?

JA. KÖNNTE ABER SEIN, DASS NÖTIGE INFO FEHLT. LÄSST SICH WAHRSCHEINLICH REKONSTRUIEREN. HAST DU ZUGANG ZU AMMATH-DOKUMENTEN?

NEIN.

WERDE VERSUCHEN, COMPUTER VON HIER AUS ZU KNACKEN.

SEI VORSICHTIG. SIE SIND AUF DER HUT.

PASS DU AUCH AUF DICH AUF.

Ich legte noch einen Zwischenstopp ein, bevor ich in mein Motel zurückkehrte, und rief Hal Frederick von einer öffentlichen Telefonzelle aus an. Er meldete sich nach dem vierten Klingelzeichen und klang gereizt. »Yeah?«

»Sergeant Frederick? Ich habe einen Tipp für Sie.«

»Wer ist da?« Sein Tonfall wurde noch ungehaltener.

»Ein Wohltäter. Sie ermitteln in der Schießerei im Eighty-Eight. Vor etwa zwei Stunden ist in Dallas ein Mann namens Lester Benson angeschossen und mit einer Oberschenkelverletzung ins Krankenhaus gebracht worden. Wenn Sie ihn überprüfen, werden Sie feststellen, dass er erst kürzlich eine andere Schussverletzung an einem Bein hatte. Er ist der Mann, der nach dem Mord im Eighty-Eight auf der Flucht angeschossen wurde. Vergleichen Sie seine DNS mit der des Blutes, das Sie auf dem Motelparkplatz gefunden haben, und Sie werden eine Übereinstimmung feststellen.«

»Wer *ist* da?«

»Merken Sie sich den Namen. Lester Benson. Er wurde vor etwa zwei Stunden ins Krankenhaus eingeliefert. Die Polizei von Dallas müsste Ihnen weiterhelfen können.« Ich hängte den Hörer ein.

Wenn *das* jetzt keinen größeren Trubel auslöste, konnte ich ebensogut gleich meine Sachen packen und nach Hause fliegen.

Mir gingen allmählich die Einfälle aus.

25

St. John Corbeil

Corbeil schmierte sich die Hände und das Gesicht mit schwarzer Creme ein, stülpte sich die schwarze Mütze auf den Kopf und schlurfte über den Parkplatz des Health North zur Notfallaufnahme. Die Krankenschwester hinter der Rezeption musterte ihn flüchtig. Ein alter Mann, wahrscheinlich ein Schwarzer – sicher ein Schwarzer, denn er trug eine X-Baseballmütze. Er blickte sich unsicher um und schlurfte dann auf den Trakt mit den Krankenzimmern zu.

»Entschuldigen Sie«, sagte sie. »Suchen Sie jemanden?«

»Toilette«, nuschelte Corbeil. »Männerklo.«

»Liegt ein Familienangehöriger von Ihnen bei uns?«

»Meine Frau. Oben. Hat mich aus'm Zimmer geschmissen, 'vor ich pissen konnt'.« Corbeil musste sich kurz fassen. Er klang nicht allzu sehr wie ein alter schwarzer Mann. Die Krankenschwester kaufte es ihm aber ab. »Also gut. Geradeaus den Gang runter. Auf der rechten Seite.« Sie widmete sich wieder ihrem Papierkram, und Corbeil ging schwerfällig den Flur entlang.

Er stieg in den Aufzug, fuhr in den vierten Stock und wandte sich nach rechts. Zimmer 411. Die Tür war geschlossen, aber nicht abgesperrt. Er öffnete sie und trat ein. Ein Einzelzimmer, hatte Hart gesagt.

Im gedämpften Licht, das durch das Fenster fiel, konnte Corbeil Benson in dem Bett erkennen. Er lag auf dem Rücken, das angeschossene Bein ruhte leicht angewinkelt in einem Trapezbügel über der Matratze. In einem seiner Arme steckte eine Kanüle, von der ein Schlauch zu einem Infusionsbeutel mit einer Salzlösung führte. Corbeil griff in die Tasche, zog ein Zigarrenröhrchen hervor, schraubte es auf und entnahm ihm eine Spritze. Er stieß die Nadel in den Infusionsbeutel und spritzte den Inhalt des Kolbens in die Salzlösung.

Genug Sedativum, um einen Elefanten umzubringen.

Einen Augenblick lang sah Corbeil auf den reglosen Benson hinab. *Kein Problem, er* soll *ja schlafen*, dachte er.

Er konnte nicht länger bleiben, es gab in dieser Nacht noch einiges für ihn zu erledigen.

Corbeil verließ das Krankenhaus und fuhr zurück nach Hause. Unterwegs rieb er sich mit ein paar eingeschweißten Reinigungstüchern aus einem Grillimbiss die schwarze Farbe aus dem Gesicht, nur für den Fall, dass ihm irgendjemand im Hausflur begegnete. Er traf aber niemanden.

Er sah auf seine Uhr. Die Nacht war noch lang. Im Badezimmer wusch er sich gründlich die Reste der Tarnfarbe aus dem Gesicht und von den Händen. Dann holte er die Pistole aus dem Kleiderschrank und vermied es, das Wohnzimmer zu betreten – um sich den Anblick der aufgebrochenen Wand zu ersparen –, als er zur Tür seines Apartments ging. Er machte sich auf den Weg zu Hart, der ihn bereits erwartete.

Sie mussten die nächsten Schritte besprechen …

Hart war besorgt. »Ich weiß nicht, ob wir damit durchkommen«, sagte er. »Ich weiß nicht einmal, ob wir uns auf *Benson* verlassen können.«

»Entspannen Sie sich«, erwiderte Corbeil. Sie befanden sich in Harts Arbeitszimmer, das in einigen Punkten dem von Corbeil nachempfunden war. Ein Ledersessel, aber nicht so luxuriös, Bücher, wenn auch weniger als bei Corbeil und auf ein enges Themenspektrum beschränkt: Karate, Waffen, Camping, Reisen.

Das war etwas, das Corbeil auf die Nerven ging. »Sollte Benson verhaftet werden, weiß er genau, dass wir seine einzige Chance sind«, sagte er. »Uns zu verraten würde ihm nicht helfen. Dann müsste er sich mit einem Pflichtverteidiger begnügen und auf den besten Anwalt verzichten, den man für Geld bekommen kann.«

»Ich bin mir nicht sicher, ob er so klug ist, daran zu denken«, murmelte Hart. Er ließ sich in den Ledersessel fallen und brütete vor sich hin. Corbeil ging gemächlich um ihn herum. Als er hinter ihm stand, zog er die Pistole hervor, hob sie so langsam, dass die Bewegung nicht Harts Aufmerksamkeit erregte, hielt ihm den Lauf dicht vor die Schläfe und drückte ab.

Peng!

Hart sackte in sich zusammen.

Corbeil verharrte einen Moment lang und lauschte, bevor ihm bewusst wurde, dass er ohnehin nichts hören würde, da ihm nach dem Schuss die Ohren klingelten. Dann legte er Hart Daumen und Zeigefinger direkt unter dem Kinn um den Hals. Kein Puls. William Hart war tot.

Gut. Jetzt noch ein Schuss mit Harts Finger am Abzug. Das *Webster's* sollte als Kugelfang ausreichen. Er schoss einmal auf das dicke Wörterbuch. Die kleine Kugel Kaliber .38 drang bis Seite 480 vor. Corbeil hob eine der beiden leeren

Patronenhülsen vom Boden auf, legte gewissenhaft eine neue Patrone in das Magazin ein und drückte Harts Daumen auf die Hülse, bevor er das Magazin wieder in den Pistolengriff schob und die Waffe neben dem Sessel fallen ließ.

Er warf einen Blick auf seine Uhr, hob das Wörterbuch auf und ging. Es lag noch ein weiter Weg vor ihm.

Corbeil fuhr durch die Nacht nach Waco und dachte über die Alternativen nach. Entweder bleiben und kämpfen, oder fliehen und untertauchen.

Es lief alles auf eine simple Tatsache hinaus: Wenn niemand etwas davon wusste, dass AmMath Aufklärungssatelliten anzapfte, ergab keiner der Morde einen Sinn. Und selbst wenn es herauskam, konnte er Tom Woods die Schuld in die Schuhe schieben und sich damit selbst aus der Schusslinie bringen. Die Verschwörung hätte es auch ohne seine Beteiligung geben können. Woods hätte das Ding mit Hilfe von Hart und Benson gedreht. Im Gegensatz zu Corbeil verfügte er über das nötige technische Wissen.

So wie die Dinge jetzt standen, hatte sich das Risiko für Corbeil auf einen einzigen Punkt verengt.

Ein Auto parkte in der Auffahrt der Ranch. Im Haupthaus brannte Licht. Corbeil stieg aus seinem Wagen, tastete nach der zweiten Pistole, die in seinem Hosengürtel steckte, und nahm sich einen Augenblick Zeit, die Sterne zu betrachten.

Die Haustür öffnete sich, und Woods trat auf die Veranda. »Hey, John. Was gibt's?«

»Hey, Tom. Wir müssen über nächste Woche sprechen. Ich habe einen Auftrag aus Aserbeidschan bekommen.«

»Jeez, *die* Typen …«

Corbeil starrte in den Himmel. »Schau dir nur die Sterne an. Hier draußen kann man sie richtig gut sehen.«

Woods kam die drei Stufen der Veranda hinunter, gesellte sich zu seinem Freund und folgte dessen Blick. »Herrlich«, sagte er. Und dann fügte er etwas hinzu, das sein Leben um ein paar Sekunden verlängerte. »Übrigens, ich bin mir da nicht ganz sicher, aber hier draußen könnte irgendwas Seltsames vor sich gehen.«

»Was meinst du damit?«

»Irgendjemand könnte an den Kontrollen der Satellitenschüsseln rumpfuschen. Ich weiß nicht, wo es passiert ist, draußen oder im Haus, aber wir haben letzte Nacht ein komisches Signal aufgezeichnet. Ich habe es gerade erst bemerkt.«

»Komisch?«

»Abgeschwächt, als wäre es durch irgendwas blockiert worden. Keine Störung im Frequenzbereich, sondern durch ein festes Objekt zwischen Sender und Empfänger blockiert.«

»Was könnte das bewirken, Tom?«

»Irgendjemand, der vor der Schüssel steht. Ein Objekt vor den Verstärkerspulen, so was in der Richtung. Könnte auch nichts Besonderes gewesen sein. Ein Vogel, der ein Nest auf dem Receiver bauen wollte. Oder wenn es im Haus passiert ist, könnte irgendwer an den Verstärkern rumgefummelt haben, obwohl mit denen jetzt alles in Ordnung ist.«

»Hast du die Schüsseln kontrolliert?«, erkundigte sich Corbeil.

»Yeah. Scheint alles okay zu sein. Vielleicht war es auch gar nichts.«

»Wahrscheinlich. Wir sind alle ein bisschen nervös wegen der Firewall-Geschichte und der Schießerei.«

»Dieser beschissene Hart. Der Typ ist ein Killer, John. Er hat das wahrscheinlich richtig genossen.«

»Sieh dir die Sterne an«, sagte Corbeil.

Woods richtete den Blick wieder in den nächtlichen Himmel. »Herrlich«, murmelte er. Die Mündung von Corbeils Pistole war nur ein paar Zentimeter von seinem Hinterkopf entfernt.

26

Ich verbrachte den nächsten Tag damit, abwechselnd das Internet zu durchforsten, Nachrichten zu sehen, die Online-Ausgaben der Zeitungen zu lesen und nach irgendetwas Ausschau zu halten, das mir verriet, was mit AmMath, Firewall, Hart oder Benson passierte.

Zwischendurch legte ich die Tarotkarten oder malte. Die Landschaft nördlich von Dallas ist interessant – die weiten Ebenen des Südens haben ihren eigenen Reiz. Wenn auch nicht so interessant wie die Gegend um Tulsa, einige Teile von Kansas oder die Prärien von Dakota.

Trotzdem interessant. Das flache Land, in dem nur gelegentliche Eingriffe von Menschen oder Wetterphänomene ihre Spuren hinterlassen haben, verleiht der Region und ihrer Atmosphäre eine Art natürlicher Abstraktheit, die man nicht in der Landschaftsmalerei, dafür häufig in der nicht gegenständlichen Kunst findet. Konzentriert man sich nur auf das Land und den Himmel, schafft man etwas, das wie eine Abstraktion aussieht, dem aber eine organische Qualität anhaftet, die das Auge anzieht. Unter den günstigsten Umständen fällt der Betrachter direkt *in* das Bild hinein, anstatt mit der gemalten Oberfläche der Abstraktion zu kollidieren …

Entweder das, oder aber ich habe nichts als Scheiße im Kopf.

Die erste Nachricht, auf die ich gewartet hatte, traf an diesem Abend ein und verblüffte mich. Ich zappte mit der Fernbedienung durch die Kabelkanäle und hörte dabei flüchtig den Namen Corbeil. Kanal drei. Der Nachrichtensprecher war behaarter als ein Durchschnittswerwolf und zeigte ein dazu passendes glänzendes Gebiss. Offensichtlich gefiel ihm sowohl die Thematik als auch die Story.

Man hatte Benson tot in seinem Krankenhausbett gefunden. Die Polizei sprach von einer vorsätzlich verabreichten Überdosis an Barbituraten. Also Mord.

Benson hatte sich in Begleitung eines Mannes namens William Hart befunden, als er angeschossen worden war, und als Alibi für den Zeitpunkt von Lane Wards Tod angegeben, bei Hart gewesen zu sein. Nachdem man ihn tot aufgefunden hatte, waren Polizisten zu Hart gefahren, um mit ihm zu sprechen. Als sie bei ihm eingetroffen waren, hatten sie ihn ebenfalls tot in seinem Sessel vorgefunden, eine Pistole neben sich auf dem Boden. Offenbar Selbstmord. Der Nachrichtensprecher fuhr fort, St. John Corbeil sei im Zusammenhang mit den Vorfällen verhört worden, man hatte ihn aber weder angeklagt, noch wurde er festgehalten.

»Wie Corbeil sagt, ist seine Firma AmMath, ein Hightech-Unternehmen, das streng geheime Verschlüsselungs-Software für die Bundesregierung herstellt, mehrere Tage lang einem Angriff der Hackergruppe ausgesetzt gewesen, die sich selbst Firewall nennt, vermutlich weil AmMath zu den führenden Vertragspartnern für die Entwicklung des Clipper-II-Chips gehört. Wie Sie sich erinnern werden, ist Clipper II der Computerchip, den die Regierung gern als verbindlich vorgeschriebenes Bestandteil der Kommunikations-Hardware sehen würde, einschließlich der Komponenten, die für den Zugang zum Internet erforderlich sind. Firewall ist die Gruppe, die sich zu den anhaltenden Denial-of-service-Attacken auf das IRS bekannt hat.

Corbeil gab an, keine Ahnung von irgendwelchen Kontakten zwischen Benson und Lane Ward oder deren Bruder Jack Morrison zu haben, der vergangenen Monat während eines angeblichen Einbruchs in den gesicherten Computertrakt von AmMath getötet wurde. Corbeil sagte weiterhin aus, Hart damit beauftragt zu haben, Bensons Aktivitäten nach der Schießerei mit Morrison zu überwachen. Er behauptete, weder von Wards Anwesenheit in Dallas noch von der Schießerei zwischen ihr und ihrem Begleiter sowie seinen Sicherheitsleuten gewusst zu haben.« Beim letzten Satz hob der Nachrichtensprecher leicht die Brauen, ein unmissverständliches Anzeichen für ein gewisses Maß an Skepsis.

Benson und Hart waren also tot. Wer hatte sie getötet? Corbeil selbst? Oder gab es irgendwo im Hintergrund noch mehr von seinen gedungenen Totschlägern? Aus einem juristischen Blickwinkel heraus betrachtet war seine Geschichte sogar ziemlich gut, denn er bezog keine Position und gab sich verwirrt. Wenn die Morde mit Fragen der nationalen Sicherheit, Codes, Spionen und Firewall zusammengewürfelt wurden und er nicht die Nerven verlor, könnte er mit seiner Strategie durchkommen …

Ich wanderte eine Viertelstunde im Motel auf und ab, dann ging ich hinaus, suchte ein öffentliches Telefon und schickte Bobby eine Nachricht. Er wischte sie beiseite, denn jetzt ging es ihm nicht mehr um AmMath oder um Rache für Jack oder Lane. Er glaubte, einen Weg für diejenigen von uns gefunden zu haben, die noch am Leben waren, heil aus der ganzen Sache herauszukommen.

BRAUCHE MEHR AUFZEICHNUNGEN VON SATELLITENTRANSMISSIONEN AUF RANCH. SCHICKE MANN MIT GERÄT ZU DIR, KOMMT HEUTE ABEND AN. BRAUCHE DATEN MÖGLICHST SCHNELL.

OK. PROBLEME?

Wir brauchen Satellitenprotokolle, komme nicht bei AmMath rein. Computer gesperrt. Kannst du Mittwoch nach Memphis kommen?

Ja.

Gut. Werde Adresse später schicken.

Die Vorstellung, auf Corbeils Ranch zurückzukehren, war nicht gerade verlockend, besonders nicht, nachdem ich das Gewehr vergraben hatte. Ich besaß zwar noch den Revolver, den LuEllen aus Lanes Zimmer mitgenommen hatte, doch ich habe kein großes Vertrauen zu Pistolen. Ich bräuchte schon eins der besten Exemplare, zum Beispiel einen .45 Colt ACP, um einen Typen aus einer Entfernung von mehr als zwanzig Metern umzulegen, solange sich keiner von uns bewegt. Andernfalls hätte ich genauso gut mit Äpfeln werfen können.

Trotzdem, Bobby hatte einen Plan. Die Satelliten knacken, hatte er gesagt, und dann mit den Behörden sprechen. Ihnen demonstrieren, dass wir *keine* Gefahr für sie darstellten. Uns absichern …

Vielleicht.

Um halb neun klopfte es an meiner Tür, und als ich öffnete, stand vor mir ein Typ mit einem dieser für die Südstaaten typischen unregelmäßig geformten Gesichter, die immer ein bisschen so aussehen, als wären sie in einen Schraubstock oder in eine Weinpresse geraten. Er gab mir eine Schachtel. »Von Bobby«, sagte er.

Er machte ganz und gar nicht den Eindruck eines Mannes, den man in Bobbys engerem Bekanntenkreis vermutet hätte. Hätte man Schauspieler für einen Film gesucht und jemanden mit Haar wie Stroh, blassroten Lippen und großen Sommersprossen für eine Szene gebraucht, in der ein Darsteller auf dem Trittbrett eines Farmlasters steht und über die Großmeister des Ku-Klux-Klans faselt, wäre dieser Typ zweifellos einer der aussichtsreichsten Kandidaten für die Rolle gewesen.

»Wie geht es Bobby?«, erkundigte ich mich.

»So wie immer.« Er hob eine Hand zu einer Geste, die einmal ein Gruß der Black-Power-Bewegung gewesen war. »Weg mit den Schweinen«, sagte er und lachte. Ich stimmte in das Lachen ein, was mir irgendwie albern vorkam, und sah ihm hinterher, als er in seinen zerschrammten Cowboystiefeln, den ausgefransten Jeans und der Jeansjacke den Flur entlangging.

Dann war er verschwunden.

Fünf Minuten später war ich bereits wieder Richtung Süden unterwegs.

Aller guten Dinge sind drei.

Das war es, was ich mir auf dem Weg zurück zu der Satellitenschüssel ständig einredete. Ich nahm mir Zeit, als wollte ich Hirsche jagen. Um elf Uhr ging ich den Feldweg entlang, und wie immer lauschte ich in die Dunkelheit hinaus und beobachtete wachsam die Umgebung. Ich zählte insgesamt zwölf Autos auf der Straße, die neben Corbeils Grundstück entlangführte, und jedes Mal duckte ich mich tief ins Gebüsch.

Es war bereits Mitternacht, als ich über den ersten Zaun auf die Ostweide kletterte. Eine halbe Stunde später, in der ich gerade einmal 400 Meter hinter mich gebracht hatte, stieg ich über den Hauptzaun und schlich auf die Satellitenschüssel zu. Bevor ich sie erreichte, beobachtete ich eine Weile das Ranchhaus.

Auf dem Hof brannte Licht. Vor der Garage stand ein einzelner Pickup. Das Haus selbst war völlig dunkel. Aus einem Fenster der Mannschaftsbaracke – sofern es eine war – fiel Licht. Einmal wanderte ein Schatten über das Fenster. Wer auch immer ihn warf, er war so spät noch wach.

Nervös, aber zufrieden, dass sich nichts am Haus tat, überquerte ich den trockenen Bachlauf, wobei ich jetzt den nadeldünnen Lichtstrahl meiner Taschenlampe zu Hilfe nahm, und befestigte das Aufzeichnungsgerät an der Satellitenschüssel. Danach stieg ich den Hang auf der gegenüberliegenden Seite der Senke hinauf, legte mich ins Gras und beobachtete das Blockhaus, während ich darauf wartete, dass sich die Schüssel bewegte.

Um ein Uhr oder ein paar Minuten später ging das Licht in der Mannschaftsbaracke aus. Ein Mann überquerte die beleuchtete Auffahrt, ging zum Haus hinüber, schloss die Tür auf und trat ein. Ein Licht flammte auf und erlosch zwanzig Sekunden später wieder. Der Mann verließ das Haus, schloss die Tür hinter sich, rüttelte probehalber daran, überquerte erneut den Hof und stieg in den Pickup. Dann rollte er langsam über die Auffahrt zum Highway, hielt kurz an, bog links ab und fuhr davon.

Hmmm.

Die nächsten drei Stunden hockte ich auf der Hügelkuppe und wartete darauf, dass sich die Schüssel bewegte. Schließlich wurde mir klar, dass sie mir diesen Gefallen nicht tun würde. Während ich untätig in der Dunkelheit lag, entwickelte ich meine eigene Version von Corbeils Werdegang.

Er hatte eine Firma aufgebaut, die einmal sehr enge Beziehungen zu Cybernachrichtendiensten gehabt haben musste, indem er Datencodierungsprodukte entwickelte, die von jedem benutzt werden konnten, der auf eine absolut sichere Kommunikation angewiesen war. Andere Firmen konnten zwar das Gleiche tun, doch die Leute von AmMath hatten einen entscheidenden Vorteil: Ihr Produkt sollte die Software-Komponente für Clipper II sein, was ihnen im Grunde ein von der Regierung gefördertes Monopol auf codierte Transmissionen sicherte.

Und dann, als Corbeil sich gerade an der Schwelle zum Multimilliardär befunden hatte, hatte sich der Wind gedreht und ihm ins Gesicht geblasen.

Außerhalb der Geheimdienstkreise wollte niemand den Clipper haben. Es war von Anfang an ein überflüssiges Projekt gewesen. Als Clipper II vorgeschlagen wurde, erkannte selbst der Kongress, wie schwachsinnig die Idee war. Also schickte er das Projekt zum Teufel, und statt sich auf dem Weg zu unermesslichem Reichtum zu befinden, stand Corbeil plötzlich vor dem Aus.

Also musste er sich etwas anderes einfallen lassen, das er verkaufen konnte, und das fand er im Orbit hoch über der Erde. Vielleicht hatte AmMath den Code entwickelt, den das National Reconnaissance Office für den Datentransfer seiner Satelliten benutzte. Wie immer die Typen es auch anstellten, sie zapften die Satelliten an, klauten Aufklärungsfotos und verhökerten sie. Jack Morrison wurde getötet, weil er davon wusste. Seine Schwester wurde ermordet, weil AmMath *dachte*, sie *könnte* etwas wissen. Und Firewall war erfunden worden, um die Vorgänge zu vertuschen oder zumindest alle Spuren zu verwischen, die zu AmMath führen könnten.

Handelte es sich dabei möglicherweise um irgendeine geheime Operation offizieller Kreise? Das bezweifelte ich. Es arbeiten zwar eine Menge Leute in der Geheimdienstbranche der USA, die bereit wären zu töten, sollten sie den Befehl dazu erhalten – ich habe ein paar davon kennen gelernt –, Tatsache ist jedoch, dass niemand diese Befehle erteilen will. Die amerikanischen Geheimdienste ermorden meiner Erfahrung nach keine Menschen.

Also arbeitete Corbeil fast mit Sicherheit auf eigene Rechnung, und wenn das zutraf, dann war es unmöglich, dass viele Leute davon wussten. Nicht mehr als drei oder vier, darauf würde ich wetten. Die damit verbundenen Gefahren waren einfach zu groß, und das Strafmaß, das sie erwartete, sollten sie erwischt werden, zu drastisch, um mehr Menschen mit ins Vertrauen zu ziehen.

Um vier Uhr hatte sich die Schüssel noch immer nicht bewegt. Bobby hätte mich nicht noch einmal zurückgeschickt, wenn er die Informationen aus dem Funkverkehr nicht dringend bräuchte, und das Haus am Fuß des Hügels, das wahrscheinlich als Kontrollzentrum der Satellitenanlage diente, war dunkel und offenbar menschenleer.

LuEllen hätte mich für den bloßen Gedanken zur Sau gemacht, aber einige Minuten nach vier begann ich, das Haus zu erkunden. Zuerst entfernte ich das Aufzeichnungsgerät von der Satellitenschüssel und verstaute es in meinem Rucksack. Dann wechselte ich im dünnen Lichtstrahl meiner Taschenlampe die Batterien des Nachtsichtgerätes aus und überzeugte mich, dass es noch funktionierte.

Ich folgte dem Bachlauf so weit nach Norden, wie ich konnte, legte die letzten fünfzig Meter tief gebückt zurück und blieb dabei unterhalb der Böschungskante, damit man mich vom Haus aus nicht sehen konnte. Eine Weile verharrte ich und lauschte mit einem mulmigen Gefühl im Magen. Dann gab ich mir einen Ruck und arbeitete mich auf die nordöstliche Ecke des Hauses zu. Ich beobachtete die Fenster, achtete auf die kleinste Bewegung oder den schwächsten Lichtschimmer, hielt immer wieder lange inne, um zu horchen, aber alles, was ich hörte, war mein eigener Herzschlag und das Brummen der gelegentlich auf dem Highway vorbeifahrenden Autos.

Um fünf Uhr war ich keine fünfzig Meter mehr von dem Haus entfernt und musste eine Entscheidung treffen. Einsteigen oder nicht. Wir benötigten alle Dokumente, die sich unter Umständen dort drinnen befanden, alles, was wir in die Finger bekommen konnten.

Nichts bewegte sich, nirgendwo war auch nur der leiseste Laut zu hören.

Die letzten fünfzig Meter brachte ich so schnell wie möglich hinter mich. Jetzt war ich so nahe am Haus und im Bereich der Hofbeleuchtung, dass jeder, der in meine Richtung blickte, mich auch ohne Restlichtverstärker würde sehen können. Um das Haus herum waren zahlreiche Kakteen mit dolchartigen Stacheln gepflanzt worden. Ich schob mich vorsichtig zwischen ihnen hindurch. Über mir erstreckte sich ein Balkon. Zu hoch. Aber da es sich bei dem Anwesen um ein Blockhaus handelte, würde ich von einem Fensterrahmen aus einen Fuß einen knappen Meter höher auf einen der Baumstämme stellen können, aus denen die Wände bestanden, mich daran abstoßen und so den Rand des Balkons erreichen.

Genau das tat ich, katapultierte mich in die Höhe und zog mich über die Brüstung.

Auf dem Balkon standen vier rustikale Stühle. Eine Glasschiebetür führte ins Haus. Ich wartete und lauschte, legte die Hände auf den Boden, um mögliche Erschütterungen zu spüren, die durch Bewegungen im Inneren des Hauses verursacht wurden, konnte jedoch keine registrieren. Dann zog ich die Taschenlampe aus dem Rucksack und untersuchte die Tür. Soweit ich es beurteilen konnte, war sie nicht mit einer Alarmanlage gesichert, doch ich musste davon ausgehen, dass es im Haus selbst Alarmanlagen gab. Also blieben mir maximal fünf Minuten Zeit, nachdem ich eingedrungen war. Sollte der Alarm sofort ausgelöst werden, wäre es reiner Zufall, wenn die Polizei oder ein Sicherheitsdienst innerhalb von fünf Minuten eintraf – es sei denn, es befand sich noch jemand in der Mannschaftsbaracke.

Ich dachte eine Weile darüber nach und richtete die Taschenlampe wieder auf die Schiebetür, atmete tief durch, zerschlug die Glasscheibe neben dem Türriegel mit dem Griff der Taschenlampe, legte den Hebel um und schlüpfte hinein.

Keine Zeit zu verlieren. Im nadeldünnen Lichtstrahl der Taschenlampe huschte ich durch den oberen Stock und öffnete, so schnell ich konnte, eine Tür nach der anderen: Schlafzimmer, Bad, Schlafzimmer, Bad, Schlafzimmer. Wahrscheinlich war der stumme Eindringlingsalarm bereits ausgelöst worden.

Nachdem ich nur Schlaf- und Badezimmer gefunden hatte, wollte ich fast schon aufgeben, öffnete dann aber doch noch die nächste Tür, und der Kontrollraum lag vor mir. Ein Computer, ein Gebilde, das wie ein altes Amateurfunkgerät aussah – gibt es heute überhaupt noch Amateurfunkgeräte? –, und ein Regal mit ein paar Aktenordnern, alles in einem fensterlosen Verschlag zusammengepfercht, der eher einer Abstellkammer als einem Zimmer glich.

Ich schaltete den Computer ein und sah auf meine Uhr. Fast eine Minute war seit meinem Einstieg vergangen. In fünf Minuten würde ich *in jedem Fall* wieder verschwunden sein.

Der Computer entpuppte sich als ein handelsüblicher IBM-kompatibler Rechner, der mit der letzten Windows-Version lief, aber wahrscheinlich war er für nichts Komplizierteres zuständig, als die Satellitenschüsseln nach einem festen Zeitplan zu schwenken und die Receiver ein- und auszuschalten. Für diesen Zweck bot sich Windows als Programm an. Was mich verrückt machte, war die Zeit, die der Computer benötigte, um das Betriebsprogramm zu laden. Während ich nervös von einem Fuß auf den anderen trat, zog ich die Aktenordner aus dem Regal und schlug sie auf.

Sie waren leer. Nein, nicht leer, aber sie enthielten nur unbeschriebene Blätter.

Oh, Scheiße!

Ich war reingelegt worden, hatte mich in einen winzigen Raum mit nur einem Ausgang locken lassen.

Vergiss den Computer! Hau ab!

Ich schob die Taschenlampe in meine Jackentasche und zog den Revolver hervor. Draußen auf dem Flur herrschte noch immer Dunkelheit, ich kroch auf Händen und Knien hinaus, den Revolver in einer Hand, den Lauf geradeaus gerichtet.

Vor mir bewegte sich etwas, dann ertönte ein ohrenbetäubender Krach, und in der Schwärze blitzte das gleißende Mündungsfeuer einer vollautomatischen Waffe auf. Eine lange Flammenzunge zuckte einen guten halben Meter über mich hinweg. Die ganze Welt schien nur noch aus Lärm und Licht zu bestehen, aber ich nahm das Inferno kaum wahr, konnte nur daran denken, dass ich noch nicht tot war. Ich feuerte einmal, hechtete auf die nächste Schlafzimmertür zu und rollte hindurch.

Ein halbe Sekunde später zerfetzte der nächste Feuerstoß den Teppich an der Stelle, wo ich eben noch gelegen hatte. Ich spähte kurz in den Gang hinaus, schob den Kopf durch den Türrahmen und gab einen zweiten Schuss ab.

Ein Schlafzimmer. Ich sah mich voller Panik um. Gegen eine automatische Waffe hätte ich bei einem Duell nicht den Hauch einer Chance. Eine Glastür führte auf einen kleinen Balkon. Wenn ich aber über das Geländer sprang, würde ich rund fünfzig Meter weit über einen beleuchteten Rasen laufen müssen, der so eben wie ein Billardtisch war und nicht die geringste Deckung bot. Der Schütze würde mich mit einer Kugelsalve in zwei Hälften schneiden, bevor ich auch nur zehn Meter zurückgelegt hatte.

Was sollte ich tun? Wer war das da draußen? Es musste Corbeil sein.

»Corbeil! Warum töten Sie uns?«

»Wer, zum Teufel, sind Sie?«

»Nur ein paar Typen, die versuchen, sich von den Bundesbullen fern zu halten!«, rief ich zurück. »Warum töten Sie uns?«

»Weil es mir Spaß macht«, erwiderte er nach einem Moment der Stille. »Ich werde dich in Fetzen schießen, du Arschgesicht.«

Nicht unbedingt die korrekte Ausdrucksweise für einen Firmenvorsitzenden, aber in einem Punkt hatte er Recht: Wenn ich mich rührte, würde er mich in Fetzen schießen.

Ich rief mir ins Gedächtnis, was ich dabeihatte. Die Taschenlampe, den Revolver, das Nachtsichtgerät, LuEllens übliche Einbrecherausrüstung …

Zehn Sekunden später hatte ich die Steppdecke von dem Bett hinter mir gezogen. Eine dicke, schöne, traditionelle, mit Baumwolle gefütterte Decke. Ich rollte sie zusammen, ohne dabei die Tür aus den Augen zu lassen, und zündete sie mit LuEllens Feuerzeug an. Als sie kräftig brannte, warf ich sie über den Gang und das Geländer ins Erdgeschoss.

»Was, zur Hölle, tust du da?«, brüllte Corbeil. »Was tust du da?«

»Du hast Jacks Haus abfackeln lassen!«, rief ich zurück. Ich schnallte mir den Rucksack wieder um. »Du hast es abfackeln lassen, und jetzt ist dein Haus dran!«

Eine weitere Kugelsalve ließ den Türrahmen splittern. Im gleichen Moment, da der Feuerstoß abbrach, riskierte ich einen schnellen Blick auf den Flur und sah – ahnte – einen Schemen, der sich die Treppe hinunterbewegte.

Mir blieb nichts anderes übrig, als es zu wagen. In der fast vollkommenen Dunkelheit huschte ich zum Geländer. Die brennende Decke lag auf einem Sofa im Erdgeschoss. Und im Schein des Feuers bewegte sich etwas.

Ich gab schnell einen Schuss ab und verfehlte mein Ziel. Corbeil wirbelte herum und bestrich das Geländer mit einem

Kugelhagel, doch da war ich schon fast am anderen Ende des Ganges und kroch auf die Tür des Schlafzimmers zu, durch das ich gekommen war. Ich verharrte vor der Treppe.

Corbeil schrie irgendetwas Unverständliches, dann breitete sich unten im Haus blitzschnell eine Wolke aus. Er hatte von irgendwoher einen Feuerlöscher besorgt, und ich jagte eine Kugel in die Richtung, in der ich ihn vermutete. Er brüllte wieder, und die Wolke änderte plötzlich ihre Richtung.

Hatte ich ihn getroffen? Ich hastete so schnell ich konnte, tief geduckt weiter, stolperte und verlor beinahe den Revolver.

Er eröffnete erneut das Feuer, schoss diesmal auf das Geländer näher zum Balkon hin, aber nicht ganz so weit, wie ich gekommen war. Es wurde allmählich heller, die Couch brannte schon lichterloh.

Fliehen oder bleiben? Mit dem Rucksack und der Kleidung, die ich trug, würde ich die knapp fünfzig Meter über die Rasenfläche in vielleicht sieben Sekunden rennen können. Da ich aber bei diesem Einbruch erwischt worden war und keine Zeit gehabt hatte, meine Spuren zu beseitigen, wäre es nicht schlecht, wenn sich das Feuer weiter ausbreitete.

Ob ich ihn nun getroffen hatte oder nicht, Corbeil kehrte nach kurzer Zeit mit einem anderen Feuerlöscher zurück, der irgendeinen feinen Nebel versprühte. Doch die Couch brannte bereits zu stark. Das Feuer war auf einen Orientteppich übergesprungen, und eine Flammenzunge raste an ihm entlang unter einem großen Piano hindurch. Corbeil brüllte erneut. Ich versuchte nicht, ihn zu verstehen, sondern konzentrierte mich auf meine Waffe. Wie sehr ich mich auch bemühte, ich konnte mich nicht erinnern, wie oft ich den Abzug durchgedrückt hatte. Viermal? Fünfmal? War die Trommel leer?

Ich ließ sie herausklappen, zog die Taschenlampe aus der Jackentasche und überprüfte die Rückseiten der Patronenhülsen. Vier wiesen die Dellen vom Aufschlag des Zündhammers auf. Noch zwei Schuss. Ich schloss die Trommel wieder, wobei ich darauf achtete, dass sich eine Kammer mit einer vollen Patrone vor dem Zündhammer befand, wenn ich das nächste Mal den Abzug betätigte.

Verschwinden oder noch länger warten? Das Feuer loderte immer stärker, und Corbeil hatte wieder etwas Unverständliches gebrüllt.

»Satelliten!«, schrie ich zurück.

Nur ein lautes Wort. Ein Wort, damit er einen Augenblick lang darüber nachdachte, was ich damit sagen wollte, bevor er wieder die Treppe hinaufstieg und sich auf dem Balkon umsah. Ich sprang aus dem Schlafzimmerfenster, über das Balkongeländer auf den Rasen und sprintete los. Wartete auf den Einschlag in meinem Rücken. Rannte über den beleuchteten Rasen, noch dreißig Schritte, zwanzig, zehn, fünf, warf mich außerhalb des Lichtkreises auf den Boden und blieb reglos liegen. Dann sprang ich wieder auf und rannte noch einmal fünfzig Meter weiter, bevor ich mich erneut hinwarf und lauschte.

Ich konnte Corbeil brüllen hören. Er war noch immer im Haus, und aus allen Fenstern drang jetzt rötlich flackernder Feuerschein.

Nach einer Minute jagte Corbeil genauso schnell wie ich zuvor über den Hof, allerdings in eine andere Richtung. Dann ließ er sich fallen, und ich begriff, dass er von seiner Position aus den größten Teil des Vorhofs überblicken konnte, bis auf die Zufahrt. Er musste mich noch immer im Haus vermuten und ging also davon aus, dass mir nichts anderes übrig bleiben würde, als zu fliehen, sobald die Hitze zu stark wurde. Und dann würde ich bestimmt nicht über die Zufahrt laufen. Also wartete er geduldig, während sich das Feuer immer weiter ausbreitete und seinen Blockhauspalast auffraß.

So langsam wie nur irgendwie möglich streifte ich den Rucksack ab und zog das Nachtsichtglas hervor. Die Außenbeleuchtung brannte weiter, und dazu kam der Feuerschein aus den Fenstern. Ich drehte den Regler des Restlichtverstärkers herunter und richtete das Fernglas auf die Stelle, wo ich Corbeil zum letzten Mal gesehen hatte. Er war immer noch da, starrte das Haus an, ließ den Blick kurz zur Seite wandern und richtete ihn dann wieder geradeaus.

Ich beobachtete ihn noch eine Minute lang und legte mich dann flach auf den Boden zwischen das Gestrüpp. Corbeil besaß das gleiche Nachtsichtgerät wie ich und suchte damit die Umgebung ab. Ich wagte es kaum, mich zu bewegen, außer mich auf dem Bauch liegend langsam zurückzuschlängeln, ohne ihn dabei aus den Augen zu lassen. Jedes Mal, wenn er das Gesicht in meine Richtung drehte, presste ich mich flach auf den Boden und erstarrte zur Salzsäule. Dann wartete ich immer fünfzehn Sekunden lang, bevor ich den Kopf wieder hob und damit rechnete, einen kurzen Schlag gegen die Stirn zu spüren und in ewiger Dunkelheit zu versinken.

Trotzdem kam ich voran. Am Anfang hatten uns nur knapp fünfzig Meter getrennt, nach zehn Minuten waren noch einmal fünfzig dazugekommen. Ich überprüfte gerade Corbeils Position durch das Nachtsichtgerät, als ein Wagen vom Highway abbog und die Auffahrt hinaufjagte. Ein Mann sprang heraus, rannte zur Vordertür des Hauses, hämmerte mit den Fäusten dagegen und brüllte. Dann hastete er zu seinem Wagen zurück, nahm ein Mobiltelefon vom Beifahrersitz, wählte eine Nummer und sprach, während er auf das brennende Haus starrte.

Zwei oder drei Minuten später hörte ich Sirenen und sah in der Ferne die blitzenden Lichter der ersten Feuerwehrzüge. Der Mann, der sie gerufen hatte, lief um das Haus herum und spähte durch die Fenster. Ich konnte sehen, wie Corbeil ihn durch sein Fernglas beobachtete, und zog mich weiter zurück.

Als ich rund 200 Meter zwischen mich und das Haus gebracht hatte, hielt ich inne und verfolgte das Geschehen. Das Blockhaus brannte jetzt vollständig, die Flammen tanzten über das Dach. Einer der Löschzüge spritzte Schaum auf die Mannschaftsbaracke und die Garage. Die Feuerwehrleute kümmerten sich nicht um das Haus; sie fanden keine geeignete Wasserquelle in der Nähe, und die Flammen schlugen schon so hoch, dass sie auch mit noch so viel Wasser nicht mehr hätten gelöscht werden können. Jetzt ging es nur noch darum zu verhindern, dass das Feuer auf die Nebengebäude übersprang.

Ich richtete meine Aufmerksamkeit wieder auf Corbeil. Er hatte sich aufgerichtet und stand knapp außerhalb des Lichtkreises, den das Feuer warf, drehte sich langsam im Kreis, die Hände in Gesichtshöhe, und suchte die Weiden ab.

Und dann kam mir ein Gedanke. *Wie seltsam.*

Corbeil war im Zusammenhang mit einem Mordfall verhört worden. Er musste befürchtet haben, dass die Cops – oder das FBI, wenn wir bei der NSA irgendeinen Eindruck hinterlassen hatten – jeden Moment seine Tür aufbrechen würden. Alles in seinem Apartment wäre ihnen dann sofort in die Hände gefallen.

Es lag nahe, dass er sämtliche ihn belastenden Dinge aus seinem Apartment, seinem Büro und allen anderen Orten, wie zum Beispiel Schließfächern, die die Polizei oder das FBI durch das Überprüfen von schriftlichen Unterlagen mit ihm in Verbindung bringen konnte, entfernen würde. Aber er durfte diese Dinge nicht einfach vernichten. Technische Dokumente und Software, die zur Kontrolle eines Satellitensystems benötigt wurden, ließen sich nicht im Gedächtnis speichern.

Mein Blick wanderte zurück zu dem brennenden Haus. Ich war dort nur eingedrungen, weil der Typ, der es verlassen hatte, mit dem einzigen Fahrzeug weggefahren war. Nirgendwo war ein anderes Auto zu sehen. Doch es erschien mir äußerst unwahrscheinlich, dass Corbeil das Risiko eingegangen wäre, im Notfall zu Fuß fliehen zu müssen. Also musste er irgendwo einen Wagen geparkt haben.

Wahrscheinlich in der Garage.

Er suchte die Umgebung noch immer mit dem Fernglas ab. Ich befand mich genau östlich von der Garage. Wenn ich einen Bogen nach Süden schlug, konnte ich auf ihre Rückseite gelangen. Solange ich Corbeil im Auge behielt …

Ich setzte mich in Bewegung.

27

Fünfzehn Minuten später robbte ich durch das Gestrüpp auf einen Fleck zu, der etwa fünfzehn Meter von der Garage entfernt im tiefsten Schatten lag. Für den Augenblick war ich in Sicherheit. Aber wenn man auf der einen Seite etwas gewinnt, verliert man meistens etwas auf der anderen. Nach der Hälfte der Strecke hatte ich Corbeil aus den Augen verloren. Kurz zuvor hatte er noch in Richtung des Hügels und der Satellitenschüssel geblickt.

Jetzt war er verschwunden. Hatte er mich entdeckt? Aber wenn ja, warum sah ich dann nicht, wie er sich an mich heranschlich? Er konnte nicht gesehen haben, dass ich ein Nachtsichtgerät benutzte, also konnte er auch nicht wissen, dass er sich vor mir verstecken musste. Wäre er irgendwo innerhalb eines Umkreises von 400 bis 500 Metern geblieben, müsste ich ihn noch sehen können.

Es sei denn, er stand hinter dem brennenden Haus. Als ich den Blick zu nahe am Feuer vorbeiwandern ließ, zeigte das Nachtsichtglas nur noch eine weiße Fläche. Wenn er sich jedoch auf der anderen Seite des Hauses befand, war ich ohnehin für einige Minuten vor ihm in Sicherheit.

Ich schob mich im Schutz der Dunkelheit näher an die Garage heran. Auf den letzten fünf Metern endete der Schatten. Ich sah mich ein letztes Mal um, richtete mich auf, lief zu einem Fenster in der Rückwand und leuchtete mit der Taschenlampe hinein.

In der Garage stand ein Auto. Ich schlug die Scheibe mit dem Revolvergriff ein, entriegelte das Fenster, klappte es hoch und kletterte in die undurchdringliche Finsternis.

Dann wartete ich und lauschte. Corbeil konnte nicht in der Garage sein, ich hätte ihn zwangsläufig kommen sehen müssen. Wenn ich mich beeilte, würde alles glatt gehen.

Bei dem Wagen handelte es sich um einen Mercedes S 430. Ich richtete den dünnen Lichtstrahl der Taschenlampe auf die Vordersitze. Nichts. Aber auf der Rücksitzbank lag ein Aktenkoffer.

Die Wagentüren waren verschlossen. Ich sah mich in der Garage um, die auch als Werkzeugschuppen diente, und entdeckte eine Axt.

Was ich vorhatte, würde zwangsläufig Lärm verursachen. Ein Wagen dieser Preisklasse besaß mit Sicherheit eine Alarmanlage. Ich steckte die Taschenlampe wieder in den Rucksack, schob den Revolver in meine Hosentasche, wo ich ihn fühlen konnte – ich hatte zu viele Filme gesehen, in denen der Held seine Waffe ausgerechnet in einem kritischen Moment verliert. Dann atmete ich einmal tief durch und schwang die Axt.

Sie drang so mühelos durch die Scheibe wie ein heißes Messer durch Butter. Die Alarmanlage heulte los. Ich benutzte den Axtgriff, um die Reste der zersplitterten Scheibe herauszuschlagen, schnappte mir den Aktenkoffer und krabbelte durch das Garagenfenster ins Freie.

Kein vorsichtiges Taktieren mehr – ich rannte, so schnell mich meine Füße trugen, fünfzig Meter, hundert Meter, raus aus den Schlagschatten in die Dunkelheit, und warf mich flach auf den Boden.

Ich spitzte die Ohren. Aus dem Fenster auf der Rückseite der Garage fiel plötzlich flackerndes Licht. Irgendjemand musste das Schiebetor auf der anderen Seite geöffnet haben. Ich nutzte den Augenblick, rannte fünfzig Meter weiter und ließ mich wieder fallen.

Im Garagenfenster erschien ein Kopf, eine Silhouette im Feuerschein, kurz darauf ein zweiter und ein dritter. Sie starrten aus dem Fenster in meine Richtung. Durch meine Kleidung war ich in der Dunkelheit praktisch unsichtbar, aber die Alarmanlage jaulte, und Corbeil – wo immer er auch steckte – würde Jagd auf mich machen.

Ich ließ den Blick über den Hügel wandern, sah niemanden und dachte kurz nach. Corbeil musste sich irgendwo zwischen mir und meinem Wagen befinden. Vielleicht konnte ich mich an ihm vorbeischleichen, das wäre auf jeden Fall die kürzeste Strecke gewesen. Wenn ich mich aber stattdessen nach Süden wandte, den Highway überquerte und im Straßengraben oder auf der anderen Seite des Zauns hinter dem Highway blieb, konnte ich einen Bogen um Corbeil schlagen, mich weiter von ihm entfernen und so sicherer zurück zu meinem Wagen kommen.

Wenn ich ihn doch nur sehen könnte …

Früher oder später aber würde es den Cops, die mit der Feuerwehr gekommen waren, dämmern, dass derjenige, der in die Garage eingebrochen war, sich irgendwo auf den Feldern und Weiden in der Nähe herumtreiben musste. Wenn sie die Gegend mit ihren Streifenwagen und Suchscheinwerfern durchkämmten, war ich geliefert.

Ich kroch langsam auf den Highway zu, hielt immer wieder kurz an, um mich umzusehen. Am Zaun vor dem Highway verharrte ich erneut für eine Weile, suchte die Dunkelheit ab, und da sah ich Corbeil. Er lief direkt auf mich zu, ein Gewehr vor der Brust, blieb einen Augenblick lang stehen und hielt Ausschau nach mir. Da er für einen schnell gezielten Schuss noch zu weit entfernt war, kroch ich bis unmittelbar vor den Zaun, warf den Aktenkoffer auf die andere Seite, stand auf, packte den Zaunpfosten und schwang mich hinüber in den Straßengraben.

Nach einem Augenblick voller Panik fand ich den Aktenkoffer – er lag nicht genau dort, wo ich ihn vermutet hatte –, wirbelte herum und spähte den Hügel hinauf. Corbeil näherte sich mir im Laufschritt, er rannte, so schnell er konnte.

Ich wandte mich nach links, sprintete fünf Sekunden lang den Graben entlang, duckte mich, sah, dass Corbeil noch immer rannte, legte eine Hand auf den nächsten Zaunpfosten und schwang mich zurück auf die andere Seite. Dann zog ich das Nachtsichtgerät wieder aus dem Rucksack und hob es an die Augen.

Corbeil erreichte den Zaun, ging in die Hocke, suchte die Gegend ab und wartete. Er glaubte zu *wissen*, dass ich auf der anderen Seite war. Nach fünfzehn Sekunden stand er auf, kletterte über den Zaun, kniete sich in den Graben und spähte nach rechts und nach links, bevor er sich wie ich vor ihm für links entschied und mich in nicht einmal fünf Metern Abstand passierte.

Er bewegte sich langsam, jedoch nicht so langsam, wie er es hätte tun sollen. Nach rund dreißig Metern überquerte er plötzlich den Highway und suchte den Straßengraben auf der anderen Seite ab. Ich zog mich zurück, kroch wieder den Hügel hinauf und versuchte, Corbeil dabei nicht aus den Augen zu verlieren. Als er den Highway weit genug hinuntergegangen war und ich mich weit genug den Hügel hinaufgearbeitet hatte, bot mir eine Reihe von Sträuchern Deckung. Ich drehte mich um und rannte los. Mein Atem ging schwer. Es war nicht leicht, bei Nacht durch das hohe, zähe Gestrüpp zu laufen, was auch immer es sein mochte.

Ich erreichte den Hügelkamm, ohne es richtig zu bemerken, und ließ mich fallen. Für jeden, der ein Nachtsichtgerät benutzte, musste ich mich deutlich als Silhouette vor dem dunklen Himmel abzeichnen. Doch jetzt hatte ich eine derart große Distanz zwischen mich und Corbeil gebracht …

Mein Blick fiel auf die andere Seite des Hügels. Das Feuer hatte seinen Höhepunkt überschritten, brannte aber immer noch lichterloh. Mittlerweile hatten sich dort vierzig oder fünfzig Leute eingefunden, Feuerwehrmänner, Polizisten und wahrscheinlich auch ein paar Nachbarn. Ich blieb eine Weile sitzen, um Atem zu schöpfen, bevor ich mich auf den Rückweg zu meinem Wagen machte. Jetzt ließ ich es langsam angehen, hielt immer wieder kurz an, lauschte und sah mich prüfend nach allen Richtungen um.

Ich überquerte den Ostzaun und folgte ihm auf dem Weideland von Corbeils Nachbar bis zu der Straße im Norden. Sobald ich erst die Schotterpiste erreicht hatte, würde ich in wenigen Minuten zu meinem Wagen laufen können.

Vor mir tauchte der letzte Zaun auf. Ich warf den Aktenkoffer hinüber, trat einen Schritt nach links, ging in die Knie und spähte den Hügel hinauf …

… entdeckte das Funkeln hangaufwärts, vielleicht hundert Meter entfernt, und dann zersplitterte der Zaunpfosten neben mir, und einen Sekundenbruchteil später peitschte ein Schuss durch die Nacht.

Ich rollte mich nach links ab, rollte weiter, bis ich in einer flachen Mulde landete, und erstarrte. Corbeil war dort oben, er hatte mich gesehen, aber er fand kein exaktes Ziel. Wahrscheinlich konnte er nicht gleichzeitig die Gegend mit seinem Nachtsichtgerät absuchen und genau zielen.

Er konnte es auch nicht riskieren, eine längere Feuersalve abzugeben, vermutete ich. Ein oder zwei Schüsse würden kein größeres Problem darstellen, aber Dauerfeuer aus einer vollautomatischen Waffe wirkte auf Cops wie ein Magnet.

Sofern sie überhaupt wussten, woher die Schüsse kamen. Zwischen uns und dem Ranchhaus lagen ein paar Hügel. Bei all dem Lärm, den das Feuer, die Pumpen und die laufenden Motoren der Löschzüge erzeugten, war Gewehrfeuer vielleicht gar nicht so leicht auszumachen, jedenfalls nicht ein einzelner Schuss.

Als dem ersten Schuss kein zweiter folgte, hob ich unendlich langsam den Kopf, das Nachtsichtglas vor den Augen.

Corbeil stand etwa fünfzig Meter entfernt in der Dunkelheit und sah durch seinen eigenen Restlichtverstärker. Dann ließ er ihn sinken, tastete sich langsam vor und schwenkte etwas nach links. Ich duckte mich, als er wieder stehen blieb und die nähere Umgebung absuchte, beobachtete ihn dabei aber weiter.

Nach einer Weile setzte er sich erneut in Bewegung, so leise, dass er wahrscheinlich glaubte, überhaupt kein Geräusch zu verursachen. Kaum zwanzig Meter vor mir verharrte er und spähte durch sein Nachtsichtgerät. Ich griff hinter mich, krallte eine Hand in den Zaun, und als Corbeil nach rechts sah, wo ein Pfosten sein musste, zerrte ich ruckhaft an dem Zaun.

Corbeil ließ den Restlichtverstärker sinken und hob das Gewehr. »Wenn du dich ergibst«, sagte er leise, »werde ich dich nicht erschießen. Es gibt für dich keinen Grund zu sterben.«

Wie das Kaninchen Br'er blieb ich stumm und flach auf dem Boden liegen.

»Ich kann in der Dunkelheit sehen«, fuhr er fort. »Ich habe ein Nachtsichtgerät, und die Sterne spenden jede Menge Licht. Ich sehe dich genau.«

Wie das Kaninchen Br'er …

Er rückte vor, versuchte noch immer, die Dunkelheit zu durchdringen. Mein Gewicht drückte gegen den Zaun, so dass ich keine größere Bewegung machen durfte. Corbeil hielt das Nachtsichtgerät in der einen, das Gewehr in der anderen Hand. Es hatte einen Pistolengriff, wie eine AK. Der Lauf wanderte den Zaun entlang von mir fort und dann wieder in meine Richtung.

Hatte er mich gesehen? Der Lauf wanderte über mich hinweg, verharrte kurz und schwang zurück. Ich zuckte unwillkürlich zusammen.

»Ich kann dich sehen«, sagte Corbeil zuversichtlich. »Heb die Hände über den Kopf. Wenn du es nicht tust, muss ich dich erschießen. Ich kann nicht noch näher kommen, ohne dir eine Chance zu geben, deine Pistole zu benutzen. Komm schon, Mann, ich will dir nichts tun …«

Und dann sah er mich tatsächlich. Ich weiß nicht, woran es lag, vielleicht hatte ich einen Fuß bewegt, oder das Sternenlicht spiegelte sich auf den Gläsern meines Nachtsichtgerätes. Was auch immer es war, Corbeil ließ den Restlichtverstärker fallen, der Lauf seines Gewehrs ruckte herum und zielte genau auf meinen Kopf.

Ich hatte ihn nicht erschießen wollen. Er war etwa sieben Meter von mir entfernt, und ich rollte mich ab, richtete den Revolver auf den dunklen Schemen vor dem Himmel, der Corbeil war. Sein Gewehr knallte. Ich sah ihn im Aufblitzen des Mündungsfeuers, visierte ihn an und …

Klick.

Das *Klick* war unhörbar, doch ich spürte, dass sich kein Schuss gelöst hatte. Ich konnte Corbeil jetzt nur noch als blendendes Nachbild sehen, das sich mit meiner Blickrichtung bewegte, zielte in die Richtung, in der ich ihn vermutete, und drückte erneut ab. Diesmal ruckte der Revolver in meiner Hand. Ich hörte ein Ächzen, entdeckte Corbeil im Mündungsblitz, sah den Gewehrlauf, der mehr oder weniger auf meinen Kopf zielte, schoss erneut und rollte mich ab.

Und das war es; ich hatte meine letzte Patrone verschossen.

Doch ich brauchte auch keine mehr. Das nächste Geräusch, das ich von Corbeil hörte, war ein schnelles Klopfen und Rascheln, als er im Gras unkontrolliert um sich schlug, gefolgt von einem leisen, scheinbar endlosen Seufzen, mit dem sein letzter Atemzug aus dem bereits toten Körper strömte.

28

Memphis ist kein angenehmer Ort, um dort den November zu verbringen. Der Himmel bewölkt sich und bleibt so, die Tage werden kalt, aber anstelle einer *richtigen* Kälte, die man genießen kann, der Art von Kälte, die das Land mit Schnee überzieht, wartet Memphis mit dieser feuchten englischen Kälte auf, die einem durch Mark und Bein kriecht. Statt Schnee fällt ein eisiger Nieselregen. Man läuft mit tief in den Taschen vergrabenen Händen herum, die Schultern hoch gezogen, und fühlt sich, als wäre man angepisst worden.

Sechs von uns wohnten in drei verschiedenen, über die Stadt verteilten Motels. Wir verschliefen die Hälfte der Tage, arbeiteten den größten Teil der Nächte durch und trafen uns jedes Mal, wenn eine Zusammenkunft erforderlich wurde, in einem anderen der drei Motels. Bobby nahm per Konferenzleitung an den Treffen teil, und in den letzten drei Novemberwochen – nur mit einer kurzen Unterbrechung über Thanksgiving, als zwei der Typen nach Hause zu ihren Familien fahren mussten – schafften wir es, das Softwarepaket zusammenzustellen.

Außerdem diskutierten wir die Bedeutung und Konsequenzen dessen, was wir hier taten. Das war in vielerlei Hinsicht der schwierigste Teil. Drei der Typen wollten die Software nur schreiben und sie dann der NSA als Beleg dafür aushändigen, wozu wir in der Lage waren. Der Rest von uns wollte das Projekt zu Ende führen. Bobby und ich waren die härtesten der Hardliner. Wir hatten unsere Erfahrungen mit diesen Arschlöchern von der Regierung gemacht.

»Wenn wir ihnen nicht das Kreuz brechen, werden sie es uns brechen«, sagte Bobby. »Im Prinzip tun sie das genau in diesem Augenblick.«

Und das taten sie auch. Die Hackergemeinde wurde von einer Art Terrorregime heimgesucht. Die harten Jungs vom FBI traten den Hackern die Türen ein und beschlagnahmten ihre Computer. Beweise und Indizien für kriminelle Handlungen schienen nicht länger erforderlich zu sein. Jeder unabhängige Computerfreak, der oberhalb einer bestimmten Ebene operierte, war ein potenzielles Ziel. Die allgemeine Strategie schien die gleiche zu sein, mit der die Regierung gegen den Besitz von Waffen vorging, und zum ersten Mal empfand ich eine gewisse Sympathie für die Waffenbesitzer.

Die Begründung lautete folgendermaßen: Niemand *braucht* derart leistungsfähige Computer, es sei denn, er oder sie beabsichtigt, damit gegen Gesetze zu verstoßen. Sicher, Börsenmakler, Buchhalter und das Führungspersonal von Microsoft und Sun könnten Gründe haben, solche Rechner zu besitzen, aber ein Kid aus Wyoming? Der hat keinen Grund, etwas Leistungsfähigeres als einen Gameboy zu benutzen. Hochleistungscomputer sind per se ein Beweis dafür, dass ihre Besitzer damit etwas Ungesetzliches und Unamerikanisches planen.

Es war nur eine Frage der Zeit, bis die *Mütter gegen Computerhacker* durch Washington marschierten, um aller Welt klarzumachen, dass wir nur dann Software entwickelten, wenn wir auch tranken, rauchten, Cheeseburger aßen, high wurden, in der Gegend rumballerten und ungeschützten Sex praktizierten.

Ich kannte zwei der fünf Typen in Memphis: Dick Enroy aus Lansing in Michigan und Larry Cole aus Raleigh in North Carolina. Von den drei anderen hatte ich nur ab und zu gehört. Bobby sagte, sie wären alle in Ordnung, und da Enroy und Cole es waren, verließ ich mich auf sein Wort. Niemand fragte, was genau die anderen in ihrem Computerleben trieben, aber alle schrieben gute Codes. Ein Typ namens Chick aus Columbus in Ohio schrieb einen Umwandlungscode, der so kompakt, cool und elegant war, dass ich mich fast für das Zeug schämte, das ich verzapfte.

Wie der Zufall es wollte, enthielt Corbeils Aktentasche größtenteils Finanzdokumente. Er hatte sein Geld überall auf der Welt gebunkert. Einer der wenigen Gegenstände, die nichts mit finanziellen Dingen zu tun hatten, war eine schlichte 3M-1,4-Megabyte-Diskette, die in einer fluoreszierenden blauen Zip-Diskettenhülle steckte. Die Diskette erklärte bis ins Kleinste, was es mit dem OMS-Code auf sich hatte.

OMS stand tatsächlich für den *Old Man of the Sea* aus der Sindbadgeschichte. Der Code hatte sich auf der obersten Ebene einer höchst komplexen Verschlüsselungsmaschine innerhalb der Computer eingenistet, die alle Keyhole-15-Satelliten des National Reconnaissance Office steuerten.

Er hockte praktisch auf der Satellitensteuerung, genau wie

der *Alte Mann des Meeres* auf Sindbads Rücken gehockt hatte. Wann immer es nötig gewesen war, hatte Corbeil sich in einen beliebigen Satelliten einschalten können, um eine Aufnahme anzufordern, sie an seine Bodenstation schicken zu lassen und dann alle Spuren des Vorgangs auszulöschen. Sogar der interne Fotozähler des Satelliten ließ sich damit auf den alten Wert zurückstellen.

Aus unserer Sicht bestand das Problem darin, dass das NRO den Code blockieren konnte, sobald es davon erfuhr. Noch kontrollierte der Aufklärungsdienst die Satelliten. Er konnte Softwaresequenzen und Reparaturprogramme hinaufschicken, die das OMS gründlich entfernen würden.

Der Code, den wir schrieben, sollte das verhindern. Er würde *uns* die Kontrolle über die Satelliten geben.

Während des Streits darüber, ob wir den Code nur schreiben und der NSA anschließend als Demonstration unserer Fähigkeiten überlassen oder tatsächlich die Kontrolle der Satelliten an uns reißen sollten, sagte einer der mir unbekannten Typen, der sich Loomis nannte, dass wir auf dem besten Weg wären, selbst zum *Alten Mann des Meeres* zu werden.

»Aus Sindbads Blickwinkel bestand das Problem darin, dass er den Alten nicht von seinem Rücken herunterbekommen konnte. Aus der Sicht des Alten durfte er nicht mehr von Sindbads Rücken steigen, weil der ihn sonst getötet hätte. Wenn wir uns jetzt auf den Rücken des NRO oder der NSA setzen, dürfen wir unseren Griff nie mehr lockern, oder aber sie jagen uns wie die Ratten. Und wenn sie einfach sagen, scheiß auf die alten Satelliten, und ein neues Keyhole-System aufbauen, dann sind wir erledigt.«

»Aber da kommt ein Zeitfaktor ins Spiel«, schnarrte Bobbys Stimme aus ein paar billigen Computerlautsprechern. »Wenn wir es schaffen, uns die Regierung für drei, vier oder fünf Jahre vom Hals zu halten, wird es zu spät für sie sein, noch etwas gegen uns zu unternehmen. Diesen Leuten entgleitet allmählich die Kontrolle über die Welt. In fünf Jahren haben sie sie bereits verloren.«

»Trotzdem …«

»Da ist noch etwas anderes. Wir geben einfach bekannt, dass die ganze Geschichte von Bobby, dem berühmten Telefonfreak, durchgezogen wurde. Mir bleiben vielleicht noch fünf Jahre auf dieser Welt. Nächstes Jahr um diese Zeit werde ich nur noch über einen Stimmensynthesizer zu hören sein. Wenn ich das Ziel bin und sie mich in zwei oder drei Jahren schnappen, dann haben sie nicht mehr viel erwischt.«

»Gottverdammt«, sagte ich. »Das klingt bitter.«

»Das Leben ist beschissen, und am Ende stirbt man«, erwiderte Bobby.

Am dritten Dezember übernahmen wir die Kontrolle.

Bobby übermittelte die Programmveränderungen über eine Periode von vier Stunden mittels einer Schüssel, die normalerweise für die Telefonkommunikation per Satellit benutzt wird. Im Wesentlichen funktionierte es folgendermaßen: Wir schlüpften in die Rolle des NRO, was uns die Kontrolle über die Systeme ermöglichte. Das NRO erhielt die OMS-Kontrollen sowie einige von uns hinzugefügte Verstärkungen. Das würde nicht lange ein Geheimnis bleiben, also brauchten wir uns auch nicht die gleiche Mühe wie AmMath zu machen, um unseren Eingriff zu verbergen.

Hätten wir die Leute vom NRO nicht informiert, hätten sie vielleicht eine Weile benötigt, um herauszufinden, was wir getan hatten. Sie kommunizierten noch immer mit denselben verschlüsselten Befehlen, konnten weiterhin Fotos machen und die Satelliten manövrieren. Ja, bevor wir ihnen Bescheid sagten, war der einzige Punkt, der uns hätte verraten können, eine Differenz in der Größe einiger Dateien in den Arbeitsspeichern der Satellitencomputer. Aber die ändern sich andererseits so oft, dass sie es nicht bemerken würden, wie wir annahmen. Nicht sofort …

Den dritten und vierten Dezember führten wir Tests durch und versuchten, Möglichkeiten zu finden, unsere eigene Kontrolle zu unterlaufen. Wir stopften ein paar kleine Löcher, dann kehrten die anderen Typen nach Hause zurück. Ich fuhr nach Washington.

Rosalind Welsh, die leitende Angestellte in der Sicherheitsabteilung der NSA, verließ ihr Haus um halb sieben am Morgen und stieg in einen metallicblauen Toyota Camry. Ich notierte das Kennzeichen. Bobby hatte die Nummer tags zuvor aus den Datenbanken der Zulassungsstelle besorgt, doch wir wollten ganz sicher gehen. Ich konnte sie nicht auf der gesamten Strecke bis zum NSA-Gebäude verfolgen, aber wir hatten eine Zeitprojektion erstellt.

»Sie überquert jetzt die Linie«, meldete ich Bobby über ein Mobiltelefon. »Noch vier oder fünf Minuten bis zum Parkplatz.«

»Hast du das Nummernschild?«

»Yeah. Deine Nummer war richtig.«

»Bist du nervös?«

»Yeah.«

»Also hast du noch nicht den Verstand verloren.« Er kicherte. »Das dürfte auf die eine oder andere Weise interessant werden …«

Am nächsten Tag fuhr ich auf dem Weg nach Hause durch den Osten von Ohio. Ich hielt auf einem Truckstopp an der I-80, zog das Mobiltelefon hervor und rief Rosalind Welshs Büronummer an. Ihre Sekretärin meldete sich.

»Hier ist Bill Clinton«, sagte ich. »Sie haben genau fünfzehn Sekunden Zeit, um Welsh ans Telefon zu holen. Dies könnte der wichtigste Anruf sein, den sie dieses Jahr bekommt, deshalb schlage ich vor, dass Sie sie auftreiben.«

»Was?«, klang Welshs Stimme fünf Sekunden später auf.

»Ich brauche eine Telefonnummer, über die ich Ihnen eine Computerdatei schicken kann.«

»Warum sollte ...«

»Diskutieren Sie nicht mit mir. Sie werden diese Fotos sehen wollen. Geben Sie mir eine Nummer, oder ich bin weg.«

Sie gab mir die Nummer.

Ich rief von einer Telefonzelle aus Bobby an, gab ihm die Nummer durch und fuhr wieder zurück Richtung Osten. Ich zweifelte nicht daran, dass die NSA den Transponder ausfindig machen konnte, über den mein Anruf gegangen war, und dass sie auch den nächsten lokalisieren würde. Daraus würden die Agenten schließen, dass ich nach Osten unterwegs war.

Zehn Minuten später wählte ich erneut Rosalind Welshs Nummer. »Hier ist Bill Clinton.«

»Nur einen Moment«, erwiderte die Sekretärin.

Welsh übernahm das Gespräch, die Verbindung klang jedoch komisch. »Was haben Sie mit dem Telefon gemacht?«, fragte ich.

»Hier sind ein paar Leute, die mithören wollen«, erklärte sie. »Sie befinden sich in einer Konferenzschaltung.«

»Haben Sie die Bilder bekommen?«

»Ja.«

»Wissen Sie, was die Fotos zeigen?«

»Nun, wir haben so eine Idee. Sie sehen wie Aufnahmen von unserem Parkplatz aus.«

»Das sind sie. Wenn Sie die Stellung der Autos überprüfen – das ist Ihr Wagen im Nordosten, und die Person, die aussteigt, sind Sie –, werden Sie feststellen, dass die Fotos gestern geschossen worden sind, und zwar von einem Keyhole-Satelliten. Das ist es, was die Leute von AmMath getan haben. Sie haben eine Codesequenz geschrieben – was übrigens von Ihnen gebilligt wurde –, die vor die Verschlüsselungsmaschine der Satelliten gesetzt worden ist und es ihnen ermöglich hat, die Satelliten anzuzapfen. Sie haben Aufklärungsbilder im gesamten Mittleren Osten und Südasien verkauft, seit die Keyholes die Erde umkreisen. Unseren Erkenntnissen nach haben sie sowohl Indien als auch Pakistan mit diesen Bildern beliefert.«

»Wem haben Sie davon erzählt?«, fragte eine tiefe, barsche Männerstimme wütend.

»Niemandem. Aber wir haben eine PR-Mappe zusammengestellt, die nur darauf wartet, an einige Kongressabgeordnete und Senatoren verschickt zu werden, sowie an die *New York Times*, die *Washington Post*, die *L. A. Times*, die *Dallas Morning News*, die *Chicago Tribune* und an ein paar weitere Adressen, an denen Sie die Mappe bestimmt nicht sehen wollen. Ich meine, *vielleicht* werden wir das tun.«

»Vielleicht?«

»Wenn Sie uns nicht in Ruhe lassen. Ihr beschissenen Faschisten jagt überall im Land im Zuge dieser so genannten Firewall-Zerschlagung unschuldige Leute. AmMath hat Firewall erfunden, und der Hackerangriff auf das IRS war nur eine Aktion von ein paar Spinnern aus Europa. Ihr wisst es, wir wissen es, der größte Teil der Presse weiß es, aber sie spielt euer Spielchen des Unterhaltungswertes wegen mit. Wir wollen, dass Sie damit aufhören, oder wir verschicken unsere PR-Mappen, und dann bleibt von der NSA nichts weiter als ein schmieriger Fleck auf dem Asphalt übrig. Und ich zweifle nicht daran, dass einige von Ihnen dann Leavenworth von innen kennen lernen werden.«

»Wir wissen, wer Sie sind«, sagte die Männerstimme. »Wir sind Ihnen in diesem Moment auf der Spur, wir decken Ihre Tarnung auf.«

»*Bullshit*. Sie haben bisher bloß ein paar wenige ernst zu nehmende Leute aufgegriffen, und auch das nur, weil sie unvorsichtig geworden sind. Der Rest von uns wird Sie in die Scheiße reiten, wenn Sie uns nicht in Ruhe lassen.«

»Sie sprechen mit der Regierung der Vereinigten Staaten, Sie Arschloch ...«

»Nein, das tue ich nicht. Ich spreche mit einem verängstigten kleinen Bürokraten. Der aber noch nicht so verängstigt ist, wie er es sein wird, wenn wir damit beginnen, Aufklärungsfotos an die Presse zu schicken.«

»Sie sind weg vom Fenster, Sie haben keinen Zugriff mehr auf die Keyholes.«

»Tut mir Leid, Kumpel, aber so läuft das nicht«, sagte ich. »*Wir* kontrollieren Keyhole. Der einzige Zugriff, den Sie haben, wird komplett von unserer Software abgeschottet. Wir haben eine Schutzmauer um Ihren Zugang gezogen. Los, fragen Sie die Typen, die versuchen, da reinzukommen, fragen Sie sie. Sie können Bilder machen – wenn wir es ihnen erlauben. Sie können sogar die Satelliten neu ausrichten – wenn wir es ihnen erlauben. Aber wenn wir angepisst werden, löschen wir Ihren Zugang, und dann werden wir anfangen, Bilder von Nacktbadestränden, vom Urlaub der Königlichen Familie und des Präsidenten zu schießen und sie an *The Star* und an *People* zu verschicken, oder wer auch immer sonst daran interessiert ist. Und jedes dieser Bildchen wird ein hübsches kleines Keyhole-Warenzeichen tragen.«

Es folgte ein langes Schweigen, bevor sich Rosalind Welsh wieder zu Wort meldete. »Tun Sie das nicht.«

»Das liegt ganz bei Ihnen«, erwiderte ich. »Sie werden schon merken, wenn wir sauer sind, weil wir Ihnen dann Ihren Zugriff auf Keyhole sperren. Ich meine, Sie können natürlich den Kongress bitten, Ihnen noch mal zwanzig Milliarden Dollar zur Verfügung zu stellen, um ein neues Keyhole-System aufzubauen, aber ich vermute, der Kongress wird ziemlich angefressen sein, wenn er erfährt, dass Sie das alte System verloren haben.«

»Sie Wichser!«, fauchte die Männerstimme. »Sie dreckiger Verräter!«

»Sie sprechen mit Bill Clinton«, sagte ich ruhig. »Wir wollen keinen Ärger machen. Wir wollen nur, dass Sie aufhören, uns zu verfolgen.«

»Wir können Ihnen keine konkreten Versprechen geben ...«, begann Welsh zaghaft.

»Hören Sie, wir haben nicht vor, mit Ihnen zu feilschen«, unterbrach ich sie. »Kommen Sie gar nicht erst auf diesen Gedanken. Das ist eine glasklare Erpressung. Wenn Sie uns in Ruhe lassen, können Sie Keyhole weiter so betreiben, wie Sie es immer getan haben. Dann wird kein Mensch jemals erfahren, wie AmMath amerikanische Fernaufklärungsbilder an Pakistan verhökert oder Firewall erfunden hat, um ein paar Morde zu vertuschen, und dass Sie davon gewusst haben, oder dass Keyhole jetzt einer Bande von Hackern gehört. Alles, was Sie tun müssen, ist aufzuhören. Wenn nicht ... nun, dann sollten Sie sich lieber irgendwo gut festhalten und sich weit vorbeugen, weil dann etwas ziemlich Hässliches mit Ihnen passieren wird ...«

Ich trennte die Verbindung, verließ die Interstate an der nächsten Abfahrt, wischte das Mobiltelefon ab, warf es in den Straßengraben und nahm wieder Kurs auf St. Paul.

Und sie gaben nach.

Das IRS gab bekannt, dass Interpol in Zusammenarbeit

mit US-Behörden Haftbefehle für ein halbes Dutzend europäischer Hacker wegen ihres Angriffs auf die Steuererklärungs-Internetseite erlassen hatte und die IRS-Site jetzt wieder vollständig geschützt sei. Das FBI verkündete den Sieg über Firewall und sagte, wir könnten hier die erfreulichen Ergebnisse ständiger Wachsamkeit sehen. Andere Hackerorganisationen, so fügte der FBI-Sprecher hinzu, sollten die Warnung lieber beherzigen und sich nicht mit den Eisenfressern der Bundespolizei anlegen.

Ich lag auf der Couch und las Zeitung, der Kater saß neben meinem Kopf, als jemand an die Tür klopfte. Ich öffnete, und LuEllen stand vor mir. Sie trug Jeans, Cowboystiefel und eine hüftlange Jacke, die verdächtig nach Nerzfellen aussah.

»Alles klar mit uns?«, fragte sie.

»Alles klar«, erwiderte ich. »Komm rein.«

Wir saßen an meinem Küchenfenster, tranken Kaffee und sahen auf den Mississippi hinaus. Der Fluss war an den Ufern zugefroren, und in den Straßen liefen Menschen in dicken Parkas mit dampfendem Atem den Hügel hinauf und hinunter. Zwölf Grad unter Null, meldeten die Wetternachrichten. Ein wunderbarer Tag, um zu Hause zu bleiben und zu malen.

Es gab eine Menge zu bereden. Über die relative Sicherheit unseres Lebens, über Jack und Lane. Darüber, ob die Regierung uns vielleicht heimlich bespitzelte. Über den Zusammenbruch von AmMath und Corbeils Verschwinden.

»Die Regierung ist raus aus der Geschichte«, sagte ich. »Zumindest für eine ziemlich lange Zeit.«

Ich erzählte ihr, dass das Netz hin und wieder mit einer kryptischen Nachricht überflutet wurde, die lautete: »Bobby, ruf deinen Agenten an.«

»Und, tut er es?«

»Ich weiß es nicht, das überlasse ich ihm.«

»Glaubst du, er wird sterben?«

»Das ist es, was er gesagt hat. Aber noch nicht so bald.«

Wir saßen eine Weile schweigend da. »Die Teufelskarte«, murmelte LuEllen schließlich. »Es ist so gekommen, wie das Tarot es vorhergesagt hat.«

»Im Nachhinein weiß man es immer, nehme ich an.«

»Mach mir nichts vor, Kidd. Du bekommst von irgendwoher Botschaften, und ich denke, du solltest vielleicht lieber damit aufhören.«

»Richtig. Botschaften«, sagte ich. LuEllen wirkte so ernst, dass ich lachen musste.

Abergläubischer Unfug.

Die texanischen Zeitungen berichteten, dass ein Mann mit Corbeils Reisepass die mexikanische Grenze überquert hatte, kurz nachdem Corbeils Ranchhaus in Waco abgebrannt war – eine unter falschem Namen gekaufte Ranch, wie die Zeitungen schrieben, die jetzt vom FBI abgesperrt wurde. Corbeil sei noch nicht gefunden worden, hieß es weiter, doch es gäbe Hinweise, nach denen er sich in Südostasien aufhielte.

LuEllen machte sich Sorgen, dass er uns irgendwie noch einmal heimsuchen könnte.

»Kein Grund zur Besorgnis«, sagte ich.

Sie fragte nicht nach.

LuEllen blieb eine Weile. Clancy, die Computer-Lady, die das Boot für den America's Cup entwarf, hatte jemand anderen gefunden, der ihr dabei half, und meine Füße waren den ganzen Winter über tatsächlich ziemlich kalt geblieben. Also freute ich mich über LuEllens Besuch.

Doch als ich in dieser Nacht wach neben ihr im Bett lag

und ihren entspannten Atemzügen lauschte, spürte ich wieder, wie die Finger der Dunkelheit über mich hinwegstrichen. Es war mir während der letzten beiden Monate häufig passiert, meist kurz vor dem Einschlafen. Die Erinnerung an St. John Corbeil.

Ich bin der einzige Mensch, der jemals wissen wird, dass der Reisepass, der die mexikanische Grenze überquert hat, derselbe Pass ist, den Green, Lane, LuEllen und ich nach dem Raubzug in Corbeils Apartment an einem Restauranttisch von Hand zu Hand haben weiterwandern lassen. Der Mann, der ihn benutzt hatte, war ein zuverlässiger Freund von Bobby. Er war bereit gewesen, ihn für ein bestimmtes Honorar an den mexikanischen Grenzkontrollen vorzuzeigen, ohne Fragen nach dem Grund zu stellen. Später hatte er ihn im Badezimmer des California Royal Motels in Matamoros verbrannt, und ich hoffe, das ist das Letzte, was wir von St. John Corbeil hören werden.

Corbeil selbst liegt dreißig Zentimeter tief unter sandiger texanischer Erde begraben, in einem hastig ausgebuddelten Loch, ein paar Meilen nordwestlich von Waco.

Wenn ich nachts im Bett liege, kann ich seine Einsamkeit dort draußen manchmal fühlen.

Vielleicht, dachte ich, als ich mich umdrehte und über den Rücken der Frau neben mir strich, konnte LuEllen ihn vertreiben.

Vielleicht.